メイ・サートン

70歳の日記

幾島幸子訳

みすず書房

AT SEVENTY

A Journal

by

May Sarton

First published by W. W. Norton & Company, Inc., New York, 1984

70歳の日記

一九八二年五月三日　月曜日

七〇歳の誕生日。風もなくどこまでも穏やかな朝――海は薄いブルーで、野原はまだ褐色だけれど、やっとラッパズイセンがそこここで咲きはじめた。今年の冬は永遠に続くかと思われた。でも今は、夜になるとアマガエルがピーピーと元気いっぱいに合唱している。今朝は、二羽のメスを連れて戻ってきたショウジョウコウカンチョウの鳴き声と、けたたましいオスのキジの鳴き声で目がさめた。春の息吹を吸いこみ、かすかな波の音に耳を澄ませながら体を横たえていると、生きている歓びが体じゅうを満たす。

階下では、ブルーと白を基調にしてテーブルをセットしてある。ミニスイセン、青いスターフラワー、そして華やぎを添えようとチェッカードリリーも二本入った小さな花束も飾った。花びらが紫と白の市松模様になった釣鐘形のこの花は、いつ見ても作りもののよう。自分ではついぞきれいに咲かせられた試しがない。

テーブルの四隅には、ミニバラを一輪ずつ――二本は白、二本は淡い黄色――置いてある。誕生祝いに届いたミニバラの鉢植えから取ったもので、夜の気温があまり下がらなくなったら、この鉢はテラスの壁沿いに置くつもり。イーディス・ハダウェイからのプレゼントだ。この五年間、彼女の存在はほんとうにありがたかった。私が家を留守にするとき、イーディスはタマス〔犬〕とブランブル〔猫〕の世話をしにきてくれる。この家にいると落ち着くと彼女は言うし、詩の朗読会のために家を空けているあいだ、ここにいて家のことはすべてやってくれるから、安心していられる。

七〇歳になるって、どういうことなのだろう？ もし誰か七〇歳になった人が、六〇年前のことをはっきり憶えていたとしたら、私には、ずいぶん年寄りだという気がする。でも私は、自分が年寄りになったとは思わない。ここまで長生きしてきたというより、まだまだ途上にあるという感じ。人がほんとうに老いるのは、先のことより過去のことばかり振り返るようになったときかもしれない。今の私は、これからのことがとても楽しみだし、いったいどんな驚きが待ちうけているかと思うとワクワクしてくる。

深夜に、過去のことが次から次に浮かんでくることがある——それもあまり喜ばしくないことが。未解決のこと、苦痛に満ちた出会い、まちがい、恥ずかしいことや悲しいこと……。でも、いいことも悪いことも、つらいこともうれしいことも、すべてが一枚の色鮮やかなタペストリーを織りなし、思索や成長の糧となってくれる。

四月は一カ月間、あちこちの詩の朗読会に出かけては帰るという生活だった。コネティカット州のハートフォード・カレッジでは、「女性の人生の四季」というシリーズの一環で、老いについて話してほしいと頼まれた。「ここからの眺め」と名づけた朗読会で、「今が人生で最良のときです。年をとることはすばらしいことですよ」と言ったら、聴衆の一人が「年をとることのどこがいいのですか？」と、大きな声で質問した。反射的に、こう答えた――質問者の言葉にそんなはずはないという響きがあったので、ちょっと身構えつつ。「今までの生涯で、いちばん自分らしくいられるからです。心の葛藤も減ったし、幸せな気分でいられるし、安定もしているし……」（それからちょっと語気を強めて）「それに強くなったとも思います」。「強い」というのはちょっとおかしな表現だと自分でも思ったけれど、ほんとうのことだ。「自分の力をうまく使えるようになった」と言ったほうが、正確だったかもしれない。自分の人生について迷いがなくなり、自己不信に陥ることも減った。

とはいえ、今年出る『怒り』を書いているあいだはほぼ一年じゅう自己不信に苦しんだのも事実。『ミセス・スティーヴンズは人魚の歌を聞く』以来、小説で扱おうとしてきたいちばんむずかしいテーマが自己不信だった。私にとって『ミセス・スティーヴンズ』は自分自身をさらけ出し、新境地に踏みこんだ作品。当時、私は五三歳で、主人公のミセス・スティーヴンズをあえて七〇歳に設定したのだが、ずっと先の話だと思っていたその歳に自分がなり、こうしてめでたく「老い」を迎えている。

年をとることにはずっと憧れがあった。これまでの人生で、老いのすばらしいお手本のような人たちに何人も出会ってきたから。筆頭はもちろん、マリー・クロセット（ペンネームはジャン・ドミニク〔愛称はジャン・ドゥ〕）。最初の小説のモデルは彼女だった。私が二五歳のときから彼女が亡くなるまでの十数年間、手紙をやりとりしたり、会ったりして親交を深めた。今、彼女の詩集を手に取り、次の一行に目を走らせる。

海辺の宵の軽やかな静けさに向かって

そして憑かれるように、「詩」に呼びかける長い叙情詩をみつけたくなる。これを書きながら、耳には彼女の静かで威厳に満ちた声がはっきり聞こえ、まるで彼女の書斎で二人並んで座っているような気がしてくる。

詩《ポエジー》よ！　私はおまえを唇にのせた
渇きを癒やすひんやりした小石のように
そして暗く乾いた口のなかにおまえをふくんだ
拾って口に入れ、唇から血をにじませ嚙みくだく小石のように

ああ、詩よ！　私はおまえに愛をあたえた
海面に銀色の夜明けのような顔《かんばせ》をひろげる愛を
そして内に海を秘めた私のたましいを
白々としてみずみずしい、光る貝殻のような

七〇歳になった私が海辺で暮らしていていること、そして今日、これらすべてのイメージが「渇きを癒やすひんやりした小石のように」、そして「内に海を秘めた私のたましい」のように、「白々としてみずみずしい、光る貝殻のような、夜明けの嵐もろとも」新しく生まれていることを知ったら、ジャン・ドゥはどんなに喜んだことだろう。

そして演劇の世界での私の〝父親〟、ルニエ＝ポー。演劇をやっていたころ、彼はいつも何かに挑戦し、勇気をくれた。人を惹きこむような、あの満面の笑みが目に浮かぶ。私が「私のゾウさん《モン・エレファン》」というあだ名をつけたので、彼はいつも手紙の最後に、長い鼻を誇らしげに振り上げたゾウの絵をサイン代わりに描いてきた。

バジル・ド・セリンコートは詩の世界での父親のような存在で、タカのように気性の激しい人だった（顔つきもちょっとタカに似ていた）。私にとって最初の好意的な書評（最初の詩集『四月の出会い』の評）をロンドンの「オブザーバー」紙に書いてくれたのが彼で、その後私たちは親しくなり、多くのことを教わった。とりわけ、年をとったら庭仕事はゆっくりゆっくりやればいいということ。でもいまだに、それはできていない。たぶん八〇代の後半になって、バジルのように野菜を育てるようになったら、そういう境地になるのだろう。

それからエヴァ・ル・ギャリエン。知り合ったときはまだ三〇歳の若さで、ニューヨークのシビック・レパートリー劇団の創設者でありスターだった。そして八〇代になっても、まったく新しい世代のファンに、すばらしい演技とはどんなものかを見せつけている。八三歳でも若くいられることを身をもって証明しているのが彼女だ。庭づくりの腕もみごとなもの。もしかして、良く年をとることと大地と仲良くすることとは、関係があるのかもしれない。

そしてカミーユ・メイランのことも思い浮かぶ。九〇代になって『老いたわが母の肖像』という、すばらしい本を書いた。九〇歳をとっくに過ぎた今でも、「少しペースが落ちた」だけで何も変わらないと言う。精神世界にいる人で、庭いじりなんか全然しない！　一般化はできないのだ。でもさっき、これを書いている最中にエレノア・ブレアが誕生日を祝う電話をくれたとき、彼女の庭は今、花でいっぱいだと言っていた。電話の声のなんと若々しかったこと！

ものごとに執着しないことが年をとらない秘訣だと前は思っていたけれど、たぶん何かに深くかかわること、こだわりをもつことが必要なのだ。私のこだわりは数えきれないほどある——今もそのひとつに命じられて、この風通しのいい三階の部屋から階下に下り、お客を迎える準備をするところ。

五月四日　火曜日

五時に朝食。アンとバーバラの農園のニワトリが産んだ新鮮な卵と、昨晩ダナが持ってきてくれた自家製のパンに、彼女の手作りのイチゴジャムをつけて食べる。昨日あったことを思い返し、言葉にできないほど幸せな気分に浸りながら、父と娘に関する分厚い原稿を読みはじめる。意見を聞かせてほしいと言われているのだ。「数えきれないほど」のこだわりをもつことは、たとえ一日でもプレッシャーから解放されることはないということ。でも今年になって、それが自分の人生なんだと開き直るようになった。やらなければならないことをいくつも受け入れ、豊かに生きるためには、多くのエネルギーが必要だと知ること――まったく遅ればせながら、それを学んでいかなければ。何をするにも、心に余裕をもっていればきっとすべてはうまくいく。

今日は何があろうと、午後は庭に出て、アンが光を当てて育ててくれた白のインパチェンスと、大好きなブルーのかわいい花を咲かせるフェリシアの苗を植えよう。それから家の裏の花壇もきれいにしなければ。昨日、皆――ジャニス、アン、バーバラ、タマスとブランブル、そして私――で海岸まで歩いていく途中、ジャニスの目に虫がぶつかってくるというハプニングがあったので、これから彼女の家にお昼を届けにいく。それにしてもひどい虫!

家じゅうが色鮮やかな花であふれている。カリフォルニアから空輸されてきた大きなピンクのシャクナゲ、みごとな深紅のバラ、青と白のベルギーの壺に活けた黄色いユリ、そして誕生祝いにと花屋のボブが持ってきてくれた、花瓶に入ったピンクのアフリカンデイジーと白いキク。ボブは最近『回復まで』を読んでとても感動したと言って、以来、よく花を届けてくれる。花屋をファンにもつなんて、なんという幸せ！

一〇月に植えたチューリップの球根が、野ネズミとシマリスに食べられてほとんど全滅。いまだにそのことを受け入れられない。春になったらどんなにきれいに咲くかと楽しみにしていたのに。あちこち土がむき出しになったところだらけだ。テラスの下のボーダー花壇だけには、難を逃れたパロット咲きのチューリップが芽を出しているけれど。まったく腹が立つ。あいつら、なんだってチューリップを食べなきゃならないの？ 水道管が破裂したり、猫が鳥を捕まえてきたりすると、父はよく言っていた――「自然には逆らえないさ」。ラッパズイセンの球根が野ネズミの好物でなかったのがせめてもの救いだ。

昨日のことを思い返すにつけ、驚きと歓びに満ちた三つの特別な瞬間を忘れないでいようと思う。まずひとつ目は、一一時に野原の向こうに住むメアリー＝リー・スマートとベヴァリー・ハラムが、真っ赤なキャリアを転がしてやってきたとき。中身はモエ・エ・シャンドン一ケース！ 予想だにしなかったプレゼント。シャンパンボトルの形をしたカードには「ヴィンテージ１９１２」の文字。ベヴァリーの卓抜なジョークだ。七〇歳になってシャンパン一ケースをお祝いにもらうなんて！ 二番目はセリーナ・スー・ヒルシンガーとロイス・ブリンズからのプレゼント、大きな青いオウムのぬいぐるみと対面したとき。鮮やかなブルーに左右で長さの違う頬ひげを生やした姿があまりにナンセンスで、大笑いしてしまった。まるで、あのエドワード・リア〔イギリスの画家・詩人。写実的な鳥類図とともにナンセンスな詩画集でも有名〕のオウムみたい。そして三番目は、私の二人の義兄弟のうちの一人、チャールズ・フェルドスタインからのエレガントな黒い革のケースを開けたとき。なかには薄緑色のアベンチュリン・ビーズのネックレスが入っていた。カードにはこう書いてある。「これはアベンチュリンという天然石です（名前の由来はフランス語のアバンチュール〔意外なできごと、冒険〕で、偶然に発見されたことからこの名前がついたとのこと）。この特別な誕生日には、これからの人生に待ち受けている冒険という意味でまさにぴったりだと思います。それに、あなたはこれまで自分を愛する者たちに、愛に対して心を開いていれば、いつでもアバンチュールはやってくると教えてきたのですから」

そしてこの誕生日に寄せられたたくさんのカードやプレゼントを見て思うのは、すべてを捧げてくれる一人だけの愛する人はもういなくても、私には大きな大きな家族のような友人たちがいるということ。そして私自身は（突飛なイメージだけれど）ムカデみたいに足がたくさん生えた心臓《ハート》になって、満ちあふれる愛にドキドキと脈打ちながら縦横無尽に走りまわっているのだ。

五月五日　水曜日

あまりに穏やかな、心がしんと静まるような朝の風景を見ていると、なかなか動き出す気になれない。ああ、なんと静かな海！　鳥の鳴き声が響く空の下での深い息づかい！　ミドリツバメが戻ってきて、飛びながらさえずるのが聞こえる。朝食をすませて六時に階下に下りると、芝生に威風堂々たるキジがいた。タマスを見ても怖がる様子もなく、大きく華麗な姿で周囲を圧倒している。時おり、その存在を誇示するようにけたたましい鳴き声を発する。でも今、あたりはすっかり静まり、波の砕け

「芝生に威風堂々たるキジがいた」

るやわらかな音だけが、五月の朝の静寂をいっそう際立たせている。

昨日の午後、やっと庭に出て、家からすぐのところに白いインパチェンスとフェリシアを植えた。そのあと一年草と野菜を植えている場所まで下りていって、庭師のレイモンドがくれたデルフィニウムの苗を一二本植える。去年の秋、友人が山ほど届けてくれた黄金色の羊の糞の堆肥をたっぷり撒いたので、今年は一年草がうまく育ってくれるといいけれど。ほんとうは、庭仕事はまるで失格なのだ。いつも欲張って計画を立てはするけれど、急いでやろうとするから肝心の土づくりがおろそかになる。もうすぐ種蒔きもしなければ。昨日ブヨに刺されたときはびっくりした！ 寒い日が続いていたから、こんなに早くブヨが出てくるとは思っていなかった。冷たい東風も吹かず、雲もない日なんていつ以来だろう。春の最初の日。この日をどんなに待っていたことか。

でもここからは、何もかもが一気にやってくる――それも速すぎるくらいに！ 昨日はタマスの散歩の帰りがけに野草園を通ったら、去年エレノア・ブレアが彼女の庭から分けてくれたカナダゲシが、枯れずに生きていた。もう開花している一群もあって、しっかりした茎の上に蕾がまっすぐ上を向いて付いている。今朝見にいけば、また星の形にいっぱいに開いた、どんな花よりも白い花たちに会えるかもしれない。今まさに早春の小さな花たちがいっせいに咲き出している。壁沿いに二つの群れをつくる鮮やかなブルーのシラー、華やかな房咲きのプスキニア、すてきなブルーのスターフラワーなど、ボーダー花壇に小さな花たちが咲いている。まだ盛りではないけれど。でもラッパズイセンはみごとな花冠を輝かせているし、見上げればベニカエデも空を背景に花を咲かせている。

また日記を書くことになって、うれしい。ずっと、物足りない気分だった。何かが現れるたびに「その名前を挙げていく」ことや、やるべきことをすべて脇に置いて、この美しい場所に暮らしていることの歓びを味わう時間を三〇分だけもつこと。そのことが恋しくてたまらなかった。

ひとつ確かなのは、ずっと昔からわかっていたことだけれど、私の生きる歓びは年齢とはまったく関係ないということ。それは不変のものだ。花々、朝と夕暮れの光、音楽、詩、静寂、すばやく飛びまわるオウゴンヒワ……。

五月六日　木曜日

今晩、ポートランドのウェストブルック大学で朗読会がある。このところ、そこで読む詩を選ぶ作業に追われていた。あるテーマのもとに詩を並べていくのは楽しい。その過程で、もう忘れている昔の詩をみつけたりもする。たとえば今日は「春ふたたび」という詩をみつけた。ベルギーのセリーヌの庭の思い出が鮮やかに甦る。今日はほんとうに、ふたたび春を祝いたいような日だったから。

昨日の午後は、ビル・ヘイエンが、ビル・ユーワートともう一人の友だちを連れてやってきた。『回復まで』で「野原」というビル・ヘイエンの詩を引用して以来、彼とは時おり手紙をやりとりしてきたが、会ったことはなかった。最初に彼が発した言葉のなんと魅力的だったことか。身長一八〇数センチの彼がテラスに立って、こう叫んだのだ——「あ、ハチドリだ、今年初めて見るハチドリだよ！」と。そして驚いたことに、いつもなら高速で羽ばたきしているハチドリの羽が、そのときはじっとしていて、私たちはサクラの枝にとまっているハチドリをほんの一、二メートルのところで見ていた。ハチドリはそのまま何秒間かじっとしていた。

　というわけで、ビルとはすぐにうちとけた。きっとそうなると思っていたとおりに。奇妙なことに、私には詩人の友人がほとんどいない。ミュリエル・ルーカイザーもルイーズ・ボーガンも亡くなって、もう詩を交換したり、人生を語り合ったりする人はいなくなってしまった。ビルと話せて心が和む思いがした。誕生祝いのシャンパンを何本か冷蔵庫に入れてあったので、アーチー〔アーチボルド〕・マクリーシュのために乾杯した。ビルはアーチーの九〇歳の誕生日祝いに行くはずだったのに、それが追悼式になってしまった。すばらしく充実した彼の生涯と寛容な生き方について話がはずんだ。ビルによれば、アーチーは最後の手紙で、九〇歳の誕生日までは生きていたいが、そのあとはいつでもこの世を去る準備はできていると書いてきたという。考えてみれば、誕生日のイベントのゴタゴタに巻きこまれることなく、その直前に静かに退場していったのは幸せなことだったのかもしれない。二年前、アーチーにこう言われたことがある——「近いうちに来てほしい。もう時間がない」。なぜ、あのとき行かなかったのだろう？

　アーチーの数ある長所のひとつは、真に意味のある会話を生み出す能力だ。自分が会いたいと思った人や、引き合わせたいと思う人たちを選んで、彼らから話を引き出し、それを正しく評価することができた。あのやわらかな物腰、笑い、そして明敏な知性——すべてが噛み合って、そこに集約されていた。本質と関係ないことは切り捨て、つねにものごとの核心に近いところで生きることにこだわっていた。意識して、できるかぎりバランスのとれた生き方をしようとしていたのだと思う。それにはたいへんな努力が必要だったはずだ。彼の醸し出す雰囲気はけっして自然に生まれるものではなく、意図してつくり出されたものだった。

朗読会やら誕生日プレゼントのお礼やら、親しかった老詩人たちの死やシェルティ〔シェットランド・シープドッグ〕の子犬たちの死、庭仕事に追われる日々や、海の向こうで戦争が起き、国内では貧困や絶望が増大する日々……そんなこんなが雑然と渦巻く昨今だけれど、今日は三〇分の啓示的な読書をすることができた。「ソジャーナーズ」誌に載った、「子どもの信仰」についてのロバート・コールズ〔精神科医〕のインタビューだ。ここにその一部を書きとめておこう。なかでも書いておきたいのはこの話だ。コールズはこう語る——

フロリダの大金持ちの家庭に育ったある子どもの話です。長老派教会に通っていたその子は、九歳か一〇歳、一一歳ごろにキリストの教えに強い関心をもつようになり、学校に行ってもそのことばかり話すようになって、先生や同級生たちを困らせるようになりました。たとえば、金持ちはまず天国には入れない（その子自身、たいへん裕福な家の子なのですが）とか、貧しい者こそが道徳的・霊的な王国を引き継ぐとか。

その子がそうした話をすればするほど、先生やその子の親はそれを「問題」だと考え、やがては地域の小児科医もそうみなすようになりました。そして結局、この子には問題があり、助けが必要だから精神療法をうけるべきだということになったのです。親は、もうその子を教会に連れていかないように命じられました。もっとも控えめに言って、ものごとを文字どおりに受け取りすぎるとみなされたのです。

ロバート・エルズバーグ（インタビュアー）　それでその子は何か「助け」をうけたのですか？

コールズ　そうです、「助け」をうけた結果、その子のキリスト教へのこだわりはほとんどなくなり、アメリカ人起業家がまた一人誕生したのです。

エルズバーグ　聖フランシスコの時代に精神療法がなくてよかったのかもしれませんね。

コールズ　そのとおり！　聖フランシスコに精神療法を、聖パウロに精神療法を、イエス本人にも精神療法を！　でもそれがキリスト教のジレンマなんです。もしキリスト教の教えをすべて真にうければ、実に過激な、それどころか恥ずべき宗教なんですよ。そのキリスト教の過激で恥ずべき性格にどれだけ親近感をもてるか、そしてどれだけ「キリスト馬鹿」になろうとするかが、われわれ専門職に就いている人間、たとえば私の職場であるハーバードなどのような機関に身を置くことになる人間にとっての問題だと思うのです。

五月八日　土曜日

今すぐやらなければならないことに振りまわされて、目が回りそうだ。あるゆる回路が過負荷になって壊れてしまう機械みたいと言ったらいいか。今まさに、春の訪れを告げるできごとに気づき、それを味わうのが最高の楽しみな時期だというのに。マネシツグミが戻ってきた。昨日はタマスの散歩中にヤブイチゲが咲いているのを今年初めて見たし、二年前に家の裏手の雑木林に植えた小さなスモモ《プラム》の木がみごとな木に育って、繊細な枝先には魅惑的な白い花が咲き、ブロンズ色の葉をつけている。ベッドの横に飾るためにスモモを一枝と、薄黄色と白の小さなラッパズイセンを数本持ち帰った。二〇年前に日本に行ったときのことを思い出す。三月で、禅寺に梅《プラム》の花の香りが漂っていた。まだとても寒くて、花を咲かせている木は梅だけだったのが印象に残っている。そんなことを考えていると、しだいに気持ちが落ち着いてくる。

国外では恐ろしいことが起きている。イギリスとアルゼンチンが戦争になり、イギリス海軍の駆逐艦がアルゼンチンのミサイル攻撃で撃沈された。なんとかこれで容赦ないゲームが終わってくれるといいけれど。お互いに激しく攻撃して、先週はアルゼンチンの巡洋艦が撃沈されたから、両国とももうこれで引き下がるかもしれない。でも今、三〇〇〇人の兵士を乗せたクイーンエリザベス二世号がフォークランド諸島に向かっていて、この先どんな恐ろしい悲劇に発展するのか、息をひそめて見守るしかない。思うに、アメリカは最初からあまりに無責任すぎたのではないだろうか。アルゼンチンのファシスト軍事政権はイギリスを牙を抜かれたライオンだと甘くみていたし、アメリカは南米の革命を阻止したいという愚かな願望からアルゼンチンのご機嫌ばかりとってきたから、アルゼンチンは自分たちが攻撃しても、よもやアメリカは介入しないだろうと高をくくっていたのだ。

レーガンの世界観はまったくもって薄っぺら。やることなすことまるで漫画で、不毛なジェスチャーや浮ついた美辞麗句を繰り出すことに躍起になっている。現政権に幻滅している黒人への対策としてレーガンがやったことは、ほんとうに不快だった。五年前にクロスバーニング〔十字架を焼くこと。人種差別の象徴的行為〕で脅されたという黒人の中流家庭を訪問し、テレビカメラの砲列の前でナンシーと二人でその家族一人ひとりにキスして、「このようなこと」は民主主義国家ではけっしてゆるされないとかなんとか言っていた。でもゆるされないのは、こんな安っぽい手でごまかそうとすることのほう。黒人の若者の四八パーセントが失業しているのに、政府はなんの対策も打っていない。この黒人一家は終始立派にふるまっていたが、このやらせの「場面」の実態がメディアを使った政府の宣伝イベントであり、蔑ろにされ、問題を放置されてきた黒人社会に対する侮辱であることは明らかだ。

頭の痛いことはほかにもある。回路はもうパンク状態。木曜日に最後の春の朗読会がポートランドのウェストブルック大学で終わって、やっとひと息ついたと思ったとたん、昨日『怒り』の校正刷りが届いて大ピンチ。それから昨日の夜、ジョージアから電話で、シェルティ犬の子犬のリサが避妊手術中に死んでしまったという悲しいニュースを知らされた。苦しい生活のなかで、彼らにとって大きな慰めになっていたのに。避妊手術で死ぬなんてめったにないことなのに、それがたいへんな苦労に勇気をもって立ち向かっている私の養女の家族に起きるなんて、怒りがこみ上げてくる。

五月九日　日曜日

昨晩、赤い円盤のような月が昇り、今朝は五時過ぎにやはり赤い太陽がチラッと姿を見せた。すぐに厚い雲の向こうに隠れてしまったが。そして予兆のとおり、しとしとと雨が降り出し、心を静めてくれる。もちろん庭の草花にとっても久々の恵みの雨。昨日は種蒔きもした。コスモスを二列、ナスタチウム、そしてカブも。いったん始めてしまえば次々と作業が進むのだけれど、いつも最初の準備をするのがいちばんの難関。新しく耕した一年草の花壇に板を敷いて、種を蒔く足場を用意しなければならない。冷たい東風の吹かない日が何日かあるといいけれど。でも東風が吹いたほうがブヨは飛んでこないし、ラッパズイセンの花も少し長くもってくれる。

でも昨日のいちばんのできごとは、私にとって初めての体験をしたこと。「ヨークでのもっとも豊かな時間」のひとつに入れてもいいくらい。三時にベヴァリーとメアリー＝リー、そして私の三人で家を出て、数えきれないほどのヤゴを近くの湿地や池に放しにいった。タマスとブランブルもいっしょに。ひんやりした空気のなか、ガマの生えているそばのあまり深すぎない、ちょうどいい場所を探してはヤゴを水のなかに放していく。ヤゴはそこから泥のなかへと泳いでいき、トンボになる。プラ

「数えきれないほどのヤゴを放しにいった」── ベヴァリー・ハラムと.

スチックの容器一二個分のヤゴを放した。甲虫のような形をした元気なヤゴたちは尖った尻尾で手を刺す。蚊の季節になったら、善良なトンボたちが蚊をやっつけてくれることを期待しよう！　最初は塩性湿地を、次は二つの淡水沼のまわりの苔や堆積物のあいだを這うようにして歩きまわるのは、最高に楽しかった。私にとってはちょっとした中休み。多忙な日のなかで、束の間のゆったりした、休息とリフレッシュの時間だった。

五月一二日　水曜日

何かを理解するって、なんと時間のかかることなんだろう！　最近、私自身がほかの詩人にとってのミューズ〔詩の女神〕になることがときどきある。その人のまわりのすべてのものを結晶化させるような存在に突然出会って、心をわしづかみにされる——私自身、そんな体験をしたことをよく憶えているし、『ミセス・スティーヴンズは人魚の歌を聞く』でも、そのことについて書いた。でもそういう詩や感覚に応えることがどんなにむずかしいか、同時に創作の衝動を殺したり、傷つきやすい芽を枯らしてしまうことなく、その才能を大事に守りつつ育てていけるような反応をすることがどんなに大切か、私はほんとうには理解していなかった気がする。

創作の源となったミューズにどうしても会いたい、遠路はるばる会いに行きたいという時がくるのは自然なこと。そして私にとっても見知らぬ人を受け入れ、少なくとも一日か二日かけていろんなことを話し、目に見える具体的な存在としてそこにいなければならない、そういう時がある。でもそういう時がすぐそこまで来ていると思うと、ゾッとする。他人にずかずか踏みこんできてほしくないし、会ったこともない、私のことも知らない他人の必要と、私自身の必要——自分ひとりの時間をもち、ものを考える時間をもつ必要との折り合いをつけるのに苦労するのもいやだ。とりわけ、この場所の美しさを全身で味わい、その美しさを保つための作業をする時間が必要な五月という時期には。

寒い日が続き、冷たい風が吹いているので、ラッパズイセンの花が長くもっている。昨日の午後、なんとか一時間だけ時間をつくって種蒔きをしたけれど、あまりに風が強くて種が手から吹き飛ばされそうだった。やっと三列だけ蒔く。そのあと、注文していた多年草が大きな箱で二つ届く。あの厄介なビニールのプチプチで厳重にくるんであるので、一個一個丁寧に取り出すのに時間がかかり、終わったときにはもう六時近かった。でもさいわい、このままで一週間かそこらはもちそうだ。

『怒り』の校正刷りを昨日送り返さなければならなかったため、昨日と一昨日は一通の手紙も書かず、この日記さえ一行も書かなかった。直しはほとんど入らず、出版前にこの作品を読む最後の機会を楽しんだ。二月と三月にあんなに書き直しに苦しんだことを思い返すと、今は満足している。とてつもない苦労をしたことはもう忘れてしまった。女はお産の痛みを忘れるというけれど、まさにそんな感じ。

一昨日の月曜日、友人のメソジスト派牧師フィル・パーマーが来て話しこむ。年に一度の恒例行事で、私はいつも彼との会話から元気をもらう。書斎の暖炉の前に座ると（外は寒すぎた！）、例によって私の強迫観念は消え去り、楽しい気分に満たされた。七年前に彼が初めてここを訪れたときからの成長ぶり、そしてとてもいい顔になってきたことを目の当たりにして感動する。コールズのインタビューがずっと心に引っかかっていて、またしても、本を書くよりもっと世の中の役に立つことに自分の人生を捧げるべきだったのかもしれないと、口に出して言ってしまった。フィルはたちどころにこう言い切った。「あなたには天職があり、天にあたえられた使命というものがある。書くことこそ、あなたに求められていることです」と。ただし実際には、説教っぽくなく、もっとうまい言い方をしたのだが。そう言われて気が楽になった。これは、天職一般について話しているなかから出てきた言葉だった。彼の友人にとても頭のいい学究肌の牧師がいるそうで、その人は、牧師としての自分の天職は人里離れた教区で爪に灯をともすように暮らし、神学の研究に打ちこむことだと考えているそうだ。

清貧と学問――それはまさに、父が生涯夢見ていたことだった。私たちはよく、お父さんは修道士になったほうが幸せだったね、と言ってからかったものだ。「浮世」を捨てることに対する憧れは、たぶん誰でももっているのだと思う。でもそれを実際に行動に移す人はめったにいない。この冬、週の半分をここで暮らしてオーガスタまで通勤していたカレン・ソームは、その一人だろう。この一年間でもっとも深く心を揺り動かされ、希望をあたえられたできごとは、カレンがここからずっと東に行ったオーランドの聖フランシスコ教団の組織、HOME〔雇用の増加をめざすホームワーカー連盟〕に入ったことだった。彼女はそこで、シスター・ルーシーが貧しい人たちのために行っている、創意に富んだすばらしい活動に身を投じた。ルーシーもカレンも、「神の愚者」になるとはどういうことか、知り尽くしている。

五月一三日　木曜日

エレノア・ブレアに会いに車でウェルズリーまで行く。春たけなわの光景に酔いしれながらのドライブ。高速道路沿いの木々は、ちょっと変わった芥子色やエメラルドやオレンジや濃い赤の花をみごとに咲かせて色とりどりのタペストリーを織りなし、家々の近くではあちこちにナシやサクラの花が満開で、まるで白い雲のよう。苗を買うためにリトルトンで495号線から降りると、遠くから見えていた花々が間近に。紫のライラック、シャクナゲ、アザレア（ツツジ）などが咲き誇り、まだ一枚の花びらも散っていない。そしてウェルズリーではピンクと白のハナミズキが満開だった。ヨーロッパにはない花ということもあって、母はハナミズキが大好きだった。苗木店をあちこち回って、ブルーのビオラやディルや赤と白のインパチェンス（去年、石垣沿いの日陰でほんとうによく咲いてくれた）を探すあいだ、まるで母も私といっしょにいるようだった。欲しかった苗は全部みつかった。万歳！　そしてまたしても、こと草花については欲張りな——という言い方でいいのか——母の血を感じた。私には誕生日用のお金があったけれど、母の場合、ものすごく慎重に苗を選ぶくせに、最後にはかならず、私と同じように散財してしまう。そのあとがどうなろうとおかまいなし。苗木屋にはめったに行かないからという同じ言い訳で（母と父は車を持っていなかった）。

すばらしい一日だった。マーガリート・ハーシー（キーツ・ホワイティングは出かけていた）のところに立ち寄ったあと、エレノアと昼ごはん。彼女の庭でシェリー酒を飲みながら、美しい木々やボーダー花壇にびっしりと咲いている目もさめるようなブルーのスミレを愛でる。エレノアは股関節を骨折したり、目がかなり悪くなっているにもかかわらず、今も庭仕事をとてもよくやっている。何もかも手入れが行き届き、美しい！

もっとゆっくりしていたかったけれど、お昼を食べたあと早々に失礼する。エレノアが庭に群れをなして咲いているハナシノブの大きなひと塊を掘ってきて、おみやげに持たせてくれた。当然ながら、手入れの行き届いた友人の庭の元気いっぱいの植物のほうが、店で買うひょろひょろの苗よりずっとよく育ってくれる！ハナシノブのお返しにディルを少しばかり分け、六月の終わりごろ泊まりがけで来ることを約束。今度は心ゆくまで話をしましょうと。

五月一四日　金曜日

帰ってきてからずっとリンダ・S・レナードの『娘の心が傷つく時』という本の校正刷りを読んでいた。父と娘の関係をテーマにしたすばらしい本。ようやく出版社のスワロー・プレスに送る推薦文を書き上げた。自分の父親との関係をありのままに書く勇気も尊敬するし、心理療法士として患者と向き合った体験から学んだことを絡めて書いていて、とても説得力がある。自分自身の問題や弱さについて隠さずに語っているから、理論的な部分も納得できる。おとぎ話の使い方もすごく効果的。自分の精神的な父親だと呼ぶハイデガーについて書いている、次のくだりはとくに印象的だった。

時間とは永遠に動きつづける螺旋のようなものだと彼は言う。未来はつねにわれわれに向かってくるが、今という瞬間瞬間に、われわれを過去と出会わせる。そしてそのたびに、われわれは自分自身の存在の、謎に満ちた新たな段階と直面するのだ。われわれは過去に自分が形づくってきたあらゆるものを生かしつつ、未知の未来と出会わなければならない。

だからこそ、私たちは自分の親について考えてしまうのだし、親が死んで長い年月が過ぎてから、生きていたときよりもよく彼らを理解できるようになるのだろう。

今日は〈ウィスリング・オイスター〉でハルダーがディナーパーティを開いてくれる日で、時間がないのに、またついついレナードの本を一時間も読みふける。朝早く外に出て、九種類のラッパスイセンを八本ずつ七二本摘んであったので、花屋に持っていって、テーブルに飾る小さなバスケットにアレンジしてもらう。申し分のない五月の一日。唯一それをじゃましたのは、キッチンの戸棚から突然すごい勢いで飛び出してきたアカリスだ。たぶん今も家のどこかに潜んでいる。怯えきった悪魔のようなあの小動物は、明るい朝の雰囲気をぶち壊してくれた。リスにはまったく手を焼いている。巨

「朝早く外に出て，９種類のラッパズイセンを……72本摘む」

大な灰色のリスは、リスよけのついた大きな餌やり器に入りこんで二キロの鳥の餌を数時間で食べ尽くしてしまうし、小さいアカリスはいつも気が立っていて、餌やり器が空っぽになっていると、容器の厚いプラスチックをかじってしまう。彼らのたったひとつの取り柄は、タマスの若さを保ってくれること。「リスだ！」と叫ぶと、タマスは外に飛び出してリスを追いかける。秋になったらなんとか芝生にワイヤーを張る方法をみつけ出して、やつらの悪知恵を回避したい。リスは見る分にはかわいいけれど、アカリスは餌やり器に餌を入れたと思うと、それに逆さになってぶら下がり、小鳥たちが食べる前に餌を食い尽くしてしまうのだ。

このところ、新しい明るい黄色の服をまとったオウゴンヒワや、メキシコマシコが飛んできて、目を楽しませてくれる。そしてこのあいだ、ビル・ヘイエンがサクラの木にハチドリが止まっているのを見たというので、その木にハチドリ用の餌やり器を吊るしたところ。

五月一五日　土曜日

〈ウィスリング・オイスター〉の二階の部屋に大きなテーブルが四つ、正方形に並べられ、そこに総勢一四人が座った。ワイルド・ノール〔メイ・サートンの家〕で摘んだラッパズイセンのアレンジが四つ飾られている。古くからの友も新しい友も、親愛なる友人たちが思い思いに立ち上がっては、私との出会いがいつ、どこだったのかを話すのを聞いているうちに、「未来は……今という瞬間瞬間に、われわれを過去と出会わせる」というレナードの本の一節が、鮮やかな意味を帯びてくる。五〇年前にルネ・モーガンとボストンの〈オールド・フランス〉でランチをともにしたことも、すっかり忘れていたけれど、思い出せてうれしかった。私はまだ二〇歳前、彼女は二四歳だったろうか。ルネは、エヴァ・ル・ギャリエン主宰のシビック・レパートリー劇団の研究生になることを夢見ていて、その年、私は研究生のリーダーだった。彼女と友だちになったのはずっとあとのことだが、あのとき彼女の目には、私が実際よりずっと世馴れているように見えたという。そんなときもあったのだと、うれしく思い出した。

いちばん若いリズ・クニースは、ルネサンス風の容姿に赤いドレスがお似合い。詩人の彼女はシェイクスピアの一節を朗読した。ベヴァリー・ハラムはメアリー＝リーといっしょにネルソンの私の家に来たときのことを話した。回顧展に出すモノタイプの版画を取りにきたのだったが、そのときたまたま、今の家に住まないかと薦めてくれたのだ。彼女がモノタイプを取りにこなかったら、私がメイン州に引っ越してくることはなかった。ジャニスは、このなかで私と会いたくなかったのは（気後れして）たぶん自分だけだろうと言って、皆を笑わせた。でもある日、ついにサインしてほしい本を何冊も抱えてやってきて、それから私たちは親しくなったのだ。いちばん感動的だったのはリー・ブレアの話だった。彼女はひどい交通事故で何カ月も入院しているあいだに私の本と出会い、ネルソンに訪ねてきた。あれは何年前のことだろう？ 今や私たちはお互いの人生になくてはならない存在となり、一日おきぐらいに電話をかけては互いの心のありようを伝え合っている。

きら星のように並ぶ顔ぶれを眺めるだけでも、ほんとうにすばらしい集まりだった。背の高いマーサ・ウィーロック、同じく背の高いナンシー・ハートリー、そしてポラロイドカメラを持って動きまわっている小柄なハイディ。家族同然のアン・ウッドソンとバーバラ・バートン。そしてなかには、やっとここで初めて会えたという人も。リーはロングアイランドから遠路を車でやってきたのだが、彼女の名前は皆知ってはいても、ほとんどは会ったことがなかった。このディナーを主催してくれたパーティの達人のハルダーは、席順をクジ引きで決めることを提案し、その結果ハルダーが私の左に、その左にはリーが座ったのでうれしかった。この最後にして、いちばん豪華な誕生日祝いを、ハルダーはみごとに仕切ってくれた。極上のメニューももちろん彼女のチョイス。ハイディはシャンパンを提供してくれた。

私はただただ、この愛に満ちた雰囲気にすっぽり包まれ、自分の気持ちをイェイツの詩に託して語ることしかできなかった。

考えてくれ、人の栄光がたいていどこで始まり、どこで終わるかを
そして言ってくれ、私の栄光はそういう友人たちをもったことだと

ほんとうの話、この詩の一節が私の頭をかすめない日は一日たりともない。

そしてたくさんもらったプレゼントのなかで、今朝とりわけ際立って見えるものがひとつある。昨

日リーが持ってきた、彼女が最近制作している鳥の彫刻二点を写した写真だ。バーチ材という硬い素材で造られたとは信じられないほど軽やかで優雅。高さは一メートル半ほどもあろうか、そのフォルムは単純化され、優雅な飛翔そのものへと凝縮されている。彼女は経済的にかなり苦労していて、質素に暮らしている。贅沢など何もせずに……いや、彫刻こそが彼女にとっての贅沢なのだ。五〇歳にして、それまでずっと夢見てきたことをしている、しかも優雅に。肉体的苦痛（彼女は片方の膝を何度も手術していて、痛みがなくなったことはない）と孤独と苦悩――そのなかから芸術作品が生まれるという例がまたひとつ、ここにある。

「真冬のさなか、私はやっと気づいた。変わらぬ夏は自分のなかにあることを」というカミュの言葉のとおり。

テーブルについた面々を見渡すと、全員もう若くないけれど、どうにか真の自分自身になることができた人ばかり、という事実に胸を衝かれた。その道筋は誰にとってもたやすくはなかった。すべては愛と献身の上に築かれてきたのだ。

来られなかったのはカレン・ソーム。私たちがシャンパンを飲んでいるあいだも、彼女はずっと北のほうで木を伐り倒したり、家を建てたり、教えたり、そのほかあらゆる方法で貧しい人びとのために尽くしている。彼女のために、ベッツィ・スウォートが送ってくれた『炎のランナー』のレコードをかける。まさにそのテーマは愛と献身、長い道のり、そしてそれを可能にする燃える炎だから。

五月一六日　日曜日

「宴は終わった」〔シェイクスピア『テンペスト』より〕。今朝早くリーが出発し、ハルダーは昨日の午後、飛行機でイギリスに向かった。私はタマスとブランブル、そしてラッパズイセンの花とともに独りの生活に戻った。さて、手紙が山になっている机にむかって、自分自身を取り戻さなければ。今朝、もぬけの殻のようになっているのはあたりまえのこと。お昼前に何か少しでもやるべきことをやって、午後に庭仕事でもすれば元気になるだろう。脱け殻みたいな気分も変わって、泉にはふたたび水が満ちてくるはずだ。四月の朗読会で何度か読んだ「泥の季節」の詩、そしてそのなかの「自分ではないものによって、私たちは成就へと至る」という一行を思い出す。

またこうやって日記を書いていると、とても心が安らぐし、楽しい。何日か前に「タイムズ文芸付録（ＴＬＳ）」に載ったジョン・スタロックによるロベール・パンジェの小説『ソンジュ氏』（ヴァレリーの『テスト氏』を思わせる）の書評を読んで、思わず苦笑してしまった。スタロックによれば、パンジェは「ソンジュを使って、作家の運命や彼らにとって不可欠なものについて、個人性を抜きにして考察し、作家という存在の矛盾について、機知をきかせつつも鋭く探究している」。そしておもしろい一節を引用しているので、英訳してみよう。

ソンジュ氏によれば、作家が日記を書くときには大きな困難があるという。それは、日記は他人に読ませるために書くのではないことを忘れること、というよりむしろ、自分のために書くということを忘れないことであり、というよりむしろ、自分が誰か別の人間になったときのために書くのではないということを忘れること、というよりむしろ、それを書くとき自分は誰か別の人間になっていることを忘れないことであり、いやそれよりむしろ、日記は直接自分のためだけに書くべきだということを忘れないこと、つまりそれは、存在しない誰かのためということである――なぜなら、書きはじめたとたん、その人間は誰か別の人間になってしまうからだ。

つまりは気分は変わりやすいということ。けれども日記を書く人間にとっては、人生は流転が常であり、気分も変わるものだということを知ったうえで、その時どきの自分の気分を可能なかぎり正確に記録するのが仕事なのだ。あんなに思い出に残る誕生日を過ごさせてくれた友人たちが大勢いるにもかかわらず、今日の私は喪失感に苛まれている――中心となる大切な人がいないからだ。そのことを笑い飛ばし、海が自分にとっての最後のミューズになるのだと言ってはみるけれど、海で泉を満たすことはできない。

でもそれは問題だ。人生があまりにもたくさんの方向に拡散すれば、分散し、狂気に陥る危険が生じる。凧は、誰かが手でその糸をしっかりと握って引っぱり、風をうけて初めて空に揚がる。今日の私は木にからまった凧みたいなもの。糸をほどいて空を飛ばせてくれる人は誰もいない。庭がそうしてくれることを願うばかり！

五月一七日　月曜日

もう二週間も、毎日午後になると気力を萎えさせるような冷たい東風が吹いてくる。早くおさまってくれればいいのに。夏になればそれは恵みの風となり、ここはヨークの町よりたいてい五、六度は気温が低い。でも今はまだ海が氷のように冷たいので、強風が吹きつけるとしおれてしまう花もあるし（ラッパズイセンは別にして）、蒔こうとした種が手から吹き飛ばされてしまう。それでも昨日は三列種蒔きをして、二種類のデルフィニウムの苗一箱分をテラスの下のボーダー花壇に植えた。デルフィニウムはあまり丈が高くならないので、そこがちょうどいい場所なのだ。それからブルーのエリゲロンも植えるつもりだけれど、とても小さい植物なのでうまく根づくかどうか。冬のあいだは、希望的観測に酔ったようになりながら、ひたすら苗を注文しつづける。

この時期、毎朝タマスを連れて散歩にいくと、森ではかならず何か新しいことが起きている。ヤブイチゲが満開になり、鋭い切れこみの入った繊細な葉の上に星のような花をつけたその姿は、一輪一輪が小さなブーケのよう。一週間前に放したヤゴたちが、そろそろトンボになっているといいけれど。もう耳元では蚊がブンブン言いはじめたし、恐ろしいブヨも出てきた。少なくとも東風が吹いているうちは、庭仕事をしているときには虫もやってこないのだが。

「昨日は3列種蒔きをして……」

平穏な時が戻ってきて、プレッシャーも少し減った。でも書かなければならない手紙がたまっている。

レースを終えたランナーのような疲れが襲ってきている。でも人前に出ることの続いたひと月と、その後の誕生日がらみのいろいろなイベントを無事に終えて心は満たされているし、まずまず落ち着いた気分でいられることが、とてもうれしい。五〇歳のときとくらべて、七〇歳の今のほうがずっとものごとにうまく対処できている。ひとつには、ストレスがかかったときに無理をするのではなく、流れに身を任せられるようになったからだと思う。もちろん、いつもうまくいくとはかぎらないけれど、朗読会の前も以前にくらべてずっと緊張しなくなった。だから朗読会が楽しい。以前は何日間も、緊張で体がコチコチになったのに。

若い友人たちからみれば、七〇歳なんてものすごいおばあさんだと思うのだろうが、実際には六年前に『海辺の家』を書いたときより今のほうが、ずっと若い気がしている。そして、ネルソンで「六〇歳の形態《ゲシュタルト》」の詩を書いたときよりも。年をとるとはこういうものだと予想していたことは、かならずしも正しくなかったようだ。思うにそれは、自分がこの歳になって、今という時を十分に生ききっているからだという気がする。将来について不安を感じることも少なくなり、愛を失うこと、仕事を完成させるための苦しみ、苦痛、死の恐怖……といったものからも、はるかに距離をおけるようになった。前ほど強い怒りを感じないから、罪悪感も小さくなった。死ぬまでには父との折り合いをつけることもできるかもしれないし、レナードの本を読んでまた考えさせられることになった傷も癒やせるかもしれない。

五月一八日　火曜日

「ミズ」誌のインタビューのためにお昼にマーシー・ハーシュマンと会う。彼女と会うのはいつもとても楽しい。お互いの私生活でのつらい体験を話し合った彼女とは、本当の友だちといえる関係になっている。でも今日は亀になった気分。甲羅のなかに首を引っこめ、どんなに言葉はやさしくても、人の心の奥を探るような質問には答えないでいたい。詩の朗読会では必然的に自分について話すことになるし、その結果、裸にされたような気になったりもする。人が心からの気づかいや関心を示してくれると、こちらも心を動かされるのだけれど、そのうちに本能的に扉を閉めて引きこもりたくなってしまう。

感情を表に出せない人たちは、なぜそれが長所であって欠点ではないと思うのだろうか。なぜ私たちは一般に、開放的で人に進んで話すことより、控えめで自己抑制的なことを称賛するのだろう? 自分の傷つきやすさを見せるのは、よしとされない。このことについて、マーシーと私は同じ考えだ。二人とも、自分をさらけ出すことが危険だと思ってそうできない人、自己防衛的な生き方が染みついていて、その代償として成長できない人に苦しめられてきた。その苦い経験について今、苦痛からではなく、吹っ切れたところから語れるのは多少なりとも救われる思いがする。

ロバート・コールズのインタビューのことをまた書きたいとずっと思っていた。というのもフィル・パーマーとの話のなかで、コールズがフラナリー・オコナーについて言ったことを思い出したから。それは、自分が社会と断絶することを正当化できるほどには世の中の役に立っていないのではないか、という作家の不安に対するひとつの答えだと思う。ここに、エルズバーグのインタビューの最後の部分を書いておこう。

エルズバーグ　あなたはフラナリー・オコナーの短編のファンだとおっしゃっていますね。彼女の作品の多くは、信じることと疑うことが敵対する、一種の戦場を舞台にしている。そこでは生の神秘を信じようとする子どもと、その神秘を否定しようとする大人とが戦っているわけですが。

コールズ　キリストはかつては子どもでした。フラナリー・オコナーは、作品のなかで子どもを通して、無垢《イノセンス》というものの本質を描こうとしているのだと思います。イノセンスとは真摯な、道徳的でスピリチュアルな探求であって、「成熟した」合理化や自己正当化によってはいまだ消し去られていないものなのです。われわれは大人になる過程で、そうした合理化や正当化を過剰なまでに重視するようになってしまっているわけですが。

エルズバーグ　キリストが幼子のようになりなさいと言ったのは、そういう意味なのでしょうか。

コールズ　キリストが言ったのはこういう意味だと思います——キリスト教の根源的な本質を理解しないかぎり、つまり世俗世界の命じるものを捨て去って、神の命じるものを心底から真剣に受けとめないかぎり、私たちは自分を偽ることになる、と。さっきお話ししたフロリダの裕福な家の子どものように、イエスが言ったことを真剣に受けとめ、気づかう、それもただ漠然と気づかうのではなく、自分の生活や家族の生活について具体的に気づかうべきだと思います。

その子どもの家族は、その子がすべてをひっくり返してしまうのではないかと恐れた。でも私は、それこそがイエスの意図したことだと思うのです。すべてをひっくり返し、ものごとを普通ではありえないような、思いも寄らないかたちで見ること。それは非常にむずかしいことです。心理療法によって、それができるようになるわけではない。政治的活動によってそれができるようになるかどうかもわかりません。

フラナリー・オコナーはあのような短編作品を書くことによって、私たちにそれをできるようにさせたかったのではないか。なぜなら、彼女には聖書の言わんとすることがわかっていたからです。すべての短編のなかで、彼女は世俗的で自己満足的な二〇世紀リベラリズムを、キリスト教ラディカリズムと対峙させている。それはもっとも劇的な、社会的で知的でスピリチュアルな対峙を生み出すのです。

ここで語られていることは、よく考える必要がある。ひとつには「イノセンス」というと自分の父親を連想するからだ。まだ子どもだったころ、イノセンスには矛盾がはらまれていることを知った。それと折り合う必要がなければ、イノセントであることは喜ばしい。でも折り合わねばならないとき、イノセントであることは他人の必要に対する一種の無関心であり、残酷なものなのだ。

モリバトがひっきりなしに鳴いている。モリバトの声を聞くと、いつもモリバトをライトモチーフにしたヴァージニア・ウルフの『歳月』という作品を思い出す。もしかしたら彼女はイノセンスの定義について関心がありつつも、自分はイノセントにはなれなかったのかもしれない。でも、それではウィリアム・ブレイクはどうだろうか？

五月二〇日　木曜日

昨晩、やっと雨が降った。木や草花にとっては恵みの雨。めったにないことだが、昨日は疲れて何をしても楽しくなく、一日がむだに過ぎていった。エレノア・パーキンズが掃除に来てくれた（来るのは月に二回なので、仕事はたっぷりある）。バスルームの洗面台の流れが悪くなっていて、水道工事屋さんも来た。昨日はサウス・バーウィックでサラ・オーン・ジュエット〔メイン州サウス・バーウィック生まれのアメリカの作家〕についての新しい芝居を観ることになっていたのだけれど、工事の人が来たのが夕方で、迎えの車がくる前に急いでサンドイッチをつくって腹ごしらえするつもりだったのに、そのせいで食べられなかった。机での仕事もほとんどできなかった。それに雨が降らないと困ると思って水やりをしたのに、それも結局むだだった。

今日はケリー・ワイズが撮影にやってくる。でもやっと天気がよくなるのは明日のようだ。晴れたら私も自分を取り戻し、書くことも、そして静かに庭仕事をすることもできるだろう。いや、「静かに」というのはちょっと楽観的すぎるかも。この季節の庭はとうてい私の手に負えるものではない、気分はダットサンより「やる気にあふれて《ドリブン》」いるけれど（一九七〇年代後半のダットサンのCMのキャッチコピーが「ウィー・アー・ドリブン」だったことから）。でもやっと暖かくなったので、明日は誕生日にイーディスがプレゼントしてくれた一六本のミニバラの苗は植えられるだろう。昨日までは、とにかく夜は冷えこんで四－五度ぐらいになることも多かったし、温室育ちのやわな花を植えたらたちまち東風でやられてしまいそうだったのだ。

寝椅子に座ってサンドイッチを食べていたとき、三〇分だけだったけれど、まさに至福の時を過ごした。色とりどりの鳥たちが入れ代わり立ち代わり飛んできた――ショウジョウコウカンチョウのつがい、オウゴンヒワの一団、カケスやムネアカイカル、ゴジュウカラ、頭の赤いメキシコマシコがそれぞれ数羽、それにオスのキジまで！　シジュウカラは夏を過ごすためにもう森へ行ってしまった。でもなんということだろう、そう思ったのも束の間、すぐにムクドリやクロムクドリモドキ、コウウチョウ、ハゴロモガラスたちがやってきて地面を埋め尽くし、アカリスが餌やり器を乗っ取ってしまったのだ！　でもモリバトの「ピース、ピース」という鳴き声に耳を傾けているうちに、飛び出していってこの歓迎されざる一群を追い払うのはやめにして、一五分ほど、この魔法のような鳥たちの集団を眺めていた。赤、青、紫、ピンク……なかでも際立つのは、もちろんムネアカイカルの白い胸の真っ赤な三角形だ。なんという色鮮やかな鳥だろう！

しかもこのすべては、サクラの木――まだ赤い蕾だが、もう今にも咲きはじめそうな――の枝とそのまわりで起きたのだ。

五月二一日　金曜日

自分を元気づけるために、数日前、マサチューセッツ州ベッドフォードにある高齢者コミュニティの入居希望者リストに登録してもらうよう小切手を送った。五年後にこの家を片づけ、紙類を処分して、引っ越そうかと考えている。ネルソンの家を出るときに、一部はニューヨーク公共図書館のバーグ・コレクションに売ったけれど、まだまだ未整理の手紙や原稿がたくさんある。その気の遠くなるような作業を、私の遺書執行者にやらせたくはない。この家から引っ越すことが決まっていれば、たぶん最終的には七五歳になる前に、いやでも片づけをするのではないかしら。でも家がすっかりきれいに片づいたら、出ていかずにここにとどまりたいと思うかもしれない。ひょっとしたら。

先の計画を立てることで自分を元気づけられるのはなぜかというと、ここでの生活に少々押しつぶされ気味だから。精神分析医のマリニア・ファーナムが言っていたように、混沌としたときには秩序を思い浮かべることで「心の落ち着き」が得られる。今週はいろいろあって、あっという間に過ぎてしまった。火曜日には「ミズ」誌のインタビュー、水曜日はニコラス・ダーソの芝居、そして昨日の午後はケリー・ワイズが撮影にきた。写真を撮られるのはまさに拷問だ！『詩選集』には入れなかった昔の詩を書き写して、ケリーに送ってあげなければ。今日この詩のことをふと思い出し、自分がずっと昔にこの感情をすでに表現していたことを、ありがたく思った。昔の詩を再発見して、それが心の慰めになるのは楽しい。

カエルとカメラマン

手だれのカメラマンは愛情をこめて言う——
気まぐれなカエルは
キラキラ光る目をグルリと回して、
興奮を表す
(これぞカエルの高揚のしるし)
でも気分が変わると
葉っぱの下か
泥沼と見立てたところに引きこもって
(これがカエルの悲しみのしるし)
目を閉じ、じっと考えこむ
カエルは泣かない、ただ隠れる

カメラはカエルを不機嫌にする
目はどんより曇るか、固く閉じられ
表情は一変する
ポーズもとらない
すっかりよそよそしくなる
あんなに明るく陽気だったのに——
「ヒステリックだよ」とカメラマンたち
被写体としてはまったく使えない——
どこかに身を隠す
ハエが来ても知らんぷり
カエルはカメラ嫌い

これは狂気のかたち？
でも顔がこわばらない人がいるだろうか？
目をつぶったり、大きなまばたきをしたり
カメラがまばたきした瞬間に
くしゃみをしたりしない人が
内側の世界に引きこもったり

泥沼をこしらえたりしない人が？
そして自然のままのカエルより
もっと神経症的なわれわれは
時として決められずに迷う
泣くべきか、それとも隠れるべきかを

――「芥子菜の種」より

ケリーが帰って、草花に水をやり、ロースト用のラム肉をオーブンに入れ、自分の生活を再開できたことで心が休まる。週に一度夕食を食べにくるジャニスがやってきた。彼女は定期的に訪れる唯一の客。今回はヒマワリの種を二〇キロも車から運びこみ、それからこの春初めてテラスに出て食事した。野原は一面の緑に覆われ、海は青く輝いている！　話題は先週の〈ウィスリング・オイスター〉でのディナーのこと。思えばジャニスは三年前、いかにも彼女らしいかたちで私の人生に飛びこんできた。私が暖炉用の薪を欲しがっていると聞いた彼女が、友人のプリシラ・パワーといっしょにトラックいっぱいの薪を運んできて、それを薪置き場に積み上げてくれたのだ。その後、いっしょに散歩に行ったりピクニックをしたりして、私たちは徐々に親しくなっていった。そして去年、私がブルターニュにいる遠縁のソランジュ・サートンに会いにフランスに行ったとき、いっしょにクイーンエリザベス二世号に乗り、彼女はそのままイギリスへ行ったのだった。そのときお互いに波長がぴたりと合うことがわかり、以来、彼女は私にとって大きな意味で家族の一員となっている。彼女のすばらしい面はいくつもある。ポーツマスの公衆衛生協会でケアワークに従事していること、彼女の明るさ（いっしょにいるとほんとうによく笑う。しかもお腹をかかえて！）、そしておそらくは何よりも、彼女のバランス感覚と聡明さ。五〇歳を間近にして、彼女は人間らしく生きるためには何を手放すべきかという重要な問いを自分に突きつけている。そして一年前、病院での重要な職に就くことを選ばずに、現在の仕事を選んだ。給料は半分以下になったけれど、昼も夜も仕事に明け暮れて生きる必要はなくなった。今では友だちに会ったり、庭仕事をしたり、本を読んだり、音楽を聴いたり、そしていつでも人に必要とされたときには「役に立てる」余裕ができた。成功とお金ばかりが追い求められ、人間の価値が「いくら稼ぐか」で決められることの多い社会にあって、彼女がそういう決断を下せたのは、やはり人格のなせるわざだろう。

この前会ったとき、彼女に「あなたといると心が安らぐ」と言った。好感をもっている人は大勢いるけれど、こう言える相手はめったにいない。だからこそ、ジャニスは私にとってかけがえのない存在。

五月二三日　日曜日

先週の木曜日、例の慌ただしかった日、流しの詰まりを直しにきてくれたウェブスターさんと、ずいぶん久しぶりに会った。彼の妻は癌を患っていて、前回、工具店で偶然行き会ったとき、私が奥さんの具合はいかがと尋ねると、悲嘆と動揺をあらわにして、目に涙をためながら「うちには四人子どもがいるんで」ともらした。彼の絶望感が手に取るように感じられた。木曜日にまた奥さんの具合を尋ねると、彼は笑顔で、おかげさまで化学療法が効いたんです、と。でもそこから伝わってきたメッセージは、彼の妻の身体的な状態ではなく、夫婦が「いつかそのうち」しようと思っていたことを、今することに決めたということだった。つい最近も、フロリダの彼女の両親のところに行ってきたのだという。彼の表情は輝いていた。私はつねづね、人間はもうすぐ死ぬつもりで――もちろん誰もが死ぬのだけれど――生きるべきだと考えてきた。そうすればおのずと何を優先すべきかは明らかになる。そうした純粋な愛が彼の体全体から輝き出しているようだった。なんと成長したことか。昨冬に工具店で会ったときから、ずいぶん多くのことを学んだにちがいない！ そのあと誰かに聞いた話では、彼の妻はヨークにあるホスピスでボランティアをしていて、皆からとても大切にされているということだった。

去年の冬、詰まりを直しにきたとき、彼は遠慮がちに修理代の代わりに『総決算のとき』のサイン入り本をいただけるでしょうかと言った。それではとうてい安すぎると私は言ったのだけれど、彼は本をいただければ十分だと言い張った。

同じような喜ばしいできごとが続けてあった。花屋のボブ・ジョンソンが春の花――ヒアシンス一株と黄色のサクラソウ二株、それにユリを何株か――を寄せ植えした丸いプランターを私に気づかれないようにテラスに置いていき、今回はそれに『回復まで』を読んだ感想が添えてあった。職人や花屋が私の作品に心動かされて贈り物をしてくれるというとき、批評家の言うことにどれほどの重要性があるというのだろう？

自分は世界一幸運な人間ではないかと思うことがときどきある。詩人が真に望むのは、自分が詩の贈り物をすることができ、それが受け入れられると知ること、それ以外にないと思うから。反対に不運な人とは、自分があたえることのできる贈り物を見出せず、また心からの贈り物が相手に受け入れられないと感じる人。これは私自身、恋愛関係で何度か経験している。私の定義では地獄そのものだ。

昨日、やっとバランスを取り戻した気がする。それは夜中に起き出して、やらなければならないことを片づけようとしたとき、日記を書くのをやめて、自分のなかではもっと気になっていた何通かの手紙を書くことに集中したから。そうしたらこの三週間ほど続いていたひどい緊張がほぐれて、ほんとうに久しぶりにモーツァルトのレコードをかけることができた。昨日の午後ナンシー・ハートリーが来て、外での仕事がかなりはかどったのもよかったのだろう。

五月二六日　水曜日

月曜日は大変な一日だった。『今かくあれども』と『独り居の日記』の一部の朗読を、アメリカ聴覚資料館用に録音するために、ケイ・ボネッティが技術助手の物静かな若い男性といっしょに大雨のなか、やってきた（気の毒に、家の周辺を見たがっていたのに）。予定より三〇分も遅れたので、事故にでも遭ったのではないかとずいぶん心配した。仕事部屋からはドライブウェイは見えないので上に行く気にはなれず、ただ居間を行ったり来たり、しまいにはテレビのトーク番組を見たりして時間をやり過ごす。ようやく着いたときには風船が萎んだような状態になり、朗読するのは苦行だった。ほぼ一〇年前に出した『今かくあれども』を読むのには苦痛がともなった。どういうわけか、このごろ自分の話し方を過剰に意識するようになっている。ニューイングランドのアクセントというのはエリートっぽく響くし、言葉を一語一語はっきり発音するのは聴き手にとっては聞きやすくていいのだろうけれど、書斎の肘掛け椅子に座って読んでいると、自意識過剰のように聞こえる。朗読を一時間ほどしてから、今度はインタビューを一時間。ボネッティはよく準備していて、的を射た質問をしてきた。私もばかな答えはしなかったつもりだが、最近自分のことや仕事のことを話す機会が多くありすぎて、まったく場違いなことに、何も話したくないという気持ちが強かった。

やっと二時ごろになって（朝食を食べたのは朝の五時だった）、〈スパイス・オブ・ライフ〉という〈アリスのレストラン〉〔カリフォルニア北部にあり、バイクのライダーに人気〕のヨーク版のようなところへ二人を連れていったら、ほんとうにラッキーなことにロブスターとアボカドのサラダがメニューにあった。私はスコッチ、ケイがマティーニを飲んだおかげで和やかな雰囲気だったけれど、四時近くに家に戻ったときには、どうしていいかわからないほどくたびれきっていた。でも休むこともできず、雨が降っていたので庭仕事もできなかった。帰ってきたら玄関のところに〈ホワイト・フラワー・ファーム〉から苗の入った大きな箱が届いているのを見て、パニックになってしまったのだ。ここのところ、次々にじゃまが入るなか自分を奮い立たせて庭仕事をがんばっていたのに、またこんなに苗が届いて動揺してしまったというわけ。

昨日は夜中の三時に目がさめて、決まりきった日課をたまには変えてみようと心に決めた。朝食後すぐに庭に出よう、と。朝になってみると、ひんやりとして、土は雨のあとでいい具合に湿って軟らかく、虫もいないし、庭仕事にはうってつけの日となった。苗を植えるのは、種を蒔くときのように神経質にならなくていいし、ほんとうに楽しい。土留め壁の際に生えていたニシキギを除去したので、テラス下のボーダー花壇はすっかり空いている。ニシキギは丈が五、六〇センチにもなってまわりの植物の成長が妨げられ、日も当たらないし、雑草を抜きに入ることもできなくなっていた。今こそここを本格的な英国式ペレニアルボーダー〔宿根草の花壇〕にするチャンスなのだが、どうやら張り切りすぎて、植えられないほどたくさん苗を注文してしまったようだ。とはいっても、かならずダメになってしまうものもある。今日植えたのはオダマキ、アンチューサ（ブルーがすばらしい）、ブルーのエリゲロン、紫のヤグルマギク、ほかにもいろいろ。ハルダーのために、彼女が大好きなアスクレピアスも植えた。

ハイディとお昼を食べ、歯医者に行き、少しだけタマスと休憩。それからまた二時間半、苗を植える。大変な一日だった！　でも一日の終わりには満足感があった――たしかに疲れはしたけれど、その前の日の神経をすり減らすような疲れ方とは大違いだ。

今日の午後には庭仕事を終わらせたい。まさに恵みの雨だった。雨上がりにはすべてのものが光り輝いて元気になる。ガマズミが白い花を咲かせていて、その芳香が時おり漂い、そのたびになんの香り?と思っては、ああそうだと思い出すことを繰り返している。

今の生活できついのは、あまりにスケジュールが過密でゆっくりできないことだけでなく、先の先まで予定が入っていること。一〇月にはすでに二人、客が来ることになっているし、もちろんユニテリアン協会年次総会*での記念講演も六月末に迫っている。七月も人と会う予定がぎっしり。でも『総決算のとき』のローラのように、雑事をすべて閉め出して「ほんとうの関係」だけに集中することが許されるのは、死が間近に迫ったときだけなのだ。

* 正式名称はユニテリアン・ユニバーサリスト協会。一九六一年にアメリカで設立されたリベラルな宗教団体で、統一の教義はなく、メンバーが自由に思想・信仰を決めることができる。〔訳者注〕

五月二八日　金曜日

ほんとうにいろんなことがあった一カ月だった。もう五月も終わりだなんて信じられない。ラッパズイセンの花がらは全部摘み取ったし、アイリスとボタンはこれから。尖塔のような形をしたカマシアは今回初めて植えたけれど、目をみはるほど美しい。ロバート・フロストはその詩で「なぜこんなにたくさん青のかけらが?」と問うた。それはわからない。でも青い花はなぜか愛しく思えるのは事実だし、最近植えた苗の多くは青い花――めずらしい日本のブルーサルビアとか、アンチューサ〝リトル・ジョン〟とか、アスターとか。去年植えた丈の低いオダマキ〝ビーダーマイヤー〟は今、ボーダー花壇のひとつで咲き誇っているが、ほかのひょろっとしたオダマキとは違って太くて肉感的で、薄いブルーの花をうつむき加減に咲かせる。なぜかはわからないけれど、花の名前を書いていると唾が出てくる！

このところ母のことをよく思い出す。母は年をとって病気がちだったにもかかわらず、母言うところの「植民地の拡大」に熱中していた。体力もないのに、住んでいたケンブリッジ〔ボストンの隣り町〕の袋小路のいちばん奥を勝手に耕してボーダー花壇をつくり、庭を拡大することに励んでいた。何かに情熱をもつとは、まさにそういうことなのだ！

ここの庭仕事も、私の年齢では手に余るのが現実。でもこの点に関しては、けっして自分を抑えられないことはわかっている。庭仕事とは一種の狂気、愚行であって、年齢とともに消え去ったりはしないと認めなければならない。それどころかその正反対なのだ。

パンセオン社からアン・トゥルーイット〔アメリカの彫刻家〕の『あるアーティストの日記』のプルーフ本〔校正刷りの仮綴じ本〕が送られてきて読んでいる。実にすばらしい。まずはこれほど深く、かつ簡潔で、啓発的な日記を読むことは大きな歓びだ。文体は本人の描写から想像される彼女の彫刻作品と同様に、ミニマルでエレガント。自身の作品をこんなふうに語ることのできるアーティストはめったにいない！　何年も前に読んだ『ドラクロワの日記』を思い出した。私にとって新たな発見の書だったその本を、死の床にあったクイッグ〔ネルソンに暮らした画家アルバート・デュヴァル・クイグリー〕のところへ持っていったのだが、一枚の肖像画（ショパンだったか？）を見たとき彼の顔がパッと明るくなり、長いあいだそれを見つめていた。トゥルーイットの日記にはうなずくことが多い。デイヴィッド・スミス〔アメリカの彫刻家〕の死について、彼女はこう書く。「彼が死んだあと、アトリエは寂しく感じられた。私にとってデイヴィッドが存在することの意味は、彼は生きているかぎり仕事をしているということだったのだと悟った。そして彼が仕事をしていれば、私は孤独ではなかった」。私自身、ヴァージニア・ウルフが死んだときにこれと同じような喪失感を痛いほど味わった。私の仕事について、なんらかの意味のある意見を言ってくれる人はこれで誰もいなくなった、という思いに襲われたのだ。でもそれはトゥルーイットとは違う。私はヴァージニアと親しい友だちではなかったし、その当時私はまだ二、三冊の本を出しただけだったから。それでも彼女のことを、仕事に関するかぎりある意味で「同族」だと思う感覚があった。

トゥルーイットの日記から、少し引用する。

昨冬、回顧展の準備をしている最中に筆舌に尽くしがたい孤独の頂点にいるような気がした。作業が進まなくなり、私は子どもたちに一日だけ自分の好きなことをすると言って、ナショナル・ギャラリーへ向かった。……真っ先にレンブラントが私と同じ五三歳のときに描いた自画像の前に行った。彼は私をまっすぐに見つめ、私も彼をまっすぐに見つめた。

そこにはむき出しの痛みをともなう恥じらいがあった。以前心理学と看護学の分野で仕事していたとき、これと同じものを患者のなかに見た。彼らにとって、話すという薄い布を身にまとっていたほうが礼儀にかなうし、その場しのぎにもなるのだ。それは賢明なことであり、自分に課せられた重荷を黙って引き受けることへの無私の高潔さともいえる。だがレンブラントは、危険を冒してもめざす価値のあるより高い善をみつけ、自分が知っているとおりの自分――救済しがたい人間の姿を描いたのだ。彼はその位置からこちらを見ている。自己憐憫も、これ見よがしの態度もなく。それが私に力をあたえた。

この正直さこそ、私が日記を書くうえでめざしてきたものだ。でも画家は、とらえどころがなく、時に傷のついた、しばしば二面的な意味をもつ言葉を使わずにすむから、うらやましい。それでもやはり、またこうして日記を書くことでものごとを確認し、明確化できると思っている。朝の一時間をなんとか日記のために確保すれば、どんなに多忙だと文句を言っていても幸せな気分になれるし、自分自身とも世の中とも折り合いをつけられる。

最近、突然この先に残された時間はあまりないのだと気づかされ、自分がとても年をとった気がすることがある。ずっと前から毎年春になるとかならず口にするハウスマンの詩の一節を口にしたとき、その感覚が痛みをともなって襲ってきた。

盛りの花を眺めるには
五〇回の春では少なすぎる
だから森から森へ、巡って歩こう

雪のように白い花で飾られた桜の木を見に

でも私には、多くてもあと一〇回か一五回の春しかない！　信じられない気がする。私の生涯はほとんど終わってしまったのだ。でもその半面、私の頭のなかには七〇回の春があり、それらは今、豊かさとともに甦ってくる。

五月二九日　土曜日

湿った〝ノーイースター〟〔発達した温帯低気圧による嵐。強い北東風をともなう〕が吹きつける今朝は、ちょっと暗い気分。というのも昨日の午後、最後の苗を植えて戻ってきたとき、鳥の餌やり器の近くに羽根が何枚か落ちているのをみつけた。一枚拾ってみると、艶のある濃い藍色で先っぽが白い。ブランブルが、餌を食べにきたムネアカイカルを襲ったのだ。その夜ずっと、夕飯を食べ、ニュースを見ながらブランブルがやってくるのを待っていた。ブランブルは毎晩、判で押したように姿を見せる。それは、私にとってひそかな楽しみになっている。ブランブルがあの美しい生き物を引き裂くなんて、とても耐えられない。そういえば私が餌やり器に餌を入れたとき、ブランブルはいつものように走って逃げ去ることもなく、花の咲いたサクラの枝に上ってじっと待っていた。ひどいことだ。「自然、歯と爪を赤く染め」という一節が浮かぶ。エマーソンかと思ったら、テニスンだった。どうやらつがいの相手もなく、孤独だったムネアカイカルが痛ましい。止めたくても止めようもない破壊が、あちこちで起きていることが嘆かわしい。昨晩は、もしブランブルが死んだら今度は家猫を飼おうかとまで思った。凶暴なハンターのブランブルが、獲物を食い入るように見すえる目は石のように冷たい。でも家猫は檻に入れられたトラのようなものだ。

それに、毎朝の散歩に遠慮がちについてくるブランブルがいなくなったら、どんなに寂しいだろう。タマスと私から二〇メートルは離れて歩き、私が立ち止まって待っていると、寄ってきて私の足にまとわりつき、ゴロゴロと喉を鳴らす。それにブランブルは、タマスをどんなに頼りにし、愛していることか。丸一日姿を見せず、ようやく帰ってきたとき、具合が悪くなるほど心配している私をよそに、ブランブルはまっしぐらにタマスのところに飛んでいき、頭でタマスの鼻先を押し上げて「おかえり」を催促するのだ。でもタマスのほうはブランブルに冷たいし、お客がブランブルに注目するとやきもちを焼く! それにタマスも(めったにないことだが)リスを捕まえるときにはブランブル同様の野性をむき出しにして、まさに「歯と爪を赤く染め」る。初めてそれを知ったときはすごいショックをうけたのを憶えている。ふだん、タマスはほんとにやさしい犬だから。

人間もまた、誰もが心の奥底にこうした残虐性をもっているのだと思う。弱いものに接すると、ほとんどの人のなかにサディズムが首をもたげてくる。でも相手をよく愛するということは、その人のありのままの姿を受け入れること。「われらはあるがままに愛するものを愛する……」〔ロバート・フロストの詩「ハイラの小川」の一節〕。最近、私が少なくともこれだけはめざそうとしてきた智慧だ。そう考

「毎朝の散歩に遠慮がちについてくるブランブル」

えているうちに、トゥルーイットの『日記』の次のようなくだりを思い起こす。ずっと頭にとどめておきたい。

よくよく注意しないかぎり、私たちは互いに自分の先入観にもとづいたイメージにしがみついて相手を判断してしまう。その先入観とは、自分以外のものに対する無関心からくるものだ。この無関心は極端な場合、一種の殺人ともなりうる。思うに、それはかなりよくある現象だ。自分については自主性を主張し、それによって他人を自分の都合のいいように決めつけるという横暴に陥りかねないことには気づかない。自分が認めたい部分だけに注目することで、私たちは相手を知らないあいだにコントロールしている。……この無関心の対極にあるのが愛だ。それは相手の自主性を認め、互いを発見しあうことを可能にするようなかたちで相手を尊重すること。

五月三一日（戦没者祈念日《メモリアルデー》）月曜日

まだ雨がしとしとと降りつづいている。一筋の日光も射さない、陰鬱な戦没者祈念日の週末。急ぎのことを片づけるために読みかけのまま置いてあったヴァージニア・ウルフの日記の第四巻を読んでいる。『歳月』の最後の部分を書いていた時期にあたり、もっと前の日記とくらべると、内容は何でもありという感じ。ウルフはボウエンズ・コート〔アイルランドの地主階級ボウエン一族の屋敷〕を冷ややかにあしらっているが、どんなにみすぼらしくなっていようと、あのお屋敷は脳裏に焼きつくような本物の存在感をもってそこにあったのだと思う。私が以前、ボウエンズ・コートに行ったときに感じたのは、エリザベス・ボウエンにとってはまさにあのお屋敷が純粋な詩であり、もしかしたらミューズだったのかもしれないということ。気むずかしくて要求が多く、彼女が稼いだお金をすべて呑みこんでしまったけれど、彼女はそのミューズによく仕えた。ウルフの日記を読んでうらやましいと思うのは、彼女とほかの作家たちとのあいだに単なる知り合いというのではない、本物の友情があったことだ。

一九三〇年代、毎年春にイギリスに行っていたころ、いくつもの幸運に恵まれてジュリアン・ハクスリー夫妻、ウルフ夫妻、ボウエン、バジル・ド・セリンコート、S・S・コテリアンスキー〔ロシア生まれのイギリスの翻訳家〕といった人たちと出会うという、特別な一時期があった。でも私はまだ二〇代で無名の身、雲の上の存在のような「大作家」である彼らと知り合い、自分の能力とは関係なく、その輝かしい世界の仲間に入れてもらっていることが、ひたすらうれしかった。そして今、当時の自分のような立場にいて、私を尊敬している若い作家が何人かいる。彼らの友情は大事にしたいし、自分にできる範囲で力になってあげたいと思っている。

ルイーズ・ボーガンが生きていたら。ドリス・グランバックにも会いたい。ありがたいことに彼女はまだ存命しているが、小説とウィラ・キャザー〔アメリカの作家〕の評伝の両方を執筆していて、創作の雲のなかに消えてしまった。技巧について、誰と話せばいいのだろう？　あれほど寛大な心をもつ男性はいないと思うジョージ・ギャレット〔アメリカの詩人・作家〕は川を渡ったところに住んでいるが、会うことはめったにない。たぶん私が悪いのだ。同業者と会うのを避けているのは、ほかならぬこの自分。ひとつにはもの書きという競争の激しい世界で、私はひどい負け犬だということもある。成功しているもの書きと会っていると、古傷がうずく。

自分にほんとうに正直になってみると、私は意識して作家以外の人と親しくなるようにしてきたのではないかと思う。「現実に存在する人間」、つまり実社会で仕事をし、私には知るすべのないことを教えてくれる人たちと知り合いになりたかった。プロの書き手は皆、生まれつきとげとげした人種だから――私自身もまちがいなくその一人だ。

昨日はふと思い立ってエヴァ・ル・ギャリエンに電話した。近況を尋ね、例のムネアカイカルの一件を話す。ルリツグミが帰ってきたそうだ。三年前の夏に会ったとき、毎晩彼女のところに九匹のアライグマが餌を食べにきていたのだが、そのアライグマがどうなったのか聞くのを忘れてしまった。お互い、自分の歳が――エヴァが八三歳、私が七〇歳――信じられないわね、と言って笑う。彼女がプロデュースしたすばらしい舞台『不思議の国のアリス』がこの秋、初演時と同じリチャード・アディンセルの音楽で再演されるかもしれないというニュースを聞いたら、なつかしい思い出が湧き上がってきた。シビック・レパートリー劇場からブロードウェーのニュー・アムステルダム劇場に場所を移して『アリス』を上演したとき、私はエヴァが休みをとった一週間、彼女の代役で白の女王を演じた。あれはほんとに楽しかった。台詞をひとつ言うたびに観客がドッと笑い、それを聞いて気分が高揚したことを昨日のことのように思い出す。

自分へのごほうびとして、詩を集めてビル・ユーワートに渡すつもり。彼は小さな詩集を出してくれると言っている。

六月三日　木曜日

太陽の光がまぶしいので仕事部屋のカーテンを閉めようとしたとき、ふと下を見ると芝生を横切って飛ぶ鳥の影が目に入った。そのあと鳥は二階の窓の高さまで飛んできた。やっと太陽が出て、鳥の影がまた見えるようになった。それが今朝の最大のニュース。青い海と緑の野原がともに歌い、雨のあいだ沈黙していた海のさざめきが遠くに聞こえる。

昨日、お昼を食べたあとに太陽が顔を出したときのすばらしかったこと！　エレノア・ブレアとエリーズ・ロテラはテラスの縁に座って足をブラブラさせ、太陽のぬくもりを一身に浴びながら庭の美しさに見とれていた。一時間ほどしてから、エレノアと私は寝椅子で体を伸ばし、エリーズはタマスを連れて海のほうへ散歩にいった。

お昼の前には暖炉の前で、メアリー＝リーが誕生日に持ってきてくれたシャンパンを飲んでくつろぎながらおしゃべりをした。エレノアは出窓に飾った花の鉢をしばらくのあいだじっくり眺めていた。最近、真ん中に青と赤のフクシャを置き、オレンジレッドと薄いピンクのゼラニウムも買ってきて飾ったので、なかなかいい感じ。青いストレプトカーパスが咲き、白も三鉢のうち一鉢が花を咲かせているので、ふんわりと華やかな雰囲気。弓形に張り出したこの出窓を温室にすることを提案したのはエレノアなので、彼女には所有権があるわけだ。かなり目が悪いはずなのに、細かいことも全部気づいたのには驚いた。

コーヒーアイスクリームにメープルシロップをかけたデザートは大成功だった。二人が帰ったあと、ジーンズに着替えてトマトの苗を植えようと外に出た。植えはじめたと思ったら宅配便の車が来て、先週注文したユリの球根一一個が届く。冗談めかして言えば、自由の身になったと思うと、かならずといっていいほどこういうことが起こるのだ。でも今日いっぱいは、いい天気のようだし（明日と明後日の土曜日は雨）、植えつけにはもってこいの気候なので、午後に球根も植えてしまうつもり。

それから昨日はレイモンドが久しぶりにやってきた。いつものように自分の身にふりかかった災難について――トラックの緊急ブレーキを交換しなければならなかっただの、耕運機が二台とも故障しただの――話し出すと止まらず、私がグチをこぼす暇はない。でもやっと話し終わり、私の慰め言葉を聞くと、私がやったら何日もかかってしまう作業に取りかかってくれる。昨日の作業はバラの花壇をきれいにすること、メアリアンが誕生日にプレゼントしてくれた白いバラを植えること、そしてハマナスの陰に隠れていたこともあって枯れずに生きのびたバラ何本かを移植すること。この冬は六本のバラが枯れてしまった。お風呂のあとに外に出てみると、見ちがえるほど庭がきれいに片づき、花々が美しく咲き誇っている。最近はレイモンドに頼まずに自分で作業することが多いのだが、たまに来てくれると全然違う！ 勇気が湧いてくるし、仕事ははかどる。明日もまた来てテラスの草を刈り、木の剪定もしてくれるそうだ。

この時期は庭仕事に取りつかれた状態になる。頭のなかは、ほとんどそれでいっぱい。でも取りつかれるのも悪くはない。私の内なる〝ギャンブラー〟と〝ピューリタン〟、その両方が際限のない出費と失敗、そして重労働をともなうこの庭仕事によって満足を得ているのだから。

そして昨日のエレノアやエリーズのように、友だちを喜ばせることができれば、わが杯はあふるるであろう！

六月四日　金曜日

ああ、この気持ちをどうやって抑えたらいいのか？ 昨日ベルギーから、ユージニー・デュボアが危篤だという知らせが届いた。……と書いたところでしばし筆を止め、キャスリーン・フェリアの歌うマーラーの「告別」を聴いていた。「美しさよ！」という叫びがユージニーのものであることを、私は誰よりもよく知っている。輝ける精神の持ち主、人生の荒波にもまれながらも、私の母のようにつねに美しいものに反応し、絶望ではなく高揚へといたる道を選びとる力をもっていた人。友人たち、そして二人の子どもと孫たちにも光の種を蒔き、それ以前には教え子たちにまるで奇跡の種のような光の種を蒔いた。私との関係では、いつも私をものごとの本質に引き戻してくれる人だった。彼女のいちばんすばらしい能力は、人をありのままに受け入れることにあったと思う。それができる人のなんと少ないことか！　結婚生活では苦労したけれど、夫のジャンに蒔いた光の種が最後の最後に花を咲かせ、年をとってからの二人はみごとに調和して穏やかに暮らした。家のこと一切合切は彼女が取り仕切り、料理から庭仕事、そのほか何かことを行うのはすべてユージニーで、ジャンはまるで子どものように世話をされる一方になっていった。でも彼女から不満はひとことも聞いたことがない。それどころか「いい男になったのよ」と一度ならず聞かされた。まさにそれがユージニーなのだ。それと同時に、いつも彼女のドアは開いていて、友だちでも、そのまた友だちでも、見知らぬ他人でも、家族でも、誰でも受け入れて、彼らの悩みごとや喜びに、賢明で思いやりあふれる態度で耳を傾けた。ジャンが死んでからは、かなり孤独な生活のなかで死を受け入れようと静かにもがいていた。ああ、死がやさしく彼女に訪れ、眠るように逝くことができますように！　奇妙なことだが、この知らせを聞いて、自分がいかになじみのない土地にいるかを痛感した。故郷から切り離された自分が、なんと孤独なことか。ヨーロッパよ、私のヨーロッパ、かけがえのない場所……ユージニーが逝ってしまったら、消えてなくなってしまいそうだ。

この気持ちをどうやって抑えたらいいのか？　同じときに配達されたもののなかに、一一月の初めのバンクーバーとビクトリア行きを確認する手紙、それから大気汚染や水質汚染と闘い、絶滅の危機に瀕した動物を救うための力強い協力要請の手紙もあった。ワット〔レーガン政権当時の内務長官で反環境保護運動で知られる〕のために、事態はどんどんひどくなる一方。小切手を送ったけれど、気持ちは沈む。いったいどこまで行けば止まるのか。もう回復できないところまで自然破壊が進んでいるというのに。

私の父を尊敬するサウジアラビアの若い研究者と会ってほしいという要請の手紙もあった。ジョージ・サートン〔著名な科学史家〕は、一一世紀に世界を知的な光で照らしたアラビアの数学者や天文学者の研究で優れた業績を残し、中東では英雄のようにみなされている。でも申し訳ないことに、この週末はまったく余裕がない。見知らぬ人に対してドアを閉ざすことは、どの時点で正当化できるのだろう？ 断ることには大きな代償がともなう。でも、死者を悼むための時間はないのだろうか？ 詩を書く時間は？

昨日の午後は、心の動揺は脇において庭仕事に励んだ。この冬にシマリスに食べられてしまったユリの代わりに新しい球根を一一個植える。ほかのことはすべて忘れ、ほどよく湿った土の感触を味わうのはいい気分だった。すばらしい回復薬！ 今日はまた雨になるらしい。ナンシーが雑草取りを手伝いにきてくれるはずだったのにがっかり。

六月六日　日曜日

「雨、雨、やんで。別の日にやってこい」。土砂降りの雨が絶えることなく窓に叩きつけ、まるで深い緑色の井戸のなかにいるよう。もしかして風が出てくれれば、雨はどこかに行ってしまうかもしれない。金曜日には二時間ほど、ナンシーと二人で雨の合間を縫ってなんとか外に出て、雑草取りと一年草の花壇で三、四列、根覆いをした。ナンシーがいてくれてほんとうにありがたい！　誰かといっしょに作業するのは楽しい。どんな作業も楽に感じられるし、とにかくよく笑う。独り暮らしで寂しいことのひとつは、いっしょに笑う相手がいないこと。

先週のいつだったか放映していたゴルダ・メイア〔キエフ生まれの政治家。一九六九－七四年までイスラエル首相を務めた〕を主人公にしたテレビ映画について書きたいと思っていた。ゴルダ役を演じたのはイングリッド・バーグマン。第二部しか見なかったが、こういう映画がつくられて、イスラエルが建国当初から絶対的な危機に直面していたことを思い起こさせられるのはいいことだと思う。とかくこの国が非妥協的とみられがちなのはなぜかが、よくわかるからだ。映画そのものにも、バーグマンのてらいのない真実味あふれる演技にも心を動かされた。ひとつだけ文句があるとすれば、ゴルダのパワーの源泉は、美人とは程遠いしわだらけの顔と、白髪まじりのくしゃくしゃの髪にもあったということ。バーグマンはきれいすぎる。ゴルダのほんとうの顔が見たかった。あらゆる苦悩と緊張、そしてゴルダをゴルダたらしめた絶望的なまでに困難な状況を乗り越えるのに求められた勇気――それらすべてが、あの顔に刻みこまれていた。ゴルダもエレノア・ルーズヴェルトも不細工なほうだったが、平凡な顔立ちに勝るその精神が燦然と輝きを放っていた。だから年をとってしわが増えても、悩む必要などない。しわのない顔とは、長い人生を苦労して生きてきた証のない顔であり、その背後にあるのは空疎な人生でしかない。八〇をゆうに超えたロッテ・ヤコビ〔ドイツ出身の写真家〕の、しわだらけでも英知にあふれた顔が浮かぶ。人はそれをこそ見るのであり、彼女は今でも魅力にあふれている。

それでも若いころの顔がなつかしくなることはある。それはしかたのないこと。私も今、ナイトクリームというものを生まれて初めて使っている。でもそれと同時に、昨日、伝記を集めた（私のも含まれている）子ども向きの本のために写真を選ぼうと思い、いろいろ写真を見ていて思ったのは、今の自分の顔のほうが好きだし、いい顔をしているということ。二五歳のときにくらべて今のほうがずっと成熟した、中身も豊かな人間になっているからだ。若いときは野心と個人的な葛藤がすべてで、表面的には知的を装っていても、中身はまるで違っていた。今は中身がそのまま外に出ているし、自分自身に満足してもいる。ある意味ではかえって若くなったかもしれない。今は自分の弱さを素直に認められるし、何かのふりをする必要がなくなった今のほうがずっと無邪気でいられる。

最近、訃報がいくつか続いた。まずここに書いておきたいのは、デイヴ・マッケイ・ウィルソンの祖母が亡くなったこと。気骨ある新聞記者として活躍しているデイヴとは、何年か前からとても親しくなった。孫が祖母の人生を讃えるというのはそうあることではないが、「リッチフィールド・エンクワイア」紙には、まさに彼が祖母の葬式で述べた称賛の言葉が掲載された。幸運なめぐり合わせで、彼は祖母が亡くなる前の最後の七週間、家政婦を探していた祖母の家で暮らしたのだが、そのあいだに二人は心から気持ちを通じ合わせるようになった。祖母のことを話すとき、彼の目は純粋な歓びでキラキラ輝いていた。彼の言葉の最初の部分がとくに気に入っているので、引用しよう。

今日、私たちはここに祖母、チャリティ・エリザベス・マッケイ・ウィルソンの生涯を讃えるために集まりました。

〈平和の家〉の女家長であった彼女は、去る水曜日、楽天的に生きてきた九三年の生涯を閉じました。祖母は七世代にわたる人びとに、愛情深い思いやりと頭の回転の良さ、そして首をかしげ、いたずらっぽい笑みを浮かべながら立てる少女のような笑い声で接しました。

イースター以後、私は〈平和の家〉に滞在し、祖母が一九三〇年代に使っていた部屋に寝泊まりしていました。最期の日まで、彼女は生き生きとして健全で、好奇心旺盛で、意固地で、リスクを厭いませんでした。

そして今、光り輝く老年に思いを馳せつつ、同じく九三歳のカミーユ・メイランに手紙を書かなければ。ストラスブールに住む彼女とは、もう三〇年近くも文通している。

六月八日　火曜日

昨日は一日じゅう、土砂降りの雨がやむことなく降りつづいた。庭仕事ができないと、どうしようもなく欲求不満がたまるし、外は薄暗い灰色の世界（光も射さず、木の葉の陰もできない）で、心のなかまで灰色になってしまいそう。それでも今月二五日にユニテリアン協会年次総会ですることになっている記念講演の概要をまとめることはできた。日にちが迫ってきてパニックになりそうだったけれど、これで肩の荷が少し降りた。私がこの講演でいちばん伝えたいのは、今の世界の困難な状況――フォークランドや中東での戦争、貧困、不況、国内での人種差別などなど――にもかかわらず、想像力と意志をもった一人の人間が山を動かすことはけっして不可能ではないということ。怖いのは、否定的な考えに押しつぶされて何も行動できなくなることだ。講演では、シスター・ルーシーがバンゴーの近くのオーランドで主宰しているＨＯＭＥの活動について話すつもり。それについてはカレン・ソームから直接話を聞いていて、この一年間、私にとっての希望の光になっている。

シスター・ルーシーはマザー・テレサと同じように、修道院の壁の外にある困難な問題に対処するために修道会を離れた。一〇年前、彼女はメイン州のなかでも、主要な雇用が材木業ぐらいしかない貧困地域に暮らす貧しい人びとに手をさしのべるためにセンターを設立する活動を始め、広く支援を呼びかけた。

まず彼女は、女性たちがさまざまな工芸を学んだり、すでに技術をもっている人が教えたり、製品を売ったりするためのセンターを設立することから始めた。一〇年後の現在、このセンターで五〇〇人の人が、わずかでも収入を得られるようになっている。でも一〇年間にその活動は生活全域に拡大し、ＨＯＭＥの人たちは薪を割ってお年寄りに冬のあいだ必要な分を届けたり、病気の人を病院まで連れていったり、アルコール依存症の人をＡＡ〔アルコホーリクス・アノニマスの略。アルコール依存症の人たちの自助グループ〕のミーティングに参加させたり、高校を中退した人に卒業資格をとれるよう夜間クラスで教えたり、読み書きのできない人に字を教えたり、家畜を改良する方法を研究して自分たちで労役用の馬を交配しようとしたりと、多岐にわたっている。なかでもすばらしいのは、家を必要としていた五つの家族のために、太陽光暖房による家を五軒建てたこと。しかも大部分はボランティアの手で。ほとんどお金をかけずにこれだけのことをどうやってなし遂げたのか、それは神のみぞ知る。

この組織はただ貧しい人たちを助けているだけではなく、夏になるとあちこちの学校や大学から大挙してやってくる若いボランティアたちに希望をあたえている。彼らはそこで生きるとはどういうことかを学び、最近のアメリカが抱える問題に絶望して陥っていた憂鬱や無関心から抜け出しつつある。そしてまさに、彼らの活動するミクロコスモスには真の精神の民主主義（それはとりも直さず、実践の民主主義でもある）が生まれている。ＨＯＭＥがなし遂げたこと、それは不可能を可能にすることだ。

カレンは冬でも朝五時に起き、薪ストーブに火を入れて私に手紙を書く。だから私はそこの生活の歓びも、問題も、とても近くに感じる。母屋には水道がないので、湖まで行ってバケツに水を汲んでくる。電気もないから、カレンはランプの灯で手紙を書く。六時半になると住みこみの神父がミサを行い、七時に朝食。そのあとシスター・ルーシーが一日の予定を立てて、「では今日は午前中に三、四本、木を伐りましょう」などと言って、皆で外に出ていき、作業をする。

こうした日課は彼らの活動のほんの一部で、毎日のように危機的なできごとが起こる。たとえば車のなかで（マイナス三〇度以下！）暮らしている家族がみつかったために、次の新しい家に入る予定だった家族の代わりに、急きょそこに入居させるとか、刑務所から釈放後、行き場のない元受刑者を受け入れるとか。天地創造の最中の神のようなことをしているようなものだ。もっともHOMEの人たちには安息日はない！

この話をユニテリアン協会の講演でするのはとても楽しみ。彼らなら、HOMEの活動について理解してくれるはず。講演の最後には、私の詩「生きている者に向かって」の最後の数行を読んで、しめくくろうと思っている。

今こそ子どもたちに革命について語ろう
暴力や、テロや、解体についてではなく
人類が長年抱いてきた希望であり、夢としての革命
人の心に流れる川、もっとも純粋な伝統としての革命について

この詩を書いたのは一九四四年、三八年前のことだ。詩の生命は長い。

六月一一日　金曜日

日々が飛ぶように過ぎていく。水曜日はポーツマスまで遠出して、鳥の餌とお酒、それに昨日の午

後来ることになっていたベッツィ・スウォートのために食料品を仕入れる。太陽はさんさんと照っているけれど、風は氷のように冷たいので、彼女がサマードレス姿でバスから降りてきたときにはびっくりした！　昨日の朝は朝食後、カルボナード・フラマンド〔牛肉をビールで煮こんだベルギーの郷土料理〕をつくり、そのあと魚市場〈ファイネスト・カインド〉まで行ってサーモンを買い、お昼を食べながら料理。二日間はあっという間だった！

ベッツィは私の小説について論文を書いている学生で、今は寝室で『怒り』のタイプ原稿を読んでいる。私は自分の机でたまった手紙の返事を必死で書き、今日一日を過ごす態勢を整えているところ。ベッツィがお土産に持ってきてくれたモーツァルトのピアノ協奏曲第9番変ホ長調のレコードをかけながら、フランス語でポーリーン・フランスに長い手紙を書いている。ユージニーが亡くなったあと、ポーリーンはベルギーにいる古くからの大切な友人の最後の一人になってしまった。もうかれこれ四〇年、彼女の賢明なアドバイスにどれだけ助けられ、また元気を取り戻したことか。彼女がこの世にいるかぎり（もう九〇歳近いはずだ）、私はまだヨーロッパに自分の根《ルーツ》をもっている気がする。根、それも主根を。手元の辞書によれば、主根とは「植物の主要な根。通常、側根よりも頑強で、茎からまっすぐ下に向けて伸びる」とある。この根は幼年期の根であると同時に、幼児期の言語の根であり、幼児期に暮らした土地の根でもあると思う。そして私にとっての根はベルギーであり、ポーリーンなのだ。

ポーリーンと知り合ったのは大きくなってからだが、二人とも文学や美術、そのほか成長する過程で夢中になったものがまったく同じだった。彼女はパリの高等師範学校で長年教鞭をとり、ジャン・ドミニクのファンの一人でもあった。ある意味で、彼女は今生きている人のなかで、もっともよく私という人間を知り、理解している。その才気あふれる知性と明快さ（彼女の手紙の生粋のフランス語はほんとうに心地よい）は、彼女の謙虚さとカトリック教徒としての信仰によって抑制され、温かみをあたえられている。ポーリーンのことを考えると、他人について裁きを下し、それを伝える知的能力をもつ人は、つねにそうすることを慎むという事実に行き着く！　ポーリーンは「私は正しくてあなたはまちがっている」と主張することは、けっしてしない。静かで瞑想的な生涯を送りながら、文学のもつ価値（今またフローベールの手紙を読んでいるの、と彼女は言っていた）を探り、他者に裁きを下すのではなく、鋭い感性をもってみずからのなかに取りこみ、共感することによって、自分が愛し、敬意を払う人びとの本質を見抜こうとしている。彼女は教え子の学生たちに、そして私にも、啓蒙的な影響力をあたえてきた。そう、まさに「主根」なのだ。

手紙のやりとりしかしたことのない人を客として受け入れるのには、いつも不安がつきまとう。ベッツィの場合はほんの短期間の滞在なのだけれど、やはり来る前はちょっと緊張していた。でも今ここには、スラッと背の高い赤毛の美人で、私より四〇歳も若い（！）ベッツィがいる。タマスがいつものように、あいだを取りもってくれる。タマスほど愛に満ちあふれたホストはいない。誰でも、まるで久しぶりに会う旧友のように大喜びで出迎える。この三日間は休暇だと思って過ごすつもり。自分が親しんだ領域に入ってきて、どんなことでもわかってくれる（私の本を読んでいるから）人と、この場所の美しさを分かち合う。こんなすてきなことはない。

六月一三日　日曜日

ベッツィの滞在は成功だった。最初の二四時間はお互いに緊張していたが、その後は二人の波長がぴたりと合った感じがした。こんなに若い人といっしょにいると、自分の歳をつくづく感じさせられる。老いを感じるということではなく、二人を隔てている四〇年のあいだに自分の人生をひとつの方向に深く掘り下げていくなかで、冒険とは反対の、かなり現実的な生き方をせざるをえなかったから。ベッツィは去年の一〇月に私の本を読んで、自分が研究し、論文を書きたいのはこれだと思い、途中まで書いていた論文があったにもかかわらず、それをやめてしまった。それができる度量のある彼女がうらやましい。自然発火のような大胆な行動は実にあっぱれ。ある意味では彼女と同じ年頃の自分を見ているよう。自分が惚れこんだものに対しては、お金などないくせに、法外な出費をして意思表示をしたものだ。ベッツィはコートもレインコートも持たずに来たけれど、手土産にはとてつもなく高価なシャンパンとレコード、そして私にサインしてもらうための本を何冊か持ってきた。たぶん彼女もその友人たちも、ろくに食べるものも食べていないのではないだろうか。朝食は抜き、お昼もめったに食べず、グラノーラで生き延びているのでは。それにひきかえ、私はなんと年をとり、ブルジョアな生活をしていることか！

二人で一時間ほど、テラス下の壁沿いに生えている雑草取りをやったのは楽しかったが、その後また永遠にやまない雨が降りはじめた。ベッツィは田舎育ちだが、土をさわる歓びをすっかり忘れてしまっていたという。お互い緊張感なしに和やかに過ごしたいっときだった。自分の作品について話し、的を射た質問に対して知的に答えようとしながら、一方では時計を見てジャガイモをゆでるのを忘れないようにするというのは、非常に疲れる。料理をし、家事をし、灰皿もきれいにし、飲み物も用意しながら、同時に彼女が会いにきた作家のサートンでなければならない。でも料理をする人も必要なのだ！　放っておけば散らかる家のなかをつねに片づけ、生気ある安らげる場所に保つことにはたいへんな労力を要する。でも一人で家にいるときは、そういう仕事も楽しんでやれる。何も緊張感はないし、花に水をやりながら考えごともできるから。ところがお客がいるときには、やらなければというプレッシャーを感じてやっているうちに、だんだんつけこまれているような気がしてくる。もちろん私が悪いのだけれど。でも今日は、ベッツィも手伝ってくれるようになり、出ていく前に自分が使ったシーツの洗濯やベッドメーキングも私といっしょにやった。

彼女がジャン・ドミニクの詩集を見せてほしいと言ってきて、今日の午前中、気に入った詩を書き写していたのには心を動かされた。ここにまた一人の情熱的な若い女性が、ジャン・ドミニクという詩人を見出した——私が四五年前に彼女を見出し、その作品を読んだように！

タイプライターのリボンを交換したのに、うまくいかない。前にも後ろにも動こうとしない。ああ頭にくる。

六月一四日　月曜日

六月の雨量は記録を更新したそうだ。まだ月の半分しか過ぎていないのに！　今日もまた土砂降りの雨で、スター島までロッテ・ヤコビに会いにいくというささやかな休日も、どうやらおじゃんになりそう。でも雨は、もしかしたらやむかもしれない。もし波止場で彼女と会えたら、こんなにすばらしいことはない。この一〇年間、ここから南東の方向にあるショールズ諸島〔スター島はそのなかのひとつ〕のことはずっと気になっている。この群島はときどきギリシャの島のように空中に浮かんでいるように見える。ちょうど一筋の光の帯の上に浮かんでいるように。真っ黒の島影が輪郭もくっきり見えるときもあるし、そうかと思うとまったく見えないときもある。そんな魔法のような島々に、ここに住んで一〇年になるのに一度も足を踏み入れたことがない。だからたとえ雨でも、行けばきっと楽しいにちがいない。

六月一六日　水曜日

イーディスが泊まりがけで来ることになっていたので、バイキングサン号をクイーンエリザベス二世号に見立てて、スター島まで行くのもいいかも、と誘っておいた。というわけで彼女の運転でポーツマスまで行き、バルククイーン号（なんてひどい船名だろう〔バルクは「貨物室」の意味〕）という巨大な貨物船と三隻の曳航船の見える川沿いの食堂でランチ。なかの一隻は「バス・オブ・ニューヨーク」という名前だったが、いったいなぜなんだろう。三隻の曳航船を眺めながらおいしいランチと、チョコレートケーキのデザートまで食べるなんて、めったにない楽しみだった！　スター島まで一時間だが、船は揺れるし、とても寒かったので、ちょっとした船旅という以上のものとなった。

灰色の空と冷たい風のなか、だんだん近づいてくるスター島は孤立して見えたが、島で本屋を経営するベティ・ロックウッドは温かく出迎えてくれ、一九世紀に建てられたホテルのポーチではロッテが私を待っていた。上に小さなボンボンのついたペルーの毛糸帽をかぶったその姿は、気のいいトロールみたい。船が揺れて少し気分が悪かったので、五時になったら詩を朗読し、シェリーアワーの始まる五時半に本にサインを「していただけたらうれしい」と聞かされて、びっくり。手紙やインタビューから逃れて、二四時間だけ「解放されたい」という切なる願いをもってこの島にやってきたのに！　とりあえず、ロッテの部屋の向かいにある自分の部屋（ホテルに付属しているコテージのひとつ）で少し休むことにする。見知らぬ場所に連れてこられた動物よろしく、私は寒さに震えながら部屋中を嗅ぎまわった。ほんとうに寒かったし……なんとも奇妙な感じだった。シェーカー教徒の部屋のよう、と言ったらいいのか、一枚の絵もかかっていない薄青色の壁、染みひとつない清潔なベッドカバー、丸い洗面桶（なかに冷たい水の入った水差しが入っている）が置かれ、下には汚水を入れるバケツが置かれたスタンド、そして細長い書き物机があるだけ。ブラインドを下ろしてロッテから毛布を借りた。でも二度と暖かくなれないのではないかと思うほど体は冷えきっていた。でもこのがらんとした、静かで塵ひとつない部屋が、私は気に入った。イーディスが取ってきてくれた郵便物を読み終えると、やっと眠りに落ちた。

五時一五分前にロッテが起こしにきて、夢遊病者みたいにフラフラしながら外に出る。頭はまだボーッとしていて、ここはなんて不思議な場所なんだろうと思い、ロッテといっしょにいられさえすればいいという気がした。ロッテも寒くてたまらないという。でも岩ばかりで木はほとんど生えていない平らな風景と、丈の高い湿った草のあいだを抜けて、ごつごつした岩を越えて伸びていくヤギの通り道のような小道――まわりは一面の海だ――を眺めているうちに、パトモス島を思い起こした。スター島にはたしかに、エーゲ海に浮かぶギリシャの島のような趣がある。

それから導かれてホテルの一室に入っていくと、四〇人かそこらの人が集まっていた。六月の第三週は「アートウィーク」になっているため、音楽や絵画、詩にインスパイアされた詩を何編か読んだ。それからヤギの道を通って、毎日シェリーアワーが行われている小さな石造りの家に行き、そこで長いテーブルの前に座って本にサインした。

だだっ広くて騒がしい食堂での夕食のあと、詩の朗読をした小さな部屋に戻り、少人数で女性の生き方について話し合う。皆が順ぐりに自己紹介したのはこのときだけだったが、参加者の体験の多様さに驚かされた。リーダーはアクトンで託児所を経営している若い女性で、資金不足など、自分の抱えている問題について話した。母親が幼い子どもを昼間託児所に預けてフルタイムで働いても、子どもはきちんと育つかどうか、ということについても議論。なかでも興味深かったのは、慢性的な病気に苦しんでいたものの、ホリスティックなアプローチ〔包括的な健康観に立ち、西洋医学に東洋医学や自然療法などの代替医療を統合した治療法〕によって健康を取り戻したという話をした女性だ。彼女は今は療法士として、同じ方法で病気の人を癒やしているという。彼女は患者一人ひとりに必要なことを直観的に理解する能力をもっているらしく、まったく体の自由がきかなかったのに、治療によって普通の生活が送れるようになった何人かの患者のことを話していた。

ベティが電気毛布を貸してくれたおかげで、その夜は気持ちよく眠りにつくことができた。もし薄い毛布一枚だけだったら、寒くて眠れない夜を過ごすはめになっただろう。

五時に目がさめてみると、あたりには湿気を含んだ濃い霧が立ちこめていた。八時の朝食のころにはそれも徐々に晴れ、晴れて暖かくなるという予報もまったく現実離れしたものではないようだった。朝食はトマトジュースとパンケーキ、コーヒー。ミセス・ハリスの隣に座って食べる。彼女はネルソンの私の家の隣りといってもいい牧師館に住んでいたマイラ・ハリスとベッシー・ライマンの親戚にあたるので、ネルソンのこと、そしてシェルティ犬のことを話した。彼女もまた私と同じく、ネルソンのフレンチスの農場でシェルティ犬に惚れこみ、ダンカンという犬を購入していた。それがタマスのいとこにあたる犬だったので、私たちは偶然のつながりに驚き、興奮してしまった。彼女は一週間前に盲腸の手術を受けたばかりだったが、もう何年も毎年、アートウィークにこの島を訪れていて、今回も思い切って来ることにしたそう。最初に来たのは三人の子どもを立て続けに生んだあとで、彼女の夫が子育てに疲れきっている彼女を、一人になってリフレッシュするといいと、一週間のスター島での滞在に送り出してくれたのだそうだ。それがどんなに貴重な時間だったか、彼女は振り返って話した。初めのうちは独りで行動し、岩の上に座って海をうっとり眺めたりしていたが、やがて少しずつ人の輪のなかに入っていったという。彼女の向かい側には牧師とその妻が座っていて、彼女もまったく同じ経験をしていた。貯金をはたいてスター島に来て、こんな贅沢はもう二度とできないと思っていたのに、今回でもう四回か五回目になるという。ここに来ることが、彼女にとって欠かせないものになってしまったのだ。

かつては私も、毎夏ジュディとグリーニング島に何日も滞在していたが、あのころ島に住んでいたアン・ソープと話したのは、島では俗世間が遠い世界のように感じられるということだった。今回も、フォークランドの戦争のことやレバノンの戦争のことは誰も話題にしなかった。そのこと自体が安らぎだった。

朝食後、ロッテといっしょに付近を探索に出かけた。太陽が顔を出し、海は昨日までとうって変わって青く穏やかだった。島がまるで海に浮いているよう。月桂樹の葉を一枚つまみ取り、その芳しい匂いを吸いこむと、歓びと安らぎが湧き上がってきた。ロッテは高齢にもかかわらず驚くほど美しい。自分らしくあること、人びとの注目を浴びることを心から楽しんでいる。「智慧ある人」であり、いたずら好きで人をからかう達人でもある。ヤギの道をのんびり歩き、視界いっぱいに広がる青い海を眺めたり、古いボート――丈の高い草にほとんど埋もれ、なかには小さな白い花がびっしり咲いていた――の脇に立ち止まっておしゃべりしたあと、昔は納屋だったらしい小屋まで来てみると、そこでは二人の修道女が簡素な美術の教室を開いていた。そこにしばらくとどまり、ロッテは修道女にヒントをもらって、言葉を素材にしたスケッチを描いた。私は無性に、岩の絵を一、二時間かけて描きたくなった。その瞬間、来年の六月にはまたここに来て、今度は丸一週間滞在しようと強く思った。本当の意味で「解放される」ために。そう、やっぱりここは魔法の島だった。

六月一九日　土曜日

エリザベス・ロジェの来訪に合わせたように太陽が顔を出す。テラスに座って靄のかかった青い海や、満開のアザレアの花に当たる光と陰を眺めながらお茶を飲むなんて、なんという贅沢。「ドゥ・ロスチャイルド」という名前のつくアザレアは私が植えたもので、一メートルから一メートル半ほどの高さになり、オレンジ色や白のみごとな花（鼻をつく甘い香りがする）を咲かせている。炎のように真っ赤なのはちょうど咲きはじめたところ。ボタンの花も一本は黄色（濃い黄金色にグリーンのハイライト）、もう一本は濃い赤という絶妙な色の組み合わせで咲いている。いちばん好きだった白いボタンはこの冬、枯れてしまった。

エリザベスはすばらしい人。八三歳の今、二作目の小説を書き終えたばかり。ルイーズ・ボーガンを通して知り合い、カリフォルニア州ボリナスに住んでいる彼女とは長年、大陸横断の文通を続けて

「人びとの注目を浴びることを心から楽しんでいる」ロッテ・ジャコビと．

きた。こうして会えるのはめったにないチャンスで、私が仕事をしているあいだ、彼女は階下でヴァージニア・ウルフの『存在の瞬間』を読み耽っている。

八〇代が人生でいちばん幸せだと言ってのける人といっしょにいるのは、ほんとうに楽しい。しかも彼女は車に乗っているときは何もしゃべらない。目に見えるものに集中したいからという。私も同種の人間だから大歓迎だ。一度にするのはひとつのことだけで、それに全神経を集中したい。ほとんどの人は車に乗っているあいだ、せっせとおしゃべりをするけれど！

すぐれた作家が皆そうであるように、エリザベスは卓越した観察者だ。タマスからアザレア、そして野の花にいたるまで、「あらゆるものをじっと見て」、熱心に、歓びとともに観察する。いっしょにいてくつろげるのは、ひとつには彼女がスイス生まれで、ヨーロッパにルーツがあるから。そしてもうひとつは、タフでたくましい彼女に敬服しているから。彼女はとても現実的で、ずけずけものを言う。彼女のようにストレートにものを言い、サバサバした人といっしょにいるととても気持ちがいい。

それにもかかわらず、オアシスを求めるラクダのような気がしはじめている。オアシスとは静寂のこと。夜中に静けさ——独りだけの時間——を求めて目がさめた。でもこの先、それは期待できそうもない。では何が待ちうけているのかといえば、来週の金曜日、ユニテリアン協会での講演——不安でいっぱいだ。ああ、それが終わったらどんなにほっとするだろう！

その一方で、音楽が聴きたくてたまらないのに、プレーヤーの調子がおかしい。たぶん針だと思うが、新しい針を買いにポーツマスまで行けるのは、いったいいつになることやら。タイプライターのリボンもちゃんと動かない。電池式の鉛筆削りを買ったのに、音ばかりして鉛筆はさっぱり削れない。とにかく機械の類は私にとって鬼門。疲れているときには、ただただ腹立たしい。

六月二〇日　日曜日

五時に起きて外を見ると、今にも雨が降りそうだったので頭にきた。これで四週連続で週末は雨。でも今は霧が晴れ、陽も射してきた。これなら希望はもてそうだ。午後にはナンシー・ハートリーが来て、摘み取り用花壇の雑草取りを手伝ってくれる。

エリザベスはあと一時間でここを出発する。彼女の滞在はとても楽しかった。もっと近くに住んでいたらどんなにいいだろう。自分より年長の人との友情からは、ほんとうにたくさんの力と歓びをもらう。自分の人生と和解し、あらゆることを心から楽しめる人といっしょにいると、気持ちが安らぐ。一方で、情熱にあふれ、悩みも将来への夢ももってここを訪れる若い女性たちにも、大いに興味を惹かれる。彼女たちはおそらく、自分が魅力的だと思う生き方や人生観を私に再確認してもらおうとしている。けれども若い彼女たちは、そういう生き方にどれだけの代償がともなうかはわかっていない。多くのことを軽く見すぎている。でも私自身、二五か三〇のころを振り返ると、自分も同じだったと今になって気づく。若さとはある意味で、それ自体が才能であり、そう自負することなのだ。老いた者はその若い才能を認めて、自分の才能――もっと繊細で、穏やかで、はるかに賢明な才能――は忘れるべきだと考える人も多い。でも、若いときの才能を老年まで保ち、鳥でも本でも犬でも、あらゆるものに対する鋭い好奇心と興味をもちつづけることは可能だと、エリザベス・ロジェはこの何日間かで見せてくれた。

六月二三日　水曜日

今、頭のなかに新しい枠組みをつくろうとしている。人の訪問で埋め尽くされてしまう日々を、なんとかもう少し生きたものにするために。家に飾る花が少なくなってきたので、外に出て濡れた草のなかで（またしても雨！）花を摘んでいたとき、ふと思いついた——一日一日を一年の長さだと考えるようにしたらどうかと。そうすればその日の仕事が、予定の三分の一かそれ以下しかはかどらなくても、一年の三分の一、つまり四カ月分の仕事をしたことになるから、そんなに嘆かわしいことではなくなる。いつも何かに追い立てられているような時間の観念を、引き延ばすことができるかもしれない。今日は一一時半にアクトン・スクールの子どもたちがやってくるから、それまであと四カ月、机で仕事をしていられるというわけ。

昨日はほんとうに久しぶりに、自分のことだけをすればいい一日だった。タマスの散歩を、いつもと違ってゆっくりできたのは最高だった。森のなかではアツモリソウが咲いていた。ほとんどはもう茶色になってまわりの緑のなかに消えてしまっていたけれど、まだ鮮やかなピンクをしたのも一、二本あった。

この春のキジには驚かされたが、あのムネアカイカルのことを思うとまだ心が痛む。

ひと休みしてから庭に出て、たくさんの作業を楽しみながらこなした。もうすぐ咲きそうなボタンは日照不足でひょろ高く伸びてしまったので、支柱を立ててやる。五月に植えた多年草で、別の低木の下に隠れているのがあるのをみつけたので移植する。「ドゥ・ロスチャイルド」のアザレアはまだ咲いていて、白と薄いオレンジ色が庭を点々と彩っている。そして入口のアーチの下とフェンスに沿って、最初のクレマチスが咲きはじめた。薄紫の花弁の真ん中に赤い筋が入っている。ここに最初に来たときは、クレマチスがみごとに咲き乱れていたけれど、その後は苦戦している。庭にはつねに、いくつもの失敗とひと握りの成功とが同居している――まるで人生そのもののように。そう考えているうちに太陽が出てきた！　その瞬間、惨めな灰色だった海が、たとえようもなく美しい薄いブルーに変わる。

アクトン・スクールの教師メアリー・ジェーン・メリルが生徒たちといっしょに、すてきなランチを持って（私はルートビア〔さまざまな草木の根やスパイスの入った炭酸飲料〕とアイスクリームを提供）訪れてくるようになって、もう何年もたつ。最初は子どもたちが三年生のときで、私が子ども向けに書いた『パンチの秘密』を読んだことがきっかけだった。子どもたちはここにあるぬいぐるみが大好きになり、着くと真っ先に自分のお気に入りのぬいぐるみをみつけに行く。タマスのことも大好きだし、この場所も大好きで、海岸の岩のところまで走っていっては、きれいな貝殻や石を拾ってきたり、巨大なオークの木に登ったり。そして何より、子どもたちとすっかり仲良くなれた。アクトンの近くで詩の朗読会があると、彼らはまるで魔法のように、その場所にやってくる。手紙も書いてくれる。そして今日は、父親がフルブライト留学をするため、もうすぐ日本に行くミドリの歓送会でもある。彼女にプレゼントする本も何冊か用意した。時間があれば、日本の詩をいくつか読もうとも思っている。

日本に行って一カ月滞在したのは二〇年前のことだったろうか？　三月で、梅の花が満開だった。まるで昨日のことのような気がする。

六月二四日　木曜日

夏到来。今日は晴れて風もないので、陽の光を浴びながらのんびり過ごしている。昨日は子どもたちが来て賑やかだった。ミドリはすっかり背が伸びて、最初はわからなかった。ビーフフォンデュ、サラダ、チョコレートアイスクリーム、それに三度目か四度目のバースデーケーキまで、お昼はすばらしいご馳走だった。いつものように、この愉快なちびちゃんたちのおかげで楽しい時間が流れる。モーラはいろんな石とロブスターの罠かごの一部を拾ってきた。ジェニファーはインディアンペイントブラシ〔カステラソウ〕とヒナギクとヤマブキショウマを摘んできた。ミドリは一人で散歩に出かけた。いろいろ片づけてお昼の準備をすませ、メアリー・ジェーンと二人で飲み物を持ってテラスに座っていると、子どもたちがそれぞれの戦利品を手に帰ってきた。タマスは子どもたちと走りまわったせいでハアハア息を切らしている。それから少しのあいだ、書斎で日本のことや世界のことについて、まじめな話をする。子どもは七年のあいだにめざましいほど成長する。ミドリは私の小説二編についてエッセイを書いたし、子どもたちは先生とすっかり大人びた調子で議論ができる。そして数日前、イギリスのチャールズ皇太子が、ウィリアム王子の出産に立ち会ったのを、「ちょっと大人っぽいこと」をしたと表現したのはとてもチャーミングだったという点でも、全員の意見が一致した。

子どもたちが帰ったあと、庭仕事もせずにタマスといっしょに横になった。講演はいよいよ明日。

六月二七日　日曜日

やっと本来の六月らしい日になった。昨日また雨が降ったあと、空気はひんやりとさわやかで風もなく、海は青く穏やか。テラスにクッションを干す。

自分自身からも、自分の生活からも切り離されたような感覚がある。まるで一昨晩の成功――万全の状況ではなかったけれど、ほんとうにうまくいった――で自分の中心がバラバラになってしまったかのようだ。たぶん一日か二日、誰とも会わずにいれば回復するのだろう。でもそんなのは夢のまた夢。

記念講演はボードウィン大学の大きな体育館で行われたので、聴衆は私の前に左右に大きく広がり、聴衆席は劇場のような傾斜はないので後ろまで平らだった。左右の高いところにはバルコニーがあっ

アツモリソウ――「まだ鮮やかなピンクをしたのも 1，2 本あった」

て、そこも満席だったが、ビデオ撮影のためのライトが眩しくて見上げられなかった。政党大会の雰囲気とちょっと似ていた。マイクのテストをしたり、本をそろえたり、ステージの上にいる人と話したりしているあいだ、会場はざわざわとうるさく、次から次へと人が写真を撮りにステージのほうに向かってきたり、友人が近づいてきて話しかけてきたりした。いつになったら静かに集中してくれるのかと心配になったけれど、自分としては準備が整ったので始めることにした。詩の朗読はよく会場に響いた。すると会場が一気に静まって集中するのが感じられ、気持ちが高揚してきた。最高の瞬間は「対話」の詩を読み終わったときで、二〇〇〇人の聴衆がドッと笑い、会場が揺れたかと思うほどだった。いくつか朗読するなかでこの詩をわざと真ん中に入れたのは緊張を和らげるねらいがあったが、それがドンピシャリうまくいって、気分が良かった。この詩は多くのアンソロジーに入っているけれど、朗読したのは何年かぶりだった。

　すばらしかったのは、会長が最初に私を「私たちの詩人」と紹介してくれたこと。ユニテリアン協会というコミュニティにはとても親近感をもっている。あの大きな体育館を埋め尽くしていたのは知性と気づかいにあふれた、善良でオープンで思いやりのある男女で、ぜひ知り合いになりたいと思う人たちだった。「彼らの」詩人、と呼ばれたことを誇りに思う。

　ともかく講演は終わった。これで九月まで、もう難題はない！　これから少しずつバラバラになった自分をつなぎ合わせ、自分を取り戻していかなければ。

　その日の午後、またいくつか詩を朗読し、ユニテリアン・ユニバーサリスト女性連合（ＵＵＷＦ）

から「女性への支援賞」を授与されると聞いて、感動。自分が女性を支援しているなど思ったこともないけれど、彼らがそう思ってくれることは素直にうれしい。七〇歳になって、文学的業績ではなく、一個の人間として、このようにアカデミックではないかたちで栄誉をうけるのはすばらしいこと。なんのプレッシャーもなくのんびり庭を歩きまわり、突然満開になったボタンの花でも摘みながら、そんなことに思いを馳せられたらどんなにいいだろうか。でも机の上には「やらなければならないこと」が山積み。とはいえ、今日は意気消沈しているというより、やるぞ、という気分なので、『炎のランナー』のサウンドトラックでもかけることにしよう。

六月三〇日　水曜日

月曜日はジャニスの五〇歳の誕生日だったが、当然ながら一日じゅう雨。テラスの階段の白いバラは雨に濡れておじぎしてしまったので、お客はその下をくぐらなければならなかった。しわだらけの顔をしたオールドローズがすばらしい芳香を放つなかを、皆、身をかがめて通り抜けた。初対面の客も多かったので、皆が帰ったあと、ジャニスと彼女の友人のメアリアンとプリシラだけになったときには、ほっとした。書斎の暖炉に火をおこし、ジャニスにプレゼントを渡して、それから私が詩を朗読した。三日間、午前中の時間を費やしてようやく「生まれた」詩。最後の連が二種類あり、どちらがいいかはジャニスが決めることになっている。朗読しているうちに、彼女のこれまで五〇年の人生

——どんなに想像力豊かに他人を思いやり、公衆衛生の分野ですばらしい仕事をしてきたか——を思って、喉が詰まってしまった。多くの偉大な女性がそうであるように、彼女も母親と娘という二つの異なる役割を同時に演じ、それをひとつに統合しているようにみえる。詩でうたったのは、ひとつはそのこと。そしてもうひとつは、だんだん年を重ねて、日々の生活のほうが野心より大切な段階に入ってきたこと、そして彼女が何よりも自分らしくあることを愛おしみ、その歓びと、そのために必要なことを経験する時間を愛おしんでいるということ。それがうまく彼女に伝わるだろうか？

昨日は土砂降りのなか、ジュディ・ラザフォードがボストンからバスで到着。アメリカに来るのはこれが初めてだという。イギリスで私の『独り居の日記』を読み、それ以来手紙をくれるようになった。その彼女が、ジーンズにダッフルバッグを下げて目の前にいる。雨が激しくて車のなかから外が見えないほどだったが、ニューヨークに四日滞在したあとなので、くつろげる家に泊まれてほっとしている様子だった。暖炉のそばでゆっくり話をしたあと、ロブスターとアップルパイの夕食。アメリカという国を目で見るだけでなく、舌で味わってほしいと思って。ジュディは二九歳、これまでロンドンで舞台監督の仕事をしていたのだが、作家に転身しようとしている。どんなリスクが待っているかと思うと、身震いしてしまう。今朝は雨もやみ、太陽が出ている。キジが歓喜の叫び声をあげ、でぶっちょの灰色のリスたちがいつものように鳥の餌やり器の餌を横取りし、ボタンの花はまたしても強い雨に打たれてぐにゃりとなっている。そろそろ階下に行かなければ。そろそろ休みもとらなければ……でもそれは明日だ。

雨で薄暗い昨日の午前中、やりたくない仕事をひとつやった。女性文学者についての子ども向けの本に、私の短い伝記も入ることになっているのだが、その原稿がひどい代物で、訂正したり注をつけたりしなければならなかった。ウィラ・キャザー、エミリー・ディキンソン、マヤ・アンジェロウなど、ほかの女性たちの伝記がもう少し丁寧に書かれることを願うばかり。こんなひどい原稿を出版社が使おうと思うことに驚き呆れる。私の知り合いには、才能があってもなかなか出版社がみつからない人がたくさんいるのに、この若い女性ライターが出版の機会を得て、しかもこんないい加減な仕事をするなんて、まったく腹立たしい。ものを書くということは、なんといっても技術だけではなく、芸術でもあるのだから。

でも芸術として考えたとき、いつも頭に浮かぶのは、文体《スタイル》によって伝わるのは、その人の人生観だということ。テーマが何であろうと、読者にはそれが伝わるのだと確信している。昨晩、レズビアンの恋愛を扱った小説の原稿を読み終えた。テーマの扱い方はとても慎重で、気配りもされているのだが、決定的なのは文体《スタイル》がないこと。ただストーリーを語るだけではない、筋書き以上の何かを伝えるものが欠如している。それでもこの書き手には敬意を表する。このテーマについて書くにはいまだに勇気が必要だから。

七月二日　金曜日

昨日は一転して夏らしい天気。空気はひんやりとして晴れわたり、遠くには濃いブルーの海がきらめいていた。やっと、一日じゅう自分の自由になる日がやってきた。午後は摘み取り用花壇にしゃがみこんで、二時間雑草取り。雑草は厚いカーペットになって、まだ出てきたばかりの一年草を押さえつけている。

三時にはジャニスの友人のプリシラ・パワーが来て、私が仕事をしているあいだにテラスの草を刈り取ってくれた。テラス一面をクローバーの花が覆い尽くしていて、まるで空き家みたいに荒れ放題だった——たとえ誰か住んでいたとしても、魔法使いのおばあさんとか。プリシラは週に二、三時間なら来てくれるというが、それだけでも大違い。やることがあまりにありすぎて、とても一人では手に負えないから、この夏いっぱい来てくれると言ってもらえてほんとうに助かった。溺れかかっている人が、三度目に沈みそうなってやっと助けられた気分。

七月四日　日曜日

今朝目がさめて思ったのは、人生はいかに不思議な偶然に左右されるかということ。もし一九一四年にドイツ軍がベルギーに侵攻しなかったら、私はベルギーの作家になってフランス語で書いていただろう！　アメリカ人であることをほんとうに幸せに思う。私にとって――父にとっても――戦争は、ベルギーを離れることを余儀なくさせたという意味で、幸運な厄災だった。二度移住しなければならなかった母にとっては、そうでもなかっただろうが。英語は、詩を書くには最高の言語だという気がしている。アングロサクソン系とラテン系の言葉が絡まり合い、土臭さと明快さが共存している。英語で韻を踏むのはむずかしいけれど、それがかえって一定の緊張感と強靭さを生むもとにもなる。フランス語で韻を踏むのは、ちょっと簡単すぎる。

アメリカ人として誇りに思うのは、これほど多様な民族の人びと、多様な言語や出自をもつ人びとが集まってひとつの国をつくりあげたこと。数えきれないほど多くの、個別の夢をすべて包みこむことのできるほど大きい夢が結実したのだ。けれどその陰には、奴隷として強制的に連れてこられた黒人の負った傷を理解せず、それを癒やすこともできないままの状況が依然として続いているという現実がある。だから一昨日の連邦最高裁の判決には、快哉を叫んだ。ミシシッピ州で白人が経営する店をボイコットした黒人に対し、店側が多額の損害賠償を求めていたのだが、これまで州裁判所は白人側を支持する判決を下していた。最高裁はそれを覆し、黒人のボイコットを支持した。黒人に対して正義がなされ、彼らの主張に希望が見えたのは、いったいいつ以来のことだろう。これで非暴力の抵抗運動が成果をあげられることが、ふたたび証明された。これ以上のニュースはない。

金曜日はチャールズ・バーバーが来て、泊まっていった。チャールズはニューヨークで芝居に打ちこんでいて、会って話をするのはほんとうに久しぶり。知り合ったとき、彼は一九歳だったが、今は二九歳。信じられない！　でも彼は今、演劇の世界で生きていくうえでの困難に直面し、もの書きという第二の道に転向しようとしている。最初に会ったとき、彼はオハイオ・ウェズリアン大学の学生で、私はそこで一カ月だけ講師をしていた。彼はヴァージニア・ウルフを称賛する詩を何編か書いていて、それを私のところに持ってきた——いい詩だった。

この無垢《イノセント》な顔立ちをした青年にとって、人生はつらいもののようだ。かつてはウィリアム・ブレイクの描く天使のようだったチャールズの顔には、今や苦悩が滲んでいる。このところ無垢《イノセンス》ということについて考えている。というのも、今世紀初めにフランスで書かれたカミーユ・メイランの小説『ゴットン・コニクスルーの物語』を読んでいるから。主人公の少女は妻子ある農夫に誘惑され、農夫は家族を捨てて彼女と暮らすのだが、少女は純潔《イノセンス》を失ったことで途方もない代償を払うことになる——村八分にされ、孤独に陥り、あげくに子どもを授からないのは神の罰ではないかと恐れる。それでも人は皆、大人になるためには無垢を失わなければならない。それにはつねに悲しみと、時として後悔をともなうけれども。私たちは天使ではなく、人間になるように生まれついたのだ。

慈悲は人間の心をもち
憐憫は人間の顔をもつ
愛は人間の聖なる姿

平和は人間を包む衣装

〔ウィリアム・ブレイク「神のイメージ」より〕

チャールズによって、私はブレイクに引き戻された。問題はたぶん、無垢には危険な魅力があるということ——自分が失ったものに惹かれる人は、やがてそれをみずから台無しにしてしまう。自分が愛してやまないものを、結局は破壊してしまうのだ。でも、芸術家として生き延びるためには、人は自分の魅力——無垢な子どもとしての魅力——を捨てて、もっと厳しいものをつくり出さなければならないというのもまた、真実なのだろう。

この夏の自分は、まさに厳しさが足りない。会いたいという人に応えすぎてしまっている。自分でもよくわかっている。この日記を書こうと思ったときは、穏やかで内省的なものにするつもりだったのに、蓋を開けてみれば自分自身に追いつけないランナーの記録になっている（でもその「自分」こそがほんとうのゴールなのだ）。まったく笑ってしまう。とはいえ、ここにやってくる人とは可能なかぎりオープンに話そうとしているし、皆それぞれに贈り物や悩みや歓びを携えてきて、私はその一人ひとりからたくさんのことを学んでいる。

チャールズは生まれて初めてロブスターを食べたあと（大笑い！）、自分の日記から一部を読んでくれた。それを聞いているうちに、彼ぐらいの歳のときの体験が、大いなる気づきと驚きをともなって甦ってきた。私も彼と同じように、有名な人びと、人生の大先輩といえる人びとと出会い、輝かしい彼らの名声に幻惑され、有頂天になっていた。

七月八日　木曜日

四日前に考えたことにまだ結論は出ていないが、あれからあったいろいろなこと――今年初めての暑くて湿気の多い日がやってきて、蚊が出はじめ、庭がすぐ乾くので水やりをしなければならないことを含めて――のなかでずっと考えてはいる。チャールズに対して厳しくなるのは、彼の才能も含めて彼という人間を尊敬しているからだし、自分が彼ぐらいの歳のときに陥った罠について考えてしまうから。私は四〇代でネルソンに移り住んだけれど、知り合いが一人もいない人里離れた小さな村で過ごした一五年間に、どれだけ鍛えられ、強くなったことか。ほんとうの意味での私の人生はネルソンで始まった。「有名人」と知り合いになる必要もなく、なんとか自力で生活していくために苦労している、「華やかな人びと」とは似ても似つかない自分のような人たちとの出会いを渇望した。そういう人たちに同属意識を感じていた。

昨晩は映画監督のマーサ・ウィーロックとマリタ・シンプソンが、バーン・ギャラリーで行われる『ケイト・ショパンの「一時間の物語」』という新作の上映会にやってきた。同時に二年前に制作された私のドキュメンタリー映画『光の世界』も上映する。ドキュメンタリーから一変して今度はドラマチックな物語を撮ったわけだが、それを観るのを心待ちにしていた。一九世紀のルイジアナを舞台に、一人の女性が悲劇のなかで自分自身になる解放感を味わう瞬間を、二人がその知識と手腕でどんな映像につくりあげたかを観るのは大きな歓びだった。とくに良かったのは、音のないシーンが長く続き、観客に「心のなかで起きていること」を目撃させる手法、それから彼女たちの作品ではいつもそうだが、叙情的な自然のイメージ——この作品ではルイジアナの春——の卓越した見せ方。音楽もすばらしく、サスペンスを盛り上げるのに効果をあげていた。そして主役を演じたグウェン・コールマンの演技もみごと。

でも若い映像作家にとって、財政的な問題は途方もなく大きい。また制作には途方もない時間がかかる。マーサとマリタはこの三〇分の作品をつくるのに一年を費やした！二人に一年間の時間をプレゼントしてあげられたらと思うが、そのためにはメイン州かニューハンプシャー州の宝くじを当てるしかない！

昨日はタマスの散歩で海まで行くのに、丈の高い草のあいだの道を通ったら、両側にデイジーやインディアンペイントブラシが群生していた。タマスの散歩に行くときはたいてい森のなかを通るので、このあたりには最近行っていなかったのだけれど、家のほうを振り返ると、それはすばらしい眺めだった。手前には星をちりばめたようなデイジーの群生、その向こうには背の高い草が風にそよぎ、さざめく波の上にまた波が重なって、とらえどころのない動きを見せている。幾度も幾度も詩のなかにとらえようとして、たった一度だけうまくいきかけたことはあった——「六月の風」という詩。野原は草が刈り取られる前の今がいちばん魅惑的。

午後、プリシラが来て、家の裏の木の剪定や片づけをしてくれた。彼女が進んで私のために働いてくれることが信じられないし、どんなに助かっているか計り知れない。実にてきぱきと手際よく仕事をしてくれて、こちらも楽しくなる。明日はナンシー・ハートリーが来てくれるので、ようやく庭が本来のかたちを取り戻せるかもしれない。現状はまるでジャングルで、私はそれを恐る恐る見ているだけ。庭仕事すべてを自分一人でやる力はもうないし、最近はレイモンドもなかなか来てくれない。低木はすべて今、剪定する必要があるのに。でも文句は言えない。彼はもともと仕事が遅く（私の手紙の返事と同じ）、しかもそれをとても申し訳ないと思っているのだから。

七月一〇日　土曜日

このところ朝、幸せな気持ちで目ざめる。さんざん雨が降ったあとにやっと夏らしい天気になって、緑が日に日に濃くなり、野原を見渡すと背の高い草が盛りを過ぎてくすんだピンク色になる、そんな季節の変化に心が躍る。暑いのですぐに怠けたくなり、庭の隅に雑草がはびこっているのを見ても、「ほんとにやらなきゃならないわけ?」とつい思ってしまう。でも最終的には「やっぱりやらなきゃね」となり、昨日の午後はタマスと気持ちよく昼寝したあと、テラス下のボーダー花壇をきれいにして、七月に入ってあらゆるものに絡みつきはじめた蔓植物をカットした。日陰でゆっくり作業し、壁からの照り返しでカラカラになってしまうボーダー花壇にスプリンクラーをセット。ボタンはほとんど終わり。咲きはじめてからあっという間だった！　もう見る影もなく、かろうじて形を保っているものも花が大きすぎて、その重みでぐにゃりとおじぎしてしまっている。

　最近かなりの大金を人にあげたので、昔ながらの意味ではいい気分なのだけれど、一方で一抹の不安も感じている。たまたま何人かの人に、必要があったらお金を用立てることはできるからと言ったところ、その何人かから同時に、お金が要ると言ってきた。失業が増え、将来への不安が増大しているこのご時世、当然といえば当然かもしれない。私の年齢になると、幸せをもたらすひとつの要因は、金銭的ゆとりができてそれを必要な人のために提供すること。人にお金をあげることには純粋な歓びがある。「純粋」という言葉は、よく考えて使っている。お金が必要だと何人もから言われたとき、ちょうど新しい車を買おうとしていた。今まで乗っていたエスコートは燃費はいいけれど、快適とは言いがたいので。でも寛大な気持ちになったおかげでビュイックを買わずにすんだ。代わりにエアコンつきのエスコートのステーションワゴンを買うことに決め、今日これから取りにいくところ。もしビュイックを買っていたとしても、けっして幸せな気分にはならなかっただろう。物質的なものにお金を使って心底から幸せな気分になったことは一度もない。でも車に使うお金が減ったのは幸せだし、マーサとマリタの映画を観た晩に、バーン・ギャラリーでリトグラフを買ったのも幸せだった。ああ、こういう贅沢にこそ幸せがある！　だって絵を愛するように機械を愛せるはずがないもの。

　でも昨日感じた幸せは、人にあたえることとも何かを買うこととも関係なく、独りでいることからくるものだった。何かに急かされることもなく、キジの鳴き声以外に静けさを破るものもない。海までが絹のように艶やかな青色をして、どこまでも穏やかに静まっていた。

最近わが家に届いたもののなかに、メアリー・バーナードによる驚くほど新鮮なサッポーの翻訳がある。第二次世界大戦中、私がニューヨーク公共図書館で企画した詩の朗読会（デイム・マイラ・ヘスがロンドンで無料のコンサートを開いたことに触発されたものだった）について、メアリーが新著で書いてくれたことがきっかけで、今まで手紙のやりとりをしてきた。マリアン・ムーアやW・H・オーデンといったそうそうたる詩人たちがそれこそ何人も、無料で詩の朗読を引き受けてくれたのは感動的で、朗読会はまさに詩の祭典となり、大勢の聴衆が押し寄せたのだった。

メアリー・バーナードは今度の翻訳のなかで、私の詩「私の姉妹よ、おお姉妹よ」のなかの次の一行を取り上げている。

情熱を放棄することで、サッポーは実りに到達した

メアリー・バーナードは私への手紙にこう書いてきた。

この一行にはハッとさせられました。私たちはサッポーについてほとんど知らないので、彼女について話すときはだいたい推測なのですが、彼女の詩から、何かを放棄したという意味のことは、たとえほんのわずかでも読み取れませんでした。情熱となればなおさらです。私の翻訳で、これまで彼女を覆っていた霧が晴れたと感じてくださったことはとてもうれしい。今まで長いこと、その霧のなかを手さぐ

りで進んで彼女にたどり着こうとしてきたのです。

もう何十年も前、セシル・M・バウラの『ギリシャ叙情詩』でサッポーについての文章を読んで、私は目を開かれた。バウラはそのなかで、サッポーが生涯をかけて女神アフロディーテを崇拝したこと、そして彼女が創設した学園で教育したのは、結婚の準備を目的とした娘たちだったと指摘していた。ここから私は「放棄」を読み取った。なぜなら彼女は、やがて自分の教えた生徒たちを手放さなければならないことを知っていたから。

七月一三日　火曜日

バウラの文章を読んだのは四六年前。私にとって詩作のインスピレーションをうけるのは女性だけだという事実を受け入れることができたのも、そのおかげという部分が大きい。当時の私はそのことに困惑もしていたけれど、インスピレーションがひらめくときはあまりに強烈だったから、その値打ちを疑うことはできなかった。自分がまちがっているとか、異常だとか思うことも、とうていできなかった。バウラの文章は私に、自分自身でありつつづけ、時代の風潮によって視界をぼやけさせずにいるための勇気を授けてくれた。

今思えば、サッポーは私の詩の最後の一節に含めるべきだった。彼女こそ、私たちが今感じたり、そうありたいと望んだりしていることの真の先駆者だったのだから。「果実と花を生み出す澄みきった光のなかでは／そしてあの大いなる健全さ、あの太陽、女のもつ力を生み出す光のなかでは」。これこそサッポーが私たちに言おうとしていることであり、ずっと言おうとしてきたことなのだ。

四六年たって、メアリー・バーナードに助けられ、私はやっとそのことに気づいた。

昨日は「やらなければならないこと」を片づける日。霧雨の降る一日だった。朝七時に家を出てケネバンクまで新しい車のプレートを取りにいき、家に帰るとタイプライターの修理ができたとの電話が入ったので、お昼を食べてからポーツマスまで車を飛ばしてタイプライターを受け取り、そのあとはずっと手紙の返事書き。庭仕事はしなかったけれど、日曜日の午後にナンシー・ハートリーが来て、二人で一年草の花壇の雑草取りに熱中した。雑草に征服されかかっていた四列を救い出し、根覆いもした。これでやっと少しはまともな庭らしくなった。

まわりのものがきちんと片づいていると、心が落ち着く。それなのにこのところ、机の上やこの部屋全体がこんなに散らかっているにもかかわらず、仕事ができるのは驚き。でも片づけをするためには――せいぜい年に三回ぐらいしかしないが――さして意味のないことに何時間も費やさなければならない。それにくらべれば、一年草の花壇をきれいにしたり、初めての詩集が今年出版されると知らせてきた九〇歳の女友だちに返事を書いたり、メアリー・バーナード（このところ彼女の『詩選集』を朝五時に起きて読んでいるのだが、多くのことを教えられる）に手紙を書いたりすることのほうが、よほど大事だ。

とすると、ここに座って雑然とした周囲を気にせずにいられるための精神的な秩序はどこからくるのだろう？ それはたぶん、自分にとっての優先順位が何かをはっきり意識していること――第一に友人、次が仕事、そして次が庭。もし私が突然死んだとしたら、未完の仕事や、友人に手紙の返事を書かなかったことを、どんなに無念に思うだろうか。ただ庭についていえば、それは私だけのひそかな贅沢。庭は一人がひとつ持つべきものだ！ 母が死んだときにわかったのは、庭はそれを愛して世話する人を失えば、たちまち死んでしまうということだった。一年後には母の庭はジャングルと化してしまった。だから庭仕事はたぶん、道義的な衝動としての意味合いは薄いのではないだろうか。この庭をほんとうの意味で視ているのは私だけ。雨が降らなければ心を痛め、もう枯れたと思っていたバラが突然花を咲かせたり、もう「死んだ」ように見えたボタンから新しい葉が出てきて生き返ったりしたときに歓喜するのは、私しかいない。庭には私の狂気が宿っている。でもそれは酒に酔ったり、癇癪を起こしたりすることにくらべれば、役に立つ狂気だ。庭はこのところ、この狂気に取りつかれた悪魔をとてもうまく手なずけてくれている。

七月一七日　土曜日

この一週間はどこに消えたのだろう？ ひとつには、悪臭を放つ灼熱の淵へ。そして、ただ時間を浪費するだけで心躍る瞬間のない面倒な雑用の山のなかへ。昨日、新しい車のエンジンがかからなくなったのだが、ランチの約束があり、午後にはレントゲン撮影の予約もあった（半年に一度の癌検診の一環だったが、水曜日にはメイン医療センターにも検査に行かなければならなかった）。庭仕事で大汗をかいていたプリシラと、ランチをいっしょにしたハイディが車であちこち用足しに連れていってくれ、四時にやっと車を取りにいって、自分の車で家まで帰ってきた。それから庭の水撒き。皮肉なことに、六月はほぼ一カ月雨ばかり降っていたのに今は日照りで、この三週間近く一滴の雨も降っていない。ニューイングランドに退屈な瞬間というのは存在しない。庭について気がかりなことが何もない日は、一日もないのだ。

ハルダーが夏のあいだに二回か三回来てくれれば、庭仕事はかなり片づくので、ほんとうに助かる。長いあいだ姿を見せなかったレイモンドがやっと、きまり悪そうな顔をして来たので、ちょっとからかってみた。というのも最近の彼は、もっぱら近所の人たちと〈ガーデンクラブ〉の集まりをしては、そのあとパーティで大騒ぎしてばかりいるから。ルーマニアの王様が来るって言ったら、きっと仕事してくれるわね、と冗談めかして言ったら、翌日彼はやってきた。そこで「来るのはルーマニアの王様じゃなくて、テネシーの女王様よ」と言った。ハルダーのことを、レイモンドはいつもそう呼んでいる。月曜日にハルダーが娘のレスリーといっしょに来ることがわかると、レイモンドの態度は豹変した。生け垣を刈りこみ、海に続く小道の両側の大きなネズの低木から汚らしい茶色い部分を切り落とし、テラスの草を刈ってくれた。それから荷物を抱えて入ってきたときに入口のオールドローズに顔を引っかかれないよう、枝を剪定し、おじぎしていた木を紐で縛って立ててくれた。そして驚いたことに、野草の花壇に通じる小道も「テネシーの女王様がここをお歩きになるかもしれないので」と、きれいに草刈りをしてくれた。

　ではこの私はどうだろう? いつになったら仕事に取りかかるのか。近いうちに、かつての恩師アン・ソープをモデルにした小説『すばらしきオールドミス《マグニフィセント・スピンスター》』〔メイ・サートンが本書出版後の一九八五年に出版することになる作品〕の原稿二〇〇ページを読み直さなければいけない。行き詰まりを感じて、もう二年も放ってある。理由は二つ。ひとつは、彼女が親友のアン・オーミーに宛てた手紙をすべて読んで、枝葉末節にいたるまで細かい事実について知り尽くし、想像力を羽ばたかせる余地がなくなってしまったこと。もうひとつは、少し厄介な問題。アン・ソープと私のあいだにはあるとき、かなり深刻な誤解が生じて、それについて心乱されるような手紙をみつけてしまったのだ。でも二年がたった今、わだかまりは無意識の海に沈み、吸いこまれていった気がするので、そろそろまた書きはじめようかという気分になっている。

七月一九日　月曜日

　昨日の気温は三五度はあったにちがいない。正真正銘の熱波の襲来。でも仕事部屋はエアコンのおかげで二七度。一一時に階下に下りて熱い空気の壁を突き破るようにドアを開け、外に飛び出してスプリンクラーを動かす。庭は燃えるような暑さ。家のなかの花も一日でしおれてしまう。この熱波が来る前にエアコンつきの車に買い換えて、ほんとうによかった。新車にしたおかげで郵便を取りにいくのが楽しみになったし、土曜日にノース・パーソンズフィールドまで車で行くこともできるようになった。

いつもの道を車で走っていて、周囲の畑や牧草地が干からびているのに衝撃をうけた。トウモロコシは三〇センチにしかなっていない。例年ならそろそろ収穫の時期なのに。六月は寒く雨ばかりで、七月にはいきなりこの旱魃だから、農家には大打撃。アン・ウッドソンとバーバラのやっている〈ディア・ラン・ファーム〉に着くと、彼女たちの野菜畑も被害を受けていることがひと目でわかった。この畑で生計を立て、冬を越さなければならない二人にとって、どんなにか大変なことだろう。

それでもこの農園にはいつものように、目で見ても、話を聞いても、すてきなことが山のようにある。昨年の夏にアンが助けたルリツグミの雛が、つがいの相手を連れて戻ってきて、畑にある巣箱のひとつに巣をつくっている。去年の夏、このルリツグミは毎晩八時になると餌を食べに「帰宅」していたが、秋になると飛び去ってしまった。だから冬を越してまた戻ってきたときの歓びはひとしおだった。このあたりでルリツグミを見たことは一度もない。数がとても減っているのだ。またこの春、アンは巣から落ちたかわいそうなコマドリの雛をみつけた。びしょ濡れで死にかけていたのだが、今ではウィリアムという名前のペットとなって家のなかでも外でもさかんに鳴き、全然人を怖がらない。

前に来たときからかなり時間がたつので、どんな変化があったかを見ようと農園を歩いてまわった。すると新しいブドウ棚の前にペルセフォネ像が！　これは以前、バーバラに制作を依頼していたもの。

流れるように優雅で美しいフォルム。海から姿を現し、プルートとの長い冬から抜け出したペルセフォネの姿がそこにある。テラスの壁の上に、早くこの彫刻を置きたい！

アンは、この土地の粘土をセメントで固めたバードバス〔鳥が水を飲んだり水浴びしたりする水盤〕を何種類もつくっている。地面にじかに置くタイプで、これが飛ぶように売れている。私も人に頼まれたので三つ買った。私と同じくアンとバーバラのところも、春から夏にかけては千客万来。そのうえ看板を見て、卵やバードバスやハーブを買いに立ち寄った人たちが、農園のすばらしさにすっかり魅了されて長居したりする——そのあいだ、彼女たちが仕事もできずにいることなどおかまいなしで。少なくとも今の家には、招《よ》んでもいないのに勝手に来る人はいないけれど、ネルソンではそれもしょっちゅうだった。最近の私はアンとバーバラにくらべて、誰でも迎え入れる寛大さも忍耐力も減少しているのはたしか。

それにしてもアンとバーバラは——本人たちは気づいていないが——すばらしい教師だ。この農園を訪れる人は皆、ほとんどの人が生活に欠かせないと思っている「モノ」を持たなくても、どんなに豊かに暮らせるかについて、何かしら学んでいる。皆、それを見て感動する。でも、こういう暮らしをすることにどれだけの労力とスキルが必要かは、ほとんどわかっていない。

昨晩はロイス・ロスとフランシス・ウィットニーが来訪し、いっしょにロブスターとシャンパンのテーブルを囲む。彼らが毎夏ドックサイドで休暇を過ごすときの恒例のディナー。この習慣が続いていることはとてもうれしい。彼らといると、くつろげる。長い年月のあいだに、ロイスとフランシスはほんとうにいい友だちになった。昨晩、二人がタマスを見るなり、とても元気そう、一年前より「若く見える」と言ってくれたのはうれしかった。フランシスはブランブルまで手なずけ、ブランブルは壁のそばに私たちに背を向けてごろんと横になり、彼女に撫でてもらって喉をゴロゴロ鳴らしている。二人が到着する三〇分前、奇跡的に海からそよ風が吹きはじめたので、テラスの椅子に座って涼風に吹かれながら二人を待っていた。一年ぶりなので話は尽きず、いつものように時間はあっという間に過ぎてしまった。彼らが帰ったあと、野原と芝生のあちこちでホタルが飛び交っていた。ビロードのような暗闇のなか、たくさんのホタルがまるで音符のようにやわらかな光を灯して飛んでいる。ホタルは蒸し暑いのが好きで、恋心も絶頂に達するようだ。「私はここよ、あなたはどこ?」と問いかけるように、あまたの光がさざめいている。でも一〇時にもなると風はやみ、あたりは暑さに支配された。

楽しかった会話に高揚した気分で床につく。寝室で大きな扇風機がブーンとうなりをあげるなか、タマスも私もぐっすり眠った。

七月二一日　水曜日

できごとというのは、往々にして束になってやってくる。月曜日はまさにそんな日だった。あまりにたくさんのことがあったので、その日の終わりには首をちょん切られたニワトリのような気分だった。

まず郵便物のなかに、全米詩財団から出版されたコンスタンス・ハンティング編『メイ・サートン——女として詩人として』があった。やっと届いた。私の全著作を視野に入れ、詩、回想録、小説についての論評を集めた初めての本が出版されるのを、もう何年もずっと待ちつづけていた気がする。これは事件だ！　すぐにでもこの本を開いて、一ページ一ページ、じっくりと読みたい衝動にかられた。それなのに水道工事屋に電話しなければならなかった。スプリンクラーの具合が悪く、外の気温は午前中すでに三五度まで上がって、庭は燃えるような暑さになっていたから。郵便局では車を発進させようとしたらまた変な音がして、なんとか家まで帰ってきたものの、エンストしてまったくエンジンがかからなくなってしまった。それでフォードに電話して車を取りにきてもらうための手配をする。そのうえお昼にはハルダーが、まだここに来たことのない娘といっしょに私を拾いにきて、三人でランチを食べに行くことになっていた。

七月二二日　木曜日

昨日は日記を中断して、しばらくぶりにタマスを森に散歩に連れていく。一昨日の火曜に降った恵みの雨で熱波も去り、昨日は空気もようやく澄みわたっていた。すべてがしっとりとして、気持ちがいい。穂のついた背の高い草をかき分けて小道を歩いていくと、何もかもが雨のあとで輝きを放っている。ブランブルもついてきて、いつものように几帳面な歩き方をしていたかと思うと、やおらその辺の木にものすごい勢いで登ったりする。ランチの約束があったにもかかわらず、やっと自分を取り戻せるような気がした。

午後には、雑草取りを楽々こなし（雨で土がやわらかくなっているから草が抜けやすい）、丸鶏をローストする。鮮やかなオレンジと黄金色のシルクのような花びらのマリーゴールドを今年初めて摘み、そのほかに白いニコチアナと、深紅のフロックスも一枝摘んだ。コスモスも、もうすぐ咲きそう。ナンシーといっしょにがんばった成果がやっと現れてきた。それからサヤエンドウも籠にいっぱい収穫して夕飯に食べる。なかなかいい日だった。

七月二四日　土曜日

五時前に目がさめた。太陽が昇る直前、あたりはひんやりとした心地よい空気に包まれ、空はオレンジ色に輝いている。いそいそと起き出して洗濯をし、咲いたばかりの大きな白いユリ――花びらの裏は緑色だ――を、まだ太陽に照らされる前に二本摘んでから仕事部屋に上がり、静かな朝を過ごそうとしている。今日とても気分がいいのにはいくつか理由がある。昨日、郵便で一枚の写真が届いた。私の名前を取って「サートン」と名づけられた二歳の女の子の写真。はにかんだような笑みを浮かべてこちらを見ているが、勝気で意志の強そうな顔つきには、すでに性格がはっきり現れている。この子の両親とは、結婚前に一度、私と話をしたいと言って訪ねてきたときに会っただけで、お互いによく知っているわけではない。でもこのサートンちゃんを見るのは大きな歓び！　机の上に、九三歳のカミーユ・メイランの写真と並べて飾ると、さながら魅力的な二連祭壇画《ディプティク》のようだ。

私にとっての悪夢のひとつは、核のホロコーストではなく、全地球が昆虫に制覇される日が来ること。昨日の朝、タマスの散歩で森のなかを歩いていると、そこらじゅうにメクラアブがいて、耳元では蚊がブンブンいうし、不快でたまらなかった。虫が飛んでいるところでは、タマスは一〇歩も歩くと立ち止まって頭を垂れ、私がワラビの葉でメクラアブを払ってやるのをじっと待っている。ブランブルはそんなことはさせないので、虫から守ってやることはできない。たいていはシダや低木の下に逃げこんでいる。私は虫よけを体じゅうに塗りたくって頭には帽子をかぶっているけれど、最近はそんな調子だから森のなかを歩いてもちっとも楽しくない。今朝は海のほうに行くことにしよう。

七月二五日　日曜日

レバノンの戦争のことを書いてこなかったのは、誰にとってもそうであるように、実際に何が起きているかはっきりしないから。ただ、宣伝戦ではＰＬＯ〔パレスチナ解放機構〕が勝っているのはたしかだろう。爆撃で家を失ったベイルートの住民の写真は数えきれないほど目に入ってくるが、一方でベイルートという町そのものがＰＬＯに乗っ取られ、何百万もの市民が捕らえられ、人質として拘束されていることを指摘する人はほとんどいない。そしてPLOはベイルートを拠点に、長年にわたってイスラエルを攻撃しつづけている。イスラエルが報復できないのは、報復すれば罪のない市民に多数の死者が出るからだ。私たちはこれで三回も、イスラエルが「平和のために」勝利することを妨げたことになる。アラブ側はパレスチナ人を意図的に難民キャンプにとどめてプロパガンダに利用し、難民をどこかに定住させようなどという気はさらさらない。というわけで、やはりイスラエルのほうにある程度同情せざるをえない。イスラエルはこれまでもずっと、PLOがイスラエルの存在する権利を認めさえすれば、交渉のテーブルにつく姿勢を示してきた。

昨日これを書いてから、「タイムズ」紙に「レバノン人、PLO支配下で暮らす苦しさを語る」という見出しの長い記事をみつけた。

七月二八日　水曜日

降ってほしかった雨がやっと降っている。それなのに、ちっとも涼しくならない。空気はじっとりとして重く、頭を何かで殴られたような気分。でも昨日は、今年何度目かの、ほんとうに夏らしい一日だった。それに年一回の検眼医の検診にいった帰り道、うれしいことがあって元気が出た。まず、最近みつけたすばらしいベーカリーに立ち寄って、ペグ・アンバーガーのためにアップルパイを買った。ペグは明日、ニューヨーク州北部からやってきて何日か泊まることになっている。それから回り道をして、ヨークビーチにある農園まで行ったら、あいにくお目当てのラズベリーはなかったが、もっとめずらしい青と紫と薄紫のサルメンバナの大きな花束があった。この花は一年草の花壇でときどき育てているけれど、こんなにみごとな花を咲かせたことは一度もない。農園の若い女性は、昨日のものだからと言って、たった五〇セントで売ってくれたので、なんだか貴重な宝物をみつけたような気分で帰ってきた。九歳のとき、ケンブリッジの自宅の前で雪のなかから五ドル札をみつけたときに味わったのと同じ、信じられないことが起きた歓び！ あのとき母は私に、通りの家を一軒一軒回って、近所の誰かが落としたのではないことを確かめさせた。誰の落とし物でもないことがわかって、私はその五ドルでキプリングの詩集を買うことができた。薄いインディアペーパーを使った赤い表紙のすてきな本で、今も手元にある。帰宅後、母が好きだったベネチアングラスの花瓶に、縞模様の入ったビロードのような花を活けた。でもそのあと、もっとすてきなことがあった。先日、キャンプ・マニトゥで少年たちに陶芸を教えているリタ・ネイサンソンが手紙をくれて、午後四時にお茶に来ることになっていたのだが、なんと彼女が自作の壺をプレゼントに持ってきてくれた。ターコイズブルーとダークブルーの玉虫色の美しい楽焼の壺。繊細で色鮮やかなサルメンバナにぴったりだ。こんなに美しいものが同じ日に二つも手に入るなんて、なんと幸運だろう！ もちろんそのあとのおしゃべりも有意義だった。彼女はいい人だし、彼女が下した決断にも共感する。大量の注文を受けて同じ壺をたくさんつくるのは才能を粗末に扱うことになると、彼女は週に三日、ウェイトレスとして働くほうを選んだ。勇気のいる決断だし、アーティストとは何かということにもかかわってくる。最近では

「リタ・ネイサンソンが……午後4時にお茶に来ることになっていた」

1号線沿いに「ハンドクラフト・ギフト」などと銘打った店がたくさんできているけれど、実際には大量生産されたものばかりで、アート——あるいは真の工芸品《クラフト》——とは程遠い。嘆かわしいことだ。

家には母がずっと昔にオークションで買った、古い日本の壺が二つある。でもそれを見て興奮した人は、リタを含めて数えるほどしかいない。たいていの人は、それが何なのかもわからないようだ。

お茶のあとはテラスに出てくつろぐ。この夏は、テラスに出られる日なんてめったになかった！ そして五時半に、長距離電話をかけなければならなかったので、リタに海岸までの小道をタマスを連れて散歩してこないかともちかけた。小道の両脇の草はすごい高さにまで伸びていて、道がどこにあるかは上の階の窓からしか見えない。

養女のジョージアに電話しなくてはと、ずっと気にかかっていた。この前、ロイスとフランシスが来ていたときに彼女から電話があり、夕食が終わって一〇時ごろにこちらからかけてみたら、もう眠そうだったので切ってしまったのだ。ようやく、ゆっくり話せそうな時間がとれた。自分でもときどきおかしくなるけれど、私の人生にはあまりにもいろんなことがありすぎて、自分を見失いそうになる。昨日もジョージアと電話中に、鳥の餌をしまってある戸棚からガリガリ、ドンと大きな音がした。もちろんアカリスだ！ ほとんど毎日のようにキッチンのどこかに現れては、私の肝を冷やす。稲妻のようにすばやく動き、ヘビのように私の息を止めてしまう。

けれどもこいつに出くわすと

連れがいる時も、ひとりの時も
かならず息がつまります
骨にゼロが走ります

（亀井俊介訳）

そう言ったのは、エミリー・ディキンソンだ。ジョージアは、これまで何度もストレスに苦しめられてきたけれど、そのたびにそれを克服して自分を取り戻してきた。そしてきちんと自己分析をし、直面する現実的な不安と折り合いをつけてきた。そういう彼女をとても誇らしく思う。彼女と私は同じタイプの人間で、二人とも言いたいことを言葉にせずにはいられない。それに幼い子ども二人を育てている彼女は本物のペリカン〔古来、ヨーロッパではペリカンは自己犠牲的な母性愛の象徴〕だし、私もものを書くことを通して名前も知らない大勢の人びとを育てているつもり。だから自分たちのことを「ペリカンズ」と称して、いっしょに笑ったり泣いたりできる。でも電話で話している間じゅう、キッチンの戸棚で物音がしていて、電話を切ったらすぐに、この招かれざる怯えきった闖入者を退治しなければと思っていた。やっとホウキで叩き出すと、敵は稲妻のような速さで地下室への階段を駆け下りていった。しゃくにさわる！　階段ではなく左に曲がっていれば、外に出ていけたのに。でも地下室はだだっ広く、壁にはたぶんあちこちに穴もある。その後はなんの音も聞こえない。

夕食の準備をしていると、また電話が鳴った。なんだか気持ちが落ち着かず、早く座って飲み物を片手にニュースを見たいと思っていたときだった。マーシー・ハーシュマンからで、「ミズ」誌の一

○月号で彼女が私をインタビューすることになったという。彼女にとっても私にとっても、うれしいニュース。編集者が提案したという、いくつかの適切な質問も知らせてくれた。陶芸家と会ったり、リスを追いかけたり、ジョージアの悩みに耳を傾けたりしている私に突然、こんな質問が向けられる――「五〇年間も書きつづけてこられた秘訣は何でしょうか？　何が原動力だったのですか？」

原動力。私にとって書くことは、自分に何が起きているかを理解する手立てであり、困難な問題を考え抜くための手段なのだと思っている。これまで書いた本はすべて、自分が答えをみつけたいと思っている問題から生まれたものばかりだ。混沌《カオス》のなかから秩序を見出すことが、繰り返し必要になるのかもしれない。芸術は秩序――でもそれは、生のカオスのなかから生み出されるものだから。

七月二九日　木曜日

雨のあとの晴れた朝ほど美しいものがあるだろうか？　草木はたっぷり水を得、すべてが輝いている。それにペグがここにいるあいだは、水やりをする必要もない。朝六時にゴムの長靴をはいて外に出て、水の重みでおじぎしてしまったフロックスの水を払ったり、ゲストルーム用に花を摘んで小さな束にしたり、デイリリーの花がらを摘んだりした。家の裏手には黄色いデイリリーが六株あるが、くっくりとした輪郭で力強く咲くその花は、一日でしおれてしまう。でも、みっしりと繁った緑の一帯を、黄色い花が明るくしてくれている。このあとまだ何週間も咲きつづけるだろう。

昨日、キャサリン・クレイトン（デイヴィッド・ベッカーと離婚してからはそう名乗っている）から手紙が届いた。やっとデッサンを始めたという喜ばしいニュース。「この一年半、何もクリエイティブなことができなかったけれど……」と彼女は書いている。「少しずつデッサンができるようになってきました。何かに励むことは完全な自分を取り戻すこと。長い時間、無心に何かに打ちこむってすばらしいこと。雑音はすべて遮断して、ひたすら静かに打ちこむのです」

彼女の手紙を読みながら、「ミズ」誌のインタビューのことを考えていた。作家や芸術家にとって、仕事こそが自分を満たし、自分を完全にしてくれる。そしてそれは生涯続く。どんなに癒やすべき傷があろうと、創造の瞬間、すべてがうまくいっているという確信が得られる――自分が今も世界と調和していて、内なる混沌《カオス》を探っていけば、それを秩序と美に昇華できるのだと。

郵便物のなかに、バーバラ・レックスからの手紙もあった。原稿の段階で読んでくれた数人の友人を除けば、『怒り』についての感想を知らせてくれたのは彼女が初めて。レックスはとても寛大な心の持ち主で、どんなことがあろうと、いつも純粋な歓びと安心をあたえてくれる。それはけっして忘れることのできないもの。最後に彼女はこう書いている。「これはまったく新しい本です。女たちに語りかけると同時に、男たちにも語りかけている。これまで誰も言わなかったことが、ここには書いてあります」

これで安心してしまっていいのだろうか？　いやいや、今また『すばらしきオールドミス』について考えようという気持ちになっている。クリスマスが終わったら、本気で取りかかるつもり。今のところは、時間がたっぷりとれるようになるまで、コンロの奥のバーナーでトロ火で煮ている段階。

八月一日　日曜日

ペグ・アンバーガーは木曜日の午後早い時間にここに着き、今朝七時に発っていった。彼女は、私を笑いものに――あくまでやさしくだが――できる数少ない友人の一人で、楽しい時間を過ごせた。お天気が続いたこともさいわいだった。彼女は妻であり、母親、祖母でもあって、仕事にも打ちこんでいる。だからここにいるあいだ、少しだけ楽をさせてあげたかった。タマスを連れて海まで散歩する彼女を見送ったり、飲み物片手に（彼女は野菜ジュース、私はスコッチ）テラスでくつろいだり、昼間にドライブに出かけて名所を見てまわったり……。朝八時から一〇時まで私が仕事するあいだは、『怒り』の原稿を読んでいた。ところがたった今、日記のことを思い出し、二日間書かずにいたことに気づいた。庭仕事もまったくしていないし、手紙は山になっている。今は自分が空っぽになったみたいで、いささか疲れた。でも三日間という滞在期間は、いろんな意味でちょうどいい長さ。もっと短いとあわただしいし、リラックスできない。でも三日あると、お客のほうもここでの生活に慣れてきて、手助けもしてくれるようになる。昨日、ペグはメクラアブをものともせず、タマスを森のなかへ散歩に連れていってくれた。そんな慈悲あふれる人といっしょにいたのに、なぜ朝からこんなに疲れているのだろう？ それは内なる精神生活が完全にストップしているから。ものを書き、考え、庭仕事に打ちこむ、あの独り居中毒患者は、今のところ姿を消している。なんとも寂しい。

でも今日の午後、家の裏の雑草取りをすれば、また〝彼女〟に会えるだろう。そして、ほぼ雑草に埋め尽くされた多年草の花壇をきれいにしながら、感覚を研ぎ澄まし、精神の落ち着きを取り戻そう。

八月二日　月曜日

昨日の午後、やっと外に出て、家のなかの花も補給。でも疲れていて楽しむ余裕はなし。蒸し暑くなって、蚊が猛烈な勢いで出てきている。伸びすぎたブドウの蔓を切ったり、一年草の花壇の雑草を抜いたりしていると、シャツの上からでも刺されてしまう。でもがんばった甲斐あって花壇にスペースができたし、気持ちもすっきりした。八月というのは、いわば夏の行き止まり。あらゆるものが実を結ぶか、繁りすぎるかし、重たい空気には八月特有の静寂が漂う。鳥はさえずらないし、海は遠くでため息をつくばかり。すべてのテンポが遅くなる。

イギリスの友人が送ってくれたアリス・グレゴリー〔アメリカの女性参政権運動活動家・作家〕の日記を読んでいる。そのかなりの部分で、アリスは夫ルウェリン・ポーイス〔イギリスの作家〕への情熱的な愛と、夫とギャメル・ウールジー〔アメリカの詩人・作家〕という若い女性との情事からくる苦悩を綴っている。やがて彼女は夫のギャメルへの愛を受け入れ、彼が死ぬまでそれを貫く。ギャメルがジェラルド・ブレナン〔イギリスの歴史家〕と結婚したときの夫の絶望に寄り添い、その長い闘病生活を通じて彼を支え、慰める。これは基本的に、彼女自身の苦悩の記録であり、おそらく誰にもその苦悩を明かさなかった彼女にとって、日記こそが慰めだったのだろう。この日記には不思議な力がある。愛がどれほど破壊的なものかということ、そして一途であるがゆえの残酷さをあらためて思い知らされる。ルウェリンは、妻にすべてを打ち明けることで、どれだけ彼女に苦痛を強いたか、まったくわかっていなかったようだ。別の女性との情熱的な関係について妻に聞いてもらい、ひっきりなしに愛人のことを口にし、そんな状況のもとで哀れみを請うことが、どんなに残酷か。妻がとてつもなく傷ついているのに、理解してもらうのが当然だと思うなんて、とうていゆるしがたい。日記のあちこちから彼女の苦悩の叫びが噴き出てくる。

一人の人間にがんじがらめになって、それしか見えず、それ以外に活力の源もないという悲劇に、心底打ちのめされた。アリスはまさにそういう状態にあった。彼女はほかのすべてのもの、すべての人を排除して、ルウェリンを愛した。「自分の足で立たなければならない。私はまるで山の陰に隠れて、成長の止まった木のようなもの。太陽の暖かさはけっして枝に届かない」。それからこうも書く。「今日、オコジョがウサギを追いかけるのを見たルウェリンは、両手をパンパンと叩いてオコジョを追い払おうとした。ところが怯えたウサギは走ることができなかった。私も怖くて動けない」

この本を読んでいる間じゅう感じたのは、自分がアリスのように執着する相手をもっていなくてよかったという、大きな安堵感。私もこれまでの人生の大半ではそうだった。でも今は、そういう情熱から自由になった。愛情の奴隷にならないでいられるのは、どんなにありがたいことか。

夫の死からしばらくしての日記の一節。

心を押しつぶされ、死ぬことだけを考えて外へ出る。愛にしか現実性はなく、言葉はそれに価値をあたえる相手がなければ、なんの意味もないと思いながら。苦痛に打ちのめされて街を歩いていると、突然、みすぼらしい老人が薪割りをしているのが目に入った。節くれだった震える指で、慣れた作業を懸命にこなしている。そこに片目の見えない犬が撫でてもらおうとやってきた。スパニエルとハウンドの混じった、艶のある毛並みのおとなしそうな犬。老人はその犬の名前を呼びながら、やさしく撫でてやっている。その光景を見ているうちに、私の心から悲しみが消えていった。そして苦悩とは多くの場合、愚かな主張をしようとするから生まれるのだと悟った。存在を純粋な心で見つめ、すべてを変化しつつあるものとして、客観的かつ思いやりをもってとらえれば、不安や恐れはどこかへ消えていくのだと。

そのとおりだと思う。でもそれと同時に、「客観的かつ思いやりをもって」何かをとらえたとき、人は詩人にはなれないのもたしかだ。そして一人の人間だけに深く心をとらわれるのではなくなったとき、人は智慧を——高い代償を払って——手に入れるのだ。もちろんアリス・グレゴリーにもそれはわかっていたし、まさにそれがこの日記全体を貫く赤い糸となっている。

八月五日　木曜日

火曜日、車でコネティカット州ウェストンのエヴァ・ル・ギャリエンの家へ、泊まりがけで行く。彼女の家で二人だけで会うのはほんとうに久しぶり。彼女の家は、森の奥の岩棚の壁に寄りかかるようにたたずんでいる。岩棚を見上げるとあちこちに花が植えられていて、春にはスズランが、夏にはデイリリーやギボウシが咲く。家まではバラ園の脇を通る小道づたいに行くのだけれど、そこを歩いていると、餌やり器から一群のメキシコマシコがパッと飛び立った。ここにはいつも、日常世界とは切り離された安息の地のような雰囲気がある。今回はさらに、この場所を包むひそやかな静寂と、彼女がここにつくり出した美——八三歳の今もその生気を保つことに精魂を傾けている——にあらためて心を動かされた。そしてもちろん、彼女のほうもそこから生気を得ている。フランシスコ修道会に属する彼女にとって、花や鳥、そして毎日暗くなると餌をもらいにやってくるアライグマやスカンクたちが、何にも増して生きがいと歓びをもたらしてくれるのだ。

家のなかにも生命《ライフ》が、彼女の人生《ライフ》がみなぎっている。そこらじゅうにドゥーゼ〔イタリアの女優〕やサラ・ベルナールやらの写真があって、思わず足が止まる。「青い部屋」と呼ばれる書斎の壁一面にぎっしり並んだ本の多くは、彼女が出演した舞台に関係するもので、イプセンの戯曲は彼女自身が翻訳している。シビック・レパートリー劇場が閉鎖されたあと『鷲の子』〔エドモン・ロスタン作の戯曲〕を演じたときの肖像画や、父親で詩人のリチャード・ル・ギャリエンの肖像画〔有名なマックス・ビアボーム〔イギリスの文筆家、風刺画家〕による漫画風のもので、最近手に入れたばかり〕、そして長年コペンハーゲンの新聞のロンドン特派員を務めたデンマーク人の母親の肖像画もある。

家はきわめてヨーロッパ風。つまり、見栄えを良くしたり流行を追うために人工的にデザインされたものはひとつもなく、そこにあるすべてのものが、本一冊、家具一点にいたるまで、豊かな生活体験を表すものとして自然なかたちでしっくりと収まっているということ。

青い部屋でエヴァが長椅子に横になり、私がその向かいの安楽椅子に座って話をしていると、いつも幸せな気分になる。私が一七歳でシビック・レパートリー劇団に研究生として入ったとき以来だから、エヴァとはもう五三年のつきあい。彼女はよく私を楽屋に入れて、いろいろな役になるためにメークをするところを見せてくれた――ピーター・パン、ヘッダ・ガブラー、ジュリエット、『三人姉妹』のマーシャなどなど。積もる話は山のようにある。長旅だったので二階の寝室でひと休みしたあと、一気におしゃべりに突入。もちろん今回の最大の話題は、かつてシビック・レパートリー劇場で上演された『不思議の国のアリス』〔初演は一九三二‐三三年、その後一九四七年に再演〕の再演のこと。クリスマスの前に、ブロードウェーで初日を迎えることになっている。これは小さな奇跡といってもいい。きっかけは、アスター家〔アメリカ屈指の大富豪〕の一人が一〇歳のときにオリジナルの『アリス』の舞台を見て以来、それを忘れられずにいたことで、その人物が、たまたま『アリス』を再演したいとの思いを強くもっていたプロデューサーと出会い、実現することになったのだ。

それにしてもニューヨークの演劇界は、なんという怪物になってしまったのか！　かかるコストがあまりにも高い。三〇年代には、年間一〇万ドルでシビック・レパートリー劇団を運営することができた。少なくとも年三本の新作を上演し、最終的には二六のレパートリーをもち、八〇人の常勤スタッフを雇っていた。それが今回の『アリス』の再演には、少なくとも一五〇万ドルかかるという！　聞いただけで髪の毛が逆立ちそう。チケットもべらぼうな値段になるので、いちばん芝居のわかる人たち（本物の知性があり、反応のいい観客）は観にこられない。まったくめちゃくちゃな話だ。でもたまには、おとぎ話のようなことも起きる。今回の再演は、五〇年も昔に『アリス』に魅せられた男の子がいたことに端を発しているのだから！

すぐれたアーティストというのは誰しも、なんらかの失望や挫折を経験するものだが、ル・ギャリエンのように人生を真っ二つに分断された女優というのは、まずいないだろう。シビックの全盛期、コネティカット州の自宅のコンロが爆発して瀕死の大火傷を負い、その後一年間、劇団は閉鎖を余儀なくされた。それでも火傷の治療と数回にわたる手の手術をへて、みごと舞台にカムバックし、復帰作『カミーユ』は大成功を収めた。でもそれがどんなに大変なことだったか、彼女が復帰を遂げるのにどれだけの勇気と決断、そしてけっして消えることのない情熱の炎が必要だったか、おそらく誰にも想像はつかないだろう。まさに想像を絶する残酷な運命の一撃だったのだ。

八月九日　月曜日

あのうるさい音に慣れられるかどうか試すため、ジャニスの電動タイプライターを借りてきた。オリベッティのタイプライターが、七月には二回も修理に持っていったにもかかわらず、しょっちゅう故障するので、毎日イライラが絶えなかった。今日は恵みの雨が降っている。でも今日は、ちょっと遠くから友人が来て、いっしょにランチに出かけることになっているので、彼女たちには気の毒だ。今の私には、疲れは禁物。時間に追われ、独りの時間もない状態が続き、感覚が鈍りはじめている。それにしてもこの夏は、こんなにやるべきことをためてしまうなんて、いったい何をしていたのか？　おまけに機械も壊れる。木曜日に「ミズ」誌から、写真撮影のことで電話があったのだが、その最中に突然電話が切れてしまった。急いでメアリー＝リーの家に行って、そこからかけ直したけれど、かなりあわてた。五時過ぎには電話は直ったので、ほっとした——電話がないと、文字どおり世の中から「切り離されて」しまう！　土曜日の午前中、サラ・パットナムという魅力的なカメラマンが撮影にきた。外に出て、テラス下のボーダー花壇や野原を背景にして撮影。でも太陽が強烈すぎて消耗した。彼女が帰ったあと、空気の抜けた風船みたいにペシャンコになってしまった。でも翌日の日曜日のエレノア・ブレアの誕生日のために、ロブスターサラダをつくる予定だったことを思い出し、それで気分が落ち着いた。

それからちょっと昼寝をして、五時一五分に来ることになっていたドリス・グランバックを迎える準備。彼女と会うのは一年ぶりで、話は尽きない。一時間ほどおしゃべりしたあと、ディナーに出かけ、穏やかで刺激に満ちた会話を楽しんだ。ドリスは、知的な生活とはこんなものだというお手本のような暮らしをしている。八月の一カ月、娘の家族といっしょに海辺に家を借りているが、毎日ビーチで読書しているので、小麦色に焼けた肌がまぶしいほど。彼女の一日を考えるだけで魅了される。まず朝六時に海岸を三キロほど散歩。そのあとの一時間半は、学者の義理の息子との勉強の時間。旧約聖書「イザヤ書」のヘブライ語版とギリシャ語版を比較する。私の父ならきっと喜んでやっただろうけれど、私には残念ながらその根気がない。それから、かわいがっている孫のアイザックと少しおしゃべりして、一日の大半は海岸で読書して過ごす。気が向けば海で泳ぐ。今、彼女は二冊の本を同時進行で執筆している。一冊はウィラ・キャザーの評伝、もう一冊はスランゴスレンの貴婦人たち〔一八世紀後半から一九世紀前半にかけて、異性との結婚を拒否して家出し、ウェールズのスランゴスレンでともに暮らした二人のアイルランド人女性〕についての実話にもとづいた小説。それにもちろん、書評もときどき書いている。

ドリスを前にしていると、自分が、北京から来た著名な文人をもてなす中国の老詩人のような気がしてくる。知的生活の中心からも、文学界からも遠く離れて、一生を夢うつつのうちに過ごしてしまった老詩人。ろくに仕事もせず、花や鳥を眺めることにばかり時間を費やし、自然の世界に酔いしれる老詩人。ドリスといると、自分がなんと怠惰な生活をしているか、痛切に思い知らされる。でも私に言わせれば、怠惰は怠惰でも意欲を秘めた怠惰なのだ！　じっくり思考し、自分自身の核の部分から静かに書く時間があれば、怠惰は生産的なものになる。それでも、この美しい場所を誰かと分かち合いたいと願わずにいられないし、そうする必要にも迫られている。たくさんの人がここを訪ね、私とその美しさを分かち合いたいと思ってくれることを喜ばずにいられようか。

昨日はいつもより早く起きて、エレノアのために花を摘んで花束にした。それからサラダの材料を混ぜ、美しいボウルに野菜畑のレタスを敷いて盛りつけた。暑い日になりそうだったから、ボウルの周りには氷を入れた袋を置いた。キンセンカ、コスモス、スイートピー、フロックスの花束はちょっと重たくて単調な感じになってしまったけれど、テラスの花壇にベロニカがあるのを思い出し、ブルーの長細い穂の形をした花を数本摘んで入れてみたら、大成功。日曜日なのでベッドのシーツを取り替え、やっと九時一五分前に出発。朝靄の立ちこめる八月の濃い緑の世界を抜けてウェルズリーまで、途中の小休止を楽しみつつ、カーラジオでストラヴィンスキーの「パストラール」を聞きながら車を走らせる。

お祝いづくしの一日だった。まず、マーガリート・ハーシーの九〇歳の誕生日を祝って、彼女とキーツのところで三〇分過ごす。マーガリートはこのうえもなく美しかった。九〇歳であのように美しくいられるなんて! 青緑色のやわらかなシルクのドレスに身を包み、前日に、彼女が教えていたアボット・アカデミー〔一八二九年に設立された全寮制の女子名門校〕のかつての理事や教員、生徒たちが開いてくれたお祝いの昼食会の様子を話して聞かせる彼女は、まさに輝いていた。この偉大な教育者の生涯を歌った、すばらしい物語詩《バラッド》を朗読させてもらう。そして、あなたのように人に大きな精神的感化をあたえる人はほかにいないと言うと、なぜかと聞き返された——皆からそう言われるが、自分ではどうしてかわからないと。思うにそれは、マーガリートが人間としての温かさと知性を、類まれなかたちであわせもっているから（と彼女に伝えた）。私が知るかぎり、それはめったにないこと。つい最近会ったエヴァ・ル・ギャリエンやドリス・グランバックも思い浮かぶけれど、彼女たちにはマーガリートほどの温かさはない。もちろん三人ともすばらしい女性であり、それぞれが自分なりのやり方ですばらしい生命の輝きを放っている。

マーガリートを訪問したあと、同じ通りに住んでいるエレノアの家（「ハチの巣」）へ、八八歳の誕生日を祝いにいく。愛と歓びに満ちあふれた彼女は、友人から送られてきたみごとな花束を愛でていた——デイジー、黄色いユリ、そしてサーモンピンクのバラが、すてきな丸い壺に活けてある。エレノアはほとんど目が見えないのだけれど、その友人から電話がかかると、まるで画家のようにその花束を細部にいたるまで描写して、ほめているのが聞こえた。インディアナ州で経済学の教授をしている、エレノアの年下の友人のエリーズが遠路はるばる来ていて、彼女のおかげでお祝い気分が大いに盛り上がった。たくさんの風船を膨らませたり、私が着いたときには、彼女が持ってきたポピーをかたどったステンドグラスの飾りを、窓枠に釘を打って吊るしていたり、とびきりのチョコレート・トルテを注文したりと、大活躍。ふっくらとして、気取りがなく、てきぱきと手際のいいエリーズは、まるで守護天使のようにまわりに光を放つ。

庭にテーブルを出し、適当な椅子を探してきて、テーブルにクロスをかけ、ロブスターサラダとフルーツの盛り合わせを並べた。フルーツは、エリーズが独創的な形にカットして美しくアレンジしたもの。残り少なくなった誕生祝いのシャンパンの一本を持参したので、それを開けて皆で飲んだ。何に乾杯したかといえば、そう遠くない九〇歳の誕生祝いに向けて準備するために！　庭では木の話をはじめとして、いろんなおしゃべりに花が咲いた。エレノアによれば、背の高い柳の木は、彼女が小さな苗を植えて育ったものだし、庭の端のほうにそびえている巨大なニレの木は、たった三〇センチの高さのときに彼女が移植したものだという。この生命力あふれる二本の木が、長い年月をかけてここまで大きく成長したことを思い、心を動かされた。ふと、ルニェ＝ポーがアビニオンの家の庭に、親しい友人のために一本一本、木を植えたことを思い出した──「ポール・ヴァレリー」はどうしているかしら？

八月一一日　水曜日

昨日の午前中いっぱいかけて、新しいタイプライターを手に入れた。これでやっと、軽いタッチで速くタイプできるようになった。スミス・コロナのポータブルで、電動ではない。今までのタイプライターがあまりにひどくて、自分の手が動かなくなったのかと思うほどだったが、今はキャリッジが止まることもなく、もう三〇分も軽快に打ちつづけている！　プレッシャーで押しつぶされそうな時期に、機械がうまく動かなくていつまでもイライラするのは耐えがたい。でも今日は、どうにも不快な蒸し暑い日。三時には泊まり客がやってくる。この一年、詩を書いて送ってきたボビー・ギアリーという女性が、彼女のミューズに会いにくるのだ。私も逆の立場だったことが何回もあるから、彼女の気持ちはよくわかる。でも同時に、そういう詩の受け手より書き手であるほうが、ずっと歓びが大きいことも知っている。

昨日は何も予定がなかったので、やっと外に出て、もう花の終わったテラス下のボーダー花壇をきれいにする。するとそこにヘビの死骸をみつけた。美しい青緑色をしたそのヘビを、さわるのがためらわれていたのだけれど、今は自然の力によって黒っぽく変色して、草むらのなかに消えようとしている。美しい半面、人を怖がらせるこの生き物を気の毒に思う。ネルソンの家の庭の壁にはヘビの家族が棲んでいて、私は彼らを友人として歓迎し、家の守護神だと思っていた。ここでもテラスの壁にはずっとヘビがいた。でもあんなに色鮮やかな、まるで宝石のように澄みきったターコイズブルーのヘビは見たことがなかった。

八月一二日　木曜日

灰色の空に灰色の海。秋を感じる朝。ボビーのために階下に電気ヒーターを出した。昨日は五、六時間も話しこんだけれど、今振り返ると、万事うまくいったと思う。いちばん良かったのは、草の繁った小道を歩いて海まで行き、タマスと並んで岩壁に座って足をブラブラさせながら海の音に耳を澄ませ、眼下の岩に波がやさしく砕けるのを眺めていたこと。満潮だった。カモメが一羽、岬の突端に止まっていたが、今年はサーフポイントではほとんどカモメを見かけない。カモもまったくいない。昨日ボビーに話したことだけれど、家族ですばらしい夏休みをオガンクィットで過ごした六四年前、父が指さす先で、一度ならずクジラが潮を吹いているのを見たことをよく憶えている。あのころは岩の上にアザラシもいた。世界が徐々に損なわれていくのを実感するのは胸が痛む。

ボビーが昨日、私に持ってきたもの――それは三冊の本の原稿だった。二冊は詩、一冊は短編小説で、半年前に爆発的な創作のエネルギーが湧いてきた結果、生まれたものだという。でも、それを私に持ってくることが贈り物なのではなく、私がそれを読むことこそが〝贈り物〟だと指摘したのは、ちょっと意地悪だったかしら。創作の歓びに取りつかれている者にとって、作家に自分の作品を読んでほしいと言うのは、どんなときでも相手への押しつけになると気づくには、長い時間がかかる。ボビーは愛らしい若い女性で、彼女の小説が出版されることを祈っている。昨晩五〇ページほど読んだけれど、疲れていて判断できなかった。

八月一四日　土曜日

昨日は親しい友人で、ウェルズリーでの教え子でもあるカレン・バスが来ることになっていたので、ゲストルームに飾るためにバラやフロックス、スイートピーを摘んだり、机の上に詩集を並べたりしていた。そのとき気づいたのは、この夏が大変なのは、単にお客が多いからというより、私の作品に惚れこんでやってくる初対面の訪問客が多いからだということ。見ず知らずの他人とコミュニケートしたり、その人を理解しようとするにはエネルギーが必要で、消耗する。それに相手は大きな期待をもってくるわけだから、自分と会ってがっかりしているのではないかと思うと、神経がすり減る。芸術作品だけを介して知っている人間に会いにきた人が出会うのは、愚かさも葛藤もいっぱい抱え、家の雑事に悩まされ、いつも親切とはかぎらない、ごく平凡な人間なのだ。疲れがたまると、私は毒をもったモンスターになる。

カレンはボストンからバスに乗ってやってきた。美しいカレンと会えて、そしてやっと話ができて、ほんとうにうれしかった！ もうずっと長いこと、互いに長い手紙をやりとりしているけれど、彼女はテキサスに夫と子どもたちと暮らしているので、めったに会えない。彼女と会うのは一大イベント。私の教え子のなかでもずば抜けてすぐれた詩人で、彼女の才能を確信している。なかなか詩を発表する場がなかったり、自己不信に陥って、詩を書くのをやめてしまおうとした（それは月が昇ろうとするのを止めることと等しい！）時期もあるけれど。

八月一五日　日曜日

明日から三日間、キャロリン・ハイルブラン〔アメリカの英米文学研究者〕が滞在する予定だったけれど、家族に不幸があって来られなくなってしまった。彼女に会うのを楽しみにしていたのだが、私にとっては天から貴重な時間を授かったという気もする。今、モーツァルトのピアノ協奏曲第17番ト長調のレコードがかかっていて、まるでコーディアル〔ハーブやスパイスをアルコールに漬けたヨーロッパの伝統薬〕のように、私の魂にエネルギーを注ぎこんでくれる。

庭ではプリシラが、テラスの壁沿いに繁りすぎた蔓草をカットしてくれている。この夏はやり残した庭仕事が山のようにあるので、彼女が来てくれてほんとうに助かる。プリシラのようにてきぱきと働く人を見たことがない。それもただ速いだけでなく、とてもレベルの高い――多くの場合私よりも高い――仕事をしてくれる。

庭の世話は自己中心的な仕事、なぜなら自分のためにやっているから、という気がすることがよくある。でも、カレン・バスのようなお客がやってきて、餌やり器に集まってくるオウゴンヒワをずっと眺めていたり、家のなかが美しいとほめてくれたりすると、いろいろ手入れすることは、結局のところ人と歓びを分かち合うためなんだということに気づく。それから、この家には客が多すぎると愚痴をこぼし、なぜこんなにたくさん招んでしまうんだろうと自問していると、「一泊する」ことに貴重な価値があるということに気づかされる。一泊すれば、海まで歩いていって岩壁に腰をおろし、ゆっくり海を眺めることができる。するとだんだん世界が遠のいていき、長いため息のような波の音だけがあたりを満たす。時間を超えた時間の贈り物。もし一時間か二時間の訪問だったら、そんなことはけっして起こりえない。

八月一六日　月曜日

ハロルド・ブルーム〔アメリカの文芸批評家〕は『船の破壊』のなかで、T・S・エリオットが有名な評論『伝統と個人の才能』の出版数週間前に書いたという、ある批評文の一節を紹介している。これが実にすばらしい。エリオットはこう書いている。

作家にとって、別の作家に対する崇敬は励みになるが、それよりもっと重要な励みが存在する。崇敬は往々にして模倣へといたる。人は、自分が模倣していることに長く無意識でいることはまずない。誰かを真似ているという負い目に気づけば、当然の帰結として、模倣の対象を嫌悪するようになる。しかし、それとは別の関係を作家とのあいだに結べば、模倣することはないし、そう非難される可能性は高いとはいえ、何を言われても動じることはない。この関係とは、相手――おそらくは故人となった作家――とのあいだの深い親近感であり、特異な個人的親密性ともいうべきものである。それは初めてその相手を知ったとき、あるいは長らく知っていたのちにある日突然襲ってきて、われわれを圧倒する。それはまちがいなく運命の分かれ目であり、若い作家が初めてこの種の情熱に取りつかれると、場合によってはわずか数週間で、変身ともいえるほどの大きな変化を遂げる――借り物の感情の集積物から一人の人間へと。この不可避の親密性が、初めて本物の、ゆるぎない確信をよび起こす。故人である人間とのあいだに、秘かな認識――数年後、あるいは何十年、何百年後かに、自分が疑う余地のない卓越性をもって出現し、そのとき自分はその故人の評判をめぐる不明瞭で退屈な、回りくどい表現を瞬時に見抜き、自分だけが彼の友人だと呼べるのだ、という認識を有していることへの確信が生まれるのだ。それは自分にとって、励まし以上のものだ。それは人生における人間関係のように、進歩を生む。個人的親密性がそうであるように、それはおそらく過ぎ去っていく。だがけっして消すことはできない。

そうした情熱の使い道はさまざまある。ひとつには、強制された崇敬――すなわちその作家が偉大だという理由だけで、その作家に関心を向けること――からわれわれを守ってくれる。（われわれにとって）偉大であるだけの人間といっしょにいて、心が和むことはけっしてない。そうなれるほど、われわれ自身は偉大ではない。おそらくシェイクスピアと親密になれるほど偉大な人間は、一世代に一人もいないのではないだろうか。偉大な人間への崇敬は、われわれを序列内に収めておくための一種の規律のようなもの――自分のいる地位を認識するために必要なスノビズムにすぎない。われわれは恋愛の達人ではないかもしれないが、本物の詩人（その程度はどうあれ）とのあいだに純粋な恋愛関係をもてば、恋愛ではない関係を回避するための警戒装置を手に入れることになる。それ以外にも間接的に獲得できるものはある。その相手との友情は、相手が移り住んだ社会を知るきっかけをあたえてくれる。その社会の始まりと終わりについて知り、より幅広い人間となれる。模倣をするのではなく、自分が変わることができる。そして作品は、変化を遂げた人間の作品となる。われわれは覚醒し、伝統の担い手となるのだ。

私自身の人生を振り返っても、こうした情熱をもったことは二回、ひょっとしたらそれ以上ある。

そのうち二つは、日常生活を芸術へと変換することについての私の考えを変えるほどの影響をおよぼした。一人目はW・B・イェイツ。彼の、自分自身の初期の詩に対する厳しさ、自分の文体を感覚的で散漫なものから、明晰で固くひきしまったものへと変化させる能力に接して、私も自分の詩をすっかり見直すことを余儀なくされた。短く簡潔に。修正を厭わず、ほとんど際限なく修正できるようになること。またイェイツは――ルイーズ・ボーガンがどんなに正反対のことを言おうと――詩人は責任を負わなければならないし、政治的な詩は空疎なレトリック以上のものとなりうるということを教えてくれた。一方、小説に大きな影響をあたえたのはモーリアック。彼の文章を読み、研究することを通してわかったのは、「詩的」な文体（私が高い評価をうけていたもの）は脇に置いて、詩は内容のなかに埋めこむべきだということ、小説における詩とは行間に息づくものだということだった。それがわかってからは、抑制をきかせた明確で明快な文体をめざすようになった。

高校時代、同世代のとても多くの人たちと同様、エドナ・ミレイ〔アメリカの詩人〕に夢中になっていた。そしてこのことは、私や私の作品をミューズとみなす人びとに思いをいたらせる。生きている作家に情熱をかき立てられることの危険は、日常生活と芸術を混同してしまうことにある。最盛期のミレイは、まるで映画スターのようだった。映画スターはロールモデルにはなりえない。ただ観衆を空想の世界へと惹きこむだけ。それは文芸創作に関するかぎり、危険であり非生産的である。おそらく私がミレイのようになろうとしないですんだのは、ジョルジョ・デ・サンティリャーナ〔イタリア系アメリカ人の科学哲学者〕という賢明な友人のおかげだ。彼は私に「ミレイを真似するな。彼女に影響をあたえたものに戻りなさい」と忠告してくれ、私はジョン・ダン〔一六－一七世紀のイギリスの詩人〕とアンドルー・マーヴェル〔一七世紀のイギリスの詩人〕を読んだのだった。

私はそれよりずっと深いところで、ヴァージニア・ウルフと自分を重ね合わせた。その影響は、最初の小説『シングル・ハウンド』の第二部に明らかにみてとれる。でも、もう二度とそういうことはないだろう。なぜならウルフの文体は、感性――あるいは人生観――を正確に伝えるという面がきわめて強く、模倣したり借用しようとすれば、それはウルフのまがいものになってしまい、本物の模倣にはなりえないから。ヴァージニア・ウルフそのものになるか、ヴァージニア・ウルフではないか、どちらかしかない。話はきわめて単純――であると同時になかなかわかりにくい。

八月一八日　水曜日

何週間かぶりで、丸三日間、自分の好きなように過ごせる。誰かを家に迎え入れ、話し相手になる必要がないなんて、天国のよう。そして、ふだん後回しにしてきたことを片づけるチャンスでもある。たとえば、カタツムリを捕るために出窓にビアグラスの受け皿を置くとか、机の上に積み上げたままの手紙に返事を書くとか、ボビー・ギアリーの小説を読むとか（これは昨晩読み終えた）。今日の午後は、摘み取り用花壇じゅうに自生してはびこっているタバコとケシを抜いて、きれいにする大仕事が待っている。

昨日は荒れ模様で最後は雷雨になったけれど、今日は空気が澄んでいる。それに昨日、人に頼んで木や低木の枝を落としたり、刈りこんだりしてもらったので、あたり一面がとてもすっきりしている。八月に猛烈な勢いで伸びた枝や葉がようやく切り落とされ、すっかり様変わりした。サクラの木はふたたび丸みを帯び、巨大な「もじゃもじゃペーター」の頭みたいだったフレンチライラックは、こざっぱりとした丸い緑のかたまりになっている。

人間について、人間関係について、あたえることとあたえられることについて、ずっと考えている。今朝、朝食後にベッドに横になってつらつらと考えていたときに気づいたのは、皆、互いにあたえることについて幻想を抱いているということ。そしてあたえることは、あたえられることでもある、ということにはなかなか気づかない。でも最終的には、相手にあたえられる唯一のもの、いちばん重要なもの、それは互いにただそこにいる、ということではないだろうか。前に流行った曲の歌詞に、「もう誰も同じ場所にとどまらない」というのがあったけれど、ひとつの場所にとどまっている人、ある家や、ある庭のある景色のなかにいつもいることが想像できる人、ジッドの言葉を借りれば自在《ディスポニブル》な人はその友人たちに、少なくとも静止点という意味での安心や心地よさをあたえている。今の自分がそうであればいいのだが——かつてセリーヌ〔フランスの作家〕が長いあいだ、私にとってそうだったように、そしてイーディス・ケネディ〔ジャクリーンのおば〕がそうだったように。

でも一方で、いつも相手に応えられるというわけではない。ここという大事な瞬間に電話がかかってきて、やっていたことを中断しなければならなくなると、怒りで反応してしまう。これはいいことではない。相手との信頼の糸が切れてしまうから。でも一方では、この日記や詩や手紙に対する集中の糸も切れてしまうのだ。二四時間、どんな時でも他人を受け入れられる状態にいる人なんているだろうか。いないと思う。

八月二二日　日曜日

金曜日の朝早く家を出て、メイン大学オロノ校へ。全米詩財団のシリーズの編集責任者キャロル・F・テレル（テリー）が、シリーズの一冊として出版された『メイ・サートン――女として詩人として』と、編集者のコンスタンス〔コニー〕・ハンティングのために昼食会を開催してくれたので。その日はコニーのところに泊まって夜遅くまで積もる話をし、土曜日には初めてＨＯＭＥを訪れるためにオーランドまで車で行った。私の人生のなかで、まったく違う、ほとんど正反対ともいえる二つの部分が重なったのでいささか分裂気味。でも丘を越え、谷を下ってメイン州の田園地帯を走っていると、あちこちにノラニンジンやいろんな種類のアワダチソウ、ルドベキアなど、夏から秋への季節の移ろいをしのばせる花々が咲きほこり、さながら「幸せな秋の野《ハッピー・オータム・フィールズ》」〔エリザベス・ボウエンの短編小説のタイトル〕という趣だった。一年のなかでも、この季節はいつも胸が締めつけられる思いがする。どんなに暑く、わずらわしい虫がたくさんいても、あと少しだけ夏にとどまってほしいという思いが突然襲ってきて、秋がもたらす北国特有のかすかな不安にうち震える。それでも、ヨークからオロノまでの長いドライブはとても楽しかった。異質な世界のあいだを――責任を感じることなく――振り子のように移動し、ヨークの周辺ではめったに見かけない畑や、野原に放たれた牛たちを眺めて楽しんだ。

そのあとの楽しさも格別だった。コニーのキッチンは実にいろんなことが行われる場であり、そこに足を踏み入れると、生き生きとした無秩序にたまらなく居心地のよさを覚える。それからちょっとポーチに出て（ベンチでは巨大なオレンジ色の猫が昼寝中）、何カ月も前に会って以来、お互いの身に起きたできごとを端から二人で話し、長旅のほとぼりをさます。ビクトリア朝風の大きなお屋敷のサイドポーチからの眺めは、まさにニューイングランドの真髄ともいえる風景だと、あらためて思う。簡素な教会の白い尖塔が、隣家の屋根よりはるか高くにそびえ、午後の陽光に射抜かれたドラマティックな雲が、尖塔の硬質な力強さをいっそう際立たせている。その前景にはコニーの夫のロブが伐ったカバの丸太を積み上げた高い壁と、ロブが造った小さいながらすばらしい庭がある。彼は実にユニークな空間の使い方をしている。そのひとつはジャガイモの樽。樽の上には大きなジャガイモが一株生えているだけなのだが、樽のなかではジャガイモが底のほうまでたくさん育っている。樽の中身を開けるときにはパーティが開かれる。出席できたらどんなにいいだろう。

テリーが私の作品論集を出そうと考えてくれたこと、それを私がどれだけ感謝しているか、言葉では言い尽くせない。そしてその編集者にコニーが選ばれたことが、どんなに幸運だったことか。この本の出版は、作家としての私の生涯の一大イベント。でも、そういうイベントに関連する社交的な催しは、ひどいものになりがちだ。ひとつには、参加者が皆シャイで、何を話したらいいかわからないから。実際、私もエリナー・ワイリー〔一九二〇年代に活躍したアメリカの詩人・小説家〕のいう「パーティのキリン」状態だった。誰かに話しかけてもらいたいのに、近づきにくい雰囲気を漂わせていたらしい。ヒュー・ケナー〔カナダの文芸批評家〕（ちょうどテリーに会いにきていた）も、ウィスコンシン大学のヘイマン教授も、私に話しかける気はみじんもないようだったので、あとで彼らに贈呈する本にサインするように言われたときの、バツの悪いことといったら。魔女のように煙とともに消えてなくなりたかった。食べ物はすばらしかったけれど、おいしい食べ物は会話を必要としない。そのあとコニーの家に戻ってひと眠りし、ジーンズとシャツに着替えて、くつろいで彼女と過ごした夜は最高だった。ロブはパーティに出かけていなかったので、メカジキと菜園のおいしい野菜、それに私の誕生日祝いのシャンパンを囲んで、二人だけで食べ、飲み、心の底から楽しく過ごした。

食事のあと、彼女の書斎に連れていってもらった。床に原稿や雑誌が山と積まれているのは、現在進行形の積極的な無秩序だと感じたし、私自身の仕事部屋の無秩序とそっくりなのでうれしくなってしまった。コニーの無秩序のなかから出てきたのは、詩であり（彼女の詩集が今年出る予定）、書きかけの小説であり、パッカーブラッシュ・プレスの編集者としての仕事であり、メインのラジオ局で放送する彼女の講義と詩のシリーズだった。それでも彼女の仕事部屋には、フランクリン・ストーブ〔ベンジャミン・フランクリンが発明したストーブで、現在の薪ストーブの原型となった〕と薪の山が二つ、そして寛大なことに、椅子もひとつ以上ある！　そこで私たちはまた一時間過ごした。

世界のもっともすぐれた業績のいくつかは、みにくいアヒルの子によってなし遂げられるというのが、私の父の説だった。彼らは最終的には白鳥になるのだけれど、大器晩成型だということ。コニーは、みにくいという言葉とは無縁だけれど、遅咲きであることは自認している。子育てに専念していた時間が長かったから。今ではロブも退職し、夫婦の役割は少なくとも部分的には逆転している——たとえば、時には彼が夕食の支度をするとか。そしてコニー自身、自分がとてつもない力をもっていることを認識しつつある。これほど明らかに「建設的な要素に没頭している」人間といっしょにいると、ほんとうに教えられることが多いし、元気をあたえられる！

八月二三日　月曜日

その翌日は、今までの人生でもっとも忘れがたい日のひとつとなった。初めてオーランドを訪問……と書いてから一〇秒間、筆が止まった。これから書くべきことに圧倒され、それをどのように伝えたらいいのか考えあぐねている。まず、バックスポートでカレン・ソームと会い、HOMEが、ほぼボランティアの助けだけで建てた二軒の家に案内してもらう。でこぼこの未舗装道路に入っていくと（「冬はどうなるの？」と訊くと、「ルーシーが雪かきするのよ」との答え）、すぐに低木の茂みの上に二つの屋根が、空を背景にくっきりと見えてきた。それぞれに小さな温室が併設されたこのソーラーハウスは、建築費がたったの一万二〇〇〇ドルで、居住者は毎月一七五ドルずつローンを返済する仕組み。住む人たちの自立を助けるために、たとえばジャックという人が住むほうの家のまわりには、野菜畑や鶏小屋があり、放し飼いのウサギや乳牛も一頭いる。乳牛はミルクを搾るのはもちろん、糞は肥料になる。自分の目で見てみたいと、ずっと夢見てきた家。これを建てたこと自体、まさに奇跡のようなものだ。奇跡が実現したひとつの理由は、人に教えることが天才的に上手なプロの大工がいたこと。そして実際に建った家をこの目で見られたのは、すばらしいことだった。住人は留守だったので中には入らずに、HOMEの本部へと向かう。そこにはクラフトショップがあり、売り上げは家の建設資金の一部にあてられている。

本部は1号線沿いにある。最初に見えたのは牧場に放たれた二頭の役馬、そしてその背後の小さな聖公会の教会と、隣に建つ赤いペンキで塗られた古い農家。けれども敷地に足を踏み入れて初めて、六年という短い期間に彼らがなし遂げたことの大きさと広範さが実感できた。最近HOMEに参加したばかりの、織物や陶芸のつくり手たちが作業する建物もある。赤い農家は事務所だが、私が驚いたのはその奥に建つ二つの大きな建物。プロの手によるしっかりした建物という感じで、ここには教室(HOMEは学校もやっていて、今では高校の卒業資格が得られる)とすてきな保育所がある。保育所は年中無休で、多くの若い母親が一日じゅう家に縛りつけられて社会との接点を絶たれることなく、仕事に就けるようサポートしている。

建物のひとつでは、大きなロフトを学生用の宿泊場所に「改装」する工事が行われていた。ここには多くの学生ボランティアが、仕事はもちろん、建築用の道具や材料(たとえば五〇ドル相当の材木とか)も寄付するためにやってくる。学生ボランティアは国内各地から、時には海外からもやってくるという。壁には「どんなことにも時間がかかる」と書かれたポスターが貼ってあり、ハッとさせられた。ここの建物のひとつひとつに、どれだけの時間と重労働が注ぎこまれたかということと同時に、貧困に苦しむ人びとの人生が、たとえ小さな一部であれ、たった六年間で変革されたという、その速さについても考えなくてはならない。

　最後に立ち寄ったのはクラフトショップ。ここで制作される工芸品を驚くほどたくさん売っているというだけでなく、販売スタッフとして年長の女性をパートタイムで雇っているという意味でも、大成功している。宝の山のようなこの店で私が手に入れたのは、手織りの白と緑のランチョンマット二枚、クリスマスカード数枚、それにブルーと白の魅力的なシリアルボウル。レジに並んでいたとき、前にいた女性は、キルトをはじめいろんな品物を合計一七五ドルも買っていた。建物を見たときにも感じたことだが、ここでつくられるものの質はとても高い——驚くほど高い——ことを痛感した。

　その晩は近くの〈マンダラ・ファーム〉で、カレン、シスター・ルーシー、牧師、慈善修道女会《シスターズ・オブ・マーシー》のシスター、それにＨＯＭＥで生活している若者二人と夕食を食べることになっていた。そこに持っていくチーズを調達するために、地域の生協に立ち寄った。この店は隣に住む二人のシスターが経営していて、彼女たちは緊急の必要に迫られた家族を数カ月単位で受け入れることもあるという。

　やっとＨＯＭＥの中心であるセツルメントに向かうべく、どこまでも続くと思われるでこぼこ道を走った（「この道もシスター・ルーシーが雪かきするの？」「そうよ」）。その日はコミュニティの人たちが納屋の屋根を葺く作業をしていて、その隣に車を停める。カレンによれば、彼らは平日は毎日ＨＯ

MEの仕事（放牧地の雑草取りや木の伐採をはじめ、数えきれないほどの仕事がある）をしているが、土曜日は自分たちのコミュニティのために働くのだという。そしてこの日は土曜日だった。でもカレンは私を案内するために、その日は休みをもらっていた。

でこぼこ道も相当なものだったが、湖の縁にあるシスター・ルーシーの家までの、まるで崖を下るような急坂は、それとは比べものにならなかった。進むのもままならず、冬になったらどうなるのか想像もつかない。なにしろ、あらゆるものを運んで下りなければならないのだし、洗濯物や道具類を持って上らなければならない。水だって、湖で汲んで手で持って運ばなければならない！ストーブ用の薪も割らなければならない！それなのに私の目の前にいるカレンは、とても元気で幸せそうで、水を得た魚のよう。どんなに厳しくても、人を生き生きとさせる暮らしがそこにあることを、みごとに物語っている。

最初は湖をはるか下に望む幅広いベランダで、そして次には光がたっぷり入る広い居間で椅子に身を沈めて、あたりの静寂と平穏を心ゆくまで味わった。そして、朝から晩までやることに追われる多忙な日々と、途切れなく押し寄せてくる生活上の必要から離れて、逃げこむことのできるこうした安息の地がいかに必要かを、しみじみ感じた。

シスター・ルーシーはしばらくいっしょにいて、グリルチーズ・サンドイッチを食べてから急坂を上って屋根葺きの仕事に戻っていった。彼女は予想していたのとはまるきり違う人物だった。このプロジェクトの生みの親であり、何百人もの人を巻きこんで、高度に組織化されたプロジェクトを運営

「カレンは，とても元気で幸せそう……」

「シスター・ルーシーは……屋根葺きの仕事に戻っていった」

している人間なのだから、きっとパワフルで威圧的な人物だとばかり思っていた。ところがまったく違う。静かな黒い瞳、穏やかな笑み、人の話にじっと耳を傾けるその物腰……すべてはまるで正反対。おそらくは信仰のなせるわざなのだろう。深い信仰に支えられているために、どんな逆流でも、キリなく発生する問題や失望、要求、ニーズの類でも、すべてをまったき静けさのただなかへと取りこむことができる。納屋の屋根葺き仕事を終わらせる予定だったところに訪問客が闖入しても、いっこうにイライラしたりしない！ そして仕事に戻っていくときの彼女の様子には、プレッシャーや気ぜわしさはみじんもない。

そのあとは子猫といっしょにソファに丸くなって、カレンとおしゃべりしたり、独りになったりしながら、長い時間を静かに過ごした。夜にはコミュニティの人びとが集まって、五時にミサを行い、そのあと私もいっしょに夕食を食べる予定。カレンは外からハーブを摘んできて（彼女は岩だらけの庭の小さな隙間に畑をつくっている）、ラムにすりこみ、オーブンに入れていたから、今夜はごちそうだ。ここの人たちの食べ物の約六割は、寄贈されたもの。近所で小羊や牛を殺したときは、おすそ分けの肉が回ってくるという。そしてもちろん、今の季節は野菜が豊富にある。カレンもルーシーもほとんど収入らしい収入はないのに、誰も心配している様子はない。それに基本的なものはすべてそろっている――母猫と子猫、老いた白い犬、机の上には「ニューヨーク・タイムズ」、そこらじゅうに置かれた本、そしてすぐ外には輝く湖があり、さざ波が静かに打ち寄せる。少しのあいだ横になって、いろいろ考えをめぐらせた。この静かな家でとてもくつろぎ、自分自身ともうちとけられた気がする。

あたりに天の恵みが満ちているようだった。

五時、低く丸いテーブルのまわりにシスター・ルーシー、カレン、ピーター、若い牧師のノーム、そして私が座り、ミサに参加するほかの人たちを待つ。自分がその場にうまく溶けこめるかどうか、少々不安だった。教会の礼拝に行ったときによく感じるように、自分が永久にアウトサイダーだという感覚に押しつぶされはしないだろうか、と。でもカレンが事前に、詩の朗読をしないかと言ってくれて、「夜警」の朗読をすることに決めてあった。だから私はすでに「受け入れられて」いて、私の前には本が開いて置いてあった。それは大いに助けになった。

テーブルの上には、ごく普通のブラウンブレッドのスライス一枚と、蓋つきの小さな陶器のボウルが置いてある。ほかの参加者たちがそろうと、きわめてシンプルに事は進んだ。まず皆で声を合わせて超教派《エキュメニカル》の祈りの言葉を読み、ノームがミサの聖書朗読をし、皆で主の祈りを唱えた。そのあと私が詩を朗読し、長い沈黙があった。それからシスター・ルーシーが聖パウロによるコリントの信徒への手紙の短い一節を朗読した。そしていよいよパンをちぎって皆で分け、ボウルを順に回して赤ワインを口に含み、「キリストの体、キリストの血」を口にする。アーメン。

涙があふれそうになった。安堵の涙、称賛と愛の涙、そして皆と一体になったことへの涙。

ミサが終わると、カレンがローストした小羊の脚を切り分け、ピーターと慈善修道女会のシスターが持ってきた野菜のキャセロールを出すあいだ、私が朗読した詩について話した。シスター・ルーシーはとても感動したと言ってくれたし、ほかの人たちも全員そうだった。前日の学者中心の昼食会では起こらなかったことが、ここでは美しいかたちで起こったのだ。それからピーターがこう訊いてきた——ミサの前に、私が皆の生き方、皆がやっていることに対して畏敬の念を抱いていると話したことについて、本心からそう言ったのか、と。さらに、自分の作品をめぐる葛藤について正直に語ってきたか、これまでやる価値のある仕事をしてきたと思うか、自分で納得のいくコミットのしかたをしてきたと思うか、など。私の答えはこうだった。どんな芸術家も、自分のしていることが有益で、良いことだと完全に確信することはありえない。私自身、芸術と日常生活との葛藤を日々経験している。その葛藤は、若いときのほうがずっと激しかったけれど、今は人とやりとりした手紙や、仕事を通じてかかわってきた多くの人びとの生き方から学んだおかげで、はるかに葛藤は小さくなっている、と。それから才能に対する責任、ということについても少し話した。

皆ごちそうのお代わりをし、それから一時間以上も話しつづけた。でも急な上り坂で転ぶといけないので、暗くなる前にお開きとなり、シスター・ルーシーにハグして別れを告げた。

カレンがモーテルまで送ってくれた。居心地よく整えられたその部屋は、豊かな学びと感じとることでいっぱいの長い一日を終えたあとでは、まったく非現実的で奇妙で、人間的な温もりに欠け、不快でさえあった。

八月二七日　金曜日

水曜日に激しい嵐のなか、車でハーウィッチのルネ・モーガンの家へ向かう。三日間滞在してゆっくり休む予定。ルネの家は、ケープコッド特有のヤニマツの木立のあいだに建つ小さな家で、ねじれた幹と不揃いな枝をもつ背の高いマツの木を描いた日本の絵画を思い起こさせる。至福の休暇を過ごせる場所といったら、ここしかないのではないかしら。では、休暇とはなんだろう? 今の私にとっては、まず何より寝ること。五時に寝返りを打っても、いつものように無理やり目を覚ますことなく、また夢の世界に戻れること。食事の心配もせず、手紙の返事も書かず、水やりや雑草取りをしなければならない庭もなく、何もしなければならないことのない自由な一日が目の前にあること。夏じゅう、ルネは次から次へと訪れる客にこの魔法を提供し、冬になるとニューメキシコ州のアルバカーキまで車を走らせる。そこでやっと自分の休みをとるのかもしれない。

休暇は本を読むためにある。今回は二冊持ってきたが、実り多い組み合わせだったようだ。一冊はアラン・ペイトン〔南アフリカの作家、政治家〕の新作小説『ああ、あなたの国は美しい』、もう一冊はギリアン・ダグラス〔カナダの詩人、ノンフィクションライター〕の『守られた場所』。これはコーツ島での一年間の暮らしを綴ったもの。一〇月末にはいくつか朗読会とサイン会があるのでバンクーバーに行く予定だが、コーツ島はバンクーバーから近い。ダグラスの本は月ごとに分かれていて、今八月のところを開いてみたら、私のいちばん苦手なこの月について、まさに私が言いたいことが書いてあるパラグラフをみつけた。

目に見える鳥はあまりに少なく、人が多過ぎる。静寂はほとんどなく、舟も、舟に乗って騒ぐ人たちも多過ぎる。そよ風はあまりに弱々しく、暑さは過剰。強烈な太陽に照らされて花はしおれ、井戸は枯れ、海は濁る。砂浜はごみで汚れ、日照時間は短くなる。やがてある朝、ブヨだらけの空気に秋の匂いが漂う。ああ、騒々しくて不毛の、熱に浮かされ、虫が群れをなして飛ぶ月よ――「r」もつかないこの月には牡蠣もない。

私だったらここに、家のなかのアカリスを退治するための闘いも加えるところだ。この前の火曜日、二階の洗濯室に一匹逃げこむところを目撃していたし、イーディス・ハダウェイがアカリスを死ぬほど怖がっているのを知っているので、やっとメアリー＝リーに電話して対策に取りかかった。まず二人の男性がやってきて、家のなかと地下室を隅から隅まで調べた結果、ポーチの下に穴を三つ発見、モルタルでふさいだ。ここでやれやれとひと安心したのだが、二人が帰ってから数時間後、案の定というべきか、私の寝室の壁を激しく引っかく音と、キーキー声を上げながら騒ぎまわるいつもの音が聞こえた。次は駆除業者に頼むしかない。駆除などという仕事自体、実におぞましいが、リスは危険だし、いろんなものを破壊する。何週間も前に箱罠をしかけたのだが、敵のほうが一枚上手で、なかに入ろうとはしなかった！　冬までにはなんとかしないといけないし、なんとかなるとは思う。でも今、リスから離れていられることも、「休暇」の意味のひとつだ。

雨上がりの昨日は、すべてが洗い流され、ひんやりとした快晴の朝を迎えた。午前中は冬用のレインコートが欲しいと思っていたので、チャタムの街をぶらつく。急がずのんびり、脇道に入りながらの散歩はとても楽しかった。近道や心地よい裏道を知り尽くしている古い友人といっしょに、その魅力を味わい尽くすなんて、めったにない至福のとき。そのうえ彼女は、まさに私が探していたレインコートをみつけてくれた――とても手が届かなかったけれど。ルネいわく、彼女はこういう「問題を解決する」のが大好きなのだそうだ。

でも何よりのハイライトは、家に帰ってピクニックに出かけたことだった。ハムサンドイッチ、キュウリ、トマト一人一個ずつ、グルマンディーズのチーズ、ブドウ、それに白ワインを持って、今まで何度もピクニックに行った、ペインズクリーク・ビーチを見渡す場所へ。引き潮。大きくうねるように風になびく緑のビーチグラス。あちこちにできた潮だまり。どこまでも続く白い砂浜。そして淡青色の空の下の鮮やかなブルーの海。この風景を見ていると心が開かれ、安らぐ。そしてとりわけ私の場合、自分の血を流れるフランドルの低地地方の先祖の記憶がもたらす恍惚感が、全身に満ちてくる。目の前に広がる海岸にはわずかな人影が点在し、砂遊び用のバケツやビーチチェアを引きずって、さらに遠い砂浜へと歩いていく――遠い昔から変わらない光景。ルネと私は岩にもたれて座り、私は「ホリデー、ホリデー……これこそ休暇よ！」と大声で歌いたい気分だった。

休暇はその日の午後いっぱい続き、アラン・ペイトンの本を一章読んでから、ベッドで深い眠りに落ちた。ここにいても、悩みごとや外の世界を遮断することは不可能。でも、この本を一度に一章なら読むことはできる。生々しい臨場感をもって描かれる緊張や対立の複雑さ、恐ろしさにはすさまじいものがある。

目がさめてから、この夏のできごとを頭のなかで整理してみる。すると休暇のもうひとつの利点に気づいた――来し方行く末を見つめなおし、内なる羅針盤によって自分をリセットするチャンスをあたえてくれるのだ。このところ、とにかく忙しすぎて、何が起こっているのかわからないままに過ごしてきた。でも昨日、なんのプレッシャーもなく、時間が止まったような状態で横になっていたとき、ふと、この夏がどれだけ豊かなものだったかに気づいた。新旧とりまぜた大勢の友人たち、ユニテリアン協会での朗読会や私の作品論集の出版、オーランド訪問などの大きなイベント、そして潮の満干にも似た人生の盛衰、そして八八歳のエレノア、九〇歳のマーガリート、九一歳のローリーの誕生日を祝ったこと。三人とも、自分のもてる力をフルに発揮している偉大な女性たち。考えてみれば、七〇なんてまだまだひよっこ。もし二〇年後に私も彼女たちのようになれたら、幸せといっていいはずだ。

そもそも七〇歳の誕生日を、友人たちと賑やかに祝うこと以上にすばらしい祝い方があるだろうか。もし、今年を自分の人生を振り返るときだと思っていたとしたら、そんな恣意的なやり方で人生を決めてしまおうとするのは、どだいまちがっている。振り返りのときは、時が熟せばやってくる。そして今私が気づいたのは、三日間の休息と休暇さえあれば、これからの方向性をリセットできるということ――守られた湾に停泊したあと、ふたたび大海に出ていく航海士のように、幸せで自由に。来週は冒険が待っている！　モンヒーガン島を初めて訪れる予定。

八月三〇日　月曜日

今朝はリスたちは静かにしている。なんという安らぎ！　それに三日間、独りだけの時間を満喫している。花で埋め尽くされた摘み取り用花壇まで下りていって、家に飾る花を摘んで四つか五つの束にする（ケープコッドから帰宅した土曜日もそうした）、掛け値なしの楽しさ。スイートピーは数は少ないが咲いていて、ほんの数本でも家のなかに持って入ると、いい香りを漂わせる。ジニア（ヒャクニチソウ）は真っ盛り、キンセンカも咲いている。アスターはちらほら咲きはじめ、まん丸の形をした紫や白のアリウムは、ちょうど咲きはじめた夏咲き球根の花（茎が長く、花の中心が紫色の白いユリのような花）とよく合う。野原の草はピンクがかったブロンズ色から薄い黄金色へと変わった。今朝起きたときの気温は五度で、まさに秋を感じたが、まだカエデも紅葉していない。空気が冷たくなったから秋、と考えるのはまちがいで、雨が降らないとだめ。昨日は、蚊がいなくなったことを心から歓びつつ、テラスと、マツの木の下の球根ベゴニアに水やりをした。夏のあいだ苦痛だった森のなかのタマスの散歩は、楽しみに変わった。

昨日、「ニューヨーク・タイムズ・マガジン」に、ミルトン・エイヴリー〔アメリカの現代画家〕についてのいい記事が載っていた。それを読んで思ったのは、画家は才能があるだけでなく、それを認めて世間に広める批評家がなくてはならないということ。エイヴリーは長年、抽象表現主義の流儀と、その後のリアリズムの流儀とのはざまで、大きな注目を浴びることのない存在だった。当時、「タイムズ」紙のヒルトン・クレイマーは、こう書いている。「アート界に通じている人びとでさえ、エイヴリーの業績に無関心であることはめずらしくなかった。彼の作品は、現代アートを評価するさいに使われることの多い、便利なカテゴリーのいずれにもあてはまらなかった。どんな「流派」にも属さず、論議も巻き起こさず、制作者であるアーティストに何か「強烈な個性」があるわけでもなかった。したがってその作品にはたいした重要性はないと──誤って──認識されてしまった」。ところが一九六〇年代にイギリスの画家で美術評論家のパトリック・ヘロンがエイヴリーの作品を目にし、「こんなすごい画家がいることを、どうして今まで誰も言わなかったのか？」と仰天する。すぐに自身の画商レスリー・ウォディントンに、ロンドンでエイヴリーの展覧会を開くよう手配した。六五年に他界したエイヴリーは、今ようやく重要なアメリカ人画家としての評価を得はじめている。

私のような作家にも同じことがあてはまる。つい先日、あなたはなぜ成功したと思うかと尋ねる質問状が届いた。もちろん私は通常の意味の「成功」など手にしていないが、質問にはこう答えた──「才能、継続、幸運」。幸運というのは、第二次世界大戦前に毎年ロンドンに滞在していたころ、コテリアンスキーがクレセット・プレスに私の詩と最初の小説二編を出版するよう説得してくれたこと、そしてエリザベス・ボウエン、ジェームズ・スティーヴンズ、スティーヴィ・スミスなどの知人が、それらの本の書評を書いてくれたことだ。ここアメリカでは、私の味方になってくれる批評家グループは存在したことがない。でも、私の最初の詩集がコンラッド・エイキン〔アメリカの詩人、作家〕の注目を引いたのは幸運だった。ホートン・ミフリン社が原稿を彼に送り、彼が好意的な反応を示したので、出版が決まったのだ。そして三〇年後に、キャロリン・ハイルブランが『夢見つつ深く植えよ』を見出し、私に会いにきたのも幸運だった。でも、既成の文学界に私が存在していないのは事実で、それはこれまでのところ、ほかの重要な批評家が私を「見出して」いないことの結果にすぎない。画家のエイヴリーと同じく、私はどんな流派にも属していないし、前衛だったこともない。それでも全米詩財団の本が示しているように、私の作品には批評家にとって魅力的な中身がたっぷりある。

八月三一日　火曜日

今日は父の誕生日。最近、父のことをよく考える。モントリオールでの講義に向かう途中に急死した父の年齢に、自分が近づいていることもある。晩年の父がどれだけ追い詰められ、またどれだけ疲れていたか、今ならよく理解できる。父はその生涯をかけて、学術研究という名前のエベレスト登山に――けっして頂上には到達できないことを知りつつ――挑んでいた。頂上をきわめるのは自分のあとに続く者だとわかっていても、父は一日も休まずに研究のための膨大な努力を続けた。研究者からの質問にはつねに寛大に答え、いつでも対応できる状態でいようとした。父から学んだのは、父を突き動かしていた〝ゆっくり急ぐこと〟、毎日の日課が大きな成果を生むこと、どんなときもけっして諦めないこと、そしてもしかしたら、わが道を行くという生き方も。父の陽気な笑顔、少年のように無邪気な笑顔も思い出す。

今、父が生きていて、レバノンが大混乱に陥り、ベイルートが破壊されていることを知らなくてよかったと思う。父はアラビア語を勉強するためにベイルートに母と一年間滞在したことがあり、その街を知り尽くし、愛してやまなかった。父は冷めたところのまったくない人間で、一九三〇年代のハーバードの風潮だった、われ関せず的な無関心や、旗幟を鮮明にすることの回避とは無縁だった。父は「気にかける」人間で、書くものにもそれが現れていたから、気にかけることをしないL・J・ヘンダーソン教授は、父のことを「感傷的」と呼んではばからなかった。

父は海が大好きだった。私のいちばん幸せな思い出のひとつは、夏に両親が滞在するロックポートの〈ストレイツマウス・イン〉の小さなコテージで、いっしょに過ごしたこと。父さんはそこで何時間も、葉巻を吸いながら海を眺めていた。ペルシャ猫の血が半分入ったクラウディというグレーの猫がいて、皆でかわいがっていた。父が泳ぎに浜まで歩いていくと、クラウディもあとをついていく。そして父の姿が海のなかに消えてしまうと、心配と恐怖で大声でニャアニャア鳴くのだ！

それは私が大人になってからのことだけれど、五歳から一〇歳まで、毎夏オガンクィットで過ごしたことも幸せな思い出だ。八月になるとルービー・スタントンが、古い〈ハイロック・ホテル〉の裏

「父の陽気な笑顔」

手にあった彼女のスタジオを、気前よく私たち一家に貸してくれた。ショア・ロードに今でもある公共図書館にしょっちゅう行っては、サー・ウォルター・スコットの歴史小説『ウェイバリー』を一冊ずつ借り出してマツの木の上で読んだのは、何歳のときだっただろう？　木の上で本を読むなんてどう考えても楽なことではないのに、昔から子どもたちの憧れだったとはおかしなもの。

両親にこの場所を見せてあげられたら！　母は、草の道を通って海を見渡すところまで行くのが気に入ったにちがいないし、父は、テラスで葉巻を吸えばさぞご満悦だったろう！　父が死んで二五年、母が死んで三〇年。私の人生、親なしでなんと長い成長期を過ごしてきたのだろう。

でも明日、モンヒーガン島に行くときは、両親もいっしょだ。まるでキャンプに行く子どものような気分。というのも、向こうで案内してくれるリンダ・キルバーン（彼女は島のことにくわしい）から、長い持ち物リストが送られてきたから――懐中電灯、ゴム長靴、タイツ、予備の靴、殺虫剤、手袋、石けん、ティーバッグ、レインコート、セーターなどなど。ものすごい大荷物だ。まるで月旅行に出かけるみたい。予報では雨が降ると言っているが、気にしない。冒険旅行を前に、帆は風をうけて大きく膨らんでいる。

九月五日　日曜日

大多数の人にとって（私もその一人だが）、夏の終わりを意味するこの「労働者の日《レイバーデー》」の週末が晴れて暖かいというのは、ほんとうにうれしい。ジョージアが火曜の朝までの予定でここにいて、『リア王』についての論文をせっせと書いているあいだ、私は仕事部屋でようやくひと息ついている。秋の気配。昨日はジョージアとテラスで一時間ほど過ごしたが、コオロギが賑やかに鳴いていた。規則正しいリズムで、まるで心臓の鼓動のような鳴き声。秋の鼓動。

帰宅して二四時間たって、やっとモンヒーガン島滞在を振り返り、整理しようという気持ちになった。リンダ・キルバーンが私をモンヒーガン島に案内したいと言ってきたのは、ちょうど一年前。モンヒーガンは昨今、日常生活から離れて過ごす別天地として人気があり、リンダにとっては「約束の地」ともいえるところ。彼女の招待に応じたときには、どれだけこの島が夏の人出で賑わっているか、想像もつかなかった。でも靄のなか、朝の六時半に車で出発したときの気分は最高だった。トーマストンから船の乗り場ポートクライドまでのドライブは、初めて走る美しい田園地帯で、時おり海と沖合に浮かぶマツの木が生えた小さな島々が見える。早めに着いたので岩に腰をおろし、海を泳ぎまわるカモの群れや、ちょうど島から到着した人びとの群れ——おそろいのようにLLビーンの服を着て、ずんぐりした屋根なしの船から桟橋に、バッグやリュックサックを降ろしている——を眺めていた。

するとリンダがこちらへ向かって歩いてくるのが見えた。細身でボーイッシュな彼女は笑みを浮かべ、厚手のシャツにダウンベスト、ブーツという、やる気十分のいでたち。やがて私たちは船上の人となり、狭い船室には入らずに、甲板に座って心地よい風に吹かれながら一時間の船旅を楽しんだ。波はやや高く、まさに「深い大海原のゆりかごに揺られて」〔アメリカ女子教育のパイオニア、エマ・ウィラードが嵐に遭った船内で書いたとされる同名の詩の一節〕ではあったけれど。

モンヒーガン島の港が最初に見えたときは、仰天した。あんなにたくさんの家や大きなホテルがあるとは予想していなかったし、桟橋にも大勢の人がいた。荷物は宿泊先のロッジ〈トレイリング・ユー〉の車で運んでもらったので、手ぶらででこぼこの土の道を歩いていく。ようやく着いた先は、ダブルベッドと背もたれのまっすぐな椅子二脚しかない小さな部屋。荷ほどきを始めながら、一瞬、プライバシーゼロのこの空間で四八時間過ごしたらどうなるのかと、不安に襲われる。どんより曇って雨が降りそうな空模様も、それに拍車をかけた。おまけに酔い止めの薬を飲んでいたので、眠くて頭が重い。リンダも私も、とにかく何か温かいものを食べて眠りたかった。ところが〈トレイリング・ユー〉ではランチサービスをやめてしまったとのことで、結局、チキンサラダ・サンドとケーキ一切れの入った紙袋でがまんする。リンダがどこかからお湯を調達してきたので紅茶を入れ、ポーチの椅子に腰かけてパンを食べ、少しおしゃべり。そのあとベッドに倒れこんで、ぐっすり眠った。

三時ごろぼんやり目ざめると、自分がどこにいるかわからなかった。モンヒーガン島の第一印象は、想像していた野生の島とはまるで違っていた。昼寝の前にポーチでサンドイッチを食べていたとき、洗練された黒い髪の女性が前を通りすぎ、また戻ってきて目を大きく開きながらこう訊いた——もしかしてメイ・サートンさんではないですか、と。モンヒーガン島にも隠れ場所はない！

でも昼寝をしたら元気が出て、そこらへんを探索したくなった。霧雨のなか、リンダの先導で出発。すぐに両側にうっそうと木々の繁るトレイルに入り、三〇分ほど歩いていくと岩の多い海岸に出た。

ずっと前に座礁した巨大な船のさびついた残骸の向こうに、海が広がっている。道の反対側、リンダの指さす先にはジェイミー・ワイエス〔アメリカの画家。アンドリュー・ワイエスの息子〕の家が見える。途中、一人で歩いている年配の女性も追い越した。このあたりのトレイルを知り尽くしているにちがいない。毎年のようにモンヒーガン島を訪れる熱烈なファンが大勢いることが、その後わかってきた。この島の強力な魔法の虜になった、一人旅の男女も少なくないという。

一日目、私たちのおしゃべりは止むことがなかった。なんといってもトレイルだけでなく、自分自身を探求したい二人だから。

日が暮れるころには、グリーニング島のことがなつかしく思い出された。アン・ソープが住んでいるあいだ、ジュディと私は毎夏一〇日ほどをその島で過ごした。グリーニング島では散歩に出かけても、会うのは――会うとすればの話だが――家族連れだけだった。島全体が私有地で、アクセスも不便だったから、まさに秘密の楽園。モンヒーガン島のような高い断崖はないので景観の壮大さでは劣るとしても、どららの島もシダとトウヒと広葉樹とが絶妙にミックスされ、苔のみごとな場所があったり、次の日にみつけることになる、荘厳な「大聖堂の森」があることも同じだった。

天気は滞在した四八時間、味方になってくれなかった。お互いにちょっと窮屈な感じはしていたけれど、少しずつ、長い沈黙にも耐えられるようになってきた。食事の時間はいつも活気があった。というのもモンヒーガン島には、同じようなリベラルな人びとが集まってくるため、会話もはずむのだ。私の名前を知っていた黒い髪の女性と、アメリカ初訪問というその姪は――ヨーロッパ出身の人はいつもそうなのだが――私をうちとけた気分にさせてくれた。なぜだろう？　そのことについても話した。ヨーロッパ人が大半のアメリカ人より深い地層に倚って立ち、より生き生きと、より高い意識をもっているように見えるのはなぜだろう、と。

島に滞在するのは、船旅をするのとちょっと似ている。というのも、モンヒーガン島に来る人はほとんど全員、都会生活やそれ以外の何かからの癒やしを求めていることがわかったから。リンダは嵐のように大変だった一年間をへて、この週末が終わったら、またフルートとクラリネット、サクソフォンを教える仕事に戻る。私もまた来客に追われたこの夏の疲れからの癒やしが必要だった。でも金曜日の午後家に帰り、ジョージアを歓迎するための花を摘もうと外に出たとき、ほかのどこでもない、ここにいることを心底から幸せに感じた。冒険好きにとっては冒険も必要かもしれない。でもわが家は、「現実的《リアル》なこと」の種を蒔いて収穫するところであり、最終的には「現実的《リアル》なこと」が起こる場所なのだ。

それは、今この瞬間にも起こっている――はるか遠く、野原が終わって岩に変わる境界線のあたりに二つの頭が見える。ジョージアとタマスが並んで座り、輝く海と、やわらかな草原に降りそそぐ秋の太陽にうっとりと見とれているのだろう。

九月六日　労働者の日《レイバーデー》

あたりはとても平穏。ほんとうに久しぶりに、この家で暮らすことの恩恵や、ここにいることの意味をかみしめ、すばらしい静寂と、心を静めるための少しばかりの時間を味わっている。ひとつには、ジョージアもそれを感じていて、ここに着いて丸一日たった今、すっかり休まったことが傍からでもよくわかる。彼女が来てくれると、ほんとうにうれしい。フィラデルフィア郊外のジャーマンタウンで夫と小さい子ども二人と暮らしている彼女は、家族を置いて家を開けることはめったにできない。でも彼女が来ると、その繊細な存在によって家のなかがパッと明るくなる。今朝洗濯をしたあと、シーツを二人でたたんだときには、とてもくつろいだ雰囲気になった。そして午前中、『リア王』の論文に集中したあと、彼女は少し休憩したいから冷蔵庫の掃除をすると言う！　このところ手が回らないことは山のようにあるけれど、そのひとつが冷蔵庫の片づけだった。今朝は肌寒かったので、朝食後、書斎の暖炉に火をおこした。ジョージアはそこで脇目もふらずに論文書きにいそしみ、その脇ではタマスが散歩に連れていってもらうのを待っている。

同じような人生観をもつ人、熱心な読書家であると同時に良い本を見分ける眼をもつ人、自分や家族に起こっていることについて深く考え、それについて自由に語れる人――そういう人といっしょにいられることは、ほんとうにすばらしい。ちょうど別々の楽器を完璧に調和させながら演奏し、曲の主題を織り上げていくような感じ。実家に戻って母と話ができたときには、いつもそんな感じだった。そしてジョージアにとって、私がそういう母親になれるかもしれないと思うと、とてもうれしい。願わくば、彼女がもっと近くに住んでいて、こんなに電話に依存しなくてもすむといいのだけれど。電話という通信手段はなんとも傲慢で、時にわずらわしい。それでも少なくとも連絡をとりあうことはできるし、実際、そうしている。

九月八日　水曜日

昨日はとびきりの一日だった。あわただしかったのに、不思議なほど平穏で実りある一日だった。まずジョージアをケンブリッジまで送っていき、そこで彼女の妹のデボラと娘のジョアンナと落ち合うことになっていた。待ち合わせ場所は車の多い場所を避けて、マウントオーバーン墓地にしてあった。ここは墓地とはいえ、いろいろな樹木が植えられた静かな美しい公園になっている。あちこちに池があり、中央の高い丘の上には塔がそびえ、ビクトリア朝風の霊廟や墓石も多い。よくここをジュディと散歩した。ハナミズキやアザレアが咲く季節や秋には、ピクニックランチを持っていって池のほとりのベンチに座り、カモを眺めたりした。ここに着いて噴水と整形式庭園《フォーマルガーデン》の近くに車を停めたとき、わが家に戻ってきたような気がした。ジョージアがしばらく公園を探索しに行っているあいだ、静けさのなかで太陽の光を浴びながら、ランチのあと家に帰る途中に会いにいこうと思っているジュディのことを考えていた。

私の両親のお墓もここにあり、二人の遺灰は混ぜて埋葬されている。埋葬にはジュディが立ち会ってくれ、親しい友だちのようだった叔母のメアリー・ブートンもいっしょだった。そよ風に吹かれて灰の一部が舞い上がった、あの感動的な光景は忘れられない。とても繊細な——重い棺を降ろすこともない——葬儀で、死そのものさえ儚いものに感じられた。アン・ソープのお墓も、メアリー・ブートンのお墓もここにある。生の豊かさをみなぎらせているジョージアの存在によって、まさにそこで死者と生者とが交流しているような気がした。今や私にとって、生はつねに、思い出によって豊かになっている。ちょっと面倒だと思っていたことが、結果的にはすばらしい小休止となった。

ジョージアを乗せて、くねくねした道をゆっくり走るのも楽しかった。車を停めて、ジュディと私のベンチに座ってカモを眺められる場所に行くと、大群のカモがパンをもらおうと、いっせいにこっちに向かって泳いできた。群れからはずれた一羽が泳いだあとには、完璧なV字の波ができた。芝生の上に落ちていたカモの羽根を何枚か拾ってポケットに入れた——もしかしたらジュディが、この絹のようになめらかな感触を喜ぶかもしれない、と思って。

そろそろジョアンナとデボラとの待ち合わせ時間だった。そして別れの時間。でも今回は悲しい別れではない。いっしょにとても楽しい時間、心安らぐ時間を、完璧なまでの調和をもって過ごすことができたのだから。

さよならを言ったあと、車ですぐのところにあるコーラ・デュボイス〔アメリカの文化人類学者〕とジーン・テイラーの家に向かう。庭でワインを飲みながらお昼を食べ、いっしょに時を過ごせる歓びに浸った。最近は古い友人と会うことが減ってしまったが、静かな会話と秋の太陽はほんとうに貴重。そして、三人とも人生の秋を生きているという、かならずしも不幸ではない事実もそう。多くの言葉は必要ない。言わなくてもわかっていることがたくさんある。

でもランチのあと長居はせず、ジュディに会うためにコンコードへ向かった。クリスマス前に行って以来だから、ずいぶん久しぶり。今も、そしてこの世を去るときまでそこにいるジュディ。車椅子に乗って、ひとり歌をうたいながら。私を見ても誰だかわからないことはわかっている。でも彼女の小さく冷たい手を握って、昔のことを話した。さっき拾った羽根を渡して、マウントオーバーン墓地で散歩したことを話す。羽根の手ざわりを楽しみ、話も聞いている――と思ったのはほんの三〇秒で、次の瞬間、羽根を口に入れてしまった。あわてて取り上げようとしたが、絶対に放そうとしない。ブラウニーを渡したら、やっと放した。黒い瞳に真っ白の短髪、その顔は今でも気品にあふれている。彼女自身はどこか遠くへ行ってしまい、残っているのは赤ん坊のような部分だけで、食べ物にしか歓びを感じないというのは信じられない気がする。私が彼女に会いにいくのは、ほんとうのところ、私のためであって彼女のためではない。一定の時間がたつと、言ってみれば彼女とのふれあいを求める強い衝動が湧き上がってくる。真の愛はけっして死なない。

その日の予定はそこまでのはずだったが、前の日の晩、ラリー〔ローレンス〕・ルシャン〔アメリカの心理学者〕から電話があり、イーダといっしょに近くまで行くから会えないだろうかと言う。そこで、六時にヨークで彼らと落ち合ってここまで案内し、シャンパンでもちょっと飲んで、それからどこかへ夕食を食べに出ようということになっていた。あの二人にはいつかぜひここに来てほしいと、ずっと思っていた！

帰宅して大急ぎで着替え、グラスを出す。疲れていたけれどその価値は十分にあった。彼らととても会いたかったし、心安らぐひとときを過ごせて幸せだった。比較的新しい大切な友人である二人は、私が理解とサポートをいちばん必要としていたとき――『総決算のとき』を出したとき――に惜しみなくそれをあたえてくれた。

九月一三日　月曜日

季節の移り変わる長いリズムにいつもより敏感になっているし、季節ごとに繰り返されるできごとも、生命そのものの大きな設計図を構成する、かけがえのないものに思える。そんなふうに感じるのは、この夏、あまりにもいろいろなことがあって、自分の時間が中断されることが多かったからかもしれない。だから、センター・サンドイッチにあるハルダーの家に二泊の予定で向かうドライブを、心から満喫した。この五年ほど、今の時期に彼女のところに行くのが恒例になっている。今回は娘のレスリーと孫娘のクリスティーナがギリシャに戻るところで、チラッとだけ会うことができた。このところ高温が続いているので、夏の盛りのような気分だった。

途中、ノラニンジンやアワダチソウが咲き乱れる野原を通りすぎ、薄いブルーのアスターの花畑も、まだ咲きはじめだがいくつかあった。それから通り慣れた道、とくにウルフボロを過ぎ、ウィニペソーキー湖畔に沿ってのドライブは実に気持ちよかった。労働者の日《レイバーデー》を過ぎて、多くのキャンプ場やコテージは人気《ひとけ》がなく、静まり返っている。靄がかかっていたので、幹線道路からサンドイッチに向かう上り坂を走っているときも、山々はぼんやりした空に溶けこんで、ほとんど見えなかった。これからまる一日半、休息と楽しみだけで過ごせるなんて最高の休日気分――途中、ヨークで受け取った、手紙の詰まった大きな袋を除けば。人間という木の、感情や結びつきの季節はつねに秋なのだろうか。そこから舞い落ちてくる葉っぱから逃れられる日は、一日たりとてない。でも、それは私にとっての救い。もし「外」から何も伝わってこなかったら、いったいどうするというのだろう?

ハルダーは、彼女のこぢんまりとしたロッジ(そこからよく二人で、浮きの向こうまで泳いだものだ)の近くに去年、家を――近くにある美しい洞窟を保護するために――買った。その家から湖畔に下りてピクニックをするのは初めて。今回は、チャーマーズ邸を避けて遠回りせずにその敷地に入り、ポーチからの景色を眺める。ポーチはまっすぐに伸びた巨大なマツの木立に囲まれていて、右手には苔で覆われた断崖がそそり立ち、その上にはブナの木々が洞窟の片側をかくまうように繋っている。その向こうには湖と遠くの山々を望み、左手にはマツの木を背景にして平らな岩の先端が突き出している。まさに絶景!

その日、唯一足りなかったものはアビ!(この湖は「ゴールデン・ポンド」なのだから)〔映画『黄昏』

の原題はOn Golden Pondで、映画にも美しいアビの姿が出てくる〕。時たまモーターボートが通りすぎる以外、静寂と平穏に包まれた世界。半月形の砂浜にはカヌーが何艘か引き揚げられている。絹のようになめらかな水に早く入りたくて、うずうずしてきた。ハルダーの二頭の大きなコリーは、水には入らない。でも水のなかに立つ姿はとても気品がある。フォーンは私についてきたそうな声で吠えはするのだが、やはり踏みとどまっている。私にとってこの夏の初泳ぎは、澄みきった水、ちょうどよい水温、周辺のしんとした静けさ……と三拍子そろって、このうえなく甘美だった。

家に戻ってから、ハルダーの家のポーチで二時間も本を読んで過ごすという、めったにない楽しみを味わう。しばらくのあいだ、外界をシャットアウトしたかった。郵便のなかには遠くの友人からの良くない知らせ——離婚——もあった。でもそれは脇に置いて、ペイトンの『ああ、あなたの国は美しい』を読みふける。外界をシャットアウトできると思うなんて、お笑いぐさだ。この本は、南アフリカの核心に巣くう病弊を生々しく描き出し、黒人だけでなくアパルトヘイトと闘おうとした白人やカラードやヒンドゥー教徒たちの苦悩と屈辱に満ち満ちているので、ここヨークの家ではなかなか読み進められなかった。でもハルダーの家では、先が読みたくてたまらない。この本に全神経を集中し、著者とともに想像力をはたらかせて、苦悶に満ちた闘いのただなかに、ほんの数時間でも身を置いてみる。

中東と同じように、恐怖と憎悪によってつくられた、空虚でありながら高く頑強な壁のせいで、なんの希望も見えなくなっている。そこにとどまって闘っている人びとの、なんと勇敢なことか！　家族を危険にさらし、自身も常に弾圧され投獄される危険を冒しながらも、みずからの良心に従いつづける勇敢な男の孤独の深さよ！　最悪なのは、憎悪がキリストの名前を養分として増大していることだ。硬直したアフリカーナー〔オランダ系移民を中心にするヨーロッパからの白人入植者の子孫〕たちは、異なる人種を隔離しなければならないのは神の意図だと主張する。そして侵略者としてやってきた自分たちが、黒人労働力と黒人社会――それなしには彼ら自身が機能できない――を収奪し、虐待する権利もまた、神の計画によってあたえられているという。宗教までがこれほど歪められ、不正に利用されているとしたら、いったい何が人びとの心を変えるというのか。これと同じ危険が、モラル・マジョリティ〔アメリカの宗教右派政治団体〕にもみてとれる。原理主義的教義を使って憎悪を罪のないものとして容認し、ある集団が他の集団にくらべてより高潔、あるいはより正しいと見せかけようとするところはまったく同じだ。

不正に利用されている孤独なキリストよ、いったいどうしたら私たちはあなたのもとに戻れるのでしょうか？

今日、ホロコーストはユダヤ人社会の記憶として引き継がれている。そして私たちは、ある民族に対して、人種主義がどんな常軌を逸したことをなしうるのか、どんなこの世の地獄を生み出すのかを記憶している。

そんなことが私の頭のなかで渦巻いていた。ふだんとは気分を入れ替えて、こうしたことをじっくり考える時間をもち、病んだ世界を招き入れるというのは、とても意義あること――ハルダーが私と、彼女の友人ドロシー・クレイのためにとびきりの夕食を用意しているあいだに。ドロシーは八時に到着。九〇歳の彼女は生き生きとした魅力に輝いている。二度目の遅い結婚をして「人生でいちばん幸せだった一六年間」を過ごし、昨年、夫のベイジルを亡くしたばかり。目もほとんど見えないし、耳も遠いが、そんなふうには全然見えない。生命力にあふれ、明晰な意識の持ち主である彼女には、勇気と生きる智慧をたくさんもらう。

次の日に帰途についたときには、二日間ほんとうの休日を過ごして心身ともに休まったし、気づくことも多くあり、歓びに満たされた気分だった。今、これらのことすべてをふまえて、誰かから人間のもっともすばらしい資質は何だと思うか訊かれたら、こう答えるだろう。「勇気、勇気と想像力——その二つです」と。

ところが家に帰ると悲惨な現実が待っていた。イーディスが、極力穏やかな調子で言うことには、水が出ないという！ そればかりか、アカリスがまだ家のなかを逃亡中！ 休暇は終わった。

九月一七日　金曜日

昨日、コネティカット州から帰宅。今日の午後にはマリリン・カレットが泊まりがけで来ることになっていて、またぞろ生活のプレッシャーが強まってきているのを感じる。少なくとも水は出るようになった。二四時間水が出なかったのは、いい経験だった。いつも欲しいだけ水が出るのは、あたりまえだと思っているから。結局、原因はポンプで、交換したのでもう問題はなくなった。リスのほうも、穴はすべてふさぎ、徐々にやっつけつつある。だが私の机の上のカオスはどうしようもない。ほとほと気分が悪くなる。

六月末以降、朗読会や講演など、公の場には出ていないけれど、そういう小旅行がどんなに大変で、お金もかかるかをあらためて痛感している。これからは数を減らしたいと思う。でもコネティカットの、靄のかかった景色のなかでの長時間のドライブはとても楽しかった。緑したたる豊かな景観は静けさに包まれ、そこここに紅葉したベニカエデがアクセントになっている。マウントカーメルにあるジョイ・スウィートのところに一泊。ほんとうに静かなところで、古い家のまわりにはゆるやかに起伏する野原が広がり、ロマンティックな池がある。着いたとき、ジョイはひと泳ぎして家に帰ってきたところだった。数年前に亡くなった夫のゴードンとジョイは結婚生活を通じて、この整然とした美しい場所をつくりあげてきた。長い年月のあいだに少しずつ手を入れ、広げられてきた家。霊薬のようにその美しさを味わい、広々としてすっきり片づいた室内にいつものように魅了される。ジョイと二人でブルーと白でまとめられた居間に座り、やがて日が落ちて草地の向こうから夕闇がやってくるまで話しこんだ。白い壁に、まるでシンバルを打ち鳴らしたように鮮やかに映える青い花瓶——深紅のコスモスと薄紫のミケルマスデージー〔ユウゼンギク〕が活けてある——に目を惹かれた。

六〇年来の友人といっしょにいることがもたらす、大きな安らぎと歓び。そのなかで、私たちは魔法の魚が泳ぎ交う深い海の底のような記憶を掘り起こし、もうこの世にはいない私の両親やジョイの姉妹を、あの極上の部屋に一時間だけ呼び出した——過ぎ去った時間と現在の時間とがいっしょに流れるあの部屋に。なかにはまだ新しい、楽しい思い出もあった。何年か前にジョイがフランスにいたとき、ジベルニーのモネの庭が、モネが睡蓮の絵を描いた当時のままに修復されたことを生き生きと語ってくれた。この夏、ジョイのところにも大勢のお客があったというので、お客が来ると自分のペースが乱されてしまうこと、かといって来たいという友だちを断るなんて絶対にできないのよね、と二人で言って笑った。そして（前にも同じことがあったのだが）、来年の夏はそんなことにならないようにしましょうと誓い合った。

翌朝、また靄がたちこめるなか、ほとんど車の通らない道をウィリマンティックに向かう。途中、ボーダー花壇を明るくするために薄紫のスプレーギクを二苗、それと夕食用に新鮮なホウレンソウを一袋買った。コネティカット州立大学での朗読会に行くためで、もともとは四月九日に予定されていたのが、猛吹雪のために四八時間も家から出られなくなり、延期になっていたのだ。当初のテーマは「さまざまな再生」だったのだが、それについて話す気にはならなかった。春のテーマという気がするから。それで秋の詩をいくつか朗読したけれど、うまくいったと思う。会場は天井が低い変わったホールで音響がとても悪く、声が反響しないので、マイクを使っていたのにもかかわらず、かなり大きな声を出さなければならなかった。でも会場の雰囲気はとても温かく、友好的だった。ノラニンジンとアワダチソウという野の花を活けた二つの籠はその場にとても合っていたし、パーカー・ヒューバーの愛情あふれる紹介は、気持ちを高揚させてくれた。詩を朗読して、それを自分で聞くというのは楽しい――スコアに隠された音楽が、演奏されたとき初めて聴けるのと同じように。

九月一八日　土曜日

ここで少し、アスターの魅力について書いてみたい。今の季節、野原のあちこちに見られるアスターには、丈の高い薄い黄金色の草のあいだで星形の薄紫の花を咲かせている丈の低いもの、森のなかの道沿いに咲いている丈の高い白いもの、この家の摘み取り用花壇に咲いている濃い紫のもの、そしてテラス下のボーダー花壇に長年植えている栽培品種のミケルマスデージー（とイギリスでは呼ばれている）などがある。なかには真っ青に近い色のものもあって、お気に入りのひとつ、アスター「モンク」は鮮やかな薄紫の大きな花を咲かせる。フロックスの花が終わるころに咲くので、毎年、秋のすてきな贈り物といった趣がある。この季節の花としてはめずらしい色なので、庭がパッと明るくなるし、ジニアやキンセンカといっしょに花瓶に活ければ、オレンジや黄色との対比にハッとするほど。今まで知らなかった新しい世界。とてもすてき。

マリリンが帰る日は、静かで申し分ないほどいいお天気になった。出発前にタマスを連れて海のほうへ歩いていく姿が、ここから見える。疲れがたまっていたので、彼女の来訪は重荷だったけれど、いざ来てみると、とても楽しい二日間となった。彼女は美しい。思慮深げで厳しいその顔は抜けるように白く、両脇には黒くつややかな髪を垂らしている。今日はユダヤ教の新年にあたるロシュ・ハシャナだったので、昨日の夜寝る前に、暖炉の前でリンゴに蜂蜜をつけて二人で食べた。マリリンによれば、それがしきたりなのだという。それから二人で、反ユダヤ主義について、そしてイスラエルや中東の戦争について話す。メディアの報道が偏っていることや、アラファトが世論を操作していることと、和平を実現するにはどうしたらいいか、などなど。南ア、アイルランド、中東——これらの地域には、憎悪と悲惨な過去の記憶と人種間の緊張が渦巻いている。しかも宗教的狂信に根ざしたものゆえに、その根はどうしようもなく深い。ガンジーが言ったように、「すべての宗教は真実だ」と人びとが信じるようになったら、どんなにいいだろう。でも現実には宗教は人間を分断する。絶大な威力をもって。暗黒の中世のように……もしかしたら歴史が始まって以来、ずっとそうだったのかもしれない。

憎しみについて、ずっと考えている。不幸なことに、社会的な意味での憎しみは、人びとの目を輝かせ、アドレナリンを放出させる。でも社会的な意味での愛は、そういうことはない。人は、体じゅうに他人に対する怒りと憎しみがあふれると快感を覚えるのだ！

愛が憎しみのように燃える炎となるのは、高いレベルの愛のみ。それは聖フランチェスコのような聖人を突き動かす。でも、そのレベルにまで到達する人はほとんどいない。いまだにホロコーストを信じようとしない人がたくさんいる理由のひとつは、そこにあると思う。実際に起きたことを知るのが怖いのだ。直視するにはあまりに悲惨なできごとだから。イスラエルがベイルートを爆撃したことを理由に、反ユダヤ主義が正当化されるような感じがあるのは最悪だと思う。地域によって反ユダヤ主義の立場をとっても「かまわない」ような空気になってきたことに対して、一種の安堵感さえ漂っているような気がする。

マリリンが帰りぎわ、さよならを言いに仕事部屋まで上がってきたとき、ヘブライ語で書かれたユダヤ教の新年の祝詞を渡してくれた。翻訳すると、こうなるという。「汝に祝福あれ、おお主よ、われらが神よ、宇宙の統治者よ。われらをこの時節へと導き、新しきものを祝福させたまいしは汝なり」

この言葉を心に刻んだ。この言葉の大いなる恵みを感じるし、その必要性も感じる。

九月二〇日　月曜日

昨日のオガンクィットでのサイン会の興奮が続いていたのと、夕食後にコーヒーを飲んだのとで、よく眠れなかった。喉を鳴らして気持ちよさそうに寝ているブランブルの横で考えていたのは、自分の人生が、時には——この夏のように——消耗することもあるけれど、すばらしく豊潤なものだということ。今朝はいつもより一時間遅く六時に（五時はまだ暗い）起きた。もうすぐ一〇時になるところ。着替える前にシーツとカバーを洗って、新しいものと取り替える。朝食の後片づけをしてから摘み取り用花壇に出て、花を摘む。オレンジと黄色の花でまとめた一束はメアリー＝リーのために、青と紫と薄紫とピンクでまとめた一束はベヴァリーのために。

そのあと『怒り』を四冊、友人に送るために梱包。毎日三、四冊の本を梱包して送っている。時間はとられるけれど、本を出版することのいちばんの歓びは人に贈呈することにあるので、これは自分のわがままのようなもの。一日があと数時間長ければいいのに……または、夕食後にも機動力があればいいのに！　現実には夜九時にはベッドに入り、本を読む。でも手紙は書けない。

サイン会は、五月にハルダーが誕生日の夕食会を開いてくれた〈ウィスリング・オイスター〉の二階の大きな部屋であった。あんなに立派で広々とした場所でサイン会をしたのは初めて。四時でまだ明るかったので、大きな窓から見えるパーキンズ湾の景色がすばらしかった。たくさんの人が来てくれたことに感動。なかには、ニューヨークのスタテン島から自分で車を運転してきたという車椅子の女性もいた。しかも彼女は、私にサインしてもらうために両手に抱えきれないほどの本を持ってきた。こういう場で困るのは、長い行列ができていると、一人ひとりと話したくてもなかなかできないこと。今回も二時間のあいだ、ずっと心苦しかった。

サイン会が始まってすぐ、まだ列がそれほど長くないとき、とても若い一人の女性と少し話をした。この春にエマーソン大学を卒業したばかりだという。将来の希望はと訊くと、「お金儲け」という恐るべき答えが返ってきた。お金というのは、あくまでも副産物にすぎないと確信しているし、もしそれを第一の目的にしたら、ろくなお金は入ってこないのが関の山だと思う。彼女によれば、AT&T〔アメリカ最大手の電話会社〕で、管理職の人たちに人前での話し方を訓練する仕事があり、いい給料がもらえるのだそうだ。でも「退屈な仕事ですよね」とも言う。私もそうだとうなずいた。一日八時間も退屈な仕事をするなんて、いくらもらっても合わないでしょ、と。今、彼女はウェイトレスをしているという。「教育」の成果がこんなちっぽけな目標だとしたら、なんとも残念としか言いようがない。そして驚くことに、彼女は『ミセス・スティーヴンズは人魚の歌を聞く』に感銘をうけ、何度も読んでボロボロになったその本を携えてサイン会にやってきたのだ！　どう考えたらいいものか。

いつものように、サイン会に来た人たちの年齢や経歴は、すごく多様。とてもうれしかった。

六時に終わったあと、ジャニス、メアリアン、ナンシー・ハートリーといっしょに、一階のレストランで食事。ジャニスの誕生日に私がプレゼントしたダックスフントのフォンジーのことをめぐって楽しく和やかな会話がはずみ、よく笑う。フォンジーはだんだん手に負えないいたずらっ子になってきたようだけれど、皆からとてもかわいがられている。そろそろ寝よう。

九月二二日　水曜日

一日じゅう雨。待っていた恵みの雨だ。、丸二日間、自分だけの時間がもてたので、タマスとの散歩を楽しむ。タマスは私の前を鼻先を地面につけて歩き、何か匂いを嗅ぎつけるとダンスするように尻尾を前後に大きく振り、低くうなっていたと思うと、突然、鋭い声でワンワンと吠える。夜に雨が降ったのでキノコが出ていることを期待したけれど、みつからなかった。それだけ森が乾燥していたということ。

午前中に一〇通かそれ以上、手紙を書く。机の上にあまりに乱雑にものが積み上がり、精神まで乱雑になりそうなので、午後には少し整理しようと考えていた。でも無理だと諦める。下のほうを掘り起こせば起こすほど、もう何週間も前に返事するべきだったものが次々と出てきてゾッとするから。今日は、数年前にリー・ブレアが印刷してくれた同文の手紙を使おうと心に決めていたのだけれど、やはりどうしても使いにくい。それはもう廃棄して、新しくつくり直そう。そうしたら、毎日届く郵便をすぐに片づけられるかも……夢のまた夢だけれど。考えてみれば、七〇歳にもなれば、自分の話を聞いてほしい（しかも興味深い話ばかりだ）読者がたくさんできるだけでなく、友人の数もそれだけ増えている。だから机の上に積み上がっているものの大半は「ファンレター」ではなく、ほんとうの友人たちからの手紙なのだ。住所録にはたぶん一〇〇〇人ぐらいの名前が載っているけれど、その一人ひとりに少なくとも年一回、たいがいはもっと頻繁に手紙を書いている。では、どうすればいい？ 解決策はない。中断されることの多かったこの夏が終わろうとしている今、いっぱいいっぱいで落ち着かない気分なのは、そのせいだ。

とはいえそれぞれの手紙を読むと、生きている歓びが湧いてくるし、私の本が多くの読者のもとに届き、役に立っていることに感謝したくなる。手紙から伝わってくるのは、人が皆、どれだけの重荷を背負っているか、そして生きていくのは――他人への思いやりと繊細さをもって生きていくのは――（控えめに言っても）どんなに大変かということ。そして手をさしのべることの大切さも。これまで見ず知らずの人たちから、どれだけ多くのことをあたえられたかわからない。彼らの手紙は、私

「タマスとの散歩を楽しむ」

の心を大きく広げてくれた。

雨の降りしきる外に目をやる。黄金色の草のあいだをくねくね曲がった細い道を通って灰色の海へと視線を走らせ、そこで止める。夏から秋へと季節が移ろうなか、このところずっと天国も地獄も等距離にある気がしている。

九月二四日　金曜日

恵みの雨が四日間続いたあと、太陽が顔を出す。外気はさわやかで暖かく、草はしっとり濡れ、あらゆる草木が生き生きとしている。アンとバーバラがペルセフォネ像を持ってきてくれるのに、うってつけのお天気。〈ペルセフォネ〉は、ちょうど海から出てきたように見えるよう、テラスの壁の上に置く予定。早く置いたところを見たくてうずうずしている。何カ月も前にこの彫刻の制作をバーバラに依頼し、それから彼女が何枚かスケッチを描いてくれたのをもとにして、どんな像にするかを決めた。

朝食後にテーブルにワイングラスと、ロブスターを食べるための食器を並べ、ワインを冷蔵庫へ。めったにないアンとバーバラの訪問に向けて、いつもの準備だ。もう少ししたらロブスターを取ってきてサラダをつくる。それからホールのテーブルの上に飾る花のなかに入れるために、深紅の斑点の入ったみごとなユリの枝を一本切ってきた。花が五つと蕾が二つついている。これでかなり豪華な雰囲気になる。

昨日はずっと気になっていた三つの作業をすませた。まず、この夏のあいだずっと外で猛然と咲きつづけた鉢植えのアザレアを四つなかに入れ、剪定して肥料をやり、出窓に戻す。次に、やはり夏じゅう外に出してあったアマリリス六本も短く刈りこみ、休ませるために涼しい地下室に入れた。そしていちばん厄介だったのは、数年前にフロリダから新聞紙に包んで送られてきた熱帯植物二鉢の株分け。鋭く尖った葉をしたこの植物はどんどん大きくなったので、脇にできた元気な子株を新しい鉢に植え替え、親株は思い切って捨てた。見ちがえるほどよくなった。有能な庭師になるには、かなり冷酷でなければならないことを知った。

九月二五日　土曜日

昨日は申し分のない天気になった。暖かかったのでテラスに出て飲み物を飲みながら、テラスの壁にしっかりと設置されて、海から浮かび上がってきたように見える〈ペルセフォネ〉をじっくり眺めた。バーバラは〈不死鳥〉のときと同じように、石を使ってみごとに流れるような動きを表現している。アンは、青、薄紫、紫のミケルマスデージーの花を初めて見たと言って、とても喜んでいた。それから私の誕生日に持ってきてくれたフェリシアの青い花が一輪咲いているのをみつけ、私がこの夏じゅうテラスでエレガントな花がとてもよく咲いたことを話すと、うれしそうだった。

アンとバーバラの二人がここに来ると、いつも同窓会のような気分になる。自分の身に起こったいろいろなできごとを話しては、長年の友情の絆で承認していく、そんな感じ。アンが飼っているニワトリの卵を二ダースも持ってきてくれたので、今日の朝食に生みたての卵を何カ月ぶりかで味わった。バーバラの持ってきたリーキ〔ポロネギ〕は大当たり！　今日の午後、チキンスープをつくるのにちょうど必要だった。リーキの、あのかすかにほろ苦い味が、おいしいチキンスープをつくる決め手なのだ！

昨日は大量の郵便が届いたので、その返事書きに取りかからなければ。火曜日にはボストン公共図書館で、小説を書くことについて短い講演をすることになっているので、その準備もある。そして明日はポーツマスでサイン会。

それから昨日、メアリー＝リーが彼女の大きな草刈り機で、野原の草刈りを（全部ではないけれど）してくれた。伸びすぎないようにするために必要なことなのだが、私が黄金色の草が大好きなことを知っている彼女は、秋まで待ってくれる。始める前、タマスを連れて海まで散歩して、きれいな青いアスターと地面近くにみっしり生えている白いアスター（家のなかに活けるととても映える）に別れを告げた。別れを告げるのはつらいけれど、それが毎年秋の恒例行事。そして頭上を見上げれば、木々の葉が色づきはじめている。もうすぐあたりは赤、オレンジ、黄色の鮮やかな錦模様で彩られる。

人生の秋もまた、別れの季節。でも不思議なことに、今が秋だという感じはない。このところ毎日がとても豊かで充実している。楽しみにしていることがたくさんあるし、「いま、ここ」も充実している。先のことでいえば、アン・ソープを題材にした小説の執筆を再開したいという夢がある――そして、この夏の騒々しさが収まったら、静かな良き日々に戻りたいという夢も。目下のところは返事を書くべき手紙が何百通、植えるべき球根も何百個とある。別れのときが来たというより、また新たな始まりがやってきたという感じ――昔、新学期が始まるたびにそう思ったように。

九月二八日　火曜日

今日のサイン会が終われば、しばらくはもうないので、一日が終わるころにはさぞかしいい気分だろう。七時半からボストン公共図書館で小説について話をし、そのあと九時から〈ハーバード・カフェ＆ブックストア〉でサイン会があるので、かなりのハードスケジュール。それにユニテリアン協会の人たちが制作している、老いをテーマにした短編映画のナレーションをすることになっていて、その録音が四時に〈コプリープラザ・ホテル〉である。

日曜日はポーツマスの公共図書館で朗読会。チャールズ・ブルフィンチ設計の古く美しい建物に着くと、胸が躍った。四時まではまだだいぶあるのに、大勢の人が外に並んでいる。やがてなかに入ってきた人びとは年齢もまちまちで、皆期待の入り交じったうれしそうな表情をしていて、こちらの気持ちもリラックスした。天気も良かったので、今回だけはと思い、朗読会ではこれまで何年も制服みたいになっていた黒のパンツスーツではなく、新しいワンピースを着ていった。ふだんパンツにシャツ、ブレザーという服装をしているので、ワンピースを着るとなんだかドレスアップした気分になり、落ち着かないのだけれど、このワンピースなら大丈夫そう。かなり地味で、グレーの地全体に紫の細かい幾何学模様が入っている。ワンピースにかぎらず新しい服というのは、着慣れることが大事。そして最初に着るのは楽しい場であるべき。今回の朗読会はほんとうに楽しいものになった。とくに六時には、リズ・ニーズと彼女の友人でタンジという詩人が、私たち七人のためにすばらしい夕食を用意してくれたのだ。七人のなかには、サイン会を企画してくれた〈リトル・プロフェッサー〉という書店のオーナーもいた。場所を提供したのが図書館で、『光の世界』の映画も二回上映していた。映画を観にいく人がいたおかげで、私が座っていたテーブルの周辺はそれほど混雑はなく、「お名前の綴りは？」と訊くだけではなく、もう少し中身のある会話をするチャンスも生まれた。

いつもはこういう催しのあと、ひとりで家に帰るので、今回のように友人たちとすばらしい夕食を食べながら歓談する時間がもてたのは、とても楽しかった。でもたぶん疲れと興奮のせいで夜はよく眠れず、おかげで昨日は疲労の極致だった。一日じゅう雨で、それも良くなかった。でもルネ・モーガンが訪ねてきたのは救いだった。いっしょに外にお昼を食べにいき、近況を伝えあう。「ボストングローブ」紙に載った、私についてのデイヴ・ウィルソンによる秀逸な記事をいっしょに読めたのもよかった。ありがたいことに、ルネはここで何かうれしいことが起きると、心から喜んでくれる。そういうときには両親に知らせたくてたまらなくなり、自分が天涯孤独だという気分になってしまうことがあるから。でも昨日はそうならずにすんだ。

このところずっと、ジェームズ・マコンキー〔アメリカの作家〕の『記憶の奥の院』を読んでいる。マコンキーは「ニューヨーカー」誌によく寄稿していて、そのうちのある短編は強烈な歓びをもたらしてくれた（なぜか読んでいるあいだ、泣きどおしだった）ので、本人にもそのことを手紙に書いて出した。マコンキーの作品は、かつてシビック・レパートリー劇団時代にチェーホフの『三人姉妹』や『桜の園』を上演したときにうけたのと同じ感動をもたらしてくれる。そこに描かれた人生観の真実、やさしさ、胸を刺す切実さに圧倒され、何度涙を流したことか。マコンキーはこの本のエピグラフに聖アウグスティヌスの『告白』から次のような一節を引用している。「私はそのすべてを自分の内部で、広大な記憶の奥の院で行うのです。そこでは私のすぐそばに空があり、大地があり、海があり、そしてそのなかで私が知覚できるすべてのものがある……そこでもまた、私は自分自身と出会うのです……」

九月三〇日　木曜日

美しく晴れわたった秋の日。でも疲れがたまっていて、楽しむことができない。それでもなんとか、朝早くゴム長靴をはいて（昨日と一昨日の雨で草がとても濡れているので）外に出て、花を少し摘んだのは楽しかった。たった二四時間家を空けただけなのに、先週なんとか片づけた机の上が、元の木阿弥のカオスに。『怒り』についての手紙や推薦文の依頼状、それに通常の郵便物が山積みになっている。頭をすっきりさせるには、球根の植えつけでもしたほうがよさそうだし、今日の午後にはできるかもしれない。でも夕食にはジャニスが来るし、明日の夜にはカリフォルニアからドリス・ビーティが来るので、彼女たちのためにカルボナード・フラマンドもつくらなければ。

一昨日、ボストンの〈コプリープラザ・ホテル〉に向かう途中、一方通行に悩まされ、渋滞にもはまってひどい目に遭った。やっと着いたらそこは駐車禁止道路で、急いでホテルに駆けこんで、車を駐車場に入れてもらえないかと訊くと、できないという返事。ヒステリックになって、一〇ドル渡してやってくれと頼みこむ。まったくイライラしどおしの日だった。おまけにホテルの部屋もひどく狭く、そこに大きなダブルベッドがデンと置かれていて、動きまわれるような余地はまったくなし。録音のスタッフ六人が来たときには、あのマルクス・ブラザーズの痛快な船室のシーン〔狭い船室が大勢の人でスシ詰めになる『オペラは踊る』の一シーン〕が目の前に浮かんだ。結局、ユニテリアン協会の人たちがホテルにかけあって、もっと大きい部屋を三〇分だけ使えることになり、カフカ風の迷宮のような廊下をえんえんと歩いてその部屋まで行った。デスクに向かって座り、横には録音の指示を出す女性が座ったのだが、これがまるで軍事訓練官のような人で、やれ車のクラクションが鳴っただの、ちょっとつっかえただのと言っては、ほとんどワンフレーズごとにストップを命じる。完璧にできたと思ったら、もう一度やり直せと言うし！　その時点で、私のなかの〝年老いたロバ〟は一歩も前に進まなくなった。

そんな調子だったから、そのあとに講演をするなんてとうてい無理な状態だったのだが、ちょっと横になってひと眠りし、お風呂に入り、ルームサービスにフルーツサラダとチーズを頼んで食べるうちに、やっと気分が落ち着いてきた。ステージに出る三〇分前の厳しさは、想像以上だった。ホテルの部屋は個人のアイデンティティを奪い取ってしまうし、じっと動かずに自分自身を保つためにはかなりのエネルギーを要する。

でもついに時間がきて、七時四五分に公共図書館のステージに出ると、まだ紹介されないうちから観客が歓びのこもった長い拍手で迎えてくれた。すべてはうまくいった。会場は満杯でステージの床に座っている人も大勢いた。私が心から楽めるのは、詩の朗読だけ。それにくらべて、何かを分析するというのはどうも無味乾燥な気がしてしまう。詩は「生まれる」ものであり、それは分析的言説とはまったく違う世界だ。講演（最後に詩を四編、忍びこませた）が終わったあと、皆でぞろぞろと〈ハーバード・カフェ&ブックストア〉に移動。異常に暑かったので、天井の低い部屋で二時間、サインに集中していたら汗びっしょりになってしまった。でもとても温かく、華やいだ雰囲気だったので――皆、本を抱えたまま順番がくるまで長時間待ちつづけなければならなかったにもかかわらず――、いつもより楽しめた。ホテルに戻ったのは一一時。興奮と疲れで眠れなかった。

一〇月四日　月曜日

幸運なことに、ドリスがここにいるあいだすばらしい天気が続いている。これまでの二日間、とてもすてきな時間を過ごした。土曜日はハイディの招待で、パーキンズ湾にある〈バーナクル・ビリーズ〉でランチ。外のテーブルで、ひんやりした心地よい風に吹かれ、背中には暖かい太陽の光をうけて……リラックスした幸せな雰囲気が、あたりに満ちていた。なじみのある景色を見ながら、ゆったり、のんびりした気分に浸る。小さな港に停泊したたくさんの船、ファイネストカインド号に乗船するのを待つ人びと……。ハイディと私は、オガンクィットで夏を過ごした子ども時代の思い出話にふけった（二人とも二〇年代の同じ時期にオガンクィットを訪れていたはずで、もし当時出会っていたら、おてんば娘どうしでさぞ気が合っただろう）。

ロブスターロールを食べたあとは、いざ遊歩道のマージナルウェイへ。途中、何度もベンチに腰かけて、双胴船《カタマラン》のレースを観る。赤、青緑、オレンジなど鮮やかな色の縞模様の帆が紺青色の海に映え、モネの絵画のよう。ここはフランスの海岸だといってもいいくらい。海岸沿いの場所には、どこも似たような雰囲気があるということだろう。ドリスは心のなかで、カリフォルニアの雄大な海岸の景色とくらべていたにちがいない。ここの景色はどちらかというと、おとなしく上品だけれど、それがまた魅力。そして大きなカーブを回りこむと、息をのむような広大な白い砂浜――オガンクィットからウェルズまでの長さ八キロにわたる――が目の前に現れる。ハマナスはもう終わっていた。ここでの散歩というと連想するのは潮の匂いと、ヤマモモの葉を潰すと空中に漂うピリッとした香り。そして永遠に続くダンスのように寄せては返す波が、岩のまわりで泡立つ様子に惹きこまれながら、いつも思い出すのはフロストの詩「何もかも時間に……」。かならず、いつも、だ。文句のつけようのないくらいすばらしい散歩だった。

昨日もいい日だった。家の近くの森を抜けて、野原までピクニックランチを持って出かけ、ずっとやりたかったことをやることができた。野原の真ん中、小さな丘の向こう側の人目につかない場所まで行って、大きなストローブマツの木の下に敷物を広げ、巨大なその幹に寄りかかって鳥のさえずりに耳を澄ます……。でも聞こえたのは、頭上の木の枝のあいだを行ったり来たりしながら仲むつまじくさえずる、二羽のマツノキヒワだけだった。ツグミの鳴き声も期待していたのだが、ツグミはお昼には鳴かない。エリマキライチョウもいるかも、と期待していたけれど、結局、私たち――タマスもやわらかい草の上に寝そべっていた――のまわりにあったのは、言葉に尽くせない静寂、そしてどこか遠いところ、遠い昔に来てしまったような、時間を超えた感覚だった。

六時にジャニスが来て、いっしょにロブスターの夕食。ドリスに見せたいと言って『光の世界』のビデオを持ってきたので、食事のあと書斎の暖炉のそばで、皆でいっしょに見た。私は二回目だったが楽しく見られたし、ドリスもこの家を見たあとだから、おもしろかったようだ。ところが見たあとがまずかった。この映画が生き生きと描き出している自分自身――ほかならぬ私の人生の真髄といえるもの――を見ているうちに、どうしようもない飢餓感とやりきれなさに涙が止まらなくなってしまった。というのもこの夏ずっと、それとはかけ離れた生活だったから。いったい、またあの自分になれるときが来るのだろうか？

このところ、「頭は浮世のことでいっぱい」〔ウィリアム・ワーズワースの詩「浮世のこと」より〕なのだ。

昨晩、ブランブルが帰ってこなかったので心配している。今は鳥撃ちのシーズンで、忌まわしい殺戮の銃声が静寂を破り、私のなかにある、祖先から受け継いだ恐怖と怒りをめざめさせる。あのキジも撃たれてしまったのではないかと恐れていたけれど、今朝、鳴き声が聞こえた。もしかしたらそれは良いことがある前兆で、ブランブルも帰ってくるということかも。

一〇月七日　木曜日

一昨日聞いたのだが、レイモンドが――庭仕事も、ゴミ出しも、この家のこと全般をやってくれているあの誠実なレイモンドが、入院しているという。また元気になって戻ってきてくれるのだろうか。午前中、ドリスが荷造りをして出発の準備をしているあいだに、病院にお見舞いにいってこよう。地下室には二週間分の生ゴミやその他のゴミがたまっている。秋の庭仕事――テラスの花壇の刈りこみ、バラの盛り土、一年草を引き抜く、多年草の花壇全部にスパルティナ〔イネ科の植物〕のマルチを敷く、など――も、しなければ。これから植える球根が三〇〇個もあって、恐ろしくなる。なかには一一月にバンクーバーから戻ってきてから植えても間に合うものもあるけれど。ジェットコースターみたいだと言ったこの夏だったが、今は一気に急速な下りに突入している。全体としては、自分はかなり立ち直りが早いほうだと思っているけれど、頭が重くボーッとしている。疲労困憊。

でもこの数日間はとびきり楽しかった。昨日は、ハルダーとセンター・サンドイッチの湖のほとりでピクニック。周辺では紅葉が真っ盛りで、太陽に照らされた葉が青空に映えて美しいことこのうえない。道路沿いのこぢんまりとした家々の前には、今や深紅に染まったカエデの木々があり、白い下見板張りの壁に降りそそぐ秋の陽射しは、いつも私の目と心を魅了する。秋のニューイングランドを初めて訪れるドリスにこの風景を見せることができて、とてもうれしい。夕食は家のすぐ近くの〈スパイス・オブ・ライフ〉で彼女がごちそうしてくれたので、食事の用意をせずにすみ、助かった。

火曜日は、ノース・パーソンズフィールドのアンとバーバラのところにドリスを連れていく。いつも感じることだけれど、古い農場とその周辺に二人がつくりあげた美しく静かな世界は、まるで天国そのもの。でもその晩ベッドのなかで、あの地上の天国をつくりあげるまでには、とてつもない労苦が注ぎこまれ、それが日々続いているということを繰り返し考えた。しかも客が来れば、薪割りはできなくなるし、そのほか数えきれないほどの雑用も後回しになる。アンはちょうど、二つの薪ストーブの後ろ側に煉瓦の壁を造り、尖った屋根の下を断熱する仕事をしていた。これが実に大変な作業で、アンは顔をマスクで覆って奮闘していた。帰りに、生のディルを一袋、ナスタチウムビネガーの小さな瓶（アンの最近の新商品のひとつ）、バーバラの菜園で採れたリーキを持ち帰った。夕食のオヒョウといっしょに食べたら最高においしかった。ドリスはバーバラの手によるソープストーンの子ジカの彫刻を、お土産に買った。

一〇月八日　金曜日

陰鬱な雨の一日。でも心に穴があいたようで鬱々とした気分になり、ドリスと過ごしたこの何日間かの気分の浮き沈みに、われながら当惑している今の私には、ふさわしい天気かもしれない。彼女はとても勇気ある女性。一年前にバンク・オブ・アメリカの五〇歳以上の女性を対象にした研修プログラムに参加し、終了後もそこで働いている。まだ学校に行っている二人の子どもを大学まで出してやるのにも、バークレーの自宅で同居している九七歳の母親の介護にも、多額のお金がかかるから。ドリスとはある年の夏、バークレーのトーマス・スター・キング・スクール・フォー・ザ・ミニストリーで教えたときに初めて会い、そのときは彼女の家に滞在させてもらった。以来、彼女が苦労しながら生きてくるのをずっと見守ってきた。バードウォッチングにのめりこみ、毎週土曜日には早朝から一日かけて野鳥観察に出かける。月曜から金曜までハードな仕事をしているのだから、彼女の生への情熱に感嘆してしまう！　興味の幅がとても広く、毎朝、私が仕事をしているあいだにタマスの散歩に出かけてはこの近辺を探索し、このあたりの生き物や植物についてとてもこまやかな関心を向け、キッチンが片づいていないのは自分の家のようでいいと言い、どんなことでも積極的に手伝ってくれた。

でもこの夏が大変だったいちばんの理由は、次から次へとひっきりなしに訪れてくる人の要望に応えるのに追われて、自分自身を取り戻す余裕がまったくなかったことだ。

昨夜はがらんとした家でタマスと横になり、風の音だけを聞きながら眠れたのはよかった。ほかの音は何も聞こえない、階段のきしむ音もしない。客がいるのに妙に静かだと、どうかしたのかと心配になるけれど、それもない。二時間眠ったあと、起きて紅茶を淹れたときには、家のなかの花を新しくする気力もないほど疲れきっていた。でももうすぐ雨になることはわかっていたので、やっとのことで外に出る。だから今日、少なくともこの家は平穏と美しさを取り戻している。今朝、階下に下りていって、そこらじゅうの花がしおれていたら、悲しくてたまらなかっただろう。

昨日は気力をふり絞って、レイモンドの病院にお見舞いにいった。でも私のほうが彼に元気づけられた。しゃれたローブを着た彼は血色もよく男前で、私が質問すると、朝食に食べたものを目を輝かせながら教えてくれた。グレープフルーツ、四〇パーセントふすまのシリアル、メープルシロップをかけたワッフル、マフィン、そしてココア！　朝食にこれだけのものを平らげるのなら、もう回復はまちがいなしだ。今日退院するそうで、そうしたら近所の人といっしょに家に来て、作業の指示を出してくれるとのこと。ゴミが山のようにたまっているので、そうしてくれたらとてもありがたい。

メアリー＝リーとベヴァリーは、クイーンエリザベス二世号でクルーズに出かけている。不思議なことに、彼女たちがいないと妙に寂しい。ふだんはめったに会ったりしないのに。二人が留守だと家も締め切ったように見えて、私だけが置き去りにされた気がしてくる。

一〇月一一日　月曜日

少し元気になってきた。二日前には、この夏は独りになる時間がなかったせいで、自分の本質が奪われてしまった気がしていた。もうそれはけっして取り戻せないと。未開人は写真を撮られると魂を抜き取られると信じているというけれど、私も同じ。人の目にさらされすぎて魂を抜き取られてしまったようだった。体がガチガチにこわばって不快でたまらず、泣くこともできない。疲れているのに休むこともできず、疲労感がまるで毒気のように空中に漂っている感じ。でも三日間、独りで過ごしたことが魔法のように効いた。あらためて、独り居こそが自分の本質だと痛感する。というのも、他人を極度に意識する（生まれながらに孤独を愛するすべての人は、そうにちがいない）結果、自分に意識が向かなくなり、しばらくすると自分が存在することすら見失ってしまう。それと当然ながら、私が真に自分自身でいられるのは、何かを創造しているときだけなのかもしれない。この日記も小さいながら創造の一種で、自分がどうやって続けてきたのかわからないけれど、とにかく続けてきた。そして今日は手紙の山を横にどけて、見えないようにした。昨日と一昨日で二五通返事を書いてあらためて思ったのは、どんなにがんばってもこれにはけっして終わりはないということ。全員に返事が行こうが行くまいが、私は私で自分の生活を取り戻さなければ！

昨日の天気は荒れ模様。みごとなまでの黒雲の塊の下で逆巻く波、野原の果てるところで塔のように高く吹き上げられる波しぶき。吹きすさぶ強風。横溢する秋の感覚に気分も浮き立つ。気がつけばこのあたりの紅葉もピークを迎え、いたるところで赤やオレンジや黄色に染まった木々が道路を晴れやかにしている。はるばるサンフランシスコからやってきた女性には一時間しか割かなかったのに、四時には庭に出て、古いリンゴの木の下の土の上に座りこみ、ラッパズイセンの球根二五個を植える。そのためには、水平に長く根を伸ばす匍匐性の雑草を剝がして場所をつくらなければならない。雑草との格闘を楽しみ、遠くで聞こえる波のとどろきや頭上を吹き抜ける風の音も楽しんだ。タマスは背の高い草むらに寝そべり、耳をピンと立てて、何やら思いにふけっていた。何を見ているのだろう？　それとも匂いを嗅いでいるだけ？　丸みを帯びた黒い鼻、つやのあるボタンのようなその鼻は、片時もじっとしていない。いつもヒクヒクと動いて空中に漂うあらゆる匂いに反応している。

一〇月一二日　火曜日

昨夜は初霜が降りた。ベッドに入ったときには三日月が天空高く出ていて、風はなかった。そのとき霜が降りる予感がしたので、今朝、銀色のネットをかけたような芝生を見ても驚かなかった。これで庭の花を摘むことはできなくなると思うと、わかっていたこととはいえ、とても寂しい。これからは花の咲いている草木を切って、球根を植えるスペースをつくればいいのだけれど。海は深いところに大きなうねりを秘めながらキラキラ輝いていて、ここからは昨日のように荒れているようには見えない。でも時おり、野原の向こうにしぶきが噴水のように吹き上がるのが見える。うねりには、はるか遠方から深海を進んできた乱流が隠されている。

燃えるような紅葉の森をタマスとブランブルと散歩すると、体じゅうに歓喜が湧いてきた。途中、二頭のビーグル犬と出会ったときには、ブランブルのことを追いかけるのではないか、タマスが猛烈に怒って尻尾をピンと立て、けたたましく吠えるのでは……と心配になった。でもさいわい、ビーグル犬二頭は尻尾を巻いて立ち去り、少したつとブランブルも出てきた。すべては平穏に戻り、皆でぶらぶらと家に帰った。

郵便物のないうれしい日。波乱に満ちた何週間かをへて、昔のようにハイディとランチ。でも少し休もうと思ってタマスと横になっても、まったくリラックスできなかった。

五時にドリスがカリフォルニアに帰る前に、夫のジェリーといっしょにやってくる。飲み物を飲みながら、しばし彼らの冒険話に耳を傾けた。お土産に小さなオレンジの木の鉢植えを持ってきてくれる。出窓の花が、かなり寂しくなっているのに気づいていたにちがいない。今年の花はほぼ終わって茎ばかりが伸びているゼラニウムやストレプトカーパスのあいだに置く。とても元気そうで、これからが楽しみ。

二人から夕食の招待を受けたのに断ってしまったことについて、こう説明した。せっかくのお誘いを断るのはとても心苦しいけれど、ディナーに出かけると翌朝の仕事に影響するので、と。ばかげていると思うかもしれないが、実際、いいものを書くにはある種の精神的エネルギーが必要なのだ。毎朝、そのエネルギーを呼び出すには、十分休息してシャキッとめざめ、日本人が言うような「一点に集中した」状態にならなければならない。

ドリスとジェリーは、私が行ったことのないところをいろいろ見てきたので、自分の無知にいささかがっくりする。でも一時間ほど彼らの話――たとえばハミルトンハウスのことなど――を聞いて楽しかった。サウスバーウィック郊外の川のほとりに建つ大きな屋敷と庭に、いつか行ってみなければ。でも今日はチューリップの球根を植える場所をなんとかみつけ出して、植える仕事がある。外はすばらしい天気。早くジーンズに着替えたくてそわそわする。

一〇月一七日　日曜日

木々の葉がどんどん散り、気温もグンと下がってきた。あたりの風景は日に日に変化していく。夕マスの散歩に行くと、森の地面を明るくしていた黄金色のシダは、枯れて黒褐色に変わっている。上を見るとまだ華やかな色が残っていて、なかでもブナは美しい黄土色に変わり、何本かのカエデも青空に深紅のまだら模様をつくっている。数日前に郵便物を取りにいった帰りには、エリマキライチョウを見かけた。キジの姿は見えないけれど、先週はあの耳慣れた鳴き声を聞いた。シラサギは塩性湿地から南へ飛び立った。私はというと、毎日午後に庭に出て地面に膝をつき、ボーダー花壇をきれいにしたり球根を植えたり。昨日の土曜日にはナンシー・ハートリーが来てくれて、二人で一年草を抜く大仕事をした。これは今日の午後、終わらせる予定。一週間後にはシアトルに行くので、それまでにやるべきことをすべて終わらせようと、体力の限界ぎりぎりまでがんばっている。

イエバエがブンブン飛びまわっている。いったいどこから来るのだろう? そして私も、このちかった仕事部屋と郵便物の山のなかで飛びまわっている。しばしここから離れられると思うと、ほっとする。

でも近いうちになんとかして、ほんとうの生活を取り戻さなければ。たとえそのためにできなかったり、あたえられなかったことがどんなにあろうとも。

一〇月一八日　月曜日

すべての魂

神が私の頭にもたらす恵みのおかげで
私はひとりで歩いて前へ進む
軽やかな足取りの死者たちに混じって
この窪んだ石の道を

神が私の手にもたらす恵みのおかげで

私の両手はこんなにも冷たい
固く握りしめなければならないほどに
神の命令はこうして
慈悲深くも汚名を着せる

神が私の足にもたらす恵みのおかげで
左右の靴に鋲が打ちこまれる
普通の道を急いで歩くために
でもそれは昔からわかっていたこと

エリナー・ワイリー

一〇月一九日　火曜日

万霊節が近づいているせいなのか、この詩が最近頭から離れない。それでついには、どうしてもここに書き写しておきたくなった。もうひとつの理由は、日曜日以来、〝苦痛の国〟へと戻ってきたこと。つくづく思うのは、苦痛こそが私を存在の前線へと追いやり、力ずくで内的世界に引き戻すということ。あくせくと生活し、自分の過ちに対処し、攻撃に対応する。あふれてくる涙、睡眠不足……すべてが戻ってきた。

今、朝の七時。太陽がちょうど透きとおった琥珀色と薄青色の海の上に出てきたところ。野原はまだ暗く、霜に覆われている。嵐が過ぎて心は落ち着いている。嵐とは、自分のなかの嵐のこと。ここ何日かは、晴れて風の強い日が続いている。先週の嵐でロブスター漁ができなかった漁師たちも、やっと岩の多い海岸からロブスターの罠かごが回収できるようになり、毎日のようにトラックでやってくる。

日曜日は五時前に起き出して、手紙の返事をまとめて書いた。そのあと友人ダナがやってきて、いっしょにタマスの散歩に行く。夫と別れることにしたとの報告。これで三五歳前後の女友だちが三人、この夏か今年中に離婚することになった。三人とも、ひどい誤解や長年の苦しみにもかかわらず、なんとか結婚生活を維持しようと懸命に努力してきた。三人とも燃えるような怒りから、しだいに諦めへと移行し、今は自立と新しい生活へ向けて進んでいこうとしている。彼女の場合、恋人がいるのでいちばん楽にはちがいない。

ダナが帰ってから、急いで「タイムズ」紙を取りにいく。するとシーラ・バランタインの『怒り』の書評が載っているのにびっくり（フラン・ローゼンクランツは事前に知らせると約束していたのに）。『怒り』は失敗作だと言いながらも、配慮のきいた寛大な書評で、感謝したい。ただ、小説にまつわる問題を日記――この場合は『回復まで』――に書くことで、自分自身をさらけ出すことになるという危うさを思い知らされた。バランタインは私の日記の記述の一部と小説とを照らし合わせ、それを根拠に、私が小説のなかで自分の問題と十分に立ち向かっていないと主張している。まぁ、その話はこのぐらいにしておこう。

一〇月二〇日　水曜日

昨日はローリー・アームストロングに会いに、走り慣れた道をピーターボロまで行く。その数時間のあいだに、秋をまるごと味わった気がした。葉はまだ落ちていなくて、そびえ立つ真っ赤なカエデの木々や、明るい黄色のブナの木立のあいだから、太陽の光が降りそそぐ。なかには黒っぽいマツの木を背景に、一本だけまるで燃えているような木もある。野原の真ん中に、みごとなニレの木がたった一本立っているのを見たときには、どれだけのニレが枯れてしまったのかという思いが頭をかすめた。ニューイングランドでは、健康なニレの木はもうめったに見られない。

折悪しく、カーラジオから信じられないようなサディスティックなニュースが流れてきた。カリフォルニアの海岸で、カッショクペリカンが何羽も死んでいるのがみつかったという。何者かがペリカンの上くちばしを切り落としたのが原因で、餓死したらしい。ペリカンは魚を食べるので、漁師にとっては敵だ。この近くでも漁師たちが、同じ理由からゼニガタアザラシを殺している。とにかくこの悪意に満ちたサディスティックな残忍さに気分が悪くなり、そのあとFMに替えて美しいバイオリン・コンチェルトの音色が流れてきても、不快感はずっと頭のなかに居座っていた。人間にひそむこうした残忍さに、どう対処したらいいのだろう？　どうしたら人間は変わるのか？　もし慈悲深い神がいたとしたら、激怒したにちがいない。人間とはかくも罪深く、残忍な存在であることを考えると、動物しか助けたくないというハルダーの気持ちもわかるような気がする。人間にくらべて、動物は無垢そのものだから。

ミルフォードから山を越えていくと、薄青色の空を背景に、ラベンダー色のモナドノック山が姿を現した。心癒やされるその風景を見たとたん、ニューハンプシャーの土地と、あの堂々とした山と心を通わせた一五年間への懐かしさがこみあげてきた。私の生涯で、ネルソンに代わる場所は絶対にない。海からの日の出が眺められる、この広々とした住まいでさえ。心の奥深いところで、ネルソンは故郷でありつづける。そしていつの日か、ネルソンの墓地のカエデの木々の下で——しかもクイッグの隣で——眠りにつけることをうれしく思う。

死について考えていると、また母に会えるのかしらという思いがよぎる。死後の世界があるとは、本気では信じていない——少なくとも亡くなった家族や愛する人と出会えるような、個人的な意味での死後の世界は。それでも考えてしまうことはある。

それからピーターボロの街でいつものように園芸店の〈ウッドマン〉に立ち寄って、ローリーのところに持っていく花と、この季節の恒例で、出窓に飾るシクラメンを二鉢買う。ローリーにはオレンジ、ブロンズ、黄色、そして白のキクを七本選ぶ——その日ずっと目を楽しませてくれた色だ。書き忘れていたのは、小川の美しさ。澄みきった水は、時に燃えるような木々を映し、時に岩の上を勢いよく流れていく。秋の色と秋の歓びに心満たされる思いだった。

そしていつものように美しく、陽気で、温かいローリーが、やさしさをたっぷり含んだ明るい声で出迎えてくれた。彼女は独特のしかたで私の名前を発音する。ローリーに「メイ」と呼ばれると、とても幸せな気持ちになる。何カ月ぶりかで会ったので話は尽きなかった。三時間はあっという間に過ぎ、もう二時で帰る時間だなんて信じられなかった。でもクリスが防風用の二重窓を取りつけにくることになっていたし、鳥の餌やり器にリスが来ないようにワイヤーを張る相談もしなければならなかったから、後ろ髪を引かれながらもいとま乞いをした。私が車の向きを変えるあいだ、ローリーはいつものように玄関のところに立って手を振っていた。心癒やされるすてきな一日だった。

一〇月二一日　木曜日

朝五時前に起きて、机の前に座ればなんとかなるかと思ったのだけれど、結局仕事部屋に上がってきたのは七時半だった。それでも、ちょっと厄介な手紙を二通書き終えた。一通はこの春に父親を亡くし、夏のあいだ自然と詩とふれあいながら過ごして、やっと立ち直ってきた友人宛て。彼女のことはずっと気にかかっていた。「自分のアイデンティティの一部が引きちぎられた」ような喪失感に苛まれていたから、どうしているだろうかと。もう一通は車椅子で生活している若い女性宛て。彼女はまったくの善意から、この一年かそこら、いろいろな本を送ってきたり、オードリー・ロード〔アメリカの詩人、作家、活動家〕やアドリエン・リッチ〔アメリカの詩人〕などのレズビアン・フェミニストのことを――まるで私が知らないとでもいうように――教えてきたりして、私を戦闘的レズビアンに仕立て上げようとしている。そして基本的に、私を助けの必要な高齢者として扱う。これにはちょっとがまんならない。彼女が勇敢な女性で、きわめて限定された生活に大いなる勇気をもって立ち向かい、どんなことにも可能なかぎり手をさしのべようとしていることは、よくわかっている。でも残念ながら、私は彼女にとって有望な救済の対象ではない。

ちょっと笑ってしまうのは、彼女が私のことを「女性の先祖《フォアマザー》」と呼ぶこと。どうやら私は先祖としてすべきことをきちんとしなかったので、仲間に入れて厳しく叱り、そのうえでゆるしてやろうということらしい。私は自分自身をそんなふうには見ていない。彼女が送ってきた本で、すでに持っているものは送り返してきたけれど、それだけでもかなりの負担だった。しかも押しつけられた善意に、心ならずも感謝しなければならない。彼女が私に感謝するのではなく（彼女は私の書いたものについてほとんど何も言ってこない）、こっちが彼女に感謝するのだ。残念なことに、だんだん彼女をしつこいと感じるようになり、いらだちの元になってしまった。他人を変えることではなく、自分自身が変わること――それこそが、人として果たすべき責務だと思う。

今朝早く見たとき、海の上の空はほとんど黒に近く、それがしっくりきた。バラ色とはほど遠い、今の気分に合っているから。ただの疲れという部分もたしかにある。でもそれだけでなく、アメリカ人はなぜ「平等」ということにこんなにもこだわるのかと、ずっと考えている。政治的場面ではそれは妥当なことだけれど、個人的な関係性ではそうでないことも多い。バジル・ド・セリンコート、ジヤン・ドミニク、ヴァージニア・ウルフ、エリザベス・ボウエンといった人たちや、学校時代に教えをうけたアン・ソープやキャサリン・テイラーに対して、「私たちは対等だ！」と思うなんて（口に出して言うことはもちろん）、想像もつかない。彼らから、そして彼らを通して学ぶことがどれだけあるか、痛いほどわかっていたし、だからこそ彼らに愛情と敬意を捧げてきた。もし「人は皆平等」であるゆえに、人と人のあいだになんの区別もなかったら、もしある人の業績や、その存在自体の偉大さ（たとえばバジルの場合のように）に意味がないとしたら、いったい人生とはなんなのだろう？ 少なくとも私にとって、もっとも価値のある感情のひとつは、自分が心から尊敬し、多くを学べると確信する人を前にしたときの感情だ。それはとても純粋な感情。羨望などまったくなく、あるのはこの人のようになりたいという憧れだけ。そう感じること自体に価値がある。

その一方で、私はいろんな意味で葛藤もあり、厄介な人間ではあるけれど、なにがしかのものを達成し、敬意を払われる価値のある人間だと思っている。見せかけの謙遜は、傲慢と同じぐらいよくない――いや、作家が傲慢になるなどということはありえない。あまりに多くの苦悩と自己不信、それに力不足感がじゃまして、とうてい傲慢になどなれない。

であるからこそ、長い年月をかけてうまく書くための努力を重ねることもなく、ほとんど何も達成していない人が、長い生涯をかけてそれなりのものを達成した作家に向かって、「あなたも私も対等だ」と言うのは安易すぎると思うし、四〇歳の人が七〇歳の人に向かって、「私たちそっくりですね」などと言うのはばかげているし、人生というものが人間をどれだけ成熟させるかということを過小評価している。

一一月五日　金曜日

土砂降りの雨のなか、帰宅。家の前の道には一面、真っ赤なカエデの葉が貼りついている。カエデの葉はすべて散り、まるで廃屋のような寂寥感が漂う。まさに一一月！　このあたりでは、一年でいちばん悲しい月。でもイーディスが空港に迎えにきてくれて、帰ってくる途中、夕食をともにした。預けた荷物が出てこなかったのだが、そのおかげで、重い荷物を家に運び入れる必要もなかった。それで荷ほどきの代わりに長椅子にタマスといっしょに横になって、山のような手紙に目を通す。それからベッドに倒れこみ、愛する動物たちの温もりに包まれて眠った。二匹とも私を歓迎してくれている。

今日は憂鬱な気分。今四時半。寂しげな褐色の野原と、その向こうの荒れ模様の灰色の海を眺めながら、荷物が届くのを待っている。黒い線になった水平線から、噴水のような泡が吹き上がる。今年は、死者の魂が生きている者に近づくこの一連の祭日——とくに万霊節——の始まりが、いつになく気になっていた。ビクトリアでは、私の映画が上映される前に、それをテーマにした一連の詩を朗読した。母のことを強く思いながら（荷物がやっと届き、花屋に届けるように頼んだので、急いで行って取ってきたところ）。

今回の旅行は何カ月も前から計画していた。自分へのごほうび、休暇として、まだ行ったことのない北米大陸の一角を訪れ、自分自身をリフレッシュしたい――という目的はすべて果たし、心から行ってよかったと思っている。でも今、こうして家に戻ると、今後の朗読会や対応しなければならない日々の生活の問題について、ありとあらゆる決断へと否が応でも引っぱられる自分がいる。しばらく家を離れたときはいつもそうだが、そのあいだに起きたことをひと言でまとめるのはむずかしい。出発したのは、まだ紅葉の美しかった一〇月二四日で、帰宅した一一月四日にはすべての葉が散って、サクラの木の赤い実が透きとおった黄色に変わっていた。その間、シアトルではケイ・ミュラー・スティムソンの家で三日、ビクトリアではおもに長く文通してきたエリザベス・ブリストウと三日間を過ごし、あとの三日はバンクーバーで過ごした。九日――たった九日！――のあいだに、詩の朗読会が四回、映画の上映が二回、そして書店でのサイン会が六回。かなりのハードスケジュールだったが、仕事の部分は別にして、とびきり充実した時間を過ごすことができた。

なかでも大きな歓びだったのは、ケイ・ミュラーとの再会。なんと四〇年以上前に、コンコード・アカデミーで演出した芝居に彼女が出たとき以来、ほとんど会う機会はなかった！　空港に迎えにきてくれた彼女は長身で凛としたたたずまい、美しい白髪を風に優雅になびかせていた。その青く澄んだ瞳に、たしかに見覚えがあった。

でも、着陸する前にも強烈な歓びを味わった。機上から、真っ白に雪をかぶったレーニア山が雲の上に高く突き出ているのが見えたのだ。神々しいまでの美しさだった。その後、レーニア山は一度も見えなかったけれど、シアトルの街が大好きになった。七つの丘の上に築かれ、いくつもの湖と港、海に囲まれた魔法の都市。ケイの家は、そのうちのひとつの小高い丘の上にある。着いたのは夕暮れどきで、広い敷地を取り囲む大きな木々の黄金色の葉のあいだから、街の明かりがきらめいているのが見えた。木の葉を通して見る光は、なぜか魔法のように美しい。もうひとつうれしかったのは、思わず抱きしめたくなるむく犬のパタプーフと、おしゃべりな猫が私を歓迎してくれたこと。冷蔵庫の上にまるでフクロウのように座っている猫の下で、ケイと私はブドウとチーズをつまみながら、この長い年月、お互いにどのように生きてきたかをじっくりと語り合った。

一一月七日　日曜日

一昨日、日記を書くのを途中でやめてしまったのは、長いブランクをへてまた詩を書きはじめたから。私にとって詩を書くとは、詩のミューズが存在することであり、それだけに没頭することを意味する。だから時間をさかのぼって、内的時間で何年も前に起きたことを記録するのは困難になる（内的時間では、一年が一時間に圧縮されたり、反対に一年が永遠に感じられたりもする）。日々の日常を記録する日記の問題のひとつは、目の前のことだけに注目しなければならないこと。過去を振り返るのは、それが現時点にとって意味をもつときだけに限られる。旅行の日記ならそうではないのだが。

というわけで、北アメリカ北西部への旅についてここに書く唯一の方法は、時系列にできごとを並べるのではなく、本質的なことだけを書くことだ。この旅で印象に残っているのは、オリンピック山脈、ベーカー山、カスケード山脈といった、水と山々が織りなす圧倒的なスケールの景観。その印象があまりに強かったので、昨日の朝ここから海を眺めたとき、水平線になぜ山が見えないのだろうと思ってしまった！ それにスギやオーク、モミなどの巨木の数々。エミリー・カー〔カナダの画家、作家〕の絵で知っていたそれらの木々を見ながら、自分が彼女の目を通して見ているような気が何度もした。カーを知ったのは何年も前、リズ・ハズレットと手紙をやりとりしはじめたころ、彼女がカーのすばらしい日記を送ってくれたからだった。

ビクトリアでは、私に手紙を書いてくる二人の女性と初対面。不思議なことに二人ともリズという名前。若いほうがリズ・ハズレット。彼女は画家で、ろうけつ染め《バティック》の手法を使って絵を描いている。彼女が描くのは幾何学模様ではなく、写実的な風景で、溶かした蠟によってそれが半透明になるという効果が得られる。もう一人は中年の老年学者、リズ・ブリストウ。重要な職についている彼女は、ブリティッシュコロンビア州の各地を飛びまわっている。ずっと前から一度会ってみたいと思っていた。今回のビクトリア行きが実現したのは、彼女がサイン会や映画の上映会、大学での詩の朗読会などを企画してくれたことが大きい。見えないところでどんな努力がなされたか、気づかずに過ぎてしまうことがたくさんある！ 向こうに行って初めて、メイ・サートンのマネージメントにどれだけの時間と労力が必要かがわかった。でも皆、いやな顔ひとつしないでやってくれるので、その大変さが十分には理解できなかった。帰りの飛行機のなかで、滞在中のことをゆっくり振り返ってみて初めて、それがやっと理解できたのだった。

本質《エッセンス》。たんなる偶然か、守護天使のおかげなのか、今回の旅ではどこへ行くにも、三人の女性によるすばらしい詩集を携えていた。コンスタンス・ハンティングの『夢の都市』は、出発の前日に届いたのでスーツケースに滑りこませた。シーラ・ムーンの『生きているときはいつでも』も持っていった。シーラ・ムーンはサンフランシスコに住むユング派の精神分析家で、以前、レッドウッドの森をいっしょに散歩してすばらしい時を過ごしたことがある。ビクトリアでは、P・K・ページが新著『灰色のハエたちの夕べの踊り』をことづけてくれた。一読すると、感嘆がまるで笑いのようにこみあげてきた。この三人の忘れがたい詩人に刺激をうけるのはわくわくする気分だったし、彼女たちの詩は赤い糸のように旅の日々を貫いていた。そしてもう一本の赤い糸は、ハンフリー・カーペンターによるオーデンの伝記。伝記のお手本のようなこの本は、オーデンの生涯に関するすべての事実を網羅しているだけでなく、詩人としてのオーデンの本質を読者に伝えることに成功している。休暇とは本を読む時間のこと。手紙書きもタイプ打ちもなし。このうえない楽しみ。

ここに彼女たちの詩を一遍ずつ選んで書きとめておこう。これらの詩が、家に戻って詩をまた書きはじめたことと関係があるのは、まちがいない。

イガイガ
犬が毛についたイガイガを床に振り落とし、

私はそれを拾う。そこには
教訓がある――入ってきたときとは違う
ドアからでも、外に出られるという。
イガイガの視点から見れば、このねじれは
来年雑草のなかで輝くという明るい意味もあるし、
死を意味してもいる。
犬が気にするのは、イガイガを振り落とすことだけ。
私にとって、イガイガはイライラの元。無秩序な
ものを見ると、いつも息が苦しくなる！
でもそれではだめだ。危険なことは
わかっている！　秩序だけにこだわれば
必ず、その双子の片割れが息を吹き返し
無秩序が王座につく。このイガイガは
私のへまと同じように、もし生きつづければ
いつかまた五月に花を咲かせ
野原を光り輝かせるかもしれない。ひょっとしたら、
ひょっとする。犬よ、一緒に祈ろうではないか。

シーラ・ムーン

友人たちへ　レベッカの誕生によせて

美しさを精いっぱい使いなさい、いそいで。
勢いよく流れる血、みるみるうちに
紅潮する愛らしいものの頬——
それらをよく見定めて、活かすことだ。
この初々しい顔の造形と刻まれた時間を見よ、
谷間のくぼみ、（朝霧で）乳白色になった湖を見下ろす
丘の甘くほの暗いふくらみに目を向けて。この景色の
何もないところにはこだわらずに
アシ笛のための音楽を思い浮かべなさい。
単調で月のように弱々しい音楽が
消えてしまう前に。
ほかの天体の、ほかの地形が放つ
輝きを思い起こしなさい。
最後に顔をそむけなければならないのなら、
少なくともまずここで、深く見つめることだ。

コンスタンス・ハンティング

灰色のハエたちの夕べの踊り

クリスへ

灰色のハエたち、弱々しく、細い羽に、細い脚をして
陽の当たる芝生の上に鉛筆書きの文字を書いていく、

草や葉がしだいに黒ずんでくると
灰色のハエたちは光り輝く——
草書体の飛行は黄金のカリグラフィー

そのかそけき体を金色に塗るのは光、
まるでミツバチのように丸々と明るく見える——
屈折した光を反射して——

かつて私の拳が
見えない光線に磨かれて
黄金の甲冑のように光り輝き、シャルルマーニュを思わせたように

かつてあなたの顔が
病いと老いで生気をうしない——
白い枕を背景にした銀筆素描となって——

死ぬ前に突然
太陽のように輝いたときのように。

P・K・ページ

というわけで、今回の旅の核心《エッセンス》をなしていたのは、水、島、山、大勢の人たち、詩、そしてビクトリアからバンクーバーまでのフェリーから見えた、一羽の若いハクトウワシ。カモメの群れに混じって、白い頭と尾をひらめかせながら舞い降りてきたその姿は、壮麗そのものだった。

たくさん出会った人のなかで、仕事を失ったばかりの女性たちと二回会う機会があった。動物的恐怖というか、パニックの気配が伝わってきて、それが頭に焼きついて離れない。失業するとはどういうことなのか、強く印象づけられた。バンクーバーでは歴史学者のマーガレット・プラングが大学の一二階にある、見晴らしのいい研究室に連れていってくれた。湾の向こうには黒い山並みが、そのさらに向こうには雪を頂いた山々が見え、抜けるような青空が水に映っている。息をのむような絶景に、思わず「申し分のない仕事場ね」とつぶやく。そして彼女自身も、そのスケールの大きな景色と同じく心の大きい人。私の父のように学問の世界にまったく毒されず、光いっぱいの自然のような女性。彼女は中年過ぎてから、問題のある一〇代の子どもを二人養子にした。上りのエレベーターに向かいながら、少しだけその話もしてくれた。

また、バンクーバーでは一〇人の女性と中華料理店で会食し、すばらしい時を過ごした。みな立派な仕事をしている人ばかり。近親相姦と児童虐待を扱うクリニックで仕事をしている人。島のひとつで羊の牧場をやっている人。元演劇プロデューサー。その日の午後サイン会を開催してくれた書店〈エアリエル〉の二人の共同経営者。そのサイン会では何年か前、トロントでいっしょに朗読会をしたことのあるオードリー・トーマスと、うれしい再会を果たした。

そしてビクトリアでは、雨のなか長時間車に乗り、リズ・ブリストウがアレンジしてくれた昼食会へ。大木のあいだに濃い霧がクネクネとからまるさまは、まるで中国の絵画に描かれた龍のようだった。ここで会った一一人の女性たちも、ありがたいことに学問の世界の外にいる人たち。全員フェミニストで、多様で豊かな経験の持ち主ばかりだった。

一一月八日　月曜日

独りの生活に戻って気持ちが落ち着くまでに三日かかった。でも今朝、六時にオレンジ色の光が寝室いっぱいに射しこんでくると、幸福な気持ちに満たされた。日常が戻ってきた。荷ほどきは終わり、洗濯やら、食料の買い出しやら、事務的な手紙の返事書きやらをしている。また、ここで生きる自分に戻った。その証拠に、昨日やっと家のなかの花を入れ換え、二つの花瓶に挿してあるキクに月桂樹を足してボリュームを出し、シロバナスイセンも少し飾った。六週間前に植えたのが満開で、近くを通るとあの鮮烈な春の香りが鼻をくすぐる。クリスが鳥の餌やり器に取りつけてくれたワイヤーにも効果があったようで、今のところリスにやられていない。それで今朝、小さい餌やり器をもうひとつ追加した。昨日はお昼にナンシー・ハートリーが来て、いっしょにオイスターシチューを食べた。これから芝生一面を埋め尽くしているカエデの落ち葉の掃除を手伝ってくれる。また昨日は、レイモンドが背の高いトラクターで野原の草刈りを始めたのを見かけた。石が多くて、メアリー＝リーの草刈り機ではできない部分をやってくれている。

今朝は、ミューズの存在が、文字どおり内的世界を開いてくれるのをはっきりと感じる。ちょうど一一月の光が外的世界を開いて、木々が葉を落とすと海の眺めが大きく広がるように。よけいなものがはがれ落ち、瑣末なことにじゃまされなくなる。まさに奇跡。

その一方で誕生日以来初めて、自分が七〇歳だという事実が警告としての意味を帯びてきた。先日チェイカ医師に心臓の診察をしてもらい、何も問題はないと言われたのだが、そのとき両親は何歳で死んだか訊かれた。二人とも七五歳前だった。すると先生いわく、寿命はかなりの部分、遺伝的要因に左右されると考えられるとのこと。家に帰ってそのことをじっくり考えた。けれども、ミューズが舞い降りてきた今すべきなのは、限られた時間ではなく、永遠の光のなかで生きるためにあらゆる努力をすることだ。残された時間がどんなに少ないかなどと考えはじめたら、たちまちパニックに陥り、プレッシャーが強まる。永遠に生きるとは、この瞬間、純粋な瞬間に生きるということ――感じられる限界まで感じきり、何ひとつ抑制せず、同時に何も訊かず、詩というすばらしい贈り物以上のものを望まないこと。この時点では恋愛に発展することはまずありえない。詩こそがここにあり、大切なのはそれだけ。

「レイモンドが背の高いトラクターで野原の草刈りを始めた」

今日は鹿狩りの解禁日。夜明けと夕暮れどきに銃声があちこちで鳴り響くのは、いやでたまらない（ありがたいことに、今朝は一発も聞こえなかった）。タマスの散歩も向こう二週間は、森のなかではなく海に下りる道にしなければならない。一一月でいやなのはこれだ。いいこともある。視界がグンと広がって、華やかさはないけれど輝かしい景色が見られる。澄みきった光が満ちあふれ、「研ぎ澄ませ、研ぎ澄ませ」と言っているかのよう。

一一月一〇日　水曜日

北西部への旅から帰ってきて、芝生が一面、真っ赤なカエデの落ち葉で覆われているのを見たとき、いったいどうしようかと思った。レイモンドはあまり体調が良くない。それでもここ数日間に、いつものみごとな仕事ぶりで、草茫々になった野原をきれいにしてくれた。おかげで野原は本来の穏やかさを取り戻した。海までの斜面が広々と見渡せ、目を休ませてくれる。

三日前に、芝生の落ち葉かきを始めるぞと心に決め、実際やってみると、一時間半でかなりの量がこなせることを発見。ここから得られる教訓は、自分の手に余ると思う仕事が目の前にあったら、とにかくやり始めるべきだということ。ぐずぐずしていればパニックに陥り、ますますその仕事が恐ろしく思えてくるだけだ。それに今、大きなカエデの木のまわりに一部だけでも緑の芝生が見えているのは、なんと気持ちのいいこと！　明日はナンシー・ハートリーが来て手伝ってくれるし、週末にはジャニスが手伝いに来てくれるという。落ち葉かきは、庭仕事のなかでもいちばん苦手。山のような落ち葉を大きなゴミ袋に詰めこみ、家の裏に運ぶ。そして、風で吹き飛ばされないように気をつけて捨てなければならない。

またしても手紙への対応で身動きがとれなくなっている。昨日とその前の日だけでも、殺人事件から結婚式の知らせ、深刻な鬱になった友人の詩人や老人ホームにいる古い友人からの手紙まで、いろいろあった。それからジョージアから、『リア王』に関する論文についての刺激的な報告もあった。これまで何カ月、いや何年もかけて行ってきた細部にわたる分析や比較検討をひとつの論文にまとめ上げる、その感触が伝わってきて、こちらまでわくわくしてくる。

このところ毎朝、澄みきったオレンジ色の空に太陽が昇ってくる。そして今朝はベッドで朝食を食べていたとき、何カ月ぶりかで海が見えた。オークの木がすっかり散ったから。ふたたびミューズが現れた今、この夏のあいだ自分がいかにフラストレーションから、ひどいふるまいをしてきたかを思い知らされている。手紙の山に埋もれ、身動きできないと思いこんでいたのだろう。私に会いたいという熱意にかられて訪れてきた人たちを、時として邪険に扱ったり、不十分な対応をしたりしてしまった。自分が恥ずかしい。多くの人、とくに九時から五時までの仕事をしている人からすれば、私の暮らしなど一年中休日だと思われるにちがいない。ある意味ではそのとおり。最高の贅沢はもちろん、三〇分もただ何もせずに座っていられること——昨日の午後、落ち葉かきのあとにそうしたように。夕暮れどきの荘厳な光がしだいに薄れていくさまを、ただじっと眺める。そして餌やり器にやってきては、また去っていく鳥たちの羽ばたきを。平和そのもののひととき。

ジャニスが夕食に来て、ラムのローストをいっしょに食べる。お互い会うのは何年ぶりかという気がしたけれど、何から何までいろんな話をして、親交を新たにすることができた。ほんとうに貴重な友人。二人のあいだに緊張というものは存在しない。お互いにリラックスして自分をさらけ出せるし、自分に起きたことを――内面でも外面でも――どんなことでも話せる。北西部への旅であったことを話せる人がいて、ほんとうによかった。

一一月一三日　土曜日

朝四時半に目がさめる。横でぐっすり眠っているタマスと、反対側で喉をゴロゴロ鳴らしながら寝ているブランブルといっしょにベッドに横たわり、さわさわという雨の音に耳を澄ます。幸せな気分。こんな日に落ち葉かきは無理なので内心ほっとしながら、今日は何をしようかと頭のなかで考える。木曜日にナンシーと大奮闘したので、あとはドライブウェイに大きな山が残っているだけ。芝生はまた滑らかな緑色になった。何かをやり終え、じゃまなものがなくなってすっきりしたときの、なんという満足感！

ふたたび世界のありようをくっきりと見せてくれ、時間を静止させてくる人がいるということが、うれしい。万事がうまくいっている。九日前に帰ってきてから、手紙書きでさえどんどんはかどった。

浮遊感というのか、そんな感じで、耐えがたいプレッシャーと闘っていたことが嘘のよう。不思議！ そして、詩への扉を突然開いたものは何なのだろう？ ひとつの顔、ひとつの声、そして二時間の豊かな交流——それによって世界は一変した。また、ほんとうの生活に戻ることができた。

すべては良好に思える。やるべきことがきちんとやれているし、生きているという実感がある。そして七〇歳という歳がとても若く感じられる——今に始まったことではないけれど。今までと違うのは、今回は恋愛にはいたらないということを受け入れていることだろう。状況が、恋愛というかたちでの成就の可能性を封じているし、その点では守護天使も賢明だという気がする。というのも、自分がそういう興奮を味わうことにも、あるいは性的関係によって——少なくとも私の場合には——引きずり出される悪魔を必然的によび起こしてしまうことにも、億劫になっている。というわけで、七〇歳にして起こる変化というものはたしかにあり、それこそが老いなのだろう。でも気にはならない。今求めているのは、詩を書くこと、それだけ。今まさにそれをやっていて、新しい形式を模索しているところ——「メインからの手紙」と題する一連の散文詩だ。

昨日はウェルズリーまで、エレノア・ブレアに会いにいく。とても久しぶりだったけれど、彼女が子猫を飼いはじめたのはうれしい驚きだった！ 玄関のベルを鳴らすと、窓のところにちっちゃな黒と白の顔が見えた。前足の指の数が多い多指猫で指の色は白。それがまたかわいい。かわいがっていた猫がこの春死んでしまい、エレノアはどんなに寂しい思いをしていたことだろう。でも同時に、視力がかなり落ちている彼女にとって、新しい猫を飼うのがためらわれたことも、痛いほどわかる。独り暮らしの人は誰でも年齢に関係なく、猫か子猫を飼うべきだと思う。この子猫は、寄付によって運営されている〈シェルタリング・ホーム・フォー・キャッツ〉という美しい名前の保護施設からもらわれてきた。この施設では、持ちこまれた子猫の里親を探す一方、年老いた猫を自然死または安楽死するまで世話している。エレノアは子猫をここでみつけた。トイレのしつけもきちんとできているいい子だ。この施設には、トイレのしつけがどうしてもできないという理由で、三回も里親から返されてしまった美しいヒマラヤンがいる。試しに飼ってみたいという気持ちに突き動かされたけれど、ブランブルが怒り狂うだろうと思うと、がまんせざるをえない。施設にはもう一匹、「バッド・キャット」と呼ばれている、凶暴な性格の問題猫がいる。

全体としてとてもいい一日だった。天気は曇りで、形のない汚い灰色の雲が垂れこめていたし、木々の葉の色も暗くくすんでいたけれど、ドライブも楽しかった。ヤナギの木だけが冬景色のなかで黄金色に輝いていた。家に着くとイーディスが帰る前にいっしょに紅茶を飲み、それから郵便物に目を通す。なかに二通、『怒り』についてのすばらしい手紙があった。ニューヘイブンとダラスの友人からだ。この本は欠陥だらけ――今になって気づきはじめている――ではあるけれど、たしかに人の心に届いている。書きながら、自分について、そしてネッド（二人の主要人物のうちの一人）について、多くのことに気づいた。そして読者もまた、この本によって自己実現へと導かれているようだ。

一一月一五日　月曜日

昨日は一日、誰にも会わなかった。そういう日には時間がふんだんにあり、午前中に手紙を一四通書いたあと、ひと眠りしてから外に出て、落ち葉かきをほぼ終わらせた。山のような落ち葉を特大のゴミ袋に詰めこみ、壁の向こう側に捨てて、すっきり。とうてい終わらないと思っていた仕事だけれど、初めて楽しんでやれた。それにしても日が短くなったこと！　午後四時には野原の向こうに太陽が沈み、その最後の光が、左手にあるファースの家をにわかに照らし出す。一一月の夕暮れどきは陰鬱だけれど、いろいろな匂い、しっとりした落ち葉、そして海から漂ってくる潮の香りがたまらなく好き。

今日は雨なので、鹿たちもほっとしているだろう。静かな森に耳をつんざくような銃声が響くことへの恐怖もあって、このところ暴力についてあらためて考えさせられている。殺人事件が日常茶飯事となり、誰しも都会を歩けば路上強盗に遭うのではないか、郊外では留守中に家に泥棒が入るのではないかと不安に襲われる。こう書きながらも、そうした不安が大げさでないことが信じられない気がするが、実際、大げさではない。お金持ちも例外ではない。皆が同じ問題に直面しているという意味では、いいことなのだろう。そして街頭での暴力に匹敵する暴力が、人の内面にも巣くっている。

昨夜、南北戦争を題材にした『ザ・ブルー・アンド・ザ・グレイ』〔邦題『引き裂かれた祖国／ブルー＆グレイ』」というテレビシリーズの第一話を見た。二人の逃亡奴隷をかくまった自由黒人が引きずり出され、首を吊られる場面があった。アメリカに住む黒人は一人残らず、自分の祖先が奴隷だったことを知っている。このけっして癒やされることのない古い傷について、そしてホロコースト(頭のなかから完全に消えることは絶対にない)について考えながら、寒々しい思いで眠りについた。私は、人間は完全になれると信じるように育てられた。アメリカ上院が国際連盟への加盟を否決したとき、父の目に涙があふれたのを忘れないし、ドイツの強制収容所のニュースが最初に流れたとき、母が激しい怒りをあらわにして「殉教者が出るにちがいない」と言ったことを忘れない。たしかに収容所では殉教者が出た。けれども、いったいホロコーストと内面的に折り合いをつけた人がいるのだろうか? もはや神の慈悲にすがろうという人などほとんどいない。私たちは神の助けに頼らず、人間のなかにひそむ怪物——憎悪や怒り、潜在的なサディズム(児童虐待の多さを考えてみればいい!)——と対決しなければならない。人間とくらべたら、動物はほとんど聖人だ。自分の食べ物を確保する以外の目的で他者を殺すことはまずしない。人間のような大量虐殺にふけることなど絶対にない。

人間はみずからの内なる暴力と、どう向き合えばいいのだろう? 宗教的であってもなくても、命の尊厳を取り戻すための方法をみつけなければならない。それができて初めて、人は最悪の事態と向き合い、自分自身のなかでそれに耐え、修復することが可能になる。命の尊厳が取り戻されたとき、人はふたたびその神秘の一部となり、他者を威嚇し服従させるという原始的な欲求を放棄し、文字どおりひざまずくことになるからだ。

自分自身のなかの暴力ということで思いあたるのは、すぐにいらだつこと。私の場合、最悪の怒りが湧き上がってくるのには（発作のようにすぐに収まるのだが）、二つ理由がある。ひとつは、不当な批判や攻撃をうけたとき。そうなるとたちまち悪魔が目をさます。もうひとつは、「自分にとってほんとうの生活」ができないとき。たとえばこの夏のように、独りで過ごす日がほとんどないとか、あまりに多くの見ず知らずの人に返事をしなければならないとか。

今はまたミューズが現れて詩を書いているので、自分自身をこうやって突き放してみつめ、理解することができる。理解がなければゆるしには到達できない。そして理解するにはまず、痛みをともなうほど正直になり、次には自己憐憫に陥ることなく、客観的に暴力的行為の原因をしっかり見すえることが必要。これは生やさしいことではない。たいていの人はそれを巧みに回避する――多くの犯罪者が、ある種の自己正当化や自己欺瞞によってそうしているように。こうした自己防衛が国家のレベルでなされると、危険きわまりない。イスラエル占領下の難民キャンプで、キリスト教徒がパレスチナ人を虐殺したことに対して、イスラエルがとった態度しかり。核兵器の凍結をめぐる議論についても、同じことがいえる。個人的な関係でも国どうしの関係でも、相手を攻撃することで自分を守ることなどできない。まったく逆だ。

かった。

一一月一八日　木曜日

火曜日の「ニューヨーク・タイムズ」紙に載った「三つの命《スリー・ライブズ》」というタイトルの論説は、すばらしかった。

ティナ、スキャンディ、キャロライン――セントラルパーク動物園から排除されることになったこの三頭の動物の苦境について考えるとき、人間と動物に共通する命の尊厳について再認識させられる。この三頭が暮らす施設が老朽化のために近く取り壊されることになったが、それによって彼らは住まいを失ってしまうのだ。これまでのところ、引き取ってくれる動物園はどこにもみつかっていない。三頭が動物園に歓迎されないのには、悲しい理由がある。

ゾウのティナは気むずかしくて手に負えない。子どものころから一四年間、仲間のゾウ（今はいない）に支配されつづけ、そのあげくに大好きだった調教師の死で大きな喪失を味わったティナは、いつも機嫌が悪く、疑心暗鬼で、まわりとの交流ができない。過去には脚で踏みつけたり、腕を潰したりする騒ぎを何度も起こし、飼育係を襲ったことも一度や二度ではない。

ホッキョクグマのスキャンディには前科がある。最近、檻に侵入してきた一人の男に襲いかかって、殺してしまったのだ。恐怖にかられたスキャンディは、ホッキョクグマとして当然のことをしただけだとされるが、メディアの扱いはひどかった。こういう場合、常識的には「バラのつぼみ《ローズバッド》」などといった仮名を使うべきだ。だが、遅かれ早かれ花びらは散り、「スキャンディ」という本名が明らかになってしまうのだが。

三頭のなかでもいちばん気の毒なのはゴリラのキャロラインだろう。キャロラインが動物園から嫌われる理由は、彼女が「した」ことではなく、彼女の「ありかた」そのものにある。キャロラインはすでに閉経しているために、赤ん坊ゴリラの誕生というボーナスを期待する動物園から、そっぽを向かれているのだ。

というわけで、ティナ、スキャンディ、キャロラインの三頭は、被害妄想と犯罪歴と老年という特性を受け入れてくれる引き取り手が現れるのを待っている。この三頭が置かれた悲劇的状況に、なぜ私たちは心をわしづかみにされるのだろう？　そう疑問に思う方には、ジェラード・マンリー・ホプキンズ〔イギリス、ビクトリア朝時代の聖職者・詩人〕の詩の一行を贈ろう――われわれが哀悼するのは、ほかならぬわれわれ自身である。

気むずかしいゾウのティナに、私の心は痛む。理由はいうまでもない。

昨日の朝は、なんだかうれしいことが起きそうな予感がして目がさめた。そしてスーザン・ギャレットが夕食にくることになっていたのを思い出した。彼女と会うのはとても久しぶり。ジョージがミシガン大学に終身職を得たので、一週間後には五年間務めた病院長の仕事を辞めなければならない。

彼女とはごくたまにしか会わないのに、ヨークからスーザンがいなくなると思うと、無性に寂しい。それに夏には、二人が川のほとりの家に戻ってくることもわかっているのに。そこは彼女の父親と祖父の家で、広々としたポーチに座って夕陽を眺めたことが何度かある。太陽が沈むにつれて川は鮮やかな黄金色に染まっていった。

でもスーザンは、時を超越した友人。いつでも会えば、瞬時にうちとける。この秋初めて書斎の暖炉に火を入れ、ゆっくり話しこんだ。彼女と私は生き方はまったく違うけれど、人生観はとても似ている。病院の院長という仕事は際限のない要求に応えなければならない激務で、スーザンは持ち前の賢明さとやさしさでそれをこなしてきたけれど、ある意味では、十分に報われたとはいえない。夜、帰宅したときにはもう疲れきっていて、自分のために過ごす時間も、音楽や読書を楽しんだり、友人と過ごしたりする時間もとれないというのは良くない。彼女と話しているうちに、この夏は私にとっても似たようなものだったと気づいた。でも昨晩寝ながら思ったのは、これは誰もが抱えているジレンマなのだということ。ある人の生活や仕事に、ひと息つける余裕がなかったとしたら、それはどこかがまちがっている。ポーツマスで公衆衛生協会の仕事をしているジャニスも、過労と欲求不満という同じ悩みを抱えている。

スーザンは最近、一日が始まる前の早朝にエリオットの『四つの四重奏』を読んでいて、それが心の栄養になっているという。そこから話はエリオットのこと、宗教のことに及んだ。彼女は『四重奏』にすっかりはまってはいるけれど、読んでいるうちに鬱になりそうで怖いともいう。エリオットは〝信じる者〟ではなかったから（大胆な推測だが）、彼の考えは否定的なのでは、と私が言うと、スーザンも同意した。宗教の歓びはいっさい表現されていないし、超越的存在も描かれていない。昔、ロンドンの小さな劇場で『寺院の殺人』が初めて上演されたとき、観にいったことを思い出す。見終わったあとに残ったのは暗い怒りだった。観客をさんざん追い詰めておきながら、なんのカタルシスもなかったから。とくに合唱部分は口のなかで砂を嚙むような思いで聴いた。でもエリオットが二〇世紀にあれだけの影響をおよぼした理由のひとつは、まさにそこにある。皆、明るい話——少なくとも宗教的な意味での——など聞きたくなかったのだ。あのころの時代精神は、ジョージ・ハーバート〔一七世紀イングランドの詩人〕のような人の思想とはまったく逆だった。でも今また、時代は彼のような考え方に戻りつつある。彼は自分自身のなかの荒れ地をけっして否定しない。そしてその信仰の人間らしさと、みずからの神との親密な関係は、今なお私たちの心を突き刺す。彼こそ信じる者であった。そこに大きな違いがある。

今思い立ってスーザンに電話をかけ、ハーバートを読み直してみたらと言った。彼女のように詩の話ができる友人は、ほんとうに貴重！

とにかくすばらしい夜だった。

そして今朝は自分の仕事に邁進中。三つの詩が耳元で聞こえているのだが、これはいいことではない。どれを選んだらいいのか？　でもとにかくやってみなければ。

一一月一九日　金曜日

朝目ざめると、ああ、今日も一日静けさのなかで仕事ができる、と思える日が続いている。なんという贅沢！　仕事部屋に上がってくると、あちこちの子どもに送ろうと思っているアドベント・カレンダー〔一二月一日からクリスマスまでの期間、毎日ひとつずつ小さな窓を開けていく形式のカレンダー〕が乱雑に置かれ、返事をしなければならない書類や手紙がいくつもの山になって積み上がっている。でもこのカオスもいってみれば宝の山。ここに座ってじっくり見ていけば、いろんな驚きに満ちている。それに今は差し迫ったプレッシャーがないので、歓びや愛が湧き上がってくるのを待つゆとりがある。歓びはいくつもある。私の詩をイタリア語に訳してくれているイタリア人の友人、アルフレードが結婚するという知らせ。サートンという名前の少女がいること——彼女にはアドベント・カレンダーを送ってあげよう。読者からの手紙にこんな一節があったこと。「あなたは、多くの人を……私自身を含めて……コントロールし、怯えさせている力に、顔と名前をあたえてくれました。……怒りについて書くのではなく、あなたは怒りに生命を吹きこんだのです」。昨日、詩を一編書き上げたこと。そして何よりも、HOMEの広報紙「ディス・タイム」。カレン・ソームが編集を担当しているのだけれど、今回の号は秀逸。これを読むと、この夏、HOMEを訪問したことは、私の人生でもほんとうに久しぶりに味わった豊かな体験だったと、あらためて思い知らされる。

今回の号は、これまでHOMEがなし遂げた数々の成果を報告するとともに、今何が必要かについても強く訴えている。今年は収入が多かったので、さいわいすぐに小切手を送ることができた。それがなんの助けになるのかというと……「メイン州フランクリンで、六人家族が住むための家の建設をスタートさせました。五〇〇〇ドルまでの作業はできるのですが、そこで止めなければなりません……それ以上の資金がないからです。奇跡的に多額の寄付が集まらないかぎり、冬になるまでにこの家族に住む家を提供することはできません」（世界中の暴力を、こうした家を建てる人たちのエネルギーに変えることができたらどんなにいいだろう？）

「ディス・タイム」には、〈もてなしの家〉についての記事も載っている。

電話が鳴った。蒸し暑い七月のある日だった。「こんなときに！」と誰かが冗談を言った。金曜日の夕方近く、翌日からは三連休の週末。大半のスタッフが何か理由をみつけて早めに帰宅していた。「あなた、出てくれない？」電話に出たドリスが言ってきた。「1番よ」

近くの町のソーシャルワーカーからだった。今、彼のオフィスに恐怖と絶望にかられて取り乱した女性が来ているという。四歳の娘もいっしょで、その子は近所に住む男に性的虐待をうけたのだが、なんと彼女自身、子どものときに同じ男から性的虐待をうけていたという。そのソーシャルワーカーは、私たちのアウトリーチ専門のスタッフ、キャシー・トレイシーに、二人を〈もてなしの家〉に連れていってほしいと要請してきたのだった。

キャシーは末期癌で死期のせまった高齢の女性のところにいて、そこには電話がなかった。結局連絡がとれるまでに二時間かかったが、彼女はその母子のいるところへ向かい、二人を連れて戻ってきた。

これに似た状況は毎週、時には毎日のように起きる。地域のソーシャルワーカーや町の行政担当者、保安官、警察などが、緊急シェルターを必要としている人がいるたびにHOMEに電話してくる。〈ふれあいの家〉には、多いときには四家族がいっしょに暮らし、キャシーの手助けのもと、徐々に痛手から回復し、再出発しようとしている。

手助けの内容は安い家賃で入れる住居探し、必要な医療やカウンセリングへのアクセス、職探し、新しい生活を始めるための公的援助の確保など。通常、彼らは着の身着のまま〈もてなしの家〉にやってくるが、出ていくときには最低限の生活必需品――マットレス、毛布、シーツやタオル類、石けん、必要最小限の台所道具と食器など――を持たされる。

この〈ドロシー・ハンスもてなしの家〉の運営費は年間一万三五〇〇ドルほどだ。

私たちの内なる暴力に仕事があたえられたらどんなにいいだろう？　人びとがみずからの潜在能力を実りあるかたちで使うことができたら？　HOMEではまさにそれが、一年を通じて毎日行われている。

歓びに満ちた一日だった。

一二月一日　水曜日

二週間近く日記を中断していた。例年のように、ハルダーやその友だちといっしょに感謝祭を過ごすために南部のナッシュビルへ行っていた。もう一二月だというのに異常に気温が高く、どんよりと曇った日が続いていて、快適とはいいがたい。あたりを染めていた秋の色がすっかりあせてしまったのは、少し寂しい。今朝は茶色と灰色の世界が広がり、水平線にかすかな黄色っぽい光の筋が走っているだけ。留守のあいだに少しだけ雪が降って、とてもきれいだったとイーディスが言っていた。

感謝祭の翌日、ハルダーが、私がまだ見たことのないグレート・スモーキーの山並みを見に連れていってくれた。大きなステーションワゴンに彼女の二人の友人、エリザベスとメアリアン、二頭のコリー犬、ピクニック用の食べ物を積みこんで、三日間の小旅行へ。南部はまだ草も青々としている。けれどもシャクナゲやアザレアがあちこちに生育し、小川の流れが石の上をほとばしって小さな滝となるこの美しい森のなかにいても、やはり一一月は陰鬱だ。天気もあいにくで、旅行中ほぼずっと霧雨が降りつづいていた。ピクニックは車のなかでだったし、「静かな小道」と書かれた心そそられるトレイルも、やむなくパス。それでも雨が弱まったところを見はからって、一本だけ探索することはできた。歩いてみると、ただ車で通りすぎるのと、自分の足で歩くのとでは大違いだというのは一目瞭然。鮮やかな色の苔、木の幹から出た一本の黒い芽についている目のさめるような深紅の葉、鋸の歯のような美しいシダ、山小屋の跡に残った崩れた石垣……などなど、細かなディテールのひとつひとつが目に入ってくる。今度はぜひ、小鳥がさえずり、野の花が咲き乱れる春に来てみたい。小川の土手にシャクナゲの花が垂れ下がるように咲いたら、どんなにみごとだろう！

ケイズ・コーブというところでは、うっとりするような至福の体験をした。ゆるやかな山並みに囲まれた広々とした緑の牧草地を、大きなループ状に道路が走っている。かつては集落があったそうだが、今は静寂そのもの。すると突然、ほんの数メートル先の霧のなかに若い牡鹿の姿が現れた。まるで夢のような光景だった。私たちをじっと見つめたかと思うと、鹿はフェンスをゆっくりと飛び越えてどこかへ消えてしまった。そのあと道路の脇で二頭の雌鹿も見た。二頭は車に驚くこともなく、静かに草を食んでいた。

思い出に残る光景だった。山の上にかかった龍の尾のような霧とともに、忘れることはないだろう。このテネシーへの旅も、その前の北西部への旅もそうだけれど、長旅を終えてブランブルとタマスの待つわが家に帰ったときの安堵感は、なんともいえない。すぐにでも仕事部屋にこもってまた仕事ができるというのは、言葉では言い表せないいい気分だ。あと一回、「小旅行」があるのだけれど、それが終わればほんとうの意味で「無事に帰宅」できる。子どものころ、日が暮れて暗くなってくると、よく叫んだものだ。「みんなでお家にかーえーろー」

クリスマスがせまるにつれて、この部屋はラッピングやらクリスマスカードやら赤い毛糸やらプレゼントのリストやらでいっぱいになる。でもクリスマスが過ぎればあっという間に片づく、このカオスは楽しいもの。そしてこの時期、あちこちの友人を思い浮かべ、自分の頭のなかにずらっと並べてみる。日本のキョウコから、ジュネーブのエルディ、イタリアのアルフレード、そしてアメリカじゅうに散らばっている友人たち。なつかしい顔、顔、顔!

一二月五日

今日の早朝の美しさは絶妙だった。太陽が昇る前から海は光を帯び、今はまだ暗い野原の向こうで薄青色に輝いている。どこまでも穏やかな海、人間の悲しみや混乱をはるかに超越したその光景を見ているうちに、突然、涙があふれてきた。このところ、鬱の波に足をすくわれそうになるのをなんとか踏みとどまっていたので、天恵が訪れたかのよう。それに日記も再開できた。クリスマスが過ぎるまでは、しばらく休もうかと思っていたのだけれど。いろいろ煩わしいことがあっても、精神生活は滞らせてはいけないのだとあらためて思う。そこでジャネット・ベイカーの歌うショーソンの「愛と海の詩」のレコードをかけた。すると、今日の日の出と同じように、雲間から愛が立ちのぼってくるのが感じられる——同じように光の絶対的な確かさをともなって。

今、友人たちへのクリスマス・プレゼントを楽しみながら包装しているところ。ビル・ユーワートが五〇冊だけ出版してくれた『冬の詞華集』という小さな詩集。これまで自分の作品がこんな美しい装丁で出版されたことはない。愛書家ではないけれど、このマイケル・マカーディの手によるエレガントな装丁、とりわけ貝の版画が施された扉には、わくわくするような歓びを感じてしまった。クリスマス前の慌ただしいこの時期、誰しも用事はすべて脇に置き、友人や愛する者たちのことを思い、彼らと新たな関係をどう築こうかと静かに考えたくなるときがあるにちがいない。日没もすっかり早くなり、プレゼントの包装など放っておいて、早く寝てしまいたいと思う自分もどこかにいる。でもこの一五編の詩を収めた詩集は格別。だからこの詩集でクリスマス・メッセージが届けられる友人一人ひとりを思い浮かべると、温かい気持ちになり、目も冴えてくる。これらの詩はミューズがいないときに書いたもので、内容はちょっと暗め。でも今年、暗い気持ちにならない人がどこにいるだろう？ とにかく大変な一年だったから。

昨日は読者から、私がお高くとまっているというお叱りの手紙が届く。あなたの本は高くて買えない、どうしてもっと安い版を出さないのか、と！ もちろんこんな読者がいるのはうれしいことこのうえないけれど、言うならエイボン〔ペーパーバックとコミック専門の出版社〕に言ってほしい。出版社や作家に言ってきても、ペーパーバック版を出すのはその本が売れるという根拠ある数字が出てからの話。ノートン社は『怒り』が一万四〇〇〇部売れたといって喜んでいるけれど、大衆市場ではその数字にどれほどの意味があるのだろう？ 私のような作家にとって、本の値段が高いのは最悪だけれど、どうすることもできない。ノートンが今まで日記と小説のほとんどを、ペーパーバック版で出してくれたのはありがたい。でもペーパーバックが安いといっても、読者の多くにとってはまだまだ高すぎる。

それでも、今朝五時に朝食の準備で階下に下りていき、そこに満ちあふれていた光を見たときの幸福感は、何があっても消えない。まだ昇ってくる前の太陽の光が部屋全体を薄いグリーンに染め、シロバナスイセンから椅子やテーブルまで、あらゆるものを祝福していた。この家全体が、過去についての絶え間ない噂話がいっぱいに詰まった入れ物となり、私は夢見心地で部屋から部屋をさまよい歩く。

ぬいぐるみの動物たちでさえ、何かしらメッセージを伝えている。ひとつひとつのぬいぐるみには、ある人やある瞬間、愛する人との分かち合いなどの思い出がこもっている。今朝、これらのぬいぐるみが伝える無言のメッセージに耳を傾け、生きていてよかったとしみじみ感じた。そして三階に上がって小さな詩集を包装し、送り出すことのできる幸せを。

一二月九日　木曜日

まだ暗い五時前に起きると、家の上空高くに、欠けはじめた、かすかな月が出ていた。それなのに七時に仕事部屋の机のところに来たとき、何か光が変わった気がして空を見上げると、なんと雪。大きな雪のかけらが風に舞っている。魔法のような瞬間。初雪だ！　三〇分で野原は真っ白。もちろん長くは残らなかった。今はまた晴れて、かなり冷えこんでいる。気温はマイナス六度、氷のように冷たい風が吹いている。でも、冬の到来を初めて感じたときのこの感覚は憶えているし（最近は異常に暖かい冬が続いている）、冬との闘いを前に身震いするような不安もある。それでも冬が大好き。大変

「ぬいぐるみの動物たちでさえ，何かしらメッセージを伝えている」

な部分もすべてひっくるめて。そして本格的に雪が降って、タマスが興奮して吠えながら雪の上を転げまわったり、ブランブルが猛烈な勢いで木に登ったりする、あの白い世界での大混乱をこよなく愛する。これから大きな変化が起きるという、あのわくわくするような感覚。冬を乗り越えるための苦労だって、どうということはない。なにより、やっとまた独りの暮らしに戻れるのだから。

でも今は、クリスマスの用事に追われている。昨日はマサチューセッツのベッドフォードまで行って、キーツ・ホワイティングとマーガリート・ハーシーの新しい住まい、〈カールトン・ビレッジ〉を訪問。ここは高齢者用の住宅で、私自身も申し込んでいるので、順番が回ってきたら四年後ぐらいには入居できるかもしれない。初めて訪れたときは、場所がわからなくてひどい目に遭った。ぐるぐる回っているうちに道に迷ってしまい、まさに悪夢。やっとみつけたのはまだ建設中の建物だった。だから、まだちょっと冷たい感じはある。マーガリートとキーツは隣り合った二つのユニットで暮らしていて、間にドアをつけてもらっている。部屋は広々としていて、西側の眺めがいいので夕陽が沈むのが見える。二人はもうすっかり落ち着いて、うれしそうにしていたので ── つまりは新しい生活への移行が問題なくいったのだろう ── 安心した。ここでは夕飯をつくらなくていいし（朝と昼は自分たちの部屋で食べる）、掃除や洗濯もしてもらえ、車の運転もしなくていいから、とても楽だという。買い物や用事のあるときはタクシーを利用する。上の階でシェリー酒を飲みながら楽しくおしゃべり。話題はなんといっても新しい生活について。同じようなことを考えている友人たちが興味津々で次から次へと訪ねてくるので、引っ越しの荷物を開ける暇もなくて、と彼らは笑う。いちばんうれしい情報は、ペットもいっしょに入居できるということ。こちらからは訊けないでいたけれど、タマスとブランブルがいっしょでなければ絶対に来るつもりはない。

キーツとマーガリートは私より約二〇歳年上だけれど、つねに世界情勢に強い関心をもち、熱心な読書家でもあるので、彼らとの会話はとても充実したものになる。彼らはカップルで入居しているわけだが、もし私が一人で入居したらどんな感じだろうか。食堂ではとくに、ちょっと気が滅入ってしまった。食堂はとてもきれいで、テーブルごとに生花が飾ってあり、サービスも親切だし行き届いている。なぜ滅入ったかといえば、まわりじゅう年寄りばかりでなんだか異様な感じがしたから。でも、時間がたてば慣れてしまうのかもしれない。キーツとマーガリートによれば、とても気の合う人がもう何人もみつかったという。二人とも、自分たちはこの一大変化に順応して、元気そのものだと言い切った。

ランチのときにはもう少しシリアスな話。世界に吹き荒れる暴力を解決するのは宗教しかないのではないかと私が言うと、キーツがすぐに反論した。中東では宗教の名のもとに最悪の拷問と戦争が行われているし、歴史を振り返ればずっとそうだったと。また、マーガリートが人間の状況はほとんど良くなっていないと言うと、キーツが、少なくとも欧米世界に暮らす現代の女性は、中世の女性にくらべてはるかに恵まれた状況にあると指摘。それから私にとって今年、生きる道しるべとなったHOME訪問について、二人に話すことができて幸せだった。帰りぎわ、キーツがHOMEへの寄付として小切手を渡してくれた。なんとありがたいこと！ いや、彼らを訪問したこと自体がありがたいことだった。家に帰って疲れるどころか、生き返った気がした。

一二月一三日　月曜日

先週金曜日に飛行機でオハイオ州シンシナティまで行き、〈ロサンティビル・カントリークラブ〉で八〇人が出席して開かれた、ハイディの七五歳の誕生祝いの夕食会に出席。翌日は、〈クレイジー・レイディーズ〉という共同経営によるフェミニスト書店でのサイン会。対照的な二つの行事に参加したことで活気のある二日間だったし、これからそれをじっくり味わうことになるだろう。でも今はクリスマス前の慌ただしい時期なので、簡単に。ハイディとハリーの住まいは、すばらしいマンションの一一階で、広々とした部屋にはハリーの宝物がいっぱい置かれている。すぐに隠れてしまうエレガントなヒマラヤンの猫マニと、とびきり人なつこいふわふわの毛をしたラサ・アプソ〔チベット原産の小型犬〕のマヌという二匹のペットもいっしょ。ほれぼれするような美しく贅沢な住まい。

ちょっと昼寝をしてから、皆で着替えて会場へと向かう。会場のしつらえはかなりユニーク。ハイディはかつて、ネルーの妹のクリシュナといっしょにインド国内を旅してまわった体験の持ち主で、飾りつけから彼女が撮った写真の一部、そして花のアレンジメントにいたるまで、すべてインドに関係したものばかりだった。やがて会場は人でいっぱいになり、私はそのあいだをボーッと歩きながら、エビをつまんだり、スコッチを飲んだり。ロングドレスなどまず着ることはないし、見知らぬ人に囲まれて過ごすこともめったにない、ここでの生活との対比をおもしろいと思いながら。そのうちに元気な孫たちが登場。そのなかの二人の女の子は学校で『シンデレラ』の劇を終えてきたばかりで、私がよく知っているチッパーは初めて着るタキシードに身を包み、すっかりハンサムボーイになっていた。ハイディは七五歳になってもまだケネバンクポート〔メイン州南部の保養地〕で船の船長を務め、背が一五〇センチと小柄なこともあって、まるで少年のように見える。すべてひっくるめて、そんな彼女にふさわしいパーティだった。

翌日の午後三時、ハイディの車で市内のまったく違う地区に連れていってもらう。元スラムだったところを復興した地区で、〈クレイジー・レイディーズ〉書店には私と「同類」の人びとが集まって、まるでラッシュアワーのような賑わい。年齢はさまざまだが、大半はジーンズにセーター姿の若い人で、『独り居の日記』(これは若い人向き)や、もちろん『怒り』にサインをしてもらおうと列をつくっている。自宅から私の本を山のように抱えてきた人もいる。私に話したいことのある人も多かったけれど、すごい数の人で時間も限られていたので、ゆっくりとは話せなかった。予定の二時間が過ぎてもまだ手があかず、書店にとってもこれでひと息つけたのではないだろうか(経営は大変らしい)。皆、うれしそうだった。ハイディの待つリージェンシーまで戻る道すがら、この書店を共同経営している女性二人が、今日一日で一五〇〇ドル分の売り上げがあったと思うと話していた。あらためて、私の本の読者の温かい心情に、気持ちが高揚した。

七〇歳の年老いたアライグマは、まさに今、良い人生を満喫している。そのことは否定しようがない。

今日の気温はマイナス一八度。数センチ雪が積もり、視界は明るい。海は荒れ模様で、水平線まで黒い雷雲が垂れこめている。ワシントンとフィラデルフィアを襲った暴風雪《ブリザード》は海のほうに行ってしまい、さいわいなことに直撃されずにすんだ。もし直撃されていたら、昨日は二〇センチの積雪のなか帰宅しなければならないところだった。空港に迎えにきてくれたイーディスも、来られなかったかもしれない！

一二月二二日　水曜日

クリスマスという名の山にもう何週間も登りつづけているような気がする。日記に書きたいことは山ほどあったのに、書けなかった。でもやっとひと休みできそう。ザックを降ろして眺めを楽しむことにしよう。

クリスマスツリーの飾りつけもすんだ。まるで夢のような美しさ。去年はツリーが大きすぎ、猛々しい感じがしていやでたまらなかった。あまりにドイツ的というか！　でも今年のはバランスがよく、大きさも小さめ。イーディスと二人で、ある日の午後いっぱいかけて楽しく飾りつけをした。これで二回目なので、手順もだいたい決まってきた。もちろん、オーナメントのひとつひとつを見ると、ジュディの思い出が甦り、ケンブリッジのライト通り一四番地の家でのクリスマスが思い出される。小さな応接室のテーブルの上にツリーを飾り、そこに友人たちを――個別に、または何人かのグループで――招いては、フランクリン・ストーブで暖をとりながらシャンパンを飲んだ。アン・ソープとアグネス・スウィフトは、グリーニング島からクランベリー・ジェリーをたくさんお土産に持ってやってきたし、ドロシー・ウォレスは娘のアンとその夫（女の赤ちゃんを籠に入れて持っていた）といっしょに、「ゴー・テル・イット・オン・ザ・マウンテン」を歌った。忘れられないのは、ある年、バーバラ・ホーソーンが（いろんな変わったものや不思議なものといっしょに）スミレの花束を持ってきてくれたこと。以来ずっと、クリスマスイブというとあのスミレの香りが浮かぶ。それからジュディのいとこのナンシー・ケアリーは二人の幼い子どもとルース・ハーンデンと、ほかにもたくさんの友だちを連れてやってきた。そしてお客たちが帰ったあと、二人でゆっくりラムのシチューを食べたのだった。ラムのシチューはクリスマスの定番メニューだった。

その後は、ネルソン時代のクリスマス。イブには農場からワーナー家の人びとがやってきて、チョコレートアイスクリームにジンジャーエールをかけたのと、サリーが焼いた緑色のアイシングを施した木の形のケーキを食べ、ミルドレッドとクイッグが通りを渡ってやってきて、ジュディもいっしょだった。そして今年は――信じがたいことだけれど――この家で迎える一〇回目のクリスマスとなる。

クリスマスになると鬱になる人が多いのはなぜだろう。鬱に引きずりこまれないように必死でもがく人がこんなにも多いのは？　ひとつには、この光の季節が一年でいちばん夜が長く、昼が短い時期にあたること。一年の周期のなかでもいちばんの沈滞期で、賢明な動物たちは穴を掘って長い眠りにつく。ところが、いつも何かに駆り立てられている人間だけはプレゼントをラッピングしたり、贈り物を梱包して送ったり、クッキーを焼いたり（昔は焼いていたけれどもうやめてしまったので、誰かが焼いてくれたクッキーは大歓迎）するのに膨大なエネルギーを注ぎこむ。もうひとつの理由は、この時期になると甦ってくるいろいろな思い出が、かならずしも幸せなものばかりではないこと。目の前に、たくさんの顔、たくさんの時、たくさんの悲しみや歓びが一気に押し寄せてくる――でも、それを選り分けている暇はない。

毎年毎年、私たちは皆、クリスマスを創造する。そしてその過程で、「愛」がふたたび生まれる瞬間が、また創造される――それは歓びだけでなく、苦痛も知る「愛」なのだけれど。

この最後の文章を書いているとき――今、朝の八時――ジュディの甥のティム・ウォレンから電話があり、昨晩、ジュディが亡くなったとの知らせ。これまでも彼女が召されますようにと祈ることはあったけれど、それが現実になった。でも死とはあまりに唐突に、予期しないときにやってくる――そしてそれですべて終わり。九月に会いにいって、氷のように冷たい手を握ったのが最後になった。私だとわかった様子はまるでないまま三〇分が過ぎたとき、彼女はやおら手を伸ばして私の手をポンと叩き、それから少しのあいだ、もう一方の手の上に私の手を重ねて置いた。そのことを心に刻んでおこう。そして、彼女が衰えていく身体と心からやっと自由になり、どこかわからないけれど、魂がすまう場所にいるということも。

もちろん彼女は私のなかにいる。私が生きているかぎりはずっと。私の母、ジャン・ドミニク、アン・ソープ、そしてユージニー・デュボアといっしょに。でもジュディは私が長くいっしょに暮らした唯一の恋人であり、かけがえのない人。私の人生には、ほかにも深く愛し合った恋人は何人もいたけれど、家庭というものをあたえ、その意味を教えてくれたのはジュディしかいない。私が作家としていろいろ苦労していた一五年間、大切なパートナーだった。当時は貧しかったし、車もない時期もあった。それでも不思議なことに、あのころがいちばん幸せだった気がする。なぜなら「私たち」として生きていたから。

最初に出会ったのはサンタフェだった。今、心に浮かんでくるのはあの燃え立つような色をした荒涼たる風景、サングレ・デ・クリスト山脈に沈む夕陽、そしてジュディのために書いた詩。その終わりはこんなふうだった。

なぜなら愛のあとに誕生がある
私たちが感じたことも言ったことも、すべては
今、空気となり大地となり
そして愛が収穫された

数日前のことを思い返すと心が和む。毎年の恒例でネルソンへ行き、友人たちを訪ねた。みなジュディのことも、私とジュディのことも知っている人たち。今回はブリザードにも遭わずにすんだ。ま

ずピーターボロでローリー・アームストロングの家に寄り、例の小さな詩集を渡す。彼女に捧げた詩集を本人に渡せたのはこのうえない歓びだったし、大きなシルクのボウを首元で結び、晴れやかな表情をした彼女と会えて、うれしかった。いっしょにランチに出かけてたっぷりおしゃべり。いつものように話はもうずっと前に亡くなった彼女の夫ベンのこと、そしてジュディのことになる。私たちはたくさんの悲しみを分かち合ってきたけれど、二人が会えばそれは純粋な愛と歓びへと転化する。ローリーは言う。「あなたがいなくなったら、私、どうしたらいいの?」私こそ、彼女がいなくなったらどうすればいいのだろう? 九一歳という彼女の年齢を思うと、切なくて胸が締めつけられる。

すっかり暖まったところでネルソンへと向かう。途中、モナドノック山が見え隠れする道を上って下る、二五キロの道のり。パーカー・ヒューバーは例年のように、クリスマスの日には神聖な山への敬意をもってモナドノック山に登るのだという。幹線道路からネルソンへと向かう道に折れるダブリンまで来ると、決まって、家を探していたときに初めてここを走ったときのことを思い出す。湖畔に赤煉瓦の家が建ち並ぶ美しいハリスビルがチラッと見えたあとは、何キロも何キロも、ほとんど人家もない森のなかを走り、なんと寂しいところに来てしまったかと思ったものだ。近くで発掘された大きな丸い岩——上に湧き水がたまっていて、「目を上げて、わたしは山々を仰ぐ」〔旧約聖書「詩編」より〕という言葉が彫ってある——や、アメリカイワナシが生える土手も通りすぎた。そして今回。入り組んだ記憶をかき分けて進む、長い道のりに思えたけれど、ようやく緑に包まれた、いつものように静かで簡素な村が現れた。まずミルドレッド・クイグリーの家のドアをノックすると、肘掛け椅子に座ったいつもと変わらないミルドレッドの姿があった。足元には猫がじゃれつき、老犬が撫でてほしいとせがんでいる。壁にはクイッグが描いた絵がかけられ、キッチンには何台かのバイオリン（すべてクイッグの手づくり）がかかっている。ミルドレッドが、クイッグがいなくなって寂しいと言うのを初めて聞いた。というのも、娘のタミーが毎日午後二時から一一時まで出かけてしまうので、そのあいだ彼女は独りぼっちなのだ。それにあんなに読書家だった彼女が、目が悪くなったせいで最近はテレビばかり見るようになったという。

その次はワーナー家へ。道が凍っていなくて助かった。フレンチ家の脇にあるワーナー家の牧草地に、また羊が戻ってきたのを見てうれしくなった。小さな男の子だったバディが髭を生やした立派な大人になって家に帰ってきて、羊を飼う決心をしたのだという。バディの姉のキャシーは無類の羊好き。一二歳ぐらいだったころに、なぜ羊がそんなに好きなの、と訊いたことがある。「だって羊は感謝の気持ちを忘れないから」という彼女の答えには、驚かされた。今年ワーナー家を訪問するのは、つらいものがあった。一家の女主人（というにはおよそ不似合いな小柄で華奢な）グレースが、重い肺炎で入院中だったから。古い農家では、家族は小さなキッチンのテーブルのまわりに集まる。そこにサリー、ヘレン、グレーシー、ドリス、バドといっしょに座って――二人のちびちゃんは母親が働いているあいだ、まわりで遊んでいた――グレースのことを話した。やっと病院に行くと言ってくれて、ほんとうによかったと。たぶんかなり切迫した状態だったのだろう。

グレーシーはいつも私にリースをつくってくれるのだが、今年はそれに加えて、ドライフラワーとトウワタの実と彼女の飼っているキジの羽根を飾った小さなパネルもつくってくれた。私があげた小切手で買った新しいブーツも見せてくれたけれど、彼女がいろいろな動物や鳥を飼っているいくつもの納屋を見にいく時間はなかった。ロバのエスメラルダは死んでしまったけれど、ポニー、年老いた羊、それにヤギはまだいるし、鳥はノバリケン〔カモ科の鳥〕のほかに、愛玩用のキジも増やしているとのこと。彼女はキジに夢中なのだが、その理由はよくわかる。くすんだ色の景色のなかでは、色とりどりのキジ（鮮やかな黄金色をしたのもいる）は魔法のように美しく、さながら天国からの訪問者のよう。穀物価格が上がって餌代がかさむので、グレーシーにとって今は大変な時期。現金収入を得るために掃除の仕事や、夏のあいだは庭仕事もしていて、ずいぶん疲れているように見えた。まだまだ去りがたかったけれど、キーンの病院にグレースを見舞いにいくために、このすばらしい家族の勇気とやさしさにあらためて驚嘆しながら、別れを告げた。彼らは実に仲むつまじく、完璧ともいえる調和をなしている――それもとても狭いスペースのなかで。そして一人ひとりが特別な才能をもっている。サリーは料理。いちばん年長のヘレンとバドは、牛と役馬の世話。ドリスはスクールバスのドライバーで、グレーシーはもちろん、「平和の王国」の動物たちの世話をしている。

　キーンの新しい病院に行くのは初めてだったけれど、とても立派な病院。グレースは広々したきれいな病室で花に囲まれていた。同室の患者は一人だけ。私を見ると、彼女は目をうるませて「最高のクリスマスプレゼントよ」と言った。私にとっても同じだった。椅子をベッドのほうに引き寄せて彼女の手を握る。小さい身体はすっかり弱々しくなり、すべての生命力がその青い瞳に凝縮されているかのよう。別れてから気づいたのだけれど、彼女と一対一でゆっくり話すのは初めてだった。今まで会うときは、いつも家族がいっしょだったから。でも今回は一人なので、いろいろな心配事も話してくれた――グレーシーがひどい偏頭痛もちであること、サリーがとても疲れているように見えること。サリーは今、幼い子どもたちの世話もしているので、負担がちょっと大きすぎるのかもしれない。それは私も気づいていた。でもワーナー家の人たちはいつもそんなふうに、互いに助け合い、けっして不平不満を言わない。昨晩、グレースが退院したと聞いて、ほっとした。これで家族全員でクリスマスを迎えられる。

チェシャムのベヴァリーの家に着いたのは、日もとっぷり暮れたころだった。静寂に包まれた古いチェンバレンハウスで、ベヴァリーと彼女の母親といっしょに、飲み物片手に暖炉のそばでくつろぐ。今回の再会は格別うれしかった。ベヴァリーとは、彼女が二〇年働いていた銀行を思い切って辞め、雑誌「ヤンキー」〔ニューイングランドの旅行情報誌〕の経理の仕事に転職してから（彼女はとても気に入っている）会っていなかったから。

こう書いてきて思うのは、一〇年前に私の隣人だったこれらの人びとに共通するのは、ずばり「気骨」かもしれないということ。皆、気骨ある人たちだ。

一二月二九日　水曜日

記録的な暖かいクリスマスだったけれど、あっという間に時がたってしまった。今日は曇りで、外の気温は一〇度。雲の向こうで太陽が弱々しく光っている。私にとって最高のクリスマスプレゼントのひとつとなったのは、「ウェストコースト・レビュー・オブ・ブックス」誌に載った『怒り』の書評。署名はL・Mとなっている。（誰だろう？　男性？　女性？）最後のパラグラフは次のようだった。

メイ・サートンのすばらしさのひとつは、作品の多様性にある。彼女の著作は一冊として似たものがない。どれも人間生活に典型的な、あるひとつの重要な体験にピンポイントで焦点をあてていて、一作一作がきわめて深く、そこには生きるための知恵が凝縮されている。それを読むことは、山のなかの冷たい湖に飛びこむようなものだ。でもその湖には癒やしの力がある。この作品は、ただ感動の涙を流させるだけではない。読むことによって、自分自身への理解を深めることができる。どんな極上の文学でも、それ以上の体験はあたえてくれない。

今までひどい書評に文句ばかり言ってきたけれど、やっとここに胸を張って書きとめられる書評が出た。

ニューハンプシャーへの小旅行の続きを書くことにしよう。最後に訪ねたのは、ディアリングの森の奥にあるロッテ・ヤコビのアトリエ。彼女はそこで生き生きと輝いていた。いつものように暖かいキッチンに座って紅茶を飲み、パンとチーズ、スモークサーモンをつまみながら、おしゃべり。誰かに激しく惹かれてしまう共通の性癖について、お互いにからかい合う。彼女八七歳、私七〇歳。愛――つねに詩を運んできてくれる、あの特別な愛は、いくつになっても可能だという生きた証拠だ。彼女はいたずらっぽく目をきらめかせ、愛が幻滅に終わることもあるのよね、と言う。でもそれで何がいけないの、と。なんだって起こる可能性はある、恋が冷めてしまうことだってあるのよ。でもそれが生き生きとした日々をもたらすのなら、たとえ一カ月でも二カ月でも、輝いて生きられるのだったらそれでいいじゃない、と言っているようだった。彼女にも小さな詩集を渡し、なかの詩を一、二編読んだ。この詩集がとても気に入ってしまい、すべての詩集はこのくらい詩の数を少なくすべきだと思いはじめている！　でも、もちろんそんなのは贅沢だ。小さい本でさえ、最近は高くつくのだから。それから来年の六月のアートウィークにも、いっしょにスター島に行きたいね、という話をした。なんとか行けるようにしたい。スケッチブックを持っていって、一週間、言葉を忘れて過ごすのが夢。

クリスマスイブには、昼間のディナーにアンとバーバラ、それにリー・ブレアが来ることになっていた。でもバーバラが風邪をひいてしまったので、二人は来られなかった。たぶん明日、来ることになりそう。でもアンはとてもすてきなことをしてくれた。ジャニスに、赤いバラを一本、「ジュディのために」ツリーの下に飾るように頼んでくれたのだ。おかげで今年は、「歓びと悲しみがみごとに織りこまれた」ツリーとなった。それにしてもイブに二人が来なかったのはなんとも残念だった。アンはジュディをよく知っていたし、そういう人とジュディの話をしたくてたまらない。

とはいえ、リーと二人で静かなクリスマスイブを過ごせてよかったとも思う。リーが私のために手づくりしてくれた精巧なクレッシュ〔イエス誕生の場面を再現した馬小屋のミニチュア〕の前に、短いロウソクを並べ、点した。一八世紀のものの複製で、ひとつひとつの人形が絶妙な技巧と繊細さをもって彫られ、彩色されている。このクレッシュは、クリスマスのあいだじゅう書斎に魂を吹きこんでくれた──魂がもっとも求められたこのクリスマス、大きな穴のあいたこのクリスマスに。

そのあとも毎日、数人ずつの来客がある。クリスマスの日の夜には、ディナーにジャニスとメアリアンが来た。全部のロウソクに灯を点し、そのやさしい光のもとでプレゼントを開ける。翌日、翌々日、そして昨日も何人かの友人が午後遅い時間にやってきて、シャンパンを飲んだ。今こそじっくり会話を楽しむときなのだけれど、今年は独りになることと静けさを何より求めている自分がいる。一月一日になれば、やっとそれが手に入る。

いろんなことが次々にあるけれど、そのなかでもとくに考えさせられることが一、二あった。ひとつは、ロサンゼルスのパット・キャロル〔アメリカの女優・コメディアン〕から思いがけず電話があったこと。もうすぐ一人芝居『ガートルード・スタイン』の六週間の舞台が始まるところだそうで、小さな詩集のお礼を言いたくて電話したという。ジュディのことを知らせると、しばらくその話になり、電話を切る前に彼女は「ハッピー・グリービング《追悼》！」と言ったのだ。はじめギョッとしたけれど、徐々にその言葉がいかに真実を含んでいるかがわかってきた。ジュディがあの宙ぶらりんな状態で生きているかぎり、私自身も宙ぶらりんで、悲しむことはできない。でも彼女がいなくなった今、少しずつ幸せな思い出が甦ってきて、私が愛したジュディがふたたび生きはじめている。

もうひとつは、ルイス・ハイドの『ギフト――エロスの交易』という、とびきりすばらしい本（校正刷りで送られてきたもの）を読んでいること。途中で何度も何度も前のページに戻りながらでないと進まないけれど、印象に残ったのは、たとえば次のような一節。

贈与《ギフト》の世界では……ケーキを食べてもケーキはなくならない〔「ケーキを食べたらケーキはなくなる」という諺がある〕だけでなく、ケーキを食べて初めてケーキを自分のものにできるのだ。贈与交換とエロスはこの点でつながっている。贈与はエロスの流出であり、したがって使ってもなくなることのない贈与について語ることは、自然の事実を語ることに等しい。リビドーはどんなに相手にあたえられても、失われることはないのだ。エロスは恋人たちを消耗させることはない。私たちがエロスの神の心にみずからをゆだねれば、彼はけっして見放したりはしない。けれども打算に陥れば、神はその姿を隠し、肉体は満足を得られない。満足とはただ単に満たされることではなく、とどまることのない流れに満たされることなのである。

一九八三年一月一日

新しい気持ちでスタートするのにふさわしい、申し分のない朝。夜のあいだに数センチの雪が積もり、世界が一変した。マツの木はオコジョの白い毛皮をかぶり、濡れた野原は真っ白に。池のように静かな薄青色の海を背景にして、その美しいことといったら。そして透明な空に鮮やかなオレンジ色の太陽が昇ってくる。コートも着ずに外に出て、道路までと、鳥の餌やり器までの小道の雪かき。まだ氷点下の寒さだった。

昨日の大晦日はかなり盛り上がったので、まだ頭がぼんやりしている。賑やかで楽しい、近年にはない最高の大晦日だった。今朝はクリスマスプレゼントのお礼を書いたカードをたくさん投函し、お昼には以前ニューイングランド病院の外科部長だったアネラ・ブラウン医師と会う。〈ウィスリング・オイスター〉でのランチに誘ってくれたのだ。「すごい車」に乗っていくというので、どんなすごい車が来るかと待っていたけれど、駐車場にはいっこうにそれらしい車は入ってこない。すると数分後、車高が低くてとてつもなく長い、カスタムメイドのグレーの車が入ってきた。それが彼女だった。映画『情愛と友情』のシーンのような超豪華な雰囲気で、ヨークにはいささか不似合いではあるけれど、それもまた魅力だった。アネラとの手紙のやりとりで、共通の友人が多くいることや、二人ともフランスのドルドーニュ〔フランス南西部の県〕が大好きなことがわかっていた。アネラはドルドーニュに家をもっているようだし、私にとっては四〇代後半にジュディと二回、すばらしい休日を過ごした思い出の地だ。アネラは――たぶん女性の外科医は皆、そうなのだろうが――お山の大将のようなところがあって、なんでも自分のやり方を押し通す。でもとても思いやりのあるやり方だったから、喜んで彼女の言うとおりにした。彼女は四月に長年の友人を亡くし、私はジュディを亡くしたばかりだったので、その点も共通だった。〈ウィスリング・オイスター〉の前に車を寄せたとき、従業員が目をまん丸くしたのは愉快だった。そのあとのランチもとても楽しく、モンラッシェ〔ブルゴーニュ産の辛口白ワイン〕のハーフボトルをお供に、おいしい料理に舌鼓を打つ。私が食べたのは、とても繊細な味のソースで煮た牡蠣を生のホウレンソウの上に載せたもの。そしてデザートには、クルミ入りのチョコレートケーキという贅沢をした。家に帰ると、急いで鳥の餌やり器をいっぱいにして、タマスを外に出す。それからナンシー・ハートリーが迎えにきて、彼女が働いている図書館の同僚二人といっしょに映画『トッツィー』を観にいく。ダスティン・ホフマンが女装した俳優に扮する、とてつもなくおかしく、やさしさあふれる映画。入場するための列に並んでいるとき、特大のコーラにストローを四本挿して皆で飲み、大笑いした。映画のあとはポーツマスの〈コッドフィッシュ・アリストクラシー〉というレストランに運良く入ることができた。私は行ったことがなかったけれど、古い家を改装したレストランで、小さな個室が取れたので静かに会話を楽しむことができた。一〇時前に帰宅。私にとっては驚くほど忙しい一日だったけれど、楽しかった。でも「外出」するとどうしても感覚が鈍ってしまうので、これからはもうほかのことはいっさい考えずに、ひたすら仕事に集中するつもり。

もちろん私にとって、仕事はつねにほんとうの休暇なわけだから、今日という日は歓びと安堵に満ちている。ようやくこれから丸三カ月、自分だけの時間がもてるのだ！ ゆっくりタマスと散歩したり、たまに親しい友人とお昼や夕食をともにしたり、そういう時間はもつつもりだけれど、もてなしが必要な遠方からの客を迎えたり、公的な場に出たりすることはしない。考える時間はたっぷり、そして家のなかの片づけも少しはしなければ。

それで思い出したので、アンとバーバラが何をしてくれたかを書いておこう。延期したクリスマスディナーは一二月三〇日になり、その日にプレゼントも開けた。さいわい、いいお天気で車の運転も楽だった。ところがお昼を食べたあと、鳥の餌をしまってある戸棚のなかからガリガリという音が聞こえ、開けると怯えたアカリスが飛び出してきて一気に書斎まで駆け上がり、しばらくして今度は地下室への階段を駆け下りていった。アンが地下室まで行ってドア（重くて固いので私には開けられない）を開けてくれたので、リスはやっと外へ出た。そのあと二人は一時間くらいかけて、その戸棚をすっかりきれいにし、大きな金属製のゴミ入れに鳥の餌を全部詰めこんで、ポーチのドアの外に置いた。もう一年以上も、あの戸棚のなかがぐちゃぐちゃなのが悩みの種だったので、これがまさに最高のクリスマスプレゼントになった。かけがえのない二人の友だち！ これで、次は――近いうちに――棚の整理に取りかかれる。早くまた片づいた状態に戻したい。それこそ、新しい年の始まりにふさわしいというもの！ 二人が帰ったあと、バーバラが菜園から採ってきてくれた小さいリーキがあったので、クリスマスの残り物のチキンを使ってスープをつくる。この一〇日間の、なんと豊かで満ち足りた日々であったことか！

一月二日　日曜日

とりあえず数日間だけでも、何をやり終えたかをここに書くことにしたい。ひとつにはペースをつくるため、そして毎日何かがなし遂げられたことを確認するために。ただし、夕食後まで続いていることは、結局その日にはやり終わらないのだけれど！　昨日は一日中、さし迫ったプレッシャーがないという安心感があり、タマスとブランブルを連れて森のなかを抜ける長い散歩に出かけた。道にはうっすらと雪が積もっていて、後ろにできる二匹の足跡がなんとも魅力的。楽しい散歩だった。

散歩の前には日記を二ページ書き、ジュディについての詩を書く。「メインからの手紙」シリーズに入れるもの。そして久しぶりに音楽をかける。キャスリーン・フェリアの歌うペルゴレージの「スターバト・マーテル」。もう何年も聴いていなかった曲だ。町に出ていく必要がないのは（たとえ郵便を取りにいくだけでも）いい気分で、お昼を食べたあとはタマスとゆっくり昼寝。ところがそのあとが大変だった。紅茶を飲んで鳥の餌やり器をいっぱいにしたあと、予定どおり仕事部屋の大片づけに取りかかったのはいいけれど、できたのはソファの上に乱雑に積み重ねてあったクリスマスカードを、来年のために整理してしまうことだけ。今朝見ると、ソファに少なくとも七、八〇センチのスペースができている。それからケイ・マーティンに長めの手紙を書いたら夕飯の時間になったので、ソフィアとチャーがクリスマスに持ってきてくれたギリシャ風ホウレンソウのパイをオーブンに入れた。くたくただったので九時にはベッドに入る。

もちろん昨日は普通の日ではなく、新年のあいさつのために何人かに長距離電話をかけたり、かかってきたりで、午前中はつぶれてしまった。今日の午前中はとにかく手紙書きに集中して、お礼状のリストを少しでも短くしたい。と思ったらブランブルが来て、外に出してくれという！　で、階段を下りて一階まで行く。

順調にいけば、これまでに書いた『すばらしきオールドミス』の原稿二〇〇ページを読み返して、明日には続きに取りかかろうと思っている。丸一年も見ていないので、自分でもどう思うだろうか。いい仕事をするように駆り立てられるか、それともひどい出来だと幻滅するか。読んでみてのお楽しみだ。

とはいえ、人生とはどんなときでも、リストでは表せないほど複雑だ。いったいどうやってすべてを取りこむことができるのだろうか。今朝は五時に起きて、今は九時一五分。四時間はどこに消えてしまったんだろう？　もちろん朝食は食べたし、そのあとベッドに横になって「タイムズ文芸付録」の最新号と、「スワニー・レビュー」誌〔一八九二年刊行開始のアメリカ最古の文芸雑誌〕に掲載されたジョージ・ギャレットの新しい小説の一部（なんとも豊かで生き生きした作品）を読み、それからベッドのシーツを取り替え、汚れたシーツを洗濯機に入れ、お皿を洗い、植木に水をやった。そして、やりかけの仕事やファイルする手紙を積んだ移動式ファイルキャビネットを空にするぞ、と固い決意をもって仕事部屋に上がってきた。いちばん上のかごにはこの日記に関連するいろんなものがごちゃごちゃに突っこんであり、四つのフォルダーに使うかもしれない写真や切り抜きなどなどが入っている。でもその上には、私に読んでほしいと言っていろんな人が送ってきた原稿が残酷な山となって積み重なっている。残酷というのは、クリスマスにこんなものに苦しめられるのはまっぴらごめんだから。それにしても、いったいいつになったら、あの原稿の山に手がつけられるのだろう? 今はソファの上に動かしたので、少なくとも日記関係のかごは、コーラ・デュボイスの表現を借りれば「合理化」された。大きな進歩。

ブランブルを下に連れていったとき、ハイディがくれたヴァージニア・ウルフのカレンダーを仕事部屋に持ってきた。「ときどき思うのは、自伝だけが文学ではないかということ。小説の外の皮をむいていくと最後に芯が出てくるが、それはあなたであり私、それだけなのだ」という言葉は実に刺激的。刺激的というのは、私はそう思わないから。自伝にはつねに、一定のごまかしがともなう。そこに書かれないこと——とくに他人を傷つけたり、困惑させたりするようなこと——はたくさんある。でも小説だったらなんでも書ける。小説とは、自伝を純化したり、超越したりしたもの（あるいはその両方）なのだ。『怒り』はまさにそう。そしてもっと高度なレベルでは、ヴァージニア・ウルフ自身の『波』も。

一月四日　火曜日

この二日間、朝の五時半から六時半まで『すばらしきオールドミス』の原稿を読んでいる。昨日読んだ前半、島での子ども時代の部分は生気にあふれた感じがして、ほっとした。でも今朝読んだ一〇〇ページ、ジェーン・リード（実際にはアン・ソープ）が四〇歳になるまでの部分は、なんとも不自然で無理がある。この作品はフィクションと位置づけることにしたので、想像力をある程度まで自由に羽ばたかせられるし、細かい部分についても縛られる必要がない。この想像の世界が、無意識のうちに――タマスの散歩中でも、何かを読んでいるときでも、寝ているときも、起きているときも――膨らむのを精いっぱい楽しむことにしよう。

昨日は、新たなミューズの介入以来書いた詩の三分の二を書き写した。問題は、一一月の初めにたった数時間、一回だけの出会いから生まれた、この弱くはかないものをどうやって生かしつづけるかということ。ミューズ自身はそろそろ身を引きつつある――でもそれも当然だろう。ふたたび私たちが会う可能性も、あまりない。だから今回の出会いは神からの贈り物だったと考えるべきなのかもしれない。長続きはしなかったけれど。それでも、ああ、これだけ詩が書けたのはすばらしいことだ。自分の最高の才能をまた発揮できることの、なんという解放感。それもあの不毛で消耗するばかりの夏のあとに、こんなにも豊かになれたのだから。

目下は、ふたたび動きはじめた小説、詩、この日記、返事しなければならない手紙の山、そのうえ読んでコメントしなければならない原稿がいくつもあって、ややプレッシャーを感じている。でもこれはいいプレッシャー。午前中はあっという間に過ぎていく。今日はそれが、腹立たしい理由で中断された。夜中に冷蔵庫が止まってしまい、修理に来てもらっていろいろ話をしなければならなかったのだ。いちおうまた動きはじめたけれど、原因は不明。修理の人によれば、サーモスタットを取り替えたほうがよさそうだという。

一月六日　木曜日

しばし時間の流れが休止したような感じ。天気は雨。ひどい風邪をひいてしまった。昨日、お昼のあとイーディスといっしょにツリーの片づけをしていたら、急に症状が出てきた。彼女が帰ったあと、書斎は急にがらんとして寂しくなった。それがクリスマスツリーの魔法。ツリーはやってきて、また去っていく。ずっととどめておくことはできない。だからこそ、天使のようなものなのだ。今年はジュディのことがあったから、追悼のツリーだった。クルミの殻を二つに割って鳥の巣にし、それぞれに鳥が入っているオーナメントをツリーから外しながら、ジュディの小さくて器用な手を思い浮かべた。このオーナメントはずっと前、ジュディが買ってきたもの。めったにそういうことをしない人だったから、貴重なものだ。

飾りつけもいっしょにしてくれたイーディスとともにツリーの片づけをするのは、心安らぐ思いだった。鼻水が止まらなくて、あまり手際よくできなかったけれど。終わってからタマスといっしょに横になって一時間眠ったおかげで、少し楽になった。今朝は胸がちょっと詰まった感じがする。冷蔵庫の具合がまたおかしくなった。新しいサーモスタットが届くまでには一週間ぐらいかかるというので、今日また修理の人が来てくれる。いずれにせよ、今日の午前中はあまり仕事をする意味がない。というのも昨日やっと、『すばらしきオールドミス』の続きを三ページ書いたから。降ろしたザックをまた背負って、歩き出したというわけ。新しい本を書くのは巡礼に行くようなもの。長い長い道のりを歩かなければならず、途中、目的地に到達するという信念を何度も新たにしなければならない。やっと出直すことができてうれしい。

火曜日の夜、エヴァ・ル・ギャリエンから電話があった。ブロードウェーで再演中の『不思議の国のアリス』は、火曜日が休演なのだ。温かくて活力みなぎる彼女の声を聞けて、胸が躍った。「なんて若々しい声なの！」と私が言うと、彼女は自分でも、もうすぐ八四歳だなんて信じられないという。なぜか彼女の母親が九〇歳まで長生きしたという気がしていたのだけれど、そうではなかった。八〇歳になる前に亡くなったそうだ。もちろん『アリス』について話す。「タイムズ」紙の長々しい酷評のおかげで可能性が無になってしまったという残念な事実について。「ニューヨーカー」誌のブレンダン・ギルの評をはじめ、とてもいい評はたくさん出たのに。でもフランク・リッチが毒を撒いたおかげで、公演は今週末で打ち切られてしまう可能性が出てきてしまった。この前「タイムズ」で読んだ記事では、ブロードウェーは今、とても厳しい状況にあるという。公演を続けるには一週間に一六万ドルかかるのに、座席は四五パーセントしか埋まっていない。不況でもやっていけているのはミュージカルだけらしい。チケットはとんでもなく高いが、それは儲けるためではなく、実際に膨大なコストがかかるから。夏にル・ギャリエンに会ったとき、『アリス』に出てくるトランプの衣装は一着一五〇〇ドルもすると言っていた。だから劇場に行きたい人もチケットが高すぎて行けないし、コストが高いのでチケットを安くすることもできない。悪循環になっている。

ル・ギャリエンは、自分はどうでもいいけれど、劇団のことが心配だと言っていた。初日が一二月二三日だから、まったく短い興行期間ということになる。ブロードウェーというのは無垢で真に教養のある、心の純粋な人を呑みこむ竜《ドラゴン》だと思う。そして土壇場に馬に乗って助けにきてくれる騎士はどこにもいないのだ！

エヴァ・ル・ギャリエンが並外れているのは、彼女の強烈な生き方と、その世界の——舞台に立っているときもそうでないときも——豊かさにある。その点で彼女は恵まれている、いや、才能があると言ったほうが正しいだろう。春には庭づくりをして、ルリツグミのつがいが巣づくりするのを見られるかもしれないし、もちろんいつものようにアライグマとスカンクのために、夕食をふるまうこともできる。毎晩八時半に、彼女は裏口のドアの前に彼らのために食べ物を置いているのだ。もしかしたら、好きなデンマーク語かノルウェー語の本を翻訳するかもしれないし、『青い部屋』（自宅の書斎をこう呼んでいる）と題された自伝の執筆を再開するかもしれない。彼女が何をするかは神のみぞ知る。でも張りのあるその声を聞くかぎり、彼女が落ちこむとはとうてい思えなかった。

一月一〇日　月曜日

相変わらずありえないほど暖かい日が続いているけれど、風邪やインフルエンザは流行っている。私の風邪はよくなってはいるけれど、ここ三日間はつらかった。疲れがたまっているのか、それともただ、毎日、机の上にやるべきことが山積みになっていることに圧倒されているだけなのか。朝目がさめて、その日は自分の仕事だけすればいいという、すっきりした一日を迎えられたらどんなにいいだろう。でもそんな日は絶対に来ない。今は目の前に、同性愛と自殺に関する本の校正刷りがあって、これを読まなくてはならない。だから自分が読みたいと思うものを読むことはできないし、ましてや自分が書きたいと思ったことを書くなど無理。ベッドの横にはイサク・ディネセンの伝記が置いてあるけれど、いったいいつになったら読めることやら。

それでも独りで過ごすこの最初の一週間、それなりの成果はあがった。一昨日の土曜日から昨日にかけて、二五通の手紙と詩をひとつ——ジュディのために「レクイエム」と題した一四行詩《ソネット》を書いた。今思うとこの形式は短すぎて、結果は省略が多くなり、あまりに凝縮されたものになってしまった気がする。でも昨日、それを書いているあいだフォーレの『レクイエム』をかけて、数時間、完全に集中して創作に専念できたことは幸せだった。あの幸福感はほかでは得られない。この一週間を振り返ると、詩を二つ、この日記を六ページ書き、『すばらしきオールドミス』にふたたび手を着けはじめた。でもまだつかみどころがない。ただありがたいのは、それがつねに私の頭のなかで生きていること。だからタマスの散歩をしていても、朝食後にベッドで横になってちょっと考えごとをしていても、それが動き出す。アイディアも、希望も、疑いも、この実にむずかしいテーマを扱う新しい方法も、すべて水面のちょっと下のところに潜んでいて、毎日私が何をしようとついて回る。これは、諦めてはいけないというサインなのだ。けれども、とても現実的な技術上の問題がある。もうこれだけ書いたのだから、今まで何ページ書いたかなどということは気にせずに、想像力を自由にはたらかせて、たくさんメモを取ることが必要。私の作家としての欠点のひとつは、とにかく早く終わらせたいという衝動にかられて、急いでやってしまおうとすること。だから手紙書きのようなシーシュポスの神話的な作業は、難行苦行なのだ。けっして終わらないことでも、諦めないこと。それを学ばなければいけない。まさに、この週末に二五通手紙を書いたのに、足元にはまだ一箱分の手紙が残っている！「返事なんて書くな。脇にどけておけばいい」と皆が言うけれど、そんなことできるわけがないということを、たぶん誰もわかっていない。幽霊を葬ることはできないのだ。かならずまた出てきて、つきまとう。夜中に目がさめて、「ああ、明日誰と誰に返事を書かなければ」と思わない日は一夜としてない。

もちろん、なかにはすてきな手紙もある。先日手紙をくれた陶芸家の女性は、私の作品のことを教えてくれたのは彼女の夫で、いつも母の日には「愛と二人の友情のあかしとして」新しいメイ・サートンの本をプレゼントしてくれるのだと書いてきた。去年のプレゼントは『光の世界』で、サインといっしょにモンテーニュのこんな言葉が書かれていたという。「海岸を襲撃する、使節団を指揮する、人民を統治する——これらは輝かしい行為だ。他方、叱ったり、笑ったり……自分の家族や自分自身をやさしく、公正に扱うこと……それは世界ではもっとまれで、よりむずかしく、目立たないことなのだ」

一月一一日　火曜日

暖かいノーイースターが襲来、昨晩は五〇ミリぐらい雨が降ったらしい。今は海のほうに移動し、大きな波が噴水のように白いしぶきを上げているのが野原の向こうに見える。遠くに波のうなり声も聞こえる！　タマスはベッドにいて、外に出たがらない。外の気温は一〇度以上で、記録的な暖かさ。まったくおかしな冬だ。大きな鳥の餌やり器が強風で下に落ちて、そのあとたぶんアライグマがどこかへ運んでいこうとしたのを取りにいく。いろいろ総合すれば、ブリザードでなくてよかったと思う。ただこの家のまわりの土の道は、雨でぬかるんで滑りやすくなっているだろうから、郵便を取りにいくときには気をつけなければ。

昨日はリタリンを半錠飲んだこともあって、午前中は仕事がすばらしくはかどった。まず日記を書き、次には小説四ページ、そしてこれからのことについて大量のメモを作成した。やっと勢いがついてきたのかもしれない。「やっと」と書いたけれど、まだそうしようと思ってから一〇日しかたっていない。それから一〇分ぐらいでジュディのための一四行詩を書き上げ、最初の一四行詩——「レクイエム」と題した、木についての詩——といっしょに彼女の家族に送った。彼女の追悼式は行わないということが、まだ気にかかっている。

夜は夜で充実していた。イギリスでプロデュースされたミュージカル『ニコラス・ニクルビー』の最初の一時間をテレビで見た。去年、ブロードウェーで上演され、チケットは一〇〇ドルもした大作だ。居ながらにして最前列で舞台鑑賞ができるのだから、テレビもたまには役に立つというもの。でも最初の寄宿学校ドゥザボーイズ・ホールの場面はあまりに恐ろしくて、一時間でギブアップしてしまった。それから九時にベッドに入り、マキシミリアノ・コルベ〔アウシュビッツ強制収容所で餓死刑に選ばれた他の囚人の身代わりになったカトリック司祭〕の伝記『他者のために自分を捧げた男』を最後まで読む。まるで、ひとつの地獄から別の地獄へ行くようなものだった。ドゥザボーイズ・ホールも強制収容所とほとんど変わらないからだ。ただこの本を読むと、コルベ神父の場合には、どんな苦しみにも、飢えによる死でさえ消すことのできない光があふれていることが感じられる。途切れることのない旺盛な慈悲心があったからこそ、あのような地獄にあってさえ、彼は他者を助けることをやめなかった。そして揺るぎない信仰心があったからこそ、アウシュビッツにあってさえ、平静を保ち、光のなかで生きることができた。この本を読めば誰でも、彼が聖者であること、彼が身をもって奇蹟をなすであろうことを確信するにちがいない。

ホロコーストに関する信頼できる言葉はすべて、新たな洞察をもたらしてくれる。この本は私にとって、神父や牧師、そしてキリスト教への信仰や慈悲深い神へのユダヤ人としての信仰を明らかにした者に対してナチスが抱いた憎悪を、あらためて浮き彫りにしてくれた。彼らがやったのは、ただ単に人間を破壊し殺害する（ヨーロッパのジプシーのほぼ全員が強制収容所で命を絶たれた）だけでなく、まず相手を徹底的に貶めることだった。その点でナチスの精神は、私の知るほかのどんなものとも異なる。過去にも大量虐殺はいくらでもあったけれど、これほど強大な悪の力がはたらいたことはなかったのではないか。拷問と飢餓で苦しめ、同時に死ぬまで働かせることによって人間を動物に変え、そのうえ動物になったと言って嘲る――これは根絶不可能な悪だ。そしてこれは、この本を読んで考えさせられたことでもある。

コルベ神父は、自分を拷問し虐待したナチスの親衛隊でさえ赦されるべきであり、救済すべき魂とみなされるべきだという、類まれな信念をもっていた。私は以前から、赦すことのできるのは強制収容所を経験した者だけであり、その経験のない自分には赦すことはできない、なぜならそうすることはあまりにも簡単だから、と考えてきた。十字架にかけられたキリストは「彼らをお赦しください。彼らは自分が何をしているのかわからないのです」と言ったが、それはキリストだから言えたこと。でも私たちは、他人に対してなされたことを赦すことができるのか？　赦しとは拷問する側とされる側との精神的結びつきであり、そこには「我と汝」の関係がある。さらに私たちは、自分が犯したままちがいについて自分自身を赦す必要もある。ドイツ人は自分たちのしたことに真正面から向き合ったことはあるのだろうか？　それをしなければ、毒を和らげることはできない。彼らが自分自身を赦したとき、私たちも彼らを赦すことができるかもしれない。そしてドイツ人とナチスを分けることもなくなる。もうひとつ肝に銘じておくべきなのは、ナチスはただユダヤ人を殺そうとしたのでなく、ドイツ世界から神を消そうとしたということだ。この本がそれを明らかにしている。実に恐ろしい。

この世界で私たちが求められているもっとも困難なこととは、苦難――自分たちにはなすべのない苦難――から目をそむけずにいることだ。あらゆる人間の本能は、そこから目をそらさせようとする。見るな、と。残念なことにレーガン大統領が、そのいい例だ。彼は一二〇〇万人の失業者の苦しみを直視しようとしない。仕事を奪われ、社会ののけ者のように扱われ、貶められている人びとから目をそむけているのだ。

一月一二日　水曜日

コルベ神父について書き忘れたことがある。本を読みながら何回も心を動かされたのだが、彼のなかでは男と女がひとつに融合していたということ。多くの人が、彼についての印象を語るなかでそのことを指摘している。彼のなかに母のようなやさしさを感じると言う人も多い。彼がそれをためらわずに表したのは、無原罪《インマクラータ》の聖母マリアへの献身ゆえだった。

昨日は大変な日だったけれど、小説はなんとか少しはかどった。いろいろ厄介なことがあって、心は千々に乱れた。ひとつは国税庁からの面談の呼び出しで、今月の二八日に一九八〇年の収支の記録をすべて持って出頭しろという！　そんな手紙をもらったら誰でもいっぺんでパニックになるが、いくつか質問があってサンフォードの事務所に電話したら、出てきた女性がとてもやさしく対応してくれた。彼女がいっしょに書類を見てくれることになり、だいぶ気が楽になった。今週末、書類を探してみよう。電話の相手の声ひとつでこんなに気分が変わるなんて、驚き。

二つ目の衝撃は、ミューズから冷たい、怒りのこもった手紙が届いたこと。もう何週間も音信が途絶えていたので、長い沈黙のあいだに少しずつ覚悟はできていたようだ。お互いの距離が大きく隔たり、誤解が生じる危険が増大するばかりで、ふたたび会う可能性もごく小さい以上、もう解消は避けられないということ。それでも、その手紙を脇に置くことはできず、まるで火にかけたやかんのような状態だった——怒りで煮えたぎっていたのではなく、あまりに激しく心をかき乱されてしまったのだ。今朝、ヴァージニア・ウルフのカレンダーを開くと、こんな言葉が目に飛びこんできた。「私が女性だけから注目を浴びたいと思うのはたしかだ。女性だけが私の想像力をかき立てる」。これにはすぐに納得した。おかげで少し気分がよくなり、自分がどうかしていると思う気持ちも和らいだ。

それからイギリス人の看護師からの手紙のこともあった。もう何年も前から手紙を書いてきている人で、ここ二年は音信がなかった。彼女はカナダに移住しているのだが、どうやら働いている病院でひどい目に遭っているらしい。私に会いにきたいと言って、電話番号を書いてきたのだ。悩み抜いて書いてきたその手紙は届くまでに二週間、いや一八日もかかっていたので、夜八時過ぎるのを待ってすぐに電話してみた。ところがそこにはいないと言われ、別の病院の番号を教えられた。そっちにかけると、彼女を探して向こうからかけ直させるという。そこで「コレクトコールで」と頼んで電話を切った。一時間半ほどたって、彼女のやさしい声が受話器から聞こえた。いろいろ手がかかったけれど、これで連絡が取れたし、私がここにいることを彼女にわかってもらえたので、その甲斐はあった。彼女はウィニペグに住むところをみつけ、これからそこで仕事を探すというので、今朝は彼女に送る本を三冊、包装した。手紙では、私の本を持ってこられなかったと書いていたし、電話では、つらいときに私の詩を読んで元気づけられたと話していたので。

そのあと九時に、ヒューストンのクリスティアン・ヘップから電話。ヴィンセントが脳出血で倒れ、今は片目が見えない状態で、少しずつ回復しているという。昨日はニューヨークの友人が心臓の病気の疑いで入院したと聞いたばかり。人はなんと脆い生き物なのだろう！　生きているのはなんと幸運なこと！

さてこれから、右に書いたことを手紙に書かなければならない。仕事に戻れるのはいったいいつになるやら。今朝は五時に起きて日の出を見た。鮮やかなオレンジ色の太陽が、水平線のあたりにたちこめる紫色の霧と少し波立つ薄青色の海から昇ってきた。なんと心静まる光景だろう！　どんなトラブルや心配事が押し寄せてこようと、太陽は昇る。

一月一四日　金曜日

昨夜、ヴィンセント・ヘップから電話で、脳のCTスキャンの結果を知らせてきた。元気そうな声が聞けてほんとうにうれしかった！　医者に何もしないことが回復への早道だと言われたそうで、猫たちを眺めたり、私が昨日贈った花を眺めたりしているという。花を贈ったのは彼のためだけでなく、今回のことで衝撃も混乱もすべて矢面に立って受けているクリスティアンのためでもあったのだけれど、とにかく彼がアイリスとカルーナ、ラッパズイセンの花も、猫も見られてよかった。しばらくは印象派絵画の世界に生きるわけだ。それでも何か書かなければという衝動に突き動かされて、夜中の二時に起き出して走り書きすることもあるとか。活力が戻ってきている良い兆候ではないかという気がする。

でもまたイライラが募ってきている。この三日間、朝一〇時前に家を出なければならない用事があり、午前中の時間が真ん中で途切れてしまう。そうするとプレッシャーばかりが強まって、結局は手紙以外は何もできないという日が続いている。今日は半年に一回の癌検診をうけにポートランドまで行かなければならない。昨日はポーツマスの〈ダイエット・センター〉に行って体重を測定し、年に一回実行している六週間で九キロ減量するダイエットをスタート。で、リンゴ、オレンジ、グレープフルーツ、レタス、ピーマン、皮なしの鶏胸肉を買って帰る。そしてこのダイエットで私にとっていちばん大変な、一日に水をコップ八杯飲むことを始めた。ある程度減食に慣れてくると、とても調子が良く感じられる。六週間は外食はできないから、冬ごもりするにも都合がいいというわけ。

先週、『そういう人たちは自殺すると思っていた――レズビアン、ゲイそして自殺』という本の校正刷りが送られてきた。何か使えるコメントをしてほしいという。そういう仕事はしばらくのあいだしないようにしようと決めかかっていたところに届いたのだが、四八時間たって、やっぱり目を通すべきだという気がした。そうしてよかった。著者のエリック・E・ロフはハーバード卒の二八歳。添えられた手紙には、「あなたのお書きになった『傷は真実』を読んでまもなく、同性愛者と自殺の関係について関心をもつようになりました」とある。この小説がハーバードで読まれているとは、うれしいことだ。

ロフの本はたいへんいい本だけれど、悲しい本でもある。悲しいというのは、ロフが取り上げている事例では、親や職場、あるいは社会一般に自分がゲイであることを知られることが怖くて自殺したケースが圧倒的に多いということ。ほぼすべての同性愛者が抱えている不安や自己不信、トラウマは、私の若いころにくらべて社会がはるかに開放的になった今でさえ、想像を絶する。私自身は直接の家族ももういないし、「仕事」を失うリスクもなく、いかに特権的な立場にあったかということをつくづく思い知らされる。それはつまり、私にはこの問題についてオープンに語る大きな責任があるということ。そして、今まで私がなぜ人の役に立てたのか、苦しんだり鬱状態に陥ったりしていた何人かの人に、多少なりとも安心感をあたえ、自分の人生を自尊心をもって受け入れるようにできたとすれば、それはなぜなのか、だんだんわかってきた。同性愛者が孤立し、隔離された状態に追いこまれれば追いこまれるほど、その人は自分を不完全だと感じ、安らぎを得られない。私はこの二つの世界に橋をかけたいと願っているし、これまで「ゲイ」社会と関わることに気が進まなかった理由もそこにある。少数派が守勢に立たされ、隔離されて生きることを強いられれば、社会全体が病み、豊かさを失う。黒人がまさにそうだ。黒人と白人のあいだにはまだまだ多くの壁がある。それがなくなる日は来るのだろうか。

エリック・ロフは勇敢だ。そしてわが身を危険にさらしてまで友人を守ろうとする、深い思いやりの持ち主でもある。おそらく自殺した人間を一人以上知っていたのだろう。彼の勇気を心から称賛し、この本に敬意を表する。

今、この時点で誰かが同性愛婚についての本を書いたらおもしろいのではないかと思う。世の中には、結婚して幸せで堅実な生活をしている同性愛カップルが大勢いることを明らかにするために。残念ながら一般の人たちは、同性愛といえばゲイバーとかドラッグとか非行とか自殺とか、最悪な話ばかりを見聞きしている。これまではまるで、異性愛の社会には妻へのDVや、たび重なる離婚や、親による子どもへの性的虐待や、近親相姦、アルコール依存症しかないというのと同じだ！

一月一五日　土曜日

この冬初めての本格的なブリザードが近づいているというので、あたりは何やらざわついている。スーパーには食料品などを買いだめしようと客が押しかけているし、郵便局長のセルマによれば、誰もがちょっと緊張した様子だという。でも今のところ風が強く雪がちらついているけれど、気温は〇度前後で驚くほど暖かい。本格的にやってくるのは今夜遅くから明日にかけてで、そのあと少し南に居すわるかもしれない。さて、どうなることやら。

今日はいい日だった。一一時にわが忠実なる友人ナンシー・ハートリーがやってきて、まずは強風のなか、海までタマスの散歩にいく。それから、もう二年間先延ばしにしつづけてきた大仕事に取りかかる。私の仕事部屋の物入れの片づけだ。ここには処理に困ったものを片っ端から突っこんであって、母がよく言っていた「栄光の穴ぐら《グローリー・ホール》」状態になっている。扉を開けたとたん、ナンシーが吹き出した。なかに入っていたのは山のような紙袋、いらないクリスマス用品、古いタイプライター何台か、それにネルソン時代に使っていたペンや机まわりのものが入った箱まで！　二人で大きなビニール袋に入れられるものはどんどん詰めこみ、教会のバザーに寄付できそうなものは箱に入れ、古いカタログ類は束にして積み上げた。それからそれを全部、四階下の地下室まで持って下りた。そこからレイモンドが車で運び出してくれる。その後、何度も物入れのところへ行って扉を開けては、すっかりきれいに、がらがらになっていることにハッとする。またすぐにゴミ捨て場になってしまいそうだが、今回は心を入れ替えて整頓を心がけよう。何より心が落ち着くから！

タマスとブランブルといっしょに休んでいたら、階下で何かゴソゴソ音がする。なんとレイモンドが、ありがたいことに大雪になる前にゴミを取りにきてくれたのだった。でも気の毒に、あんな山のようなゴミが地下室に置いてあるとは思ってもいなかったはず。でも彼は全部のゴミを運び出してくれた。なんと感謝したらいいだろう。

嵐も大雪も高波も、わくわくするほど好きだ。ただ、停電になったらどうしようという不安は少しある。そうなると暖房は切れ、テレビも照明もつかず、本を読むにはロウソクか、ベッド脇に置いてある電池式の暗いライトを使うしかなくなってしまう。

来週はもう少しプレッシャーが軽くなりますように。気持ちを落ち着かせ、この切羽詰まった感じから抜け出したい。小説はまだまだ今年いっぱいかかるだろうけれど、この日記は四月末、私の誕生日がめぐってくるまでには終わるので、それが（予定どおり）ノートンの手に渡れば、多少は生活費が入ることになる。でもプレッシャーの一部は、今の勢いを保ちつづけないと小説も進まなくなってしまうという心配にある。ストップしていたこの小説に戻るには、かなりの努力が必要だったから。でも今は、私の頭のなかで生きている。ポーツマスの〈ダイエット・センター〉に向かっているときでさえ、頭のなかは小説のことでいっぱい。何をしていても、小説はつねについてまわる。

一月一六日　日曜日

目がさめると世界は一変していた。この先二四時間、この大雪に閉ざされることになる。朝五時半に階下に行ってまずしたのは、ポーチのドアが開くかどうか見ること。でも外には雪が積もっていて開けられなかった。さいわい、めったに使わない表玄関のドアは雪があまり吹きこまないので、三〇センチほど開けられた。そこで朝食後、外に出て一メートル以上も積もった雪をシャベルで雪かき。テラスには風のせいで雪の積もっていない部分があったので、そこまで道をつくる。お利口なタマスは外に飛び出し、するべきことをした。というわけで万事良好。電気も電話もちゃんと使えるし。

鳥たちは強風に逆らってなんとか餌にありつこうと必死になっているけれど、餌やり器に餌を入れたくても、表玄関から右へ三〇メートルぐらい行かなければならない。どうしたらいいだろう。でも雪かきしなくても、雪のなかを自力でかき分けて歩いていけるかもしれない。そうしてみよう。仕事部屋の気温は一六度だけれど、セーターを二枚重ねていれば快適。

この冬初めての本格的な雪を讃えたい。詩のひとつでも書こうか。それとも手紙ひと山分をファイルしようか。何かとびきりめずらしい、良いことをやりたい。でも問題は、ここに上がってくる前のほんのわずかな肉体労働で、すっかりエネルギーを消耗してしまったこと。なんだか眠たい。たった一〇分雪かきをしただけなのに。

「目がさめると世界は一変していた」

一月一八日　火曜日

ああ！　雪を讃えるために何かしたかったのに、たいしたことは何もできなかった。それに昨日は、ちょっとつらい日だった。まず小説を書こうとしたのに空回りするばかりで、しかたなくメモを少しと、人物のリストをつくっただけだった。今必要なのは、数日間、あまり書こうとは焦らず、もっと考えることだ。それから大量の郵便が来てげっそり。午前中いっぱい返事書きに追われ、仕事はできなかった。

自分自身のために、昨日届いた手紙のリストをつくっておこう。これらをさっさと分類して返事を書くなんてできない自分は、別に頭がおかしいわけではない、と自分に言い聞かせるためにも。

1　ドリス・ビーティからのとても長い手紙。九八歳の母親が亡くなったことと葬儀のこと、そして彼女の家族と、すばらしい女性だった母親についても少々。午前中の仕事で疲れてしまい、全部は読めなかったので、夜ベッドに入ってから読む。

2　ヴィンセント・ヘップからのとても長い手書きの手紙。昔のさまざまな思い出や、自分と妻についての洞察を書いてきて、それを私にタイプしてほしいという。脳出血の後遺症で片目が見えないので、文字が読みづらくなってしまったのだ。彼の依頼を読んだときには、三〇秒ぐらいめまいがした。昨日の午後と今朝早く、彼の書いたものを二時間かけてタイプで打ち、返事を書いた。

3 ミルウォーキーのマージョリー・ビトカーからの手紙。彼女は古くからの友人で、有能な批評家であり書評家。かつて国際問題の分野で活躍し、裕福な生活を送っていた夫が高齢のために徐々に生活能力を失ってきたので、その世話に追われている。彼女とは比較的頻繁に手紙のやりとりをしている。

4 ローマに住むイタリア人女性からのファンレター。スペインに行ったとき、イギリス人の友人の家でたまたま『海辺の家』を手に取ったという。私の本が世界のあちこち、そんな遠くでも読まれているのはすごいこと！

5 南カリフォルニアに住む若い男性からのチャーミングな手紙。二年前、大学院の研究テーマに文学の口頭解釈を取り上げ、一学期間私の詩を読み、最終的に何編かの詩を使ったパフォーマンスを行ったという。彼は自分が生まれた田舎の家に住んでいる（アメリカではほんとうにめずらしい）。私の詩を取り上げたことについて、彼はこう書いてきた。「何週間も何カ月もかけて、あなたの詩の世界に入っていきました。その体験は、僕の学究生活のなかでもっとも意味あるもののひとつでした。……詩たちは一日じゅう、私が家のまわりを歩いたり、草木に水をやったり、牛に餌をやったりするあいだ、ずっといっしょについてまわり、私の生活を見ていました」。この手紙には今朝、心からの歓びをもって返事を書いた。

6 三〇年代にシビック・レパートリー劇団で同じ研究生だったマーガレット・イングリッシュから

の手紙。彼女はその後、私の劇団に入団した。演出家の一人カッポ・フェランは彼女の友だちで、ある年の春、三人でサセックス州ライにある、当時コンラッド・エイキン〔アメリカの詩人、作家〕が所有していた〈ジークス・ハウス〉に行き、楽しい時を過ごしたことがある。彼女はカッポが何年も前に亡くなったという悲しい知らせを書いてきた。

7 サンフランシスコに住む若い女性からの手紙。彼女が失業中に少しだけ助けてあげたことがある。今は生活も落ち着き、幸せに暮らしているという良い知らせだった。

8 ジュディの義理の兄、キース・ウォレンからの手紙。ジュディの写真に私の詩を添えた追悼のしおりをつくろうかという提案。彼のようなすてきな、愛すべき老人をほかには知らない。常日頃から、自分にとってマトラック姉妹（そのうち一人は彼の妻）は特別な預かり物だと言っている。（今日返事を書いた。）

9 メイン州ブランズウィックに住む一一歳の少女からの手紙。学校の読書の授業でノートをつくるのに、私の詩が役に立ったという。（これにも今朝、返事を書いた。）

10 フィンランドの新聞に私についての記事を書いてくれた、マイレ・ヒルマンという女性からの手紙。顔写真入りで私の作品が外国語で紹介されているのを見るのは、とてもわくわくする。「ウェストコースト・レビュー・オブ・ブックス」誌に載った『怒り』の書評のコピーも同封して、この小説がとても良かったと言ってくれた。同誌に書評が掲載された六〇編の小説のなかで、五つ星を取ったのは『怒り』ともう一編、ナイオ・マーシュ〔ニュージーランドの推理作家・演出家〕の小説だけだったそうだ。

これらの手紙はすべて、心に響いた。それぞれ違う意味でとても貴重な手紙だ。でもおかげで気が散ることもたしかで、なかなか手紙のことを頭から締め出して仕事に集中できない。創作するのはむずかしい。おまけにジョージアに電話することも忘れてしまった——昨日の夜、電話すると約束したのに！ でも明日にはタマスとちゃんとした散歩に出かけ〔雪が降って以来、ちょこちょこは出ているけれど長い散歩は一度もしていない〕、小説に戻れるのではないかと思う。二時間、小説のことを考えられるだけでもいい。

外はとても寒い。体感温度はマイナス一八度〔華氏〇度にあたる〕以下なのはたしか。三時にここに上がってきたときはマイナス一二度だった。

五日ほどで一・八キロ減量に成功。でもこのところ、ブラウニーを焼きたいとか、一杯飲みたいとかいう願望がときどき襲ってくる！ 気にしない、気にしない。六週間後には空気のように軽々と階段を上れるようになるはず。だから、がまんのしがいがあるというものだ。

一月一九日　水曜日

今朝の気温はマイナス二〇度。でも太陽が出ているので、たぶん一一時には車のエンジンがかけられるだろう。タマスは外に出たがらず、今もブランブルといっしょにベッドでうたた寝中。

今、チャールズ・リッチーの三冊目の日記『外交旅券』を、とても楽しみながら読んでいる。リッチーはカナダの外務省高官でパリやボンに駐在し、のちに国連大使となった人物。エリザベス・ボウエンとは親しい友人関係にあり、したがって日記にも彼女のことが時おり出てくる。この日記には卓越したエリートのプロとしての顔とは違う面が現れていて、そこが読者には大きな楽しみなのだ。昨晩、こんな一節を読んで思わずにやりとしてしまった。「どこか海のそばで独り暮らし、あるいはそれに近いかたちで暮らしてみたい。来客は週に三人、自分が選んだ人だけ。たくさんの本に囲まれた(好きなだけ読めるように完璧な視力が必要)、独りで散歩をし、たまに気に入った友人と気に入った場場所で、短時間ばか騒ぎをして楽しく過ごす」。まさに今の私の暮らしそのものだ――ただし、手紙と仕事、そして「ばか騒ぎ」の時間がないことは別として。でも他人の暮らしを想像することは楽しい。私は外国の歴史のあるリゾート――たとえばマデイラのような――で、サービスの行き届いた古いホテルのバルコニーつきの広い部屋に一カ月ぐらい滞在したい。恋人ではなく気のおけない友だちといっしょに過ごし、散歩に行ったり、ピクニックをしたりする。二年前の夏、ジャニスといっしょにクイーンエリザベス二世号に乗ったときのような、のんきで楽しい雰囲気を味わいながら。

今朝はいつもより気分が明るい。ひとつには一月一日から今日までに仕事がどのくらい進んだかを振り返ってみたら、日記と小説がそれぞれ二〇ページずつだった。考えてみれば、けっして悪くない。そのうえ書いた手紙は一〇〇通以上。昨日、ロール切手がなくなって買い足したのでわかる。

昨日の夕方六時にようやくエレノア・ブレアに電話が通じた。日曜日の大雪の最中に電話をかけはじめて以来ずっと出なかったので、心配していた。やっと電話に出たきたときは、まる四日間、暖房も電気もない生活をどうにか生き延びたあとだったので、その声はうれしさで弾んでいた！　客間に小さな暖炉があるので、地下室から薪を運んできて燃やし、なんとか部屋の温度を一〇度に保っていたのだとか。明かりはろうそくと懐中電灯だけ。それ以外の部屋は四度かそれ以下だった。温かい食べ物もなし（今度会うときに缶入り固形燃料を渡してあげなくては）。三、四枚セーターを重ね着して寒さをしのぎ、寝るときも洋服のまま。でも私が電話したときは、久しぶりに熱いお風呂に入って（電気がついて電話がつながったのは昨日の朝だった）、これから夕食を食べに出かけるというところだった。彼女はニューヨーク州北部で暮らしていた開拓者の祖母のことを思い出し、「お祖母さんにできたんだから、私にもできる」と自分を励ましたという。一度だけ、彼女は間借り人と、ベーコンを暖炉の火でなんとか焼くことに成功した。親切な隣人が週末に持ってきてくれた温かい鶏の胸肉を除けば、それが唯一の温かい食べ物だった。夜には子猫がちょっとした湯たんぽになってくれた。昨晩の彼女はまさに有頂天だったけれど、不可能なことをやり遂げ、試練を乗り越えて、さぞ気分が高揚していたのだろう。「とてもいい気分」だと本人も言っていた。

一月二一日　金曜日

人びとの勇気のなんたるものか！　手紙の山に囲まれている自分の状況を嘆いていたら、三通の手紙がすばらしいごほうびをあたえてくれた。人間とはいかに驚嘆すべき存在であるかにあらためて気づかされ、自分がどれほどたくさんの愛をうけ、どれほど多くの人びとの人生に招き入れられているかを知り、打ちのめされた。

一通目は、一度も会ったことはないけれど、ときどき手紙をやりとりしているニューヨーク州オルバニーに住む老婦人からのもの。彼女にはクリスマスに、出たばかりの『夢見つつ深く植えよ』のペーパーバック版を送った。彼女は睡眠障害があるのだが、睡眠剤は飲みたくないという。

いつも私のすることはこうです。夜中に目がさめるとすぐに起きて、『夢見つつ深く植えよ』を持ってキッチンへ。明かりの具合がいい場所に椅子を動かします。だいたい午前一時から三時のあいだです。小さなやかんを電気コンロの上にかけ、すぐに熱い紅茶を入れます。クッキーか果物をお供にすることも。そして読みます。だいたい四五分ぐらい。するとメイ・サートンが直接私に語りかけているような気がしてくる。これにまさる療法はありません、ほんとうに。薬はいらない。あなたがお書きになったものごとや人びとについて読んでいると、心が休まり、緊張がほぐれて、薬のことなどほとんど頭から消えてしまうのです。メイ・サートン、あなたのことをほんとうに近くに感じています。

二通目は不可能なことを克服した驚くべき話。この若い女性はナルコレプシー〔過眠症〕に関連するたいへんめずらしい病気にかかっていて、アメリカの医学史でもたった四〇例しか症例がないという。彼女はこう書いている。

私の身体はある日突然、昏睡状態に陥り、読む、書く、といったごく普通の機能が完全にはたらかなくなってしまいました。

ボストンの病院に入院してすぐ、医者は私がナルコレプシーに似た病気にかかっていると告げました。ただ、あなたの病気には治療法は何もないと。神経学の分野では最高レベルの医師チームが実験的な薬物療法を開始したのですが、そのせいで個人として、社会の一員としての私の心の平安はほとんど完全に破壊されてしまったのです。

その薬物は、ほとんどの人に致死的な影響のある「スピード」〔覚醒剤〕の一種で、それを投与されると思考は散漫になって焦点が定まらず、言葉は変容して、矢継ぎ早にしゃべりまくるようになりました。

この薬に対する自分の生理学的反応をなんとかコントロールしなければいけない、と私は考えました。眠らないでいるために薬の最小限の効能を生かしつつ、有害な副作用を抑えこむための能力を自力で身につけなければならないと思ったのです。

メイ、もう少しで気がおかしくなるところでした。私はボストンで独り暮らしをし、ハーバード大学医学部で心臓血管手術に関する研究をしていました。夜、仕事を終えるとハーバード・スクエアから〈ファイリーンズ・ベースメント〉〔ボストンのバーゲン専門のデパート〕を一人で歩いてアパートまで帰ります（歩くことでなんとか眠らずにすむのです）。他人に自分の人生に意味をあたえてくれることを期待するなどということは、もはやできない。まず自分自身のなかに幸せをみつけること――自分のなかに潜むこの危険な怪物と和解しなければならないのです。

少しずつ、苦労を重ねながら、私はまた読めるようになるための努力を続けました。ブラウン大学に復学することなど絶対に無理だという医師たちの驚きをよそに。最初に読んだのがフランス語の『星の王子さま』、そして二冊目以降はあなたの本でした。『独り居の日記』は、自分自身の内部に平安と秩序を見出したい人なら誰でも共感できる本なのは明らかですが、私にとっては少し違う意味がありました。……読む前の私には、「孤立（loneliness）」と「孤独（solitude）」の違いがよくわかっていなかったのです。

その夏と、その年の冬から春にかけて、さらに読書を続けただけでなく、書く訓練にも励みました。その結果、医学雑誌に共著論文を四本発表することができ、担当医や研究所の上司を喜ばせています。

彼女は手紙をこう結んでいる。「私は永遠に、あなたのもつ偉大な才能への恩を忘れません。それは真正面から率直に人とコミュニケートする能力であり、人は唯一無二の人生でそれを貴重なツールとして用い、何者かになることができるのです」

彼女はこの秋、ブラウン大学に復学する予定だという！

三通目は、中西部に住む人生の過渡期にある女性からのもの。「去年の春、自分の孤立した状態と向き合い、そこから本物の孤独へと移行しようとしていたとき、カウンセリングをしてくれたドミニカ人のシスターが『独り居の日記』を薦めてくれたのです」と、この心やさしいナウエン〔カトリック司祭でハーバード大学教授でもあったヘンリ・ナウエン〕の信奉者は書いている。

「あなたの作品を初めて読んだとき、長いあいだ家に閉じこもっていたあとに、春の朝の庭に出て、太陽の光に輝くバラの花とさわやかな空気にふれて歓びが湧き上がってくるような気がしました。まるで生き返ったようでした！」

さらに彼女はこう書く。「そして何より、あなたは女性どうしの関係についての本質的な現実を実に的確につかんでいると思うのです」

「以前から、自分が特定の女性に特別な魅力を感じることについて、内面的な葛藤に苦しんできました。……自分に両性具有的な面があることを受け入れ、女性に対して感じる愛情を美しく、神秘的なものだと思うようになりました。あなたの小説はとても肯定的だったので、もう自分が地球を歩きまわる宇宙人だとは思わなくなりました！」

今日はこのへんにしておこう。わが杯はもうあふれそうだ。

一月二三日　日曜日

寒い夜が続いているが、ちょっと不思議なことがある。ブランブルが外に出ていてドアのところに戻ってくると、いつもタマスがそれに気づいて大声で吠えて私に知らせる。何日か前のこと、夕方五時ごろ外の明かりをつけようと二階に上がり（スイッチは寝室のベッドの脇にあるので）、ついたかどうか確かめるために窓の外を見ると、二匹の雌鹿がポーチのドアのすぐそばにあるニシキギの茂みから飛び出していった。でもタマスは鹿のことはまったく気づかず、吠えもしなかった。タマスとブランブルは何か見えないつながりで結ばれているのだろうか。不思議だ。

ダイエットを始めて最初のお客、スーザン・ケレステスが昨日のお昼にやってきた。彼女は週末だけ養羊場で働いていて、以前、私の庭のためにと羊の糞をたくさん持ってきてくれた。なんという心づかい！　だからロブスターをごちそうするつもりだったし、おもしろいことにロブスターはダイエット中も食べていいことになっている――もちろんバターなしでだけれど。スーザンはＬＬビーンで手縫いのモカシンやブーツをつくるという、もはや風前の灯火となった手仕事をしている。これはまさに誇るべきこと。そしてあいている時間には詩を書いている。つまり出勤前の早朝ということだ。彼女は女友だちのシンシアと共同の持ち家に住んでいる。まだ二六歳なのに！　とても充実した二時間、いろんなことを話した――ホロコーストについて、衝撃的なできごとの記憶にどう対処するか

(彼女は一五歳のとき、ニューヨークで暴行をうけた忌まわしい体験をしていて、その怒りをいまだにぬぐい去れないという)、そして詩作における形式の用い方をどうやって会得するか。それには、自分の好きな詩人の詩を吸収し、そのリズムや形式を無意識のなかに取り入れることだと私は思う。必要が生じたときに、それは自然に出てくる。学校や大学で教えられているように、意識的に形式を真似することでは身につかない。

ブランブルもタマスもすぐにスーザンになつき、私が寝室に上がってひと休みしているあいだ、彼女がタマスの散歩をしてくれた。午前中、一〇時までに一二通も手紙を書いたので疲れていたのだ。それから、金曜日に国税庁に持っていくことになっている一九八〇年の収支の記録を探し出すという仕事もあった。これが神経がおかしくなるほどの大捜索となり、結局、その年の収支記録はそっくり、一九七九年のファイルから出てきた！　無秩序の代償は高くつく。それにくらべれば、整理して秩序をつくり出すほうが安い。それでこの冬は、家のなかのあちこちにある無秩序地帯を片づけようと心に決めた。今日はナンシーが来て、書類部屋の片づけを手伝ってくれることになっている。ここは書類やクリスマス用のラッピング、そのほかもう何年も前からの未整理のものが乱雑に詰めこまれたブラックホールと化している。

まだここには書いていなかったが、今週、私の人生で記念すべきすばらしい瞬間が訪れた。木曜日、ジュディの甥のティム・ウォレンと妻のフィリスが、ジュディから自分が死んだら私に渡してほしいと託された分厚い本を携えてやってきたのだ。ジュディの手書きの詩が約六〇ページにわたって収められている。いつから書きはじめ、いつまで書いたものなのかは皆目わからない。読んでいると、複雑な思いや感情が湧いてくるのだが、そのなかにはもの書きとしてのジュディの力量に対する大いなる称賛の念がある。彼女には目で見たものや匂い、味をありありとよび起こすすばらしい才能があり、それによって子ども時代、なかでも夏になると滞在したロードアイランド州マトゥナックの〈ヒドゥン・ハース〉という家、そして少女時代を過ごしたウェストニュートンの家での思い出が鮮やかに描かれている。けれども一方では、苦痛や精神的苦悩、そして静かな苦痛の受容についても絶えず言及されている。それらはすべて、私が彼女と出会う前の時期のことのようだ。

彼女はあらゆるかたちの自然に対して、とても鋭敏な感覚をもっていた。この詩集のなかにある、夏のあいだにさまざまな草がどのように変化していくかをうたった長い詩は、その一例。

一月二五日　火曜日

日曜日はとても生産的な一日だった。ナンシーと二人で書類部屋にある何百個ものダンボール箱の中身を空にし、戸棚のなかを片づけるという偉業をなし遂げたのだ。これでやっと、ここを覗いたときにゾッとしないですむ。次に彼女が来たときには、書類の整理に手を着ける予定。お昼は海老とサラダ。彼女がスペインに住んでいたとき（今は離婚しているが、夫が空軍勤めでスペインに駐在していた）の話をとても楽しく聞く。二人ともマドリッドが大好きだったので、彼女はマドリッドのことをよく知っている。でも何よりおもしろかったのは、毎週金曜日に仕事が終わると、週末はホテルの予約もせず気の向くまま車で旅行したという話。まさにジュディと私がイギリスやドルドーニュ、そして南フランスでやったことだ――なんとも幸せな思い出。

ナンシーが来る前に、ジャニスがダックスフントのフォンジーを連れてきて、タマスといっしょに外を走らせた。いつもは紐につながれているフォンジーが自由を手に入れ、有頂天になって耳を風にはためかせながら全速疾走するのを見るのは、純粋な歓び以外のなにものでもない。タマスはフォンジーの勢いに少々とまどった様子で、この稲妻のような生き物に圧倒されたと感じると、じゃまに入ろうとしたりする。でも全体としては二匹はそれぞれ自分のペースで走り、犬より人間のほうに興味を示していた。

午前と午後に一二通手紙を書く。でも昨日はひどく疲れてだるかった。日曜日にエネルギーを使いすぎたせいだろう。小説のほうは、これから新しいセクションに入ろうとしているのだが、問題だらけ。でもなんとか午前中に四ページ書く。やっと勢いがついてきたのかもしれない。もちろん、苦い自己不信はつねにつきまとうのだけれど、この小説もほかの小説と同じく、なかなか進まない茂みを通り抜ける騎手のように、自己不信を乗り越えるべく自分に拍車をかけて突き進む、息の長い努力の一部だということを肝に銘じなければならない。今日、ヴァージニア・ウルフのカレンダーに次の言葉をみつけた。「死ぬまでに何かを書きたいというこの飽くなき欲求、人生の短さと熱狂についてのこの破滅的な感覚が、私を――岩にはりつくカサガイのように――ただひとつの錨にしがみつかせる」

でも彼女がこれを書いたときはまだ若かった。私は年をとっている。だからプレッシャーはさらに大きい。気持ちはいくら若くても、若くはないという事実、それをよく考えながら仕事するように努めている。この家に住んでいられるのはあと数年だということがわかるから、その美しさをこれまでにも増して大切に味わっている。あの広々とした部屋を歩き、三つ並んだ美しい小さな窓から射しこむ光を眺めていると、かならず、赤ん坊のころ暮らしていたウォンデルへムまでさかのぼる、先祖から受け継がれた幸福な記憶が甦ってくる。あの農家の窓も、この家の窓とよく似た観音開きの窓だった。朝食を食べたあと片づけに下りてくると、出窓には陽の光がいっぱいにあふれ、ピンクや赤、白のアザレアが透きとおって見える。ここには驚くばかりの静寂がある。今朝、まだベッドのなかにいたとき、岸に打ち寄せるやさしい波の音に突然気づいた。その日一日、聞こえた音といえばそれだけだった——ごくたまに遠くから聞こえてくるトラックか車の音、それに時おりピース空軍基地から飛び立つ飛行機の威圧的な音を除けば。

この深い静寂——今この瞬間にはカラスがカアカアと鳴き、ちょっとのあいだ中断するとまた鳴きはじめる——は心を豊かにしてくれる。今では静けさのない都会にいると我慢できなくなってしまう。

この何週間というもの、静寂のなかで仕事をする毎日を送り、七日間で二人か三人としか会っていないけれど、寂しいとはまったく思わない。気分は良好で、頭はいろいろなアイディアと「やるべきこと」でいっぱい、意識は完全に覚醒し、仕事にも集中できる。これが私の考える幸福にもっとも近い状態かもしれない。ずっと昔、サンタフェにいたときこう書いた。「平穏に仕事ができなくて、何が幸福だろうか?」

一月二九日　土曜日

昨日は八時四五分に国税庁で面談の約束があったのだが、七時四五分に車で家を出るのは、ちょっとした冒険だった。天気は快晴、エンジンはすぐにかかった(夜のあいだ、かからなかったらどうしようと心配だった)。必要な書類や小切手をみつけ出すまでが大変だったし、さんざん気をもんだので、出かけるときにはむしろ落ち着いた気分で、サンフォードまでのドライブを楽しんだ。近くなのに今まで行ったことのない町なので、それも楽しい。ただ、郊外にショッピングセンターができたために中心部はさびれていて、ちょっと悲しい。国税庁の担当職員は何週間か前に電話で話したときの印象のとおり、親切で思いやりがあり、しかもとても有能だった。すべての数字の見直しにまる三時間かかったが(途中何度も、迷路に入りこんだ動物のような気がした)、最終的に疑惑は晴れた。ただしひとつだけ、九〇〇ドルのまちがいが見つかった——これは去年、申告を依頼した会計事務所がまちがったもので、私にとっては得になる。ブリーフケースを閉じて車に乗ったときの安堵感といったら。これで自由だ! 面談の最初から、もしこれが共産主義か全体主義の国だったら……と何度も思った。親切に人間らしくふるまうように教育されていない役人が、市民に対していばり散らしたり、脅したりする国では、この種の面談はいったいどんな感じになるのだろうかと。そしてこの国に感謝の念が湧いてきた！　もちろんアメリカの官僚制度も時に腹立たしいことをしてくれる。つい最近、ヨーロッパからの手紙が二通、ひどく損傷した状態で届いた。一通は機械油で真っ黒になっていて、なかには「新しい機械に移行したため」という公式の謝罪文が入っていた。それから社会保障庁のコンピューターとのやりとりなど、もし私に時間の余裕があったら、傑作短編が一編書けそうだ。何カ月もかかった末に、こちらもやっと解決した。というわけで、少なくともお金に関するかぎり、新年はなんの貸し借りもなく始められることになった。

午前中、私に読んでほしいと四〇〇ページの小説を送ってきた若い女性に手紙を書く。私のなかのキリスト教徒的部分は、読むことを引き受けた。今日び、本を出版したいと思っている人の苦労は大変なものだからだ。でも私のなかの無宗教者《ペイガン》的（コット〔S・S・コテリアンスキーのこと〕の言葉を借りれば）部分は、そんなことに長い時間をかけることに腹を立てている。残念ながらこの小説は合格点には達していない。でもなんらかの励ましはしてあげたかった。二〇〇ページも読めば、書き手が「作家」なのか、「作家志望者」なのかはわかってしまう。最後まで読み通そうとするのは、こちらの誠意なのだ。

今晩はまた純粋な楽しみのための読書ができる。中断していた新しいディネセンの伝記の、豊潤で魅惑的な世界に飛びこもう。

一月三一日　月曜日

独りでいられる貴重な三カ月のうち、早くも一カ月が過ぎてしまった。その間に小説はたった四〇ページしか書けていない。でもこの中間部分は、ほかにくらべてはるかにむずかしく、復活祭までにここを書き上げれば、あとは小説の初めの部分でアンが幸福な子ども時代を過ごした島に舞台が戻るので、純粋に楽しみながら書けるはず。

一二時一五分にナンシー・ハートリーが迎えにきてくれて、いっしょにポーツマスまで『ガンジー』の映画を観にいく。ガンジーの人間像を忘れがたいかたちで描くだけでなく、身体的暴行に対して非暴力で立ち向かうことにどれだけの勇気が必要かを強烈に見せつける、中身の濃い三時間。観ているあいだじゅう、アラバマ州セルマでのマーティン・ルーサー・キングのことを考えていた。彼は暴力がまかりとおるこの国で、何千人もの黒人を動かし、大きな代償を払っても（たとえばモンゴメリーの市営バスの差別に抗議するために、黒人たちは一年間も歩いて仕事場に通った）非暴力的抵抗を貫くよう導いたのだ。彼らのことをほんとうに誇りに思うべきではないか！　けれども大半のアメリカ人がいまだに当時の闘いを、ベトナム戦争を思い出すときのような嫌悪感をもってとらえているのも、残念ながら事実。そして差別は今でもなくなっていない。差別との闘いは一度ではすまない。何度も何度も闘っては勝利しなければならないのだ。インドの悲劇はいうまでもなく、自由のための壮大な闘いが勝利に終わったとたん、今度は宗教と人種をめぐる闘いが始まったことにある。映画はこのこともきちんと描いているのだが、私の意識にはひとつの事実がしっかりと刻みこまれた――一人の人間、ビジョンをもった一人の人間が、世界を変えることはできるのだ、と。

もしそのビジョンがヒトラーのように邪悪なものだったら、達成するのははるかにたやすい。先日テレビで、ヒトラーが権力を握って五〇年という番組をやっていた。憎悪と暴力は人間性の表層近くにある（と思われる）ので、それを野放しにするのはいたって簡単だ。ところが寛容と愛を表に出してくるのは、はるかにむずかしい！　なぜそうなのだろう？

思うに憎悪と非寛容は、自分とはなんらかのかたちで違うものに対する恐怖からくるものだから。その目的は自己防御にある（ヒトラーはドイツ・アーリア人にユダヤ人は脅威だと思いこませた）。一方、愛と寛容はとても壊れやすい――いつどんなときでも。ガンジーやマーティン・ルーサー・キングは人びとに、愛も寛容も強くなりうる、憎悪よりも強くなりうると確信させる、類まれな精神的感化力をもっていた。ガンジーの映画は、悲暴力主義の人間の尊厳と、彼らに暴行を加える者における尊厳の欠如を、目に見えるかたちでスクリーンに映し出す。他人を殴る人間に尊厳はない。その徳は失われている。インド人にとって幸運だったのは、イギリスには正義の伝統があり、非暴力の抵抗者に対する虐殺や弾圧を続けることは、やがてできなくなったことだ。そこが、なんの罪もないユダヤ人やジプシー、キリスト教徒の虐殺を美化しつづけたナチスとの違いだと思う。

そしてもうひとつの悲劇だと思うのは、戦争は――たとえ非暴力的な戦争であっても――人間の英雄的な部分を喚起するけれど、勝利したあとに人権を維持していくことや、自由な世界で派閥間の抗争を仲裁し、そこから先に進んでいくという日常的な闘いのほうが、ずっとずっと困難だということ。レーガンの最大の失敗は、私たち国民の最良の部分に訴えようとしないことにある。少々の犠牲を払っても何かに奉仕する、そういう普通の人間にとって有意義であるにちがいないことを、彼はけっして求めない。だから国民の精神を高揚させることもない。今のアメリカは、なんと狭量で忌まわしい時代にあることか！

二月三日　木曜日

フロリダから南東の強風が吹き上げてきて、雪ではなく雨を降らせている。雪のほうがよかったのにという気もする。この時期に雨が降ると、春が待ち遠しくなってしまうから。でも家のなかは春の花がいっぱい。ポーチを香りで満たしている青いヒヤシンス、ちょうど満開の三組目のシロバナスイセン。出窓ではアザレアがまだピンクや深紅、白の花を咲かせていて、今年はなぜか（理由は思いあたらない）元気のないシクラメンの分も、その場所を華やかに彩っている。そして何よりすばらしいのは二鉢のサイネリア。ひとつは鮮やかなブルーに白い輪が入ったもの、もうひとつはうっとりするほど美しい薄青色で、元気いっぱいの緑の葉が根元から放射状に伸びている。季節の花がいちばんだと思うので、今、キクを買う気にはどうしてもなれないし、花屋の窓にチューリップを見かけるとつい買ってしまう。サイネリアは今しか手に入らないので、とても貴重。カリフォルニアでは花壇に何百種類もの花を植える——青、ラベンダー、白、紫、ピンク、それもさまざまな色合いの。でもここ冬のニューイングランドでは、ひとつか二つの花を大切にする。

六週間のダイエットのちょうど半分が過ぎ、体重は五キロ減った。同じ食べ物ばかり食べなくてはならないのでもう飽き飽き。おまけに突然、風邪をひいてしまった。昨日目がさめるとくしゃみが立て続けに出て、今日は体調も良くない。二四時間吹き荒れて沖へ抜けていった嵐のように、去ってくれるのを願うばかり。

ある本が一年ぐらいそばにあっても読む気が全然起きなかったのに、ある日突然、そこから何かを得たくてむさぼり読みはじめるということが、私にはときどきある。リンダ・ジャクオットが一年以上前にくれた、マシュー・フォックスの『慈悲心という名の精神性』という本がまさにそれだ。この本に「創造性と慈悲心」についてのセクションがあり、それに惹かれて読みはじめている。ミューズが去ってしまった今、机に向かっているときに詩が浮かんできて、仕事が中断されることもなくなり、寂しい——一一月の幸せに満ちた穏やかな日々には、しょっちゅうだったのに。

そもそもフォックスを読む気になれなかったのは、まともな文体といえるものが欠如しているからだった。あまりにありふれた文体で書かれているため、内容がちっとも生き生きと響いてこないのだ。

フォックスを読んでいて多くのことが理解できるようになってきた。なかでもいちばん重要なのは、「十字架」ではなく「空《から》の墓」〔イエス復活の象徴〕を強調すべきだという彼の訴えで、これはまさしく命の復活、より多くの生命を生み出すことと深く関係している——「見よ、わたしは万物を新しくする」〔「ヨハネの黙示録」第二一章五節〕

二月六日　日曜日

今朝の気温はマイナス一五度。まばゆいばかりの冬の日。昨日、四週間ぶりに休日をとり、充電できたので、すっかり生き返った。昨日はアンとバーバラに会いに〈ディア・ラン・ファーム〉まで行ってきた。途中、谷間にある彼女たちの家から三キロほど手前を走っていたとき、プレジデンシャル山脈の鋭く青い峰々の背後に真っ白に輝くワシントン山が姿を現し、思わず車を止めた。すぐ脇に小さな墓地のあるこの地点はよく霧が出るのだが、昨日は違った。雪をまとった姿はめったに見たことがない。その荘厳な姿は低い山々とはまったく別の存在のようで、神々しいほどだった。

谷間にすっぽり包まれるような彼女たちの農園は、訪れるたびにはっとさせられる。美しい暗赤色の家と大きな家畜小屋。その前庭ではノバリケンやブランド鶏が餌をついばんでいる。そして私が着いたのをみつけるや、駆け寄ってハグしてくれるアンとバーバラ。ここにはいつも、見るもの聞くことが山のようにある。そしてどこの農場でもそうだけれど、いくつかの死の報告も。先週、いちばん年寄りのノバリケンが死んで、その未亡人となったメスが表玄関のすぐ脇のポーチの手すりにとまっている。アンによれば、最期近くにはそのノバリケンを家のなかに入れていたので、夫が出てくるのを待っているのではないかという。その日の朝も観賞用の雄鶏が一羽死んだ。寒さのせいだろう。雌鶏たちも気管支炎から回復しつつあるものの、もう二週間、卵を産んでいないという。金額にして二七ドルの損失——彼女たちにとって、なくてはならない収入だ。でも今は抗生物質入りの餌を食べてすっかり回復し、卵もたくさん産んでいる。

前回行ったときから、いろいろな変化があった! バーバラはソープストーンの厚板にタツノオトシゴのデザインを彫りこんだ作品を制作していたけれど、架脚式テーブルの幅の広いパイン材の板の上に、アマモの狭間に浮かぶタツノオトシゴをデザインしたすばらしいレリーフが載っているのをみつけた。バーバラはこの秋、このテーブルで作業していて、感謝祭で使うために家畜小屋から家のなかに運びこまれていたのだ。もとはリンフィールドの家族用のテーブルだったのだが、この家のキッチンには長すぎたので、大仕事ではあったが長さを短くして、表面を再仕上げしてある。それに、アンの息子のトミーがつくったベンチも両側についているので、キッチンの薪ストーブの近くで八人がこのテーブルを囲んで座ることができる。

それからアンのアトリエに行って、最近の作品を見せてもらう。ここはもともと玄関を入ってすぐの応接室だったところで、ペンキを塗り直してきれいに片づけ、本棚を造り、壁際にはアンのお祖父さんの振り子時計が置いてある。イーゼルには、まだ描きはじめたばかりの大きなキャンバスが載っている。石垣とそこに咲く野の花の絵になるのだとか。彼女のスタイルはますます自由になっていて、この絵がどんなふうになるのかとても興味深い。

そのあと皆で座ってお酒（私にとってはひと月ぶり！）を飲みながら、互いの近況を知らせ合う。アンに、その大工仕事の腕は父親に教わったものかと訊いてみると、なんと独学だというのでたまげる。しかも壁に穴を開けてアトリエからバスルームに通じるドアを造ったことについて、そんなことやったのは生まれて初めてよ、と！ それ以後、彼女は大工だけではなく煉瓦職人にもなった。アトリエには新しい薪ストーブがあり、それが家全体を暖めているのだが、その後ろには立派な煉瓦の炉壁が造ってある。彼女たちがノース・パーソンズフィールドに移ってきたのはたった六年前だというのは、信じがたい。森はいうまでもなく（彼女たちはここから薪にする木を伐り出している）、庭といい、家畜小屋やこの家といい、彼女たちがやってきたことはまさに驚くばかりだ。私にはどう逆立ちしても、そのうちのどれひとつできない。まず第一に、アンのような忍耐力もないし、注意深くゆっくりとものごとを運ぶこともできない。彼女はけっして急がない。家畜小屋に壁で囲った雌鳥の寝場所を造るときも、石垣を造るときも、絵を描くときも、彼女は大いなる忍耐と厳密さをもって行う。

こんな話も聞いた。彼女たちが巣から落ちていたのを拾って育てたルリツグミの雛が、一昨年の夏の終わりに巣立っていったのだが、それが去年戻ってきて、同じ場所に巣をつくったのだと。その話は知っていたけれど、そのルリツグミが二四羽の群れを率いて渡ってきたというのは、今回初めて知った。壮観だったにちがいない！

この〝贅沢な〟ルリツグミの話は、アンとバーバラがこの農園でなし遂げたことを象徴しているような気がする。彼女たちが勇気とエネルギーを注ぎこんでつくりあげたこの農園での生活は、お金などまったくなくてもいかに豊かに暮らすことができるかを、目に見えるかたちで示してくれている。ここを通りかかる人は皆、足を止め、アンが売っているハーブについて質問したり、卵を買ったり、バーバラの彫刻を見たりする。そして「豊かな暮らし」とは何かについて、新しい考えに目ざめて帰っていくにちがいない。

丸一日、タマスとブランブルの世話をしてくれたイーディスの待つ家に帰り、お茶を飲みながらこの日の報告をするのは楽しかった。独り暮らしでいちばんつらいのは、こんな日のことを話す相手が誰もいないこと。ワシントン山の美しさもさることながら、家に車を寄せるときに見えた青い、生き生きとした海のすばらしさに、思わず深く息を吸いこむ。そしてここに住んでいることの幸せをかみしめた。

二月八日　火曜日

昨日は容赦なくノーイースターが吹き荒れて、テラスに六〇センチも雪が積もり、家に閉じこめられた。文字どおりの監禁状態。壁より高く雪が積もったのを見るのは初めて。いつもなら、真っ白の雪に閉じこめられるとわくわくして気持ちが高揚するのだけれど。私の部屋の窓からは長いあいだ、まったく何も見えなかった。時おり、茂みが影のように揺れるのが見えるだけ。メアリー＝リーの家もまるで存在しないかのよう。問題はいつも外で用を足すのが習慣の動物たちだ。夕方五時になっても雪がやまなかったので、表玄関のドアをなんとか押し開けて、タマスのためにシャベルで小さな場所をつくってやったのだが、タマスはすぐ家のなかに戻ってしまった。だから今朝まで二四時間、がまんしていることになる。それが心配でよく眠れなかった。夜中の三時にブランブルがニャアニャア大声で鳴いたので、下に連れていって外に出してやった。さいわい雪の表面は凍っていたのでパッと飛び出していき、一〇分後にほっとした顔で戻ってきた。

その後ベッドのなかで、除雪車がいつ来るかと耳を澄ましていたら、パニック発作に襲われてしまった。自分のばかさかげんに呆れてしまう。涙を流しながら起き上がり、もう一度タマスをさっきのところに出してやろうとした。タマスのことも心配、そして餌やり器に近づくこともできない鳥たちのことも心配だった。そのうえ、除雪車は来るには来たけれど小道の雪はどけてくれなかったことも、パニックをさらに悪化させた。こんなに動揺する自分がばかに思える。歳のせいだろうか。なんといってもここはニューイングランド。この地で暮らすには、がまん強く頑強でなければならないのだ。とうとう六時半にジャニスに電話。すると天使のような彼女は、メアリアンといっしょに来て、外に出られるように雪かきをすると約束してくれた。それで少し元気になり、長靴をはいて表玄関からテラスまで雪かきして、細い道をつくった。それからポーチのドアの前に積もった山のような雪をどかして、なんとか餌やり器のところまで道をつくる。こんなに雪かきをしたのは何年ぶりだろう。なにしろ重い雪が六〇センチ以上積もっている。これだけのことが自分にもできることがわかって満足だった。

それでも二人の救世主がやってきて、除雪車がガレージの前に積み上げていった巨大な雪の山をどけるという大仕事にとりかかってくれて、心底ほっとした！　その雪の山は、家のなかからは見えなかったし、見たときはかなりのショックだった。今回、クライドにはほんとうにがっかりした。除雪作業などしないで、私を雪から解放するのにもっと役立つことをしてくれればよかったのに。

ジャニスとメアリアンのおかげで、だいぶ気分がよくなった。ジャニスはここへ来る前に自分のところの除雪をすませ、メアリアンは夜中の三時からスノーブロワー〔雪を遠くへ吹き飛ばす噴射式除雪機〕で作業をしていたのだから、ここに来て私を助け出してくれたのはまさに英雄的な行為だった。いっしょにコーヒーを飲んだあと、二人は職場であるポーツマスの公衆衛生協会へと出かけていった。私もこれから外に出て郵便物を取り、食料の買い出しに行ってこよう。

昨日は少しばかり小説を書き進め、つまらない詩を一編書いた。ブリザードのさなかにたった一人で家にいるときの心境を書きたかったので。時に風はまさに垂直方向に吹き、それはすごい光景だった。午後には所得税の申告書も書き終えた。だからそれなりに収穫はあったけれど、なぜか気が滅入ってしかたがなかった。理由はよくわからない。ふだんならこんなブリザードの日には気分がウキウキするのに、今回はやられてしまった。

二月九日　水曜日

ほんの小さなことが、その日の気分をすっかり変えてしまうことがときどきある。ポーチでお茶を飲んでいたら、何やら壁の外側でガサガサと大きな音。「またあの巨大なリスだ」と思って外に出てみると、クリスが鳥の餌やり器のワイヤーを直しているところだった。ブリザードが来る前に地面に落ちてしまっていたのだ。週末には来なかったので、ワイヤーは一メートル近くの雪に埋もれているし、もう春までは来ないのだろうと思っていた。ところがまさにクリスがそこにいて、ワイヤーを手早く取りつけ、そこに餌やり器と牛脂を吊り下げてくれた（私がサクラの木に下げていたら、またリスにやられてしまったのだ）。陽気で賢明な若者、クリスがわざわざ来てくれたおかげで、すっかり元気になった。「また春に！」と言うと、彼は帰っていった。次に来るときはブリザードよけの窓を取り外してくれる。

全体として良い日だった。昨日はうっとうしい曇天だったが、今日はいいお天気。陽が傾くと、木々が地面にこの時期特有の長い影を伸ばす。夕方五時でもまだ明るい。三〇分でも明るい時間が増えるだけで大違い！　あたりはすばらしく静かで美しい。あまりに静かで音楽も欲しくないほど。手紙書きをしながら、ときどき顔を上げて広大なダークブルーの水平線の上で光が徐々に消えていくのを眺める。昨日とはうって変わって、海は静かだ。

今日届いた郵便のなかに、何通か興味深いものがあった。そのうちの一通は以前にも手紙をくれた女性から。彼女はこう書いてきた。

三通目になるこの手紙では、私が人生の新たなステップを踏み出すのに、あなたがどんな役割を果たしてくださったか――あなたはご存じありませんが――をお知らせしようと思います。

あなたが生涯を通して自分自身のための環境をどのように創造し、その環境があなたのお仕事にどんな影響をおよぼしたか、ということについて読むうちに、私自身の生きている世界を見直し、物理的な環境が自分の人生に果たす役割を見つめることができました。この大きな家のなかに、自分自身の居場所と呼べる場所がないことにも、自分だけの時間や空間が欲しいと言い出す勇気がなかったことにも気づきました。この秋、それまでおもちゃや着られなくなった息子の服などをしまってあった納戸部屋を片づけ、自分だけのプライベートな空間づくりにとりかかりました。引き出しの奥にしまいこんであった写真や、あちこちの棚に散らばっている本など、家の隅々に隠れていた自分の一部をかき集めました。壁に絵を飾り、棚に本を並べ、昔弾いていたチェロを出してきて、それらのものたちが結びつき、溶けあうのをじっと待ちました。やがてそれは現実になりました……

この自分だけの空間をもつこともなく、自分だけの時間が欲しいと言わなかったら、学校に通って英語や古典などの役に立たない授業をとるという「わがままな」ことをする勇気は、けっしてもてなかったと思います。でも私は自分だけの空間をもち、自分の欲求を明らかにしました。そしてそれによって、次のステップに進むことができたのです。

この手紙にはいたく興味を惹かれた。「自分だけの部屋」を求める勇気をもたず、自分のアイデンティティがその人の生活の枠組みとどれだけ密接に結びついているかに気づかない女性は、きっとたくさんいるにちがいない。

今でこそ私も、とてもきれいな場所にある大きな家に住んでいるけれど、この手紙を読んで、自分が若いころ一九三〇年代のロンドンで、短期滞在のために借りた殺風景なアパートの部屋を、どうやって居心地のいい空間にしたかを思い出した。壁は茶色一色でなんの魅力もない部屋だったけれど、ガスストーブをつける余裕のあるときだけはほっとしたものだ。それでも机の上に本を並べ、屋台の花屋からラッパズイセンを何本か買ってきて活け、好きな絵画の絵葉書や写真を何枚か壁に貼ると、部屋は私の部屋となり、生活の場らしくなった。そこで私は自分のほんとうの生活を始め、メイ・サートンとは何者であり、何者になろうとしているのかを知ることになったのだ。

外はもう暗い。雪は濃い青、海は黒に近い色になっている。さあ音楽でもかけよう。

「餌やり器のところまでなんとかシャベルで道をつくる」

二月一二日　土曜日

巨大なブリザードが、東海岸一帯、ワシントンの南までの広大な地域を襲っている。でも昨夜の天気予報ではボストンの南の海に抜けると言っていたので、すっかり安心して床につき、夜中にすごい風が家に吹きつける音がしたときも、ただの強風だと自分に言い聞かせ、寝返りしてすぐまた寝てしまった。ところが五時、まだ暗いうちに階下に下りて玄関の明かりをつけると、雪が分厚いベールのようになって降っていて、ドアの前はものすごい吹きだまりになってる。これではドアは開けられっこない。

月曜日はかなり追い詰められた心理状態だったけれど、今回はさほどでもなく、午前中はずっと手紙書き。昼には雪がやんだので外に出て、ポーチから餌やり器のところまでなんとかシャベルで道をつくる。テラスには少なくとも一メートル近くの雪が積もり、壁は埋まっている！

一日じゅう、野原の下では大きな波が泡のようなしぶきを上げるのが見え、夕方五時になって夕闇せまる今、暗い青灰色の海の水平線のあたりには白い泡の線がいくつもできている。夕陽が、砕ける波をバラ色に染めている。

今この瞬間にクライド・ディクソンが来て、雪かきをしてくれたら！　でも新たに積もった五〇センチの雪をどこにどけたらいいのか——それに、今回こそ彼は雪かきをしてくれるのかしら。だから今回もまた、すべては未決定のまま。

ともあれタマスはお昼近くになって外に出て、私が雪をどけた小さなスペースで用を足した。ブランブルは外をちらっと見ただけで、すぐに家のなかに逃げ戻ってしまった。

今朝は頭のなかに数行の言葉が浮かんで、ざっとだけれど詩がひとつできた。前回の嵐のときにつくろうとしたものよりは、詩らしいかもしれない。

三カ月後には、この白一色の野原のあちこちにラッパズイセンが顔を出し、あの荒々しい春の姿が戻ってくるなんて、ちょっと信じがたい。でもニューイングランドを愛するのは、この激しい気候の変化があるからこそ。なにより気分を高揚させてくれる。

二月一四日　バレンタインデー

イサク・ディネセンの伝記を読み終えた。もう読めないと思うと寂しいし、まだ読みつづけていたい。去年、彼女の分厚い書簡集が出ると、むさぼるように読み、次にジュディス・サーマンによるこの伝記を注文したときには、内容が重複するのではと少し心配だった。でもまったくの杞憂だった。ひとつには、手紙は本人から見たディネセンという女性の姿を伝えているからだろう。彼女はいうまでもなく偉大なる神話のつくり手だったが、それは作家としてだけではなかった。小説を書くときと同じくらい精魂をこめ、同じくらい深い想像力をもって、もうひとつの創造——神話的な人物像の創造に打ちこんだ。それは彼女の死後に他人がつくりあげる神話ではなく、彼女が生きているあいだに彼女自身の手によってつくられたのだ。だからこの伝記のひとつの魅力は、芸術と日常生活との不一致、あるいは彼女の日常のみならず芸術のなかにも浸透した「つくりごと」にあるといえる。カーレン・ブリクセンがイサク・ディネセンになったこと、それは驚くべき創造であり、サーマンによる伝記はまさにそのことを明らかにしている。サーマンは日常生活（神話）と作品を融合することに、そしてディネセンを理解可能な人物にすることに成功している。

サーマンの伝記はディネセンの偉大さを少しも減じることなく、それをくっきりと浮き彫りにし、『アフリカの日々』がどれほどの傑作であるかをあらためて思い知らせてくれた。体験が純化され、時に歪められることで、真実が事実を超越する、芸術作品とは何かについての完璧な例といっていい。アナイス・ニンもまた自分を神話化することに成功した作家だけれど、彼女の日記にあるような自己愛的な逃避や歪曲とは、まったく地平を異にしている。

去年、ディネセンの書簡集を読んだとき、カーレン・ブリクセンの上流階級気取り《スノビズム》に衝撃をうけた。たとえば、男爵夫人になるためなら梅毒にかかるぐらいどうというとはない（彼女は夫のブロア・ブリクセン＝フィネッケから感染した）などと、とんでもないことを言ったり！　でもこの自伝を読んでから、彼女のスノビズムがW・B・イェイツのそれに似ていることに気づいた。物質主義的な中産階級とはけっして相容れないが、貴族や農民階級とはつながりをもてる能力である。アイルランドの農民階級はイェイツに、過去に深く根ざした民間伝承を提供し、貴族階級もまた、過去に根ざすゆえにイェイツが価値を見出した心的態度《エートス》を提供した。イェイツにとっても、ディネセンにとっても、貴族階級とは農民に依存する地主階級を意味した。ディネセンが経営していたコーヒー農園はキクユ族とソマリ族に依存していたから。イェイツの「ジャイロ」は、ディネセンが書いたとしてもおかしくなかった。

振る舞いと労働が粗野になると、魂も粗野になる
だからどうなのだ？　この頑固者たちが愛する
馬と女が好きな人びと
彼らは壊れた墓の大理石から
あるいはスカンクとフクロウのあいだの暗闇から
あるいは何もない深い暗闇から、掘り出すだろう
働く者や貴族や聖人を、そして
またしてもあの古くさい渦巻き《ジャイロ》の上を走るすべてのものを

ディネセンの物語が、一八世紀のデンマークとケニア、そのいずれも舞台にしたのには十分な理由がある。アフリカの農園は失敗に終わり、彼女はさながらその廃墟から蘇る不死鳥のように、作家としての偉業を達成した。けれどもアフリカでの経験なしには、彼女が手にした素材はけっしてみつか

らなかったことは明らかであり、たとえどんな悲劇に見舞われたとしても（恋人フィンチ＝ハットンの死も含めて）、彼女の最終的な勝利の源泉はアフリカの農園にあった。アフリカの農園では、彼女は文字どおり伝説的存在だった。彼女が農園の家畜を襲って餌食にするライオンを銃で撃ち殺すことから、使用人たちは彼女を「雌ライオン」と呼んだ。農園で、彼女は原始的な人びとを理解する才能と、勇気とユーモアのセンスを大いに発揮した。彼女を尊敬するあるデンマーク人の言葉を借りれば、「彼女は喪失を昇華することについて、苦難を才能の肥やしにすることについて、苦痛を芸術作品の深い味わいとすることについて、すべてを知り尽くしている」。

しかし農場経営に失敗し、デンマークへの帰国を余儀なくされると、その伝説としての存在は一時期消えてなくなる。晩年には、作家としての名声を得て成功するけれど、伝説的人物としての自分を再度つくりあげ、大きな成功を手にするにあたって彼女がとった手段には、上品でない部分もあった。次から次へと才能ある若い男を誘惑――性的にというより、魅惑的で賢い年配女性として相手を圧倒することによって――していったのだ。彼女には自分自身を映す鏡が必要だった。他人のなかに自分の似姿を探し求め、自分がそこに映し出されているのをみつけると、人間として失格の振る舞いに出て相手を傷つけてしまう。ところがキクユ族やソマリ族の使用人や友人との関係においては、自分の姿が映し出されることはないので、想像力と寛容さを精いっぱい駆使して、自分の世界とはまったく異なる世界を理解しようとした。ひとつの伝説的人物であることは、彼女を人間として大きくしたが、もう一方は――根本的に利己的なものだったから――彼女を小さくした。だから、先ほど引用した彼女を尊敬する人物は、老年のディネセンについて、こうも言う。「一方で彼女は、もっとも俗っぽい人間の気分や衝動、狭量さ、短気、気まぐれ、けちといったものに屈していった。その寛容さにもかかわらず権力欲にまみれ、人間の運命をもてあそぶことを軽蔑しながらも、それをもてあそんだ。そして強大で文句のつけようのない自信と誇りをもちながら、自己蔑視に取りつかれた。まさに矛盾だらけの人間で、どんな道徳的カテゴリーにもあてはまらなかった」

階下には、死の三日前にセシル・ビートンがブリクセン邸〈ラングステッドルンド〉で撮影したディネセンの写真がある。さんさんと陽の射しこむ部屋で、彼女は首の上まで届くトレードマークのタートルネックのセーターに身を包んで座り、瘦せ細った手には古めかしい花束を持っている。目を閉じ、その強烈なまでに個性的な顔には、えもいわれぬ笑みを浮かべている――あらゆるものに取りつかれ、あらゆるものを受け入れた人間の笑みを。これこそ私が抱きつづけてきたイメージであり、今ならそれについての詩――もうずっと長いあいだ、頭と心のどこかにもちつづけ、いつかは書こうと思ってきた詩が、書けるかもしれない。

二月一七日　木曜日

詩作にトライ。できたものを朗読してチャーに聞いてもらい、感想を訊いた。チャー・ハイデマは一年ほど前に知り合った新しい友人。デンバーからメインに越してきて、南メイン大学で精神医学ソーシャルワークを教えている。昼食に彼女を招待したのだが、「常連」のナンシーとジャニス、それにスーザン・ケレステスが一度来たことを除けば、一月一日に引きこもりはじめて以来最初のお客だった。彼女と話すのは楽しかったけれど、誰かをお昼に招待するのはあまりうまくいかないことがはっきりした。簡単なダイエットランチ――今日はシュリンプサラダと半分に切ったグレープフルーツ――でも、準備することで集中力がそがれてしまうし、一時間でも濃密な会話をすれば、午後手紙を書くのに必要な精神的エネルギーを使い切ってしまう。守銭奴よろしくエネルギーをためこむなんてまったくばかげているのだけれど、この貴重な「自由な」時間はもう半分過ぎてしまった。平穏な時間がたっぷりあるという感覚はなくなってしまい、なんの邪魔もされずに仕事ができる日があと何日あるかを数えはじめている。

今書いている小説についてはつねに疑念があるとはいえ、このところ実り多い充実した時間を過ごしてきた。でもディネセンについての詩は、まだまだもっと考える必要があるということが、声に出して読んでみてわかった。チャーはイサク・ディネセンを読んだことがないというので、『アフリカの日々』を貸す。この大いなる冒険に彼女を誘うことができて、とてもうれしい。

早朝、朝食後に三〇分ほど、校正刷りで送られてきたリンダ・ハフの『若き女性芸術家の肖像』を読む。女が芸術に打ちこむことに対して、いまだにこれだけの抵抗があるということを思い知らされる。ハフは、一九世紀にこのテーマで書かれたほんのひと握りの小説を取り上げ、それらの女性作家が女としても、妻や母として当然の責任を負う者としても、ふさわしくないと世間から非難されていことを書いていて、興味深い。今の時代でも、堂々と自己主張し、若い男性作家の誰もが当然のこととして手に入れている時間や空間、そして家事育児からの自由を要求できる若い女性作家がどこにいるだろうか？　当然ながら、ひとつにはビルドゥングスロマン〔少年時代から青年時代にかけての主人公の人格形成の軌跡を追う小説〕は作家としての出発点で書かれるものだということ、そしていわゆる「普通の生活」を犠牲にして人間として極端な要求をする権利、いわば才能ある者の特権を当然のものとして主張するだけの自信にあふれた若い女性作家がどこにいるか、ということがある。トマス・ウルフ、ジェームズ・ジョイス、セオドア・ドライサー、ジェームズ・ファレルなどの作家たちのもつ強烈な自己中心主義を、若い女性が正当化するのははるかに困難だ。妻に「身のまわりの世話」をしてもらって、自分は仕事に打ちこむのが当然と考えている若い男性にくらべて、女性は日常生活と芸術とのあいだで大きく引き裂かれている。おもしろいことに、ウィラ・キャザーは『ひばりの歌』の主人公シーアを、まさに非情なまでに意思の強い女性芸術家――オペラ歌手――として造形している。シーアの人生に登場してくる男性は皆、彼女の支援者で、彼女は彼らを、男が女を利用するのと同じかたちで――ただし性的にではなく――利用する。この小説のなかだけでは、男は敵ではない。彼らは天才に奉仕するために存在する。このことはすでに指摘されているとは思うけれど、私にとってはハフのすぐれた分析のおかげで知ることのできた、新たな洞察だった。

今朝、このことがことのほか鮮やかに頭に刻まれたのは、創作の代償ということに、またしても――小さなかたちではあるが――直面したからだと思う。若い友人を誘ってお昼をいっしょにしたら、翌日の午前中にするはずの仕事に必要な切れ味《エッジ》がなくなってしまった！　でも今は若いときのように、良い作品を書くという自分に課した義務と、できるかぎり良い人間でありたいという義務感とのあいだの葛藤に悩むことはなくなった。若いときは、こんな自己中心的な仕事を正当化する権利がどこにあるのかと、何度自問自答したことか！　もの書きになるにあたって、それが社会の役に立つと確信できる人がどこにいるだろう？　でも今は自分の作品が、長く残るかどうかは別にして、人のために役立ったことがわかっているので、そういう葛藤は——とくに年をとった今では——はるかに弱まった。若いころは毎日机の前に座るたびに、自分がいっぱしの作家だなどという思い上がりは捨てて、どこかのスラムで恵まれない子どもたちに勉強を教えるべきではないか、という思いとの闘いに苦しんだものだ。

自分が七〇歳で、しかもこんなに若い気がすることが信じられない。実際、『海辺の家』を書いたとき〔六二－六四歳のとき〕よりもずっと若い気がする。人は先のことを不安に思うけれど、実際にそうなってみると、不安に思っていたのとはまったく違うというのが真実ではないだろうか。最近では、七〇歳なんてまだまだ老人ではない——とくに健康に恵まれていれば。私は幸運にも、母親ではなく父親の体質を受け継いでいる。母は並外れた活力と勇気をもっていたにもかかわらず、生涯にわたっていろいろな病気と闘わなければならなかった。

電話が鳴った。ネルソンの、ミルドレッド・クイグリーの娘のタミーからだった。二日前にミルドレッドが転んで骨盤を骨折し、その後肺炎を起こして予断を許さない状態だという。いちばん最近、クリスマスに会ったときはゆっくりおしゃべりしたけれど、彼女がとても弱っている気がした。体重が四五キロを割ったと言っていて、この先の真冬の寒さを不安に思っているようだった。タミーの話では、ミルドレッドはこの秋に主治医と話をし、これが最後の冬になることを予感したうえで、もし死が迫ってきたら何も延命措置はしないように頼んだのだそうだ。医者は家族と相談し、彼女の意思を尊重することに決めたと聞いて安堵した。突然の事故の場合を除いて、人は心の準備をして死んでいくものだということを、最近ますます確信している。そしてミルドレッドは、心の準備ができている。彼女はけっして消すことのできない炎のような人だった！

バーニーが妻といっしょにニューヨークから来ると聞いて安心した。これでタミー、バーニー、そして長男テリーの三人の子どもたちが、この最期の時期に彼女のそばにいてあげられるから。今はただ、彼女が回復のためにとてつもない努力をさせられることなく、静かに逝くことを祈るばかり。

つい先日、ネルソンでジュディといっしょに暮らしていたころにミルドレッドがしてくれたことが、ありありと脳裏に甦ってきた。ミルドレッドという人はあまり感情を表に出さないけれど、他人の人となりや価値観についてとても繊細で深い洞察力をもっている。春のその日、彼女はジュディのために自分の庭に咲いていた白いスミレを花束にして持ってきてくれた。「だって」と彼女は言った。「この花、とってもジュディみたいなんですもの」。ミルドレッドはいつでも、誰にでも、そういうことをする人ではない。それはジュディへの賛辞だったのだ。

二月二一日　月曜日

ミルドレッドの葬儀が昨日、キーンで行われた。往復かなり長時間の運転にはなるけれど、やはり行くことにした。冬を越すのは大変だと言っているローリーのこともずっと気になっていたので、行きがけに三〇分だけ彼女のところに立ち寄るのもいいと思って。ディネセンの伝記と、このあいだみつけたドイツのスペキュラティウス・クッキー〔スパイスの入った伝統的クッキー〕も持っていってあげよう。このクッキーは子どものころベルギーで食べたクッキーの味がする。手放すのはとても惜しかった……ダイエット中だというのに、まったく食いしん坊なのだ！

すばらしい天気。澄みきった青空に真っ白な世界が広がっている。行き慣れた道をアップダウンを繰り返しながらのドライブを満喫。あちらこちらで、子どもたちが木製のそりや赤いプラスチックのそりを持って斜面をよじ登り、こぢんまりした家々の多くには、まだクリスマスリースが飾ってある。暖かいので、家畜小屋の外に出て日向ぼっこしている牛の群れも見える。でも何より、木々の青い影が雪の上に長く伸びている二月特有の光景が、繰り返し目を楽しませてくれた。夢のニューハンプシャー州ネルソンに住んでいたころ私が愛したすべてのものへと回帰する、巡礼のような旅になった。そのことがいっそう鮮明になったのは、峠を越えピーターバラへとスピードを上げて下っていく途中に、モナドノック山が姿を現したとき。頂上付近は真っ白な雪に覆われ、樹木の生える地帯は濃い青が美しい。あたり一帯を睥睨するかのようにそびえる山に、晴れやかな気持ちで敬礼した。

　ローリーは、窓からモナドノック山が見える小ぶりの寝室の暖炉のそばに、部屋着姿で座っていた。マントルピースの上にはジョン・ダンやシェイクスピアなど、彼女の愛読書がずらっと並んでいる。最近はこれらの本を読み返しているのだという。私が椅子を引いて近くに寄ると、彼女は私の両手を温かい手で包み、それから二人でいつものように友人や本の話をしたり、互いの欠点について笑ったりした。最後にローリーは、彼女の親しい知人で、とてもユーモアのセンスのあるミセス・マクダウエルという女性について、すばらしい話をした。ローリーの手元にはその人から届いた手紙の束があり、彼女が亡くなったらその手紙をどうしたらいいだろうかと二人で話した。それから話題はディネセンの伝記に移り、さらには私自身の伝記の書き手について不安に思っていることへと発展。最近、未知の何人かの人から伝記を書かせてほしいという手紙が来ているのだが、私の返事はいつも同じ。「私が死ぬまではだめです」と。でもなんと危険のともなうことだろう！　もちろんいざというときには、キャロリン・ハイルブランがちゃんとした人を選んでくれるだろうけれど。

　そしてもう別れの時間になってしまった。なんと豊かな友情なのだろうとあらためて思いながら、身を引き剝がすようにしていとま乞いをする。

　ダイエット中に長時間の運転をするものではない。葬儀の三〇分前にキーンに着いたときには空腹が限界に。やっと街の中心部にダイナーがあることを思い出し、そこへ行ってスモールサイズのギリシャ風サラダを食べた――オリーブとチーズが入っていたので少々後ろめたい思いを感じつつ！　それと水をコップ一杯飲んで、なんとか空腹を紛らわす。ダイエット期間も終盤に入っている今、ハンバーガーや温かいターキー・サンドイッチと、飲みたくてたまらない牛乳の誘惑に屈してしまうことは、名誉にかけてもできないのだ。

葬儀場に数分前に滑りこみ、会場の後ろのほうにいた友人たちと合流。クイッグの葬儀に参列したのもこの〈フォーリーズ〉だった。振り返ってみれば、フォーリー家とクイグリー家のあいだには強い絆がある。クイッグの最後の仕事のひとつは、フォーリー家の三人の息子たちの肖像画を描くことで、かなり病気が進んでいたにもかかわらず、彼はそれを最後までやり遂げた。会場で、自分が懐かしいネルソンの隣人たちといっしょにいることに感動を覚えた。ワーナー家のヘレンとドリスが私の前に座り、ほかにも何人か名前は出てこないけれど、見覚えのある人たちがいた。クイッグの家族は二つの部屋を隔てる広い通路の向こう側にいたので、見えなかった。でも小さく簡素な棺は見えた。棺の上にはクイッグの描いた絵――緑の木々を背景にした彼の家――が一枚置かれている。その上方に赤と白のカーネーションの大きなアレンジメントが飾られているが、花の数はそう多くはない。今どき、そんなことにお金をかけられる人はいない。そして会場には『見果てぬ夢』などの少々感傷的な音楽が流れていた。たぶん一人で来ていたのは私だけのようだった。それで孤独を感じるとともに人目が気になり、涙を堪えようとした。それでも『見果てぬ夢』のメロディが妙にミルドレッドにふさわしく思え、堪えきれなかった。

彼女の夢のほとんどは「見果てぬ」ものだったけれど、信念と希望の詰まった炎のように熱い芯をけっして失わずに、たび重なる災いに見舞われ、お金の心配が絶えなかった生涯を生き抜いた。最後まで生きることへの飽くなき興味を失わず、ひたすらあたえ、人を気づかいつづけた。葬儀に参列していた人の全員が一度や二度はかならず、彼女のユーモアのセンス（けっしてはずさなかった）と智慧に助けられたにちがいないと思う。巡回図書館がネルソンにやってくると、彼女はいつも二〇冊以上の本を借りて全部読んだものだった。彼女の見果てぬ夢のひとつは、考古学を勉強することだった。もうひとつの夢は、住み慣れたぼろぼろの家を修理したいというものだったが、これは幸運にもクイッグの死後に部分的に実現した。私がお金を出して屋根の葺き替えと下見板の張り替えをし、トイレを水洗にした。小柄な彼女がどうしても自分でやると言って足場に乗り、外壁を自分の選んだこげ茶色のペンキで塗っている姿が、今でも目に浮かぶ。

こうしたとりとめのない回想は、牧師の声で中断された。後ろのほうにいたのでその姿が見えず、最初は録音されたものかと思った。ちょっと風変わりな追悼の辞で、牧師は最初、自分と友人がネルソンの近くの沼地でアートの材料にするための、流木のような腐食した木のかけらを探したことをえんえんと一〇分以上話した末に、やっと話の核心に入り、クイグリー家のキッチンで、ストーブで足を暖めながら熱いコーヒーを飲み、楽しい会話に興じたという話をした。それから、『夢見つつ深く植えよ』のクイグリー家について書いた章から短い一節を引用し、「詩編」の一〇一編と二三編を読んだ。牧師は参列者に「あなたたち《フォークス》」と何回か呼びかけたが、ちょっと人を見下したような響きがあった——本人はそういうつもりではないのだろうが。でもミルドレッドに関していえば、まったくふさわしくない言葉だ。彼女のように教養があって、あれほど繊細で正確な言語感覚をもった人はほかには知らない。田舎暮らしで生涯貧しい生活を送ったからといって、「フォークス」とはかぎらないのだ！

というわけで、心残りだったのはミルドレッドの際立ったすばらしさが称賛されずに終わったことだった。

もちろんいちばんつらかったのは、棺に別れを告げて出ていくときと、そのあと末っ子のバーニー、それにテリーとタミーと抱き合ったとき。皆、人目もかまわず泣いていた。

明るい太陽の降りそそぐ外に出て、そこに立っている懐かしい友人たちの輪に加わり、ミルドレッドの思い出話をするのは不思議な気分だった。ネルソン時代のように、自分があるコミュニティの一員になることはもう二度とない。長い年月が過ぎたのに、かつての隣人たちのなかに入り、温かく迎えられたことに心慰む思いがした。

でももう帰る時間だった。家までまた長時間運転しなければならない。ネルソンへの分岐点まで来たとき、胸の鼓動が速まった。あの家はもう今までのままではなくなる。ドアを押し開けるとそこに、瞳をきらきらさせたミルドレッドの姿——椅子の肘掛けには猫、膝には開いた本を載せて——を見ることは、もう二度とない。二日後には、すべては歴史となってしまうのだ。

少なくともそのことを、たとえほんのわずかでも書きとめ、讃えることができたのは、ああ、なんという歓びだろうか。そして今この瞬間も、どこかで誰かが『夢見つつ深く植えよ』のクイッグとミルドレッドについて書いた部分を読んでいる。そうであるかぎり、二人は今も生きていて、ドアの向こう側の見知らぬ人に手をさしのべ、元気を取り戻させているのだ。

二月二四日　木曜日

昨日、調べたいことがあって古い日記をめくっていたら、トマス・ド・クインシー〔一九世紀のイギリスの評論家〕がドロシー・ワーズワース〔ウィリアム・ワーズワースの妹〕について書いたすばらしい一節に遭遇した。

光パルスの流れや振動でさえ、相手に寄り添った彼女の返答や共鳴の動きほど速くもなく、必然的でもない。友としての彼女の人柄をひとことで言うならば、私の知るかぎりもっとも野性的（もっとも自然という意味において）で、しかももっとも誠実で、もっとも必然的な人間であり、同時に、歓びにも悲しみにも、笑いにも涙にも、人生の現実にも、あるいは詩人にとってのより大きな現実にも、即時に誰よりもすばやく共感を示すことだ。

この一節を読んだとき、まさにミルドレッドのことがありありと浮かんできた。

小説が思うように進まず、鬱々とした日々。そこで少し気分を変えようと、アン・ソープが第二次大戦後のドイツで二年間、ユニテリアン奉仕委員会で働いていたときに、親友に宛てて書いた一連の手紙を読んでいる。読んでいると、人間としての彼女が鮮やかに立ち現れてくる——男性への、そして女性へのあふれんばかりの善意、楽しいことやピクニック、身のまわりの自然（とくに春の）をこよなく愛したこと、そしてその無私無欲の精神。ドイツ語を習得するまで何カ月ものあいだ（年齢は五五だった）、彼女はおそらくブレーメンの〈ナッハバーハウス〉のオブザーバーであり、さらにはスタッフのストレスの受け皿にもなっていたのだろう。彼女の内面についての記述はほとんどないのだが、それはもちろん、私がそれについて書き、再現できるようになったときにやるべきことだ。机の上にはアグネス・スウィフトが撮ったアンの美しい写真が飾ってある。よくその写真を見るけれど、ときどき、もっといい仕事をしてちょうだいと彼女に責められているような気がする。もっと徹底的に、もっと忍耐強くやらなければいけない、と。

問題は、題材があまりにも豊富で多岐にわたり、彼女が長い生涯で深くかかわった人の数もとても多いこと。だからこの本にはものすごくたくさんの人物が登場し、とても名前（仮名にしている）は覚えきれない。彼女についての本を書くのはとてつもない大仕事で、このところ、自分にはたしてそれがなし遂げられるのか疑問に思っている。いずれにしても、十分満足できるものにならないのは目に見えている。小説が、一人の人間の複雑さをすべて伝えられる——あるいは十分に表現する——ことなどありえない。できるとすれば、印象派の絵画が時に成功していること、つまり小さな表現を積み重ねていくことで、ある風景のイメージをよび起こし、最終的には光り輝く全体を描出することだけ。アンとその生涯について、それができるだろうか？ やってみるだけの価値はある。

二月二五日　金曜日

昨日はダイエットの最終日。ポーツマスのダイエット・センターに行って体重を計ったら、八キロ減っていた。目標は九キロ減量だったのだが。でも昨日、一一キロ入りのヒマワリの種の袋を引きずって家のなかに運び入れたとき、「そうだ、自分の体は八キロも軽くなったんだ」と思ったら気分がよかった。ダイエットが終わった解放感でいっぱいだったので、ジャニスとプリシラといっしょにヨークにある私たちお気に入りのレストラン〈スパイス・オブ・ライフ〉でお祝いの夕食。とくに夜には、天井から吊られたビクトリア朝風の照明で、暗い色調の木の壁が明るく照らされ、まるでフランスのレストランにいるような雰囲気。なんとも楽しい夕べだった。ジャニスとプリシラがブルゴーニュのハウスワインを一リットル注文してくれたので、いっそうお祝い気分が盛り上がる。子牛のマッシュルームソース煮、そして六週間ぶりの本格デザート、チェリー・チーズケーキに舌鼓を打った。

夕食に出かける前には書斎の暖炉にクリスマス以来初めて火を入れて、まず一杯。タマスもやってきて、チーズの切れ端をもらおうと辛抱強く待っている。スコッチを飲むのは一月半ば以来。この二人はもう古くからの友人のようで、心からリラックスできる。作家メイ・サートンではない自分でいられることを楽しみ、ほんとうに大切なこと――犬のことや、この春の庭づくりの計画、政治、そして生きること全般について話せる。心浮き立つようなすてきな宵。久しぶりに安らかな気持ちで眠りについた。

地下室の一角で照明を当てて植物を育てているのだが、思い切ってそこの片づけに取りかかろうかという気になってきた。これはこの冬、やろうと思っていた家の仕事の最後から二番目。最後はガレージの片づけだ。外に出られるようになって春の庭仕事の季節になったら、家のなかの片づけをやっている暇などまったくない。もし今それができたら、万々歳! そろそろ球根ベゴニアを地下室で育てはじめる時期だけれど、きれいに片づいたところで作業ができれば言うことなし。

二月二八日　月曜日

懸案の地下室の片づけをやった。すごい満足感! かかった時間はたった一時間半。こういう類のことは、やり始めてしまえばこっちのもの、ということをあらためて思い知った。気持ちをそこに向けて、とにかくやり始めることが肝心。ひとりでやるのは年々むずかしくはなっているけれど、今回はナンシーの助けなしにできたので、自分をほめてあげたい気分。

いうまでもなく、たとえ一ページ分でもまともな文章を書くことにくらべれば、地下室や戸棚の片づけなど、ものの数ではない。それでもなかなか「やり始める」ことができない理由のひとつは、午前中いっぱい机に向かって仕事をすると、それだけでかなりのエネルギーを消耗して疲れてしまう

――最近ではちょっと疲れすぎてしまう――ことだ。というのも今やっている、アンの手紙を読んでメモを作成するいう作業には、とてつもない根気が必要だから。長い時間集中しなければならない割には成果はあがらない。今日も、ドイツ時代のいくつかのエピソードにできるかもしれないと思う手紙の部分を、シングルスペースでびっしり五ページ分もタイプした。でも今は、こういう方法によって物語が生き生きとしてくると思っている。全体を語ろうとするのではなく、精密なイメージをいくつかよび起こすことで、全体が生き生きとするのだと。

今朝、手紙をタイプして書き写しながら強く思ったことがある。戦後のブレーメン（アンの配属先）のユニテリアン奉仕委員会や労働者福祉団にあったような、賢明で忍耐強いリーダーシップと献身的な仕事への姿勢こそ、まさに今のアメリカが必要としているものだと。アメリカ人はもう長いあいだ、まるで爆撃されたような廃虚同然の場所（たとえばブロンクスの一部）から目をそむけ、そこで暮らす子どもたちの苦境からも目をそむけてきた。人びとは「犯罪者の取り締まり」ばかりを要求し、子どもたちが人間として育っていくために必要な生活の場を建設することを要求する人はいない。アメリカは文明国だと私たちは考えているけれど、国民の四〇パーセントは文字の読み書きができない非識字者なのだという！　この数字はあまりに高くて信じがたい。アメリカにはキャサリン・テイラーのいう「基本的ニーズ」が満たされていない子どもが何万人といる――まずは食べ物、着る物、保護、そしてアンが書いているように次のような精神的ニーズもある。

1 尊重され愛されたいという願望。

2 どこかに属し、包含されている、そして自分が何かに貢献できるという感覚。「他者との関係性の質がきわめて重要」

3 成長していくなかで自分の力を発展させ、社会に参加できると感じられること。そのために技術を磨き、理解力を高め、なんらかの創造的な表現を行い、良好な人間関係を築こうとすること。

この国には、これらのニーズがどれひとつとして――たとえ食べ物や着る物などのシンプルなものさえ――満たされていない地域が山のようにある。驚くべきなのは犯罪の多さではない。この程度ですんでいることのほうが不思議だ。

このところ朝、不安な状態で目がさめる。この国の将来に対する大きな不安。国内の「平和の構築」を推し進めるため、少なくともそれに取りかかるための協調的なとりくみを、なぜ誰も――教会でさえも――しようとしないのだろう？ 戦後のドイツや日本では、アメリカはかなりの成果をあげたというのに。

三月一日　火曜日

仕事に集中する三カ月のうち二カ月が過ぎ、今日から三カ月目。これまでほとんど成果があがっていないことに愕然としている。でもこのところ、創作以外にいろんなことが起きている。ナンシー・ハートリーが、一九五五年以降にカミーユ・メイランと私が交わしたすべての手紙を整理するという、すばらしい仕事をしてくれた。今それを、バーグ・コレクション〔ニューヨーク公共図書館にある英米文学の蔵書と草稿のコレクション〕に送って保管してもらうために梱包したところ。誰かとやりとりした手紙を手放すたびに感じるのは、それが小さな死であり、死者を埋葬することでもあるということ。カミーユ・メイランは今、九〇歳を超えていて、最後の手紙は昨年のもの。もう一度彼女に手紙を書いて、二人の友情の証が記録として保管されることを伝えなくては。ああ、そう書くとすべてが終わってしまうような響きがある。でもどんどん手紙を書くことが減っているこの時代、電話が内省に取って代わることがあまりに多い。電話は声が消えてしまえば、あとには何も残らない。カミーユとのあいだに三〇年近くも文通が続いたことを心からうれしく思うし、いつの日かこれらの手紙を読んだ人が、私たちの友情を新鮮で生気にあふれていると感じてくれることを信じたい。ほとんど手紙だけによって知り合い、親密になり、お互いについての理解を少しずつ深めていった私たちにとって、まさに二人の友情は新鮮で生気にあふれていたから。

初めて彼女に会ったのは一九三八年、ロンドンのジュリアン・ハクスリー宅だった（彼女の小説『黒衣の女』がフェミナ賞を受賞し、そのためにロンドンに滞在していたときだったから、一九三九年だったかもしれない）。名声を手に入れようとしていた彼女は、まさに有頂天だった。やがて戦争が始まり、まずパリの北、ボーベにあった彼女の家が書斎や原稿もろとも破壊されてしまう。それでフランス南部タラスコンの彼女の両親の家に、夫と娘、息子とともに身を寄せるが、そこもまたフランス解放の際、アメリカ軍の爆撃で破壊されてしまった。夫は、瓦礫のなかから自分の蔵書を取り出すために無理をしたことも一因となって命を落とす。戦後はストラスブールに住み（現在、彼女の娘はストラスブール大学の文学の教授）、夏はプロバンスの古い農家で過ごした。プロバンスへは二度訪れ、二回目はジュディもいっしょだった。この時期、彼女はほとんど執筆せず、世の中から忘れられたと感じていた。だから一九八〇年にジュリアール社から『老いたわが母の肖像』というすばらしい本が出たときにはほんとうにうれしかった。この本には彼女の母親以外に、稀にみる英国びいきのフランス人で魅力的な作家の叔父アンドレ・シェヴリヨンと、一九三〇年代に愛読し、心から敬服していたシャルル・デュ・ボス〔フランスの批評家〕という二人の人物も描かれている。

カミーユの人生は喪失の連続だった。そのなかには九〇歳を超えて生きていれば避けることのできない喪失もあり、自分の世界の喪失や、友人、そして姉妹の喪失もあった。その意味では、私たちの友情は彼女にとって価値あるものだったと思うし、私にとってはもちろん、それ以上にかけがえのないものだった。彼女は私にとって、フランスとのあいだを結ぶ輝かしい環だった。そして、フランス語を母語として生まれ、最初に発した言葉がフランス語である自分の一部とも結びつけてくれた。彼女が駆使したみごとな言葉はそれ自体が文明であり、それによる彼女の自己表現にどれだけのことを教えられたか、とうてい言い尽くせない。彼女には時間もあり、大事にも思ってくれたので、英文学とそのクオリティに対する研ぎ澄まされた感覚をもって、私の詩や小説について手紙を書いてくれた。

それはまるで私にとって、天からの贈り物のようだった。私の詩を、あれほど心を傾け、寛大な評価をもって読んでくれた人はほかにいない。

手紙！　手紙といえば先日、かつてジュディに出した手紙の束が送られてきた。そのためこのところ、あっちこっちへと引っぱられながら、過去が現在に流れこんでくるような豊かな日々を送っている。

昨日、日記に国内の「平和の構築」についてちょっと書いたあと、たまたま二月二七日付の「マンチェスター・ガーディアン・ウィークリー」紙に載っていた、リチャード・コーエンの刺激的な文章を読んだ。タイトルは「貧者に対する戦い」。忘れないためにも、そのうち数パラグラフを書き写しておきたい。

三年目に入るのに、戦争はまだ続いている。攻撃は容赦なく続き、犠牲者の数が増えるばかりなのは明らかだ。証拠はまわりにいくらでもある——放心した顔の人びと、意気消沈した人びと、より良い生活へのむなしい希望をもって路上をさまよう難民たち。時おり死者も出るが、誰もその数を数えない。それでも犠牲者の数は増えていく。「貧者に対する戦い」は終わることなく続く。

このあとコーエンは、レーガン政権が打ち出した経済再建計画によって切り捨てられようとしている社会福祉事業をあげ、次のように続ける。

これらすべてが大きな打撃をあたえている。アルコール依存症も、鬱とその不可避的結果である自殺の数も増えている。DVもしかり。国づくりの重要な素材である子どもたちは栄養不足で、教育も不十分だ。社会にとって真の基盤であるものが、ごく幼いころから腐っている。苦しんでいるのは幼い子どもたちだ。

多くの都市では食料配給所《スープキッチン》が大盛況だ。デトロイトには八つのスープキッチンがあり、その何カ所かの報告によると、最近では新聞紙を詰めこんだ紙袋を下げたホームレスだけでなく、子どもを連れた父親や母親などの家族が利用する前代未聞の事態が起きているという。こうした施設はカンザスシティにも、ヒューストンやトレントン、トゥーソンにもある

これらはすべて、いかにこの戦いが成功しているかを如実に物語っている。貧者は総退却を余儀なくされ、あるところでは寒さに震え、ホームレスとなり、別のところでは仕事を失い、落胆している。そしてあらゆる場所で、彼らは悲惨な状況に置かれている。これは誰のせいでもない、彼ら自身のせいなのだ。そうでなければ、なんらかの手を打たなければならない。総司令官はそれを知っている。そして彼らを激しく追い詰める。こうした作戦には大きな困難がともなう。だが、この計画によればほかに選択肢はないのだという。

三月三日　木曜日

昨日カレン・ソームから、「パリ・レビュー」誌に掲載されるインタビューの原稿が届く。なんという大仕事！　HOMEで毎日、二〇種類の仕事をこなすのに追われている彼女に、どうしてそんな時間がつくれるのか不思議。去年の秋、インタビューの話があったときは全然乗り気ではなかった。インタビュアーとしてのカレンには絶対的な信頼があったけれど、春から夏にかけて何回もインタビューをうけて、自分のことや仕事のことを話し過ぎたという気がしていたから。そんなわけで、自分としてはあまり熱心ではなかった。届いた原稿は三六ページもあり、大幅にカットすれば良くなるかもしれない。昨日の午後と今日の午前中に三時間かけて、入念に目を通し、少し文体を変えたりはしてみたけれど、これでうまくいくかどうか自分では判断できない。これまで何回も言ってきたことばかりだし、ほかのところ――とくに一九八〇年にパッカーブラッシュ・プレスからコニー・ハンティングの編集で出した『書くことについての文章』――のほうが、ずっとうまく語れているのではないかと思う。ともかく、原稿は同誌発行人のデボラ・ピースに送り返すためにもう梱包してしまった。これでひとつ仕事が片づいた！

メイランとの往復書簡のほかにも、ジュディの甥のティミー・ウォレンから私がジュディに出した手紙が送られてきたりして、過去と現在とが入り乱れ、私自身もこのところ、いろんなことを同時にこなす日が続いている。ジュディへの手紙はざっと見ただけだけれど、それでも一九四〇年代にイギリスとフランスで過ごした春がどんなに豊かだったかを思い起こさせてくれる——そして自分がどんなに多くのことを忘れているかも。でも手紙にいつまでもかかずらっているつもりはない。

カレンはこう質問した。「七〇歳は六五歳とどう違いますか?」あまり違うとは思えないけれど、時間が加速することはたしかだ。一日が恐ろしいほどのスピードで過ぎていくし、一年もまた同じ。自分には老いに対する準備ができていないのは明らか! でも老境に入っても、時間は止まってくれるわけではない。それどころか飛ぶように過ぎていくのだと、皆、口をそろえる。私もそのことに気づきつつある。

ここ何日か、夜ベッドのなかでイギリスの友人が送ってくれた『フォークランドからのメッセージ——デイヴィッド・ティンカー海軍大尉の生涯とその勇敢な死』という本を読んでいる。実に感動的。ティンカーはフォークランド紛争の際、常務していた駆逐艦グラモーガンがミサイル攻撃をうけ、死亡した。この本は、彼がいくつかの戦艦に乗務しながら、両親や愛する女性(戦争勃発の前年に結婚している)に宛てた手紙を収録したもので、そこには少年時代から海軍兵学校時代、任務につく前に海軍から派遣されて一年間過ごした大学でのことまで書かれている。この本の魅力は、なんといっても彼の人間的な成長だ。戦闘行為を間近に見ることへの興奮と高揚感を抱いていた彼は、やがてエグゾセをはじめとするアルゼンチンのミサイル攻撃に対する英国艦隊の防衛システムの不備(航空支援の欠落)を痛烈に思い知り、最後にはこれが不当な戦争であり、一時的な勝利は収めても、その代償はあまりにも大きいことを確信するにいたる。戦争は地獄であり、どんなことをしても避けるべきだということを知るために、男たちは何度も何度も、そして各世代ごとに戦場に行かなければならないのか？　ティンカーは両親への手紙でウィルフレッド・オーエン〔イギリスの詩人。第一次世界大戦を題材にした詩を書いた〕を何度か引用し、マーガレット・サッチャーは「チャーチルになろうとしている」と手厳しく批判している。

ティンカー本人は、イギリス人の美点として称賛される特性の持ち主だったようだ――ユーモアのセンスにたけ、客観的な視点を失わず、どんなに感情的な瞬間にも冷静に考え抜き、感傷的にならずにものごとを深く感じとり、緊張が高まっても心の平穏を保つ能力をもっていた。そんな彼の死を思うと胸が痛む。

死の三週間前、彼は父親に宛てた手紙にこう書いている。「これによってたしかに、人生のささいな事柄と重要なことの両方が心に浮かんできます。通常の生活ではささいな事柄が前面に出て、重要なことは脇に追いやられ、手つかずのまま終わったり、後回しにされたあげくに、忘れられてしまったりします。でもここでは、物質的なことは重要ではなく、誰もが人間的な「こと」や価値、生き方などを考えているのです」

三月六日　日曜日

このところ空気には春の気配が感じられる。でも地面にはまだあちこちに雪がたくさん残っていて、道路はぬかるみ、深い轍《わだち》ができている。朝五時に目がさめると、外はもううっすらと明るくなり、空がバラ色からオレンジ色に変わっていくさまを眺めながら朝食を食べる。やがて太陽が、まるでびっくり箱から跳び出すように突然顔を出す。仕事部屋の窓のひとつを、一一月以来初めて開けた。アメリカコガラが春の歌をさえずり、ムラサキマシコも餌を求めて戻ってきている。そしてこの瞬間には、オークの大木にムクドリの群れが集まり、えんえんとおしゃべりに興じている。喘ぐような声とぶっきらぼうなおどけた歌声とが奏でる対位法の音楽という趣。今朝、仕事部屋はシンと静まり返っているので、網戸にぶつかってくるハエの羽音がやけに荒々しく聞こえる。

昨日は夕飯のあと、めったにないことだが、テレビの刑事ドラマを見た。初めの三〇分は引きこまれたけれど、そのうち暴力シーンの連続に嫌気がさして見るのをやめ、寝てしまった。暴力が子どもにおよぼす影響については、多くの本や記事が書かれている。昨日痛切に感じたのは、自分のなかにも同じ衝動があるということ。性的なものも含め、あらゆる意味でのサディズムが画面に満ちあふれ、犯人を銃撃することが警察の名誉であるという強烈なメッセージが伝わってくるために、自分のなかにも理性や善意のレベルより下のところで、銃を手に持って犯人を撃ってやりたいという願望がうごめいてくる！　そのことに気づいて愕然とした。タマスとブランブルといっしょにベッドにもぐりこむと、こういう暴力シーンをテレビで見ることが、路上での暴力事件発生の一因となっているにちがいないという確信が生まれ、その衝撃に身震いした。教育を受けていない人や社会に絶望した人、精神を病んでいる人が、刺激的で気分をハイにするようなアクションを見せられると、画面で動きまわっているのは役者であって現実の人間ではなく、人がたくさん死んでもそれは「フィクション」にすぎないがゆえに、想像力はショートを起こしてしまう。そして現実の人間の現実の死、現実の人間の現実の苦しみが、当然のことのように思えてしまう。死そのもの、暴力による死そのものがフィクションになってしまうのだ。

このところ山のような手紙と格闘しているのに、今、ビル・マックスウェル編集によるシルヴィア・タウンゼンド・ウォーナー〔イギリスの小説家・著述家〕の書簡集を読んでいるというのは、まるで冗談みたいな話。編集者によるカットが多過ぎると感じるのはこれが二度目——一度目はコレットの書簡選集を読んだときだった。結果として読者は、その二人の関係性に踏みこむことなく、ただ文学的引用や記述、政治についての短いコメントなどを読まされるだけ。これでは不満が残る。たとえば手紙のあいさつ部分はぜひ読みたいし、手紙全体をまとめる役割をする結びの部分には、二人の関係性が表れていることも多く、少なくとも読者に時間と場所の感覚をあたえてくれる。そういう部分をすべてカットした抜粋では連続性がなくなり、内容も宙に浮いた感じになってしまう。

シルヴィア・タウンゼンド・ウォーナーは、枠にはめることのできない稀な作家の一人。明るく温かみがあり、ユニークな作風。一冊ごとにまったく独自な作品であることもあって、出るたびにファンにとっては事件となる。『ロリー・ウィローズ』と『フォーチュン氏の楽園』を読んだときの驚きと歓びは忘れがたいし、『夏が来れば』による一八四八年のパリのみごとな再現と、レズビアン関係の描写のすばらしさに驚嘆した。この本について誰かが論評しているのを聞いたことはないけれど、私にとっては宝物のような一冊。

昨晩、読んで印をつけた箇所をここに書いておこう。最初のは結婚を続けるかどうかで迷っている友人に宛てたもの。

一九四六年七月二二日

立ち止まって、よく考えて。ユリのことをよく考えて〔「マタイによる福音書」第六章二八節「野のユリがどのように育つのか、よく考えなさい」より〕。○○が誰に恋をしようと、相手は家政婦じゃなかったわけでしょう。長くいっしょにいすぎたとあなたは言うけれど、ほんとうはまだいっしょにいる時間が足りないということでは？　四六時中、自分を殺して相手に尽くすという破滅的な精神につきまとわれていたということでしょう。……本心から言うのだけど、自分を愛している人をもっともひどく傷つけるのは、頭から足の先まで、文句のつけようのないふるまいという、ピカピカの何も透さないコンドームで自分をくるんでしまうことなのよ。

二番目の手紙はポール・ノードフに宛てたもの。

一九四九年二月四日

お嬢さまご誕生のお知らせの電報を、とてもうれしく受け取りました。お嬢さまがすばらしい幸せを手にされますように、そして恐れを知らずに生きていかれますように。恐れをもたないというのは、女性にとって第一の必要条件だと確信しています。それ以外の美点はそこから自然に伸びていくものです。ちょうど大地にしっかり根を張った木が葉を繁らせ、果実を実らせ、高くしっかりと成長するように。お嬢さまが何ごとも恐れず、他人の非難やあてこすりやしきたりに怯えることのない人間になるよう、お育てになってください。そうすれば、慈悲とやさしさと寛大な心をもった女性になられるにちがいありません。女性が隣人に対して辛辣で狡猾で意地悪になるのは、恐れがあるからです。自分は「しょせん女、生まれながらに恐怖に身をまかせるだけ」と言ったのは、シェイクスピア劇に出てくるコンスタンスですが、それは生まれながらではなく、親譲りのものでしょう。ですから何よりも、恐れから守ってやるべきなのです。

さてもう九時。手紙に取りかからなければ。といっても楽しく読む手紙ではなく、しぶしぶ書く手紙。それから夏の花壇用に、春咲きグラジオラス、ニオイグラジオラス、ミニダリアの球根も注文しなければ。それは午後にしよう。今の生活はとても充実している。三カ月間の至福の時間。楽しみのための読書の時間、考える時間、小説で苦労する時間がたっぷりある——誰にも邪魔されずに。

三月八日　火曜日

このところ暗いニュースが続いている。友人の訃報や、重病にかかっているという話ばかり。そこで、とびきり明るいニュースを二つ書いておきたい。ヒューストンのヴィンセント・ヘップに電話したら、本人が電話口に出てきた。二カ月間、夜中に起き出して子どものころの思い出を書きとめること以外、まったく何もせずに過ごしていたけれど、すっかり健康を回復して、もうすぐ仕事に復帰できそうだという。まずは一度に一時間、それから日を追って少しずつ長くしていくつもりだと。二カ月前に脳出血で倒れ、脳に修復できないダメージを負った可能性があると言われていたのだから、これは驚くべき回復。話しながら、安堵の涙があふれて頰を伝い落ちた。いちばん不安だったのはもちろんクリスティアンで、彼女のほうが今、倒れる寸前の状態なのだけれど、少なくとも彼女にとって最悪の〝DV〟も、これで終わった。

もうひとつは、数日前にテレビで見た感動的なシーン。引き取り手のみつからなかったセントラルパーク動物園のゾウのティナが、ほかに数頭のゾウのいる私立の動物園に引き取られ、心やさしい飼育係との関係もとてもうまくいっているようだった。ネグレクトされた孤独な子どものようにいつも機嫌の悪かったティナだが、それはティナが大好きだった飼育係が死んでしまったことに原因があった。今度の動物園では仲間もいる。それで思い出したのは、ずっと以前から頭にこびりついて離れない、メアリアン・ストームの「ほかのクジラたちのもつ精神安定作用」という詩。この詩がどこかで引用されているのは見たことがない。漁師にしとめられて致命的な傷を負い、恐怖に怯えた一頭のクジラが、なんとか仲間の群れに合流すると、「ほかのクジラたちのもつ精神安定作用がすぐに現れ」、クジラは安らかな死を迎える。

ティナは今、ほかのゾウたちの精神安定作用のもとにあり、万事はうまくいっている。

三月一一日　金曜日

五日連続で雨。雪はほとんど消え、野原はまたくすんだ褐色に戻った。土砂降りの雨は今朝、ようやく霧雨に変わったので、タマスを散歩に連れていけそう。昨日はものすごい大雨で、おまけに風も強かった。早く潮風に吹かれ、大きな波を見たい。机の上はまたしても手紙の山。外に出られる日が待ち遠しくてたまらない。ここから見ると、海はほとんど静かに凪いでいるようだ。でも、霧雨を通して長い波が寄せてくるのが見える。波は美しいかたちで巻きあがり、白い泡となって砕ける。

今朝は、アンのドイツでの三年間の最後の部分についてのメモを終わらせる予定。雨のせいで外での活動ができなかったのも、必要な時間だったようだ。というのもまた思考の表層のすぐ下で、この小説が動きはじめているから。まだ死んではいなかった。このところ夜に、活力をあたえてくれるものをたくさん読んでいる。ひとつはシルヴィア・タンゼンド・ウォーナーの『幼年時代の風景』。去年、出たときに買ったものの読みそびれていた。夜、ベッドのなかでゲラゲラ笑うというのはそうあることではないが、この本では何度もそういうことがある――なんともすてきな本。それから書簡集もそろそろ読み終える。彼女は最後に友人のヴァレンタイン・オークランドを亡くし、八〇を過ぎてたったひとり残されるのだが、これは胸を刺す。棺が家から運び出された日に、ビル・マックスウェルに宛てた手紙（一九六九年一一月一一日付）で、彼女はこう書いている。


彼女が出ていってもう帰ってこないことに、強烈に感謝しています。ある意味で私たちは、かつていた場所――不安や、疑わしい期待や、欲求不満の惨めさに損なわれることなく、自由に愛することのできる状態に戻ったのです。ふつう、悲しみは細部にいたるまであらかじめ予測できたと思うのかもしれませんが、私はできませんでした。ビオラの音色のような彼女の声が、病気の子どものような甲高い声に変わるのを聞いて、あれほど悲痛な哀れみと衝撃を感じるとは予想もしなかったのです。

死は彼女を変貌させせました。ものの数分のうちに、やつれてぼんやりしたその顔に、若いころの美しさが甦ってきたのです。音楽でいえば、元の調、主題が戻ってきたような感じでした。

親愛なるウィリアム、どうぞ私が不幸で孤独だなどとは思わないでください。心配はいりません。私は新たな国に足を踏み入れ、彼女を羅針盤に旅をしていきます。

そして二週間後、マーシェットとジョイ・シュートに宛てた手紙には、こう書いている。

やさしいお二人が心配してくださっていると思うので、私の近況をお知らせします。
片羽になったヤマウズラ（ヤマウズラが貞節のシンボルだって、ご存知でしたか?）としては、まずまず元気にやっています。ありがたいことにやることはたくさんあり、それを少しずつ片づけていくなかで、彼女の遺したさまざまな断片をみつけては元気を取り戻すという具合。手紙、ありとあらゆる人の文章の一節を書き写したもの、羽根（彼女は小さな羽根が大好きでした）、ポケットの中身（かならず鉛筆と携帯用の櫛が入っていて、それ以外に馬にあげるごほうびの角砂糖、犬にあげるチョコレート飴も入っていたりする）、変わった色や形の小石、「コーヒー忘れずに飲んでね」「暖かくしてね」「早く帰ってね」などと書いた私からの小さなメモ……。
彼女の愛はいたるところにあります。家のなかを移動する私についてきたり、庭で待ちかまえていたり、夢のなかに白鳥を送ってくれたり。水のなかというか、空中というか、とても不思議なかたちで、私は幸せにかぎりなく近い気持ちでいます。

翌年の初め、ＳＴＷ〔シルヴィア・タンゼンド・ウォーナー〕はヴァレンタインとのあいだでやりとりした手紙の束をみつける。そしてその手紙を整理し、序文や補足的な文章を書いて一冊の本にした。いずれ出版されるということだろう。今からその日が待ち遠しい！

ＳＴＷはまた別の手紙のなかで、友人が彼女に向けて言った言葉を引用している――「孤独感もまた、探索すべきひとつの世界なのよ」

仕事はあまりはかどらなかったけれど、こられの手紙を読んでいろいろ考えることができ、ほんとうに豊かな日々だった！　もうそれも終わりだと思うと、なおさら貴重に思えてくる。「お決まりの日常を刺激的にするには、それが終わってしまうかもしれないことを思い起こしなさい」というエミリー・ディキンソンの言葉をよく思い出す。仕事をし、考える時間があるというのは、ほんとうにありがたいこと。たとえ雨が四日間降りつづき、だるくて重苦しい気分になったとしても。

三月一四日　月曜日

信じられないことに太陽が出た！　昨日は晴れの予報だったのに、朝五時に空気の匂いを嗅ごうとして窓を開けたときには、細かい雨が顔に当たってほんとうにがっかりした。でも今朝はまだ起きる前から、今日こそは太陽が澄んだ空気のなかを昇ってくることが確信できた。そして太陽は今、まぶしいほど明るく照り、海をキラキラ輝かせている。

昨日は一日中、気が滅入っていたわけではない。タマスの散歩をしていたら、頭の上のほうでネコヤナギが輝いている。高い枝から銀白色の花穂が出ているのが見えた。それからテラスでも、去年、硬い氷を破って出てきたスノードロップが、まだ雪が残っている隅のほうから顔を出している。魔法としかいいようがない。フェンス沿いには大きな群れがあり、カエデの木の下にはちょっと頼りなげな群れがある。ここは去年、庭仕事をしてくれた人たちが落ち葉を山のように積み上げ、その下のスミレが押しつぶされてもう出てこられないのではと思ったところ。昨日は霧雨だったにもかかわらず、雨で水をいっぱいにたたえた野原の左側の池は、やわらかな輝きを放っていた。水面に当たる光――その感動的なこと！　同じ光でも、池の輝きと海の輝きでは全然違う。海は完全に静止することはないけれど、池は時にやわらかな鏡のようになる。昨日はまさにそうだった。

タマスとブランブルは春の熱に浮かされたみたいで、そこらじゅうを駆けまわっている。タマスは鼻先を地面につけてクンクン匂いを嗅ぎ、時おり何かの匂いに興奮して吠えている。今まで凍りついていた匂いが、解き放たれているのだ。ブランブルは突然、何もないところに猛然とダッシュしていったり、木に駆けのぼったりしている。

家のなかにネコヤナギとレンギョウの枝（花はまだ咲いていないけれど、室内に置いておけばじきに咲くだろう）を活けたので、春の訪れももうすぐという気がする。

この季節になると、ヨーロッパ、とくにイギリスへの郷愁が胸をしめつける。ニューイングランドのいちばんおもしろくない部分は、春が一度にやってくること。しかもその前には、何もない時期がはてしなく続く。イギリスでは春は少しずつ、ゆっくりとやってくる。まず一月にスノードロップやクロッカスが咲き、それからラッパズイセン、四月には果樹の花という具合。だからその都度、いのちの復活をじっくり味わえるのだ。

今この瞬間にイギリスにいるコニー・ハンティングのことを思う。またイギリスに行くことがあるだろうか。もう行かないだろうという気もする。イギリスには幽霊がたくさんいるし、それだけでなく、自分にとって「外国」への旅行はもう終わりだという気がしている。

金曜日の朝一〇時半にじゃまが入り、おかげで小説も一時中断になってしまったようだ。社会保障庁のとても親切な女性から電話で、二年前の少額の支払いについてのばかげた行き違い（くわしい話は長くなるのでやめておく）を解決するための話だった。その行き違いのおかげで、これまで向こうのコンピュータからとんでもない内容の手紙が何度も送られてきて、そのうちの一通には私の収入が一〇万ドル（！）になるので、なんらかの措置をとらざるをえないと書いてあった。それで、そちらのコンピュータはノイローゼなんじゃないですかと返事をし、もう一度数字を見直してほしいと伝えた。それがもう何カ月、いや一年ぐらい前のこと。公衆衛生局から手紙がくるたびにゾッとしていたけれど、今回これでやっとすべてが丸く収まってくれそうだ。それはいいのだが、おかげで午前中いっぱいかけて、一九八一年の印税額を調べなければならなかった（六五歳になるまでに出した本の印税は、社会保障の受給にあたっては収入として計算されない）。やっと終わったときには、もう仕事をする気はいっさい失せていた。ひょっとして、アンの手紙から抜き書きする作業を終わらせることならできるかもしれない。でも、行き詰まりにきたことははっきりしている。

そろそろ外に出ていくべき時なのかもしれない。明日、フィリップス・エクスター・アカデミーで開かれる詩の朗読会がとても楽しみ。

三月一七日　木曜日

こんな街を思い浮かべてほしい。そこにいるのは一四歳から一八歳の少年少女たち。緑の中庭を囲むバラ色の煉瓦造りの建物が建ち並ぶ。白い塔、教会、近代的で立派な図書館、美術館、競技場、テニスコートなどなど、文明社会に暮らす人びとが望みうるものはすべてそろっている。フィリップス・エクスター・アカデミーはまさにそういう場所。衝撃的なほどの驚きと、少々幻滅も感じた。あまりの豊かさ、そしてエリート層のためにここまで膨大な機会があたえられていることに――それこそが気がかりな点でもある。アメリカは、金持ちのための特典を増やすことばかりに力を入れ、貧乏人はますます無視される、そういう国になりつつあるように思える。もちろん絶対的な平等など――たとえ天国でも――ありえないことはわかっているけれど、理想は少なくともすべての人に平等な機会があたえられること。そうすればフランスのように、底辺からエリートになることもできる。アメリカには読み書きも満足にできない人が大勢いて、まるで貧乏国と金持ち国の二つの国があるみたい。そのあいだには、ほとんどなんの接点もない。もちろんフィリップス・エクスターにも、他のプレップスクールと同じく奨学金はたくさんある。機会を均等にしようという努力はされているけれど、雰囲気はとてつもなく「特権的」なままだ。

詩を朗読したときは、いつものように雨。しかも土砂降り！　でも自分の詩を朗読するのは去年の一一月初め以来だったからうれしかったし、くつろいだ気分で楽しめた。もうできあがっているものを読むことは、まだ完成していない——もしかしたら完成できない——小説と格闘することから離れて、ひと休みするようなもの。

昨日の午前中は二つの文芸創作のクラスの生徒を相手に、ほぼ二時間にわたって質問に答えた。少々退屈だったのは、火花を散らすような刺激が少なかったから。質問に鋭さが感じられなかった。もちろん気後れしてしまうこともあるだろうし、的を射た質問をするのはそう簡単なことではない。なかでいい質問をしたのはロッド・キャレットという生徒で、彼は今年、創作の奨学金を得てエクスターに来ている。

使われたのはエルティング・ルーム（まちがっているかも）という、天井の高いビクトリア朝風の部屋。通常はここで職員会議が開かれるとのことで、壁いっぱいにトロフィーが飾られ、動物の頭の剝製がずらりと並んでいる。水牛（あのやさしく従順で、役に立つ動物を、冷酷にも殺せる人間がどこにいるのか?）、小さな鹿、ライオン、サイ、ヒヒ、キリン……まさしく動物たちの墓場のよう。そこには陰鬱な雰囲気だけでなく、奇妙な滑稽さも漂う。というのは、この建物を寄付した人間が、自分の残忍な冒険の成果をそこに陳列するように要求したという、そのばかげた非常識さが露呈されているから。生徒たちはきっと、あの動物に似ているのはあの先生だ、いやこっちの先生だなどと言い合って楽しんでいるのだろうし、この死体置き場まがいの建物をもとにした道化芝居だって、たくさんできるだろう。

家に帰るとほんとうにほっとする。留守中、泊まりがけで来てタマスの散歩をしてくれたイーディスにクロワッサンを買って帰り、お昼を食べながらエクスターでの冒険について話す。

三月一八日　金曜日

昨晩はジャニスが夕食に来た。週に一回、お互いの近況を報告しあうことが一種の心のよりどころとなり、この冬とても貴重な時間になっている。彼女にエクスターの話をしているうちに、昨日忘れていたことを思い出した。泊めてもらった家の人の母親がパーキンソン病で、もう話すこともできない末期の状態にあり、自宅で二四時間手厚い看護をうけているのだそうだ。そのベッド脇のテーブルには『総決算のとき』が置いてあって、看護師の人が読んであげている。なにより、この本を読んでほしいと本人が言っているらしい。この胸を打つ話と対照的なのが、昨晩ジャニスがしてくれた医療センターでの話。もう何年も前から、センターの看護師たちがとても心配している老婦人がいて、その人は息子に財産をだまし取られているらしい。そればかりか息子は家に鍵をかけて、注射や身のまわりの世話のためにやってくる看護師が入れないようにすることもあるという。そうなれば完全なネグレクトだ。それでも、その老婦人は息子のことを悪く言わないので、警察が鍵を壊してなかに入るわけにはいかない。昨日はベッドをびしょ濡れにした状態でみつかった。ほとんど意識もなく、明らかに死期が迫っていると思われたので、看護師たちはすぐに救急車を呼んで病院へ運ぼうとしたのだが、息子はそれを拒否。結局、ジャニスがその老婦人の主治医のところへ行って、もう何カ月も彼女を診ていなかったその医者に、すぐに彼女の家へ行くよう強く求めた。状態をみきわめて、必要な指示を出すように、と。もちろんジャニスの心労も相当なもので、疲れきっているようだった。ようやく二人の看護師が警察に護衛してもらって夜間に訪問し、死の苦痛を和らげる処置をすることになったという。なんとも恐ろしい話だ。

児童虐待についてはほとんど知られていることが知られているけれど、高齢者虐待についてはほとんど知られていない。でもジャニスの話では、公共医療サービスにかかわっている人にとっては日常茶飯事だという。しかもこのケースは極端な貧困によるものではない。貧困とは無関係だ。そこにあるのは息子の無慈悲な心と、もって生まれた残忍性、身勝手さであり、その息子は母親の財産を奪ったうえに、死期の迫った母親が愛情に包まれ、尊厳ある死を迎える手助けをしようともしなかった。こんなことが現実に起きるなんて、信じたくない！

信じられないできごとがもうひとつ。先週、ニューベッドフォードのバーで若い女性が五人の男に集団レイプされ、まわりにいた客たちはけしかけたり、拍手喝采したりするだけで、その女性を助けようとする者も、警察に通報する者もいなかった。昔からこんなひどいことはあったのだろうか？　それとも魂を無視したツケが今になって回ってきたのだろうか。

寒くて暗い一日。私の心のなかも寒くて暗い。

三月二〇日　日曜日

ひたすら雨が降り、まだまだ降りつづいている。昨日は一日土砂降りだったので、かわいそうにタマスは散歩に行けずじまい。それでも〈ローリアット〉という本屋でサイン会があって、できたばかりのフォックスラン・モールに行くと、人であふれていた。まったくおもしろくなかった。その本屋は、くだらない物を売る店ばかりが並ぶなかに埋もれていて、なかなかみつからなかった。それにモールにいるのはおよそ生気がなく、輝きのない、どんよりした好奇心を顔に浮かべた人ばかり。笑顔もなしに、ただ子どもを乗せた乳母車を押して歩きまわり、手の届かない高価な商品を物欲しげな目つきでボーッと眺めている。書店にはドアはなく、私たち五人の作家は店先に座らされ、まるで品評会で賞を取った肉牛みたいに通行人からじろじろ見られた。どの本もほとんど売れていなかった。でも副店長の女性と少し話をしたら、好きな作家が共通しているのがわかってうれしかった。彼女との話で思い出したのが、シャーリー・ハザードの『金星の通過』。ここ何年ものあいだに読んだ現代の小説のなかで、出色の作品だ。だから悪いことばかりではなかった。

家に帰ってほんとうにほっとした。タマスはベッドでぐっすり。ブランブルはニャアニャア鳴いて不満を訴えている。ちょうど私が出かけるときに外に出たがったのだけれど、二時間も出しっ放しにされて、こんなにびしょ濡れになっちゃったじゃないの、と。それから三〇分ぐらいでジル・フェルマンを迎える準備。暖炉に火をおこし、急いで紅茶を一杯飲む。ジルとはほんとうに久しぶり。彼女によれば九月以来だという。いつものように自分たちの近況や、世の中一般について楽しく話し、時に激論を交わす。彼女は今年法科大学院《ロースクール》を出たあと、女性を守るための仕事を探すつもりだという。でも二年間の猛勉強をへて、また書くことに戻る気持ちになっているようだったので、うれしかった。彼女のような才能があれば、ほかになんの仕事をしようと、近いうちにまたかならず書きはじめるにちがいない。でも二年前には書くことに行き詰まってしまい、私は彼女が職業を変える（文芸創作を教えることから法律の世界へ）ことに全面的に賛成した。創作を教えていると、自分自身の創作のエネルギーをそこに取られてしまうことがある。それに残念ながら、大学というところは長い目でみれば「本物の世界」にはなりえない。

それからもちろん暴力について、とくにニューベッドフォードでのレイプ事件についても、いろいろ話した。一昨日の夜のチャンネル5のニュース番組「クロニクル」で、この事件についていい議論をしていた。そこで指摘されていたことで私が思いつかなかったのは、もし被害者の女性がレイプではなく殴る蹴るの暴力をふるわれたのだとしたら、誰かが助けに入った可能性は高いということ。そしてニュースの最後には、この悲惨な事件そのものよりもっとひどいのは、翌日、街頭で意見を訊かれた人たちの考え方だとコメントしていた。何人もの男性が、「被害者がふだん、どんな評判だったか知りたいものだ」と答えていたのだ。こういう場合、かならずといっていいほど、レイプされた女性が「物欲しそう」なそぶりをして挑発したのではないかと言われる。そんなことはほとんどありえないし、そんな男性優位主義《マッチョ》の見方をされれば、どんな女性でも激怒するだろう。レイプは、顔を殴られることより大きな、尋常ではない身体的苦痛をもたらす。そのうえ殴られることとは比べものにならないくらい屈辱的で、人間としての尊厳を傷つけるものだ。そんなことをしてほしいと挑発する女性など、いったいどこにいるというのか? ジルの友人にも集団レイプに遭った女性が一人ならずいると聞いて、驚くと同時にそら恐ろしくもなった。最近もダーラムで、彼女の知り合いの女性が被害に遭ったそうだ。その体験を乗り越えられる女性なんているはずがない、と彼女は言う。

「なぜ男性自身が、この問題をなんとかしようと思わないんだろう」とジルは強い口調で言う。「なぜレイプに反対する男たちのグループがないのか? どうしてレイプされそうになっている女性を見たら反射的に、確信をもって助けようとする男がいないのか?」と。ほんとうに、どうしてだろう。たぶんほとんどの男には、自分はそんなことはしないという男も含めて、いまだにレイプは一種の「男の特権」のようなものだという意識があるのではないか。レイプにおいて、ペニスは銃になると思ったことが何度もある。ジルの友人の一人がレイプされたとき、相手の男はまず通常の方法でレイプしたあと、銃を使って再度レイプしたそうだが、その話を聞いても驚かなかった。

レイプとはほんとうのところ、性的行為などではない(「そうしてほしい」と思う女性がいないのもそのためだ)。レイプは攻撃と憎しみの行為であり、力によって相手を支配し、辱め、罰をあたえたいという願望からくるもの。ナチスが強制収容所でやったのと同じ、人間を汚物のように扱い、長靴の踵で踏みつぶすようなものだ。強制収容所のユダヤ人が「そうしてほしい」と望んだなどと言う人がどこにいるだろう。

テレビの画面に四人の男の顔が映った。当然ながら裁判所では不機嫌な顔をしている。かろうじて一人だけ、知性というか、自意識というか、その表情にわずかながら繊細さが感じられる者がいた。彼らは今、何を考えているのだろう?

もうひとつ「クロニクル」が指摘していたのは、もしその女性が殴られて瀕死の状態になっていたら、男たちはその場から逃げ出していただろうということ。でも彼らはそのバーにいつづけた。つまりなんの罪の意識も感じていなかったし、警察が怖いとも思っていなかったのだ。

頭のなかからこのことを洗い流してしまいたい。昔、子どもが汚い言葉を使うと、親から石けんで口を洗いなさいと叱られたみたいに。この暗い日々をいっそう暗くするようなできごとだから。

やっとエレノア・ブレアに会いにウェルズリーまで行くことになったので、それで気分転換になるだろう。

三月二二日　火曜日

昨晩は稲妻と雷、そしてものすごい雨だった。ニュースを見たくなくて、夕食のときも、しばらくはテレビをつける気になれなかった。今日は暖かくなったけれど雨。でも今朝、ここに上がってきたときは霧のあいだに薄日が射して、海には銀色の筋が入っていた。二羽のカモメがシルエットになって、まるで二人の人間が海のほうを見ているように見えた。

でもエレノアのところでは、まばゆいばかりの春の景色を堪能した。今まで見たことのないようなみごとな薄紫のクロッカスの大きな群れが二つ、太陽の光をうけて咲いている。思わず目を疑ってしまうほどの華やかさ。食事をした丸いテーブルの上には、クロッカスとスノードロップの小さな花束が飾ってあった。顔を近づけてよく見ると、薄紫の花びらに囲まれてオレンジ色の雄しべがまっすぐに伸びている。帰るとき、エレノアがその花束をお土産にくれた。なんという幸せ。

カセットブックというものができて、彼女は大喜びしている。利用できる本の数もとてもたくさんある。今のところコンラッドを何冊か読んでいるらしいが、ほかにも新しい本がたくさんカセットブックになっている。私がとくに薦めたのは、アン・タイラーの『ここがホームシック・レストラン』。この新しい冒険に、エレノアがどんなにわくわくしているかが伝わってきた。そしてもちろん、子猫も彼女にとって冒険でありつづけている。おしゃれな曲芸師か、バレエダンサーかというような猫の動きに、エレノアは目を奪われている。毛の模様が黒と白なので、目の悪い彼女にも見えるのだ。ランチはとてもエレガントだった。エレノアいわく、「マチスのように」盛りつけたフルーツとアボカドのサラダ、それにデザートはアイスクリームと私がつくったブラウニー。心からおしゃべりを楽しみ、すっかり元気になって幸せな気分で帰宅した。古くからのすばらしい友人。今も会う友人のなかで、ジュディのことを知り、ジュディのことが大好きで、ジュディが熱いコーヒーが苦手だったことを知っている数少ない人の一人！　そういうささいな特徴が、その人の思い出をどんなに生き生きと甦らせてくれることか――帰り道ずっと、ジュディのことを考えていた。

イーディス（いつものように、留守中にタマスの散歩といろいろな家事をするためにここに来てくれていた）にお茶を飲んでいくよう説得したころには、すっかり曇ってしまっていた。でも前から考えていた日本の盆景をつくるために、外に出て苔と小さなマツの木をみつけてくる。雨のせいで森のなかの苔がとてもきれい。これは無事完成。だから今、長椅子の横にはミニチュアの世界がある――小さな池にお寺がいくつか、橋の上に立つ釣り人、そして何種類かの苔でできた小さな原っぱ（ひとつの苔には花が咲いている）と丈の高い草がひとかたまり。というわけで、日曜日は全体としてはとてもいい日だった。

昨日は何もしないのに、消えてなくなった。そういう日がたまにある。それでも、五〇〇ページの小説の原稿を送ってきた若い女性に、長い手紙をなんとか書き上げた。先週からずっとその原稿を読んでいたのだが、まだ記憶が新しいうちに手紙を書いてしまいたかった。愛情に取りつかれた女性の物語。取りつかれたことは私にも何度かあり、いやでもそれを思い出してしまうのが厄介なところ。主人公の二人の女性、どちらの側にもなったことがある。この作品では、年長の女性が若い女性とつきあううちに、過剰な感情と、相手からあまりに多くのものをあたえられることにいらだち、冷酷な態度に出る。若いほうの女性は、「あたえる」ことは「求める」ことだということに、まだ気づいていない。でも私自身は、ずっと年下の相手と恋に落ちたことはない。若いというだけで避けてきた。若い人は詩のミューズにはならない。たぶん理由はそれだと思う。

最近、目ざめたときの気分がとてもいい。どうにも進まない小説と格闘しているというのに、不思議。今のところ棚上げにしているから、このところの満ち足りた生活、とても楽しく充実した生活が前面に出てきているのかもしれない。そう言いながらも恐れに身を震わせている——いい気になっていると罰が当たるぞ、と。でもこのところ、窓から〝鬼女〟がのぞきこむようなことはない。それはたしか。

うれしかったのは、デボラ・ピース（かつてのウェルズリーでの教え子で、今は「パリ・レビュー」誌の発行人）が「メインからの手紙」をとても気に入ってくれたこと。私のインタビューが掲載されるときに、この一連の詩も載せてくれるかもしれない。気分が高揚した。それからあらためて、自分がどんなに詩作から遠ざかっているか思い知らされた。去年の一二月に目の前で扉が閉じられて以来、詩はストップしたまま。最近は、一行の詩も頭に浮かんでこない。今まで何人の人から「自分がミューズになれば？」と言われことか。

そうできたら苦労はしない。でも詩というのは自然に生まれるものであって、意思の力でどうこうできるものではない。だからこう答えるしかない——「親愛なる人びとよ、やさしい人びとよ、詩は私の場合、ミューズの存在なしには生まれないのです」。このことにいらだつことは多い。けれどもそれが私にとっての真実であり、少なくとも六〇年間ずっとそうだった。どうしてあなた自身がミューズになれないのか、と訊いてくる人には、この事実を受け入れてもらうしかないだろう。その人にとっては欠陥と思えること（質問の裏には、十分成熟した大人であれば自分のミューズになれるはずだというメッセージがある）が、私にとっては謎なのだ。そして自分の人生にいまだに解明できない謎があることを、とてもうれしく思う。私は後悔なんてしていない《ジュ・ヌ・ルグレット・リヤン》。

ああ、このところ幸せな気分でいられる理由はそこにある。何も後悔していないということ。一瞬の出会いが頭のなかに詩を浮かび上がらせ、すぐにそれが途切れてしまったとしても、そのことを後悔したりはしない。詩はそこにありつづけ、ミューズ自身によって――あるいはほかの誰によっても――奪い去られることはない。

幸せなのは、自分が元気で生きていると感じられるから。一日が始まる前にいつも期待に満ちた状態でいられるから。今日はどんな驚きが待っているだろう？ 霧に包まれた海の上に輝きが射す、どんなすばらしい瞬間があるだろう？ 昨日は、四月の旅行に着ていく麻のジャケットが欲しくて〈フィリーンズ〉〔ボストンに本店のある老舗デパート〕に行ったのだが、開店を待っているとき、そこにいた女性がコマドリを見たと言っていた。今日、この近くで今年初めてのコマドリが見られるだろうか？ 何が起こるかはわからない。でも何が起きても、それと心を結びあわせる用意はできている。

三月二五日　金曜日

今のところ外ではこれといったことは起きていない。ただただ寒いだけ。少しは庭仕事ができるかという期待はみごとに裏切られた。今朝の気温はマイナス九度――かわいそうなクロッカス！ ラッパズイセンは一〇センチほどに伸び、蕾をつけているものも。室内では先週切ってきたレンギョウが咲いている。春はもうすぐそこだけれど、でも安心できるときはいつだろう？ 昨日はノースカロライナ（二、三日後に行くことになっている）で雪が降った。信じられない。

ここが生き物たちにとって平和な国だと思いたいし、たいがいはそうなっている。太った灰色のリスは、オーデュボンで買った乾燥トウモロコシに逆さにぶら下がって、むしゃぶりついている。新しい餌やり器には近づけないので、これで飢えをしのいでいるようだ。餌やり器には一日じゅう、まだくすんだ冬色をしたオウゴンヒワ、アメリカコガラ、それにフワフワした羽で覆われたキツツキが飛んできては去っていく。でもこのあいだポーツマスから帰ってきたときには、餌やり器の下にアカリスの死体があった。血だらけの無残な姿だった。ブランブルのしわざ？ たしかにブランブルは獰猛なハンターだけれど、奇妙なのは頭だけが食いちぎられていたこと。最近二回、音もなく飛び立つ大きな翼の影を見た。タカかフクロウだと思うけれど、もしかしたらそいつが犯人かもしれない。ブランブルでないことを祈っている。

最近、朝食の用意をしに階下に下りる前に鏡の前で髪をとかしていると、顔のしわがいやでも目に入る。老いの最初の兆候だ。なかなか受け入れたくはないけれど、しわがあるからといって老いた顔の美しさが損なわれるわけではないと、自分に言い聞かせている。たとえばロッテ・ヤコビは、老境にある今がいちばん美しい。それに人はしわそのものを見るわけではない。人が見るのは精神の活力であり、ユーモアのひらめき、そして瞳に宿る智慧なのだ。「われらはあるがままに愛するものを愛する」〔ロバート・フロストの詩の一節〕。それにもし、老いた人の顔があまりにも若く見えても困りものではないか。とはいえ、やっぱり気にはなる。年をとることが上昇になりうるとしても、同時にそれは一種の諦めでもある。しかしその人が諦めたときに初めて、老いは真の意味での上昇になるのかもしれない。当然ながら、きわめつきの美人だった人の場合は私よりずっと大変だ。美人であることと、それによって周囲からうけてきた称賛とが、その人のアイデンティティと切り離せなくなっているから。

かつてジャン・ドミニクが、目が悪くなって鏡に映った自分の顔が見えなくなったときに言っていたことを思い出す。他人が見ているように自分自身を見ることができなくなって、まるで自分が存在しないかのような、不思議な疎外感を感じる、と。

昨日はお祭りのような一日。一年以上ここに来ていなかったモーガン・ミードがランチ持参で訪ねてきた。こくのあるマッシュルームのポタージュ、エレガントなチコリのサラダ、フランスパン。すぐにいつものようにうちとけた会話が始まり、よく笑い、お互いの近況を尋ねながら、親密な友情を確かめあった。まるで昨日会ったばかりのよう。長い時間がたったとは信じられない。書斎の暖炉に火をおこし、いつものようにスコッチ片手に一時間ほど、ゆっくり話しこんだ。相変わらず若くてハンサムなモーガンに会えて、とてもうれしかった。

二人で数えてみたら、知り合って九年になることがわかった。お互い、その間につらいこともいろいろあったけれど、より強くなれたし、自分が人生に何を望むかについての確信も深まった。モーガンは今や持ち家に住み、ケンブリッジにあるブラウン・アンド・ニコルズ・スクールの教師であり、入学事務担当主事も務めている。今でも書きたいという気持ちは強くもっていて、夏休みには真っ白なページと向き合い、自分の内的欲求を満たしているようだ。まだ三〇前という彼の年齢では、本格的に書きはじめる前に、人生の真っ只中でいろいろな責任を負い、多くのことを学ぶのも悪いことではないかもしれない。あまり若いときに書きはじめると、才能を枯らしてしまう恐れがあるから。まだ書く材料そのものが十分にあるわけではないし。これは短編作家やモーガンのような小説家にはあてはまるかもしれない。詩人にはあてはまらないが。

モーガンが帰ったあと、外があまりに寒いことに腹が立った。庭仕事をしようと思ったのに。タイプライターで言葉を吐き出すのではなく、手で土をさわりたかった。でも腹が立ってもなんでも、とにかく何通か手紙を書くことはできた。

三月二八日　月曜日

今朝、タマスの散歩で海のほうへ下りていくと、大きな波がうなりを上げている。岩壁に近づいていくと、小さな入り江全体が白い波しぶきに覆われ、巨大な波が小石の浜に寄せては砕けている。なんとも壮大な光景。タマスもブランブルもそんなことはおかまいなしだったけれど、タマスは時おり立ち止まって鼻を高く上に向け、海の匂いを嗅いでいる。こういう荒れ模様のときには、ふだんはな

「小さな入り江全体が白い波しぶきに覆われ……」

い匂いが漂ってくるんだ、とでもいうように。ブランブルは岩壁を下りて水際まで行くので、波にさらわれるのではないかとハラハラしてしまう。すべては、昨晩の暴風雨の結果だ。窓はガタガタと鳴り、波のとどろきが聞こえていた。それでも私と二匹はぐっすり眠った。

来週から一カ月近く、詩の朗読会の旅に出るので、土曜日は駆け足で〈ディア・ラン・ファーム〉まで、アンとバーバラに会いに行く。冒険に出る前には彼女たちと会いたくなる。農園では皆元気だった。ここのところ寒い夜が続いたので、アンはヒヨコ五〇羽を家畜小屋から家のなかに運びこみ、ヒヨコたちは彼女のアトリエの暖炉のそばに置かれた囲いのなかでピヨピヨの大合唱。室内にいることの多いペットの雄鶏ピーターはこれに大喜びで、囲いのまわりを歩きまわっては、なかの様子を子細に観察している。

でもこの季節のメイン州の景色は陰鬱そのもの。すべてが褐色で湿っぽく、木々の枝先がかすかに膨らんで、目ざめが近いことを知らせているだけだ。ただ春の初めにしばらく暖かい天気が続いたので、メープルシロップの出来は今のところいい。旅先で会う友人へのお土産に、小さな瓶を二つ買う。

昨日はコンコードまで行って、ジュディの家族——義理の兄のキース・ウォレン、甥のティム・ウォレンと妻のフィリスの三人——と日曜の夕食をともにする。残念なことにジュディの姉は風邪で来られなかった。彼女とはとても会いたかったのに。でも、とても楽しいひとときだった。ティムはジュディが遺した書類や手紙、日記、作品などを片っ端から読んでいて、これまでほとんど知らなかった叔母の内面にふれて仰天している。

ティムには、会って感動を覚えた。マトラック家の黒い瞳に黒い眉、それに髪に白いものが混じるティムが、あまりにジュディに似ているので。さらに、彼がジュディの詩の一編を選んで朗読しはじめると、ひとつひとつの言葉をかみしめるような読み方がジュディそっくりで、いっそう心を動かされた。

ティムの父親のキースは九〇歳を超え、耳はほとんど聞こえないし、「法律上」は失明している。でもやさしく歓びに満ちた生気が横溢し、ピンク色の肌にキラキラ輝く瞳を見ていると、そんな高齢者とはとうてい思えない。彼が毎晩、童謡を思い浮かべながら眠りにつくという話をしたので、そのあと「マザー・グース」がアメリカ人かイギリス人かで大議論になった。たしかにアメリカ人の姿はしているかもしれないけれど、私は昔からイギリス人だと確信してきた。そうでなければ、イギリス人の母が私にマザー・グースの童謡を教えられるはずはないから。

「家族の日」とはほとんど縁のない私だが、今回、風邪気味で気分もちょっと滅入りがちだったにもかかわらず、この機会を心底から楽しむことができた。フィリス手づくりのアプリコットスフレのデザートも、ありがたく頂戴した。

ランチの前に、キースがジュディの友人たちから送られてきた手紙の束を見せてくれた。キースがジュディを追悼するすてきなしおりをつくって、友人たちに送ったことへのお礼状だ。しおりはキースが作成し、ティムが自分の経営する印刷会社で印刷したもの。キースは家族の祝いごとがあると、すばらしい才能を発揮する。誕生日にはすてきな詩をプレゼントし、それをもらった家族は皆、自分がどんなに愛されているかを痛感する。なんと心やさしい人だろう！――今も、そして今までもずっと。

四月一日　金曜日

復活祭《イースター》には少しは春らしい気候になってほしいと願っていた人には、文字どおりのエイプリルフール。今朝、ジョージアと待ち合わせしている空港に向かう前に、急いで厳しい寒さのなかタマスの散歩をするのはつらかった。でもおかげで目がさめたのかもしれない。穴の外に鼻を突き出し、もう一カ月寝ていようかと考えている冬眠中のクマみたいな気がしているので。

元気になるニュースもあった。「パリ・レビュー」誌の秋号に、「メイン州からの手紙」がインタビューといっしょに掲載されることになった。気に入ってもらえてとてもうれしい。詩について、たとえ針の先ほどの確信ももてたことは一度もない。不思議。「メイン州から……」の詩は去年の秋に現れたミューズのために書いたものだけれど、一二月に彼女が去ってからは書いていない。でもつい先日、彼女が六月に何日かここに来ると言ってきた。がぜん、庭をきれいにしようという意欲が湧いてくるし、気持ちも高揚してくる。閉じられた扉がほんのわずかでも開けば、そこから詩が忍びこんでくるにちがいない。でもほんとうに彼女が来るとは信じがたいし、期待しないように自分に言い聞かせている。

朗読会などで旅に出る前には決まって、いろいろなことが重なって起きる。昨日はアーシュラ・ニコルズ・ヒースコートからの手紙に心を揺さぶられた。彼女はイギリスのグリーナムコモン米軍基地で核ミサイル配備に反対する女性たちの一人で、今年の一月一日にはフェンスを乗り越えて九六基の巡航ミサイルを入れる格納庫が建設されている基地内に入り、逮捕された。これは一回かぎりの反対運動ではなく、彼女たちはもう一年近く、雨の日も凍えるような寒い日も基地を包囲しつづけている。アーシュラと仲間は二週間拘留されたが、独りきりになったとき、私の詩「無数の友人」を読んで慰められたと手紙に書いてきた。それを読んで、心を揺さぶられた。でも、それとは別のかたちでもっと心を揺さぶられたのは、彼女と仲間が刑務所でうけたひどい仕打ちについて。彼女たち三人はもちろん非暴力で抵抗したのに、当局側にはなんとしても彼女たちの士気をくじき、屈辱をあたえようという意思がはたらいていたとしか思えない。非暴力は、一般に警察や法務官の怒りをかき立てるのではないかと思うことがある。それは非暴力が道徳的優位を意味するから？

アーシュラはその屈辱的な体験に心底から憤り、生涯をかけて刑務所の改革のために闘うつもりだという。彼女は六二歳。彼女の体験を読んだあと思ったのは、「安全」な暮らしを享受しているすべての中産階級の人は、一度は刑務所に入り、監禁された世界がどんなものかを体験すべきではないかということ。自分が体験していないことを想像するのはむずかしい。これはスラムでの生活、失業、病気などにもあてはまる。他者の苦しみを分かち合う想像力をもつ人はめったにいない。頭に浮かんでくるのは、やはりまたキリストの言葉——「あなたがたが私の兄弟であるこの最も小さい者の一人にしたのは、私にしたことなのである」〔「マタイによる福音書」第二五章四〇節〕。もしそう信じることができたら、他者の苦しみを実感することができたら、世界は根底から変わるにちがいない。自分が実体験していないことについて、人間はあまりにも独りよがりの見方しかできないから。

アーシュラが体験したことの証人となるため、彼女の手紙を引用しよう。

拘留されていた二週間のあいだ、私は二カ所の刑務所の六つの部屋に、一二人の違う相手といっしょに入れられました。ホロウェイとイーストサットン・パークの女子刑務所にいる女たちのほとんどは恵まれない貧困家庭の出身で、刑務所システムに組み込まれたささいな残虐行為に対処する能力も十分にはなく、もっと重い懲罰的規律についてはなおさらです。刑務所では多くの女性が泣いているのを見ましたし、夜中に何時間も窓のシャッターを激しく叩く音が聞こえたこともあります。あまりにも大きい苦痛、あまりにも少ない慈悲心、あまりにも小うるさい「矯正」、あまりにも退屈な日常作業、しかもその給料のあまりの安さ――週給たった四四ポンドから一二・一〇ポンド（後者は超過勤務があった場合）！　しかもこのお金は刑務所内の売店で使うしかないのです。

釈放前日の二月二八日月曜日、グリーナムコモンの女たちの仲間といっしょだったので、とてもうれしい気持ちで二〇分の運動をした直後、私は「彼ら」が懲戒問題と呼んでいることで呼び出され、独居房に連れていかれました。告発書ともう一枚「手続き」についての印刷された紙を渡されました。私が望みさえすれば、告発書の紙の裏側に異議申し立てを書くことは可能でした。

独居房から出るとき、刑務官は私に何も持っていくなと言いました。すぐに刑務所長と面会し、三〇分以内に独居房に戻るから、と。でもそのときには「彼ら」の言うことは信じてはいけないことがわかったいたので、本と手紙——南アフリカの国家反逆罪の裁判について書かれたナディン・ゴーディマの『バーガーの娘』を選んだのは正解でした——を持っていきました。この本はその後、私の置かれた状況を客観的に把握するのに役立ちました。ウィニー・マンデラのような女性のことを思えば、私が受けているのはちょっとした嫌がらせにすぎないことがわかったのです。

結局、五時間も「やきもき」した状態で放置されたあげく、ようやく近くの部屋に連れていかれました。意外にも刑務所長は大男で、大きな机の向こう側に座っていました。私はその前に、両側を刑務官にはさまれて立たされました。「彼」は私に壁に向かって立つように命じました。私はその命令を、「私は私を告発する者と向き合います」と言って拒否し、椅子が欲しいと言いました。でもこれは——私はあなたの母親ぐらいの年齢だと言ったにもかかわらず——拒否されました。その時点で彼は、おまえは既決囚だと言ったので、私は彼に、あなたはホロウェイ刑務所の所長なのですかと訊きました。返事はありませんでした。私は続けてこう言いました。「では、あなたは彼女の代理人だと理解することにします」

すると、彼のすぐ脇に立っていた年長の女性刑務官が視界から消え、私の左肩の後方に移動しました。……彼が「訴訟手続きについて理解していますか?」と訊いたので、私は「はい」と答えました。

「あなたは罪を認めますか、それとも無罪を主張しますか?」

「罪を認めることも、無罪を主張することもできません。黒か白かの問題ではありません。灰色の部分がたくさんあるからです」と私。

「訴訟手続きについて理解していますか?」彼はもう一度訊きました。

「はい、あなたの訴訟手続きは理解していますが、それは私の訴訟手続きとは違います。ですから、あなたの訴訟手続きに従うつもりはありません。あなたが私の訴訟手続きに従わないかぎり――つまり――あなたにはこの部屋に三人の証人がいます。私には一人もいません。一週間前の二月二一日から、私は弁護士との面会を求めています。もう座ってもいいでしょうか?」

「だめだ。座ることは許さない」

「わかりました。では床に座ります。さもなければ気を失ってその机に倒れるかもしれません」

目の前の男はひどく怒っていました。

「この女を連れていけ」と彼は言いました。

刑務所にいるあいだじゅう、私は自分が〝でたらめの国〟――真実がまったく通用しない不条理な場所――にいるような気がしていました。「彼ら」がたわいもない嘘と呼ぶものや手続きと呼ぶもの、すなわち士気を高めたりくじいたりするために彼らが用いる一連のもので埋めつくされているのです。私がホロウェイでの最後の夜を過ごした独居房には、壁にスライド式のドアが埋め込まれていました。それを閉めると部屋にひとつしかない窓とその下にあるラジエーターが覆われてしまうため、光も外の空気も暖房も、すべてが遮断されるようになっていました。それがわかってからは、心穏やかではいられませんでした!

ようやく釈放されたとき、アーシュラは最後の持ち物の検査で、スーツケースに入れてあった手紙三通と内務省のホワイトロー大臣宛てに書いた嘆願書がなくなっていることに気づいた。拘留中に書いたそれ以外の手紙は検閲を通して投函されたが、届いたものは一通もなかった。イギリスの司法に対する信頼は、粉々に打ち砕かれたと彼女は言う。「私は残りの生涯、自分のもてるエネルギーの一部を刑務所システムの改革と改善のために費やしたいと思います。そしていずれは刑務所のない社会をつくるために」

四月二日　土曜日

昨日はローガン空港までジョージアを迎えにいった。今、彼女は階下で『リア王』の論文の執筆にせっせと励んでいる。彼女がいてくれてうれしいし、二人だけでこの静かな家にいていっしょに仕事をするのもいいものだ。

夕食の前とあとに二人ともうたた寝。西の空の低いところに太陽が顔を出し、白く砕ける波を照らした。息をのむほどの光景だったので、海のほうに下りていき、野原のいちばん先まで行って近くでその光景を眺める。私が出かけていたあいだ五時間も家に閉じ込められていたタマスとブランブルも、大喜びでついてきた。

今朝はコマドリの声を聞いた。澄んだ青空に太陽が輝く。何週間ぶりだろう。

四月三日　復活祭

朝五時、まぶしいほどの光に目がさめた。窓際まで行ってみると、太陽が昇る直前の空全体が黄金色に輝いている。まさに復活祭そのもの。でもそのあと雲が出て、今にも雨が降りそうな空模様。

今朝は心穏やかで、心地よい一時休止という感じ。こういうときは家事に励むのだけれど、ちょうど今はジョージアがいるのでやりがいがある。彼女はクロワッサンと優雅なフレンチペストリーのほかに、巨大な肉の骨をタマスのために持ってきてくれた。でもあまりに大きな骨で、タマスは象でももらったかと思ってしまいそうなので、スープをつくることにした。もうすぐ旅に出るので、家のなかには食料のストックはあまりない。それでも白インゲン豆、セロリ、タマネギがみつかり、塩漬け豚がないので代わりにソーセージ三本を小さく切って入れた。一分後には階下に行って、様子を見てこよう。今日は〈ヨークハーバー・イン〉でエレガントな復活祭の昼餐会があるので、夜はこのスープがあれば十分。

今年の復活祭は、記憶しているかぎりいちばん早い〔復活祭の日付は三月末から四月半ば過ぎまで、年によって異なる〕。だから復活祭という感じがしない。緑の葉はどこにも見えず、茶色一色の野原を、その先の静かな灰色の海まで見渡しても、花も咲いていない。殺風景そのもの。でも家のなかは花であふれ、イースターバスケットも三つ飾ってある。そのひとつはジョージアの娘が私のためにつくってくれたものでで、たくさんの卵と赤ちゃんパンダ、それにかわいい本が入っている。それからベッツィ・スウォートが送ってくれた、ぜんまいを巻くとチリンチリン音が出るクマのパディントンのぬいぐるみ。ずいぶん甘やかされているけれど、悪い気はしない。いいじゃないか。

ジョージアはそろそろ気を抜いて、ひと休みという感じ。彼女はこのところ、家ではかなりの重労働を強いられている。だからここにいるあいだは、彼女に温かい〝巣〟を提供してあげたいと思う——ゆっくり眠り、誰に気がねすることもなく自分のしたいことを自由にできるように。二人の子どもをもつ母親は、そういうリラックスした時間はほとんどもてないから。

四月六日　水曜日

今晩、ノースカロライナ州シャーロットで春の詩を朗読するなんて信じられない。向こうでは、いろんな花が咲き乱れているということも。でも昨日はここでも、春の兆しをかいま見ることはできた。タマスの散歩をしていたとき、アマガエルが有頂天になって鳴いているのが聞こえ、沼地にいる大きなカエルたちも、ロータリークラブの昼食会に集まったビジネスマンみたいに大声でおしゃべりしている。そして町まで郵便を取りにいって戻ると、レイモンドがボーダー花壇に生えたスパルティナをせっせと抜いてくれていた。きれいになった花壇には緑の芽があちこちに顔を出し、小さなプスキニアの花がいくつか咲いている。野生のチューリップも一群れあるし、クロッカスはそこらじゅうに出てきている。でも悲しいかな、チューリップのあいだに四つ、ヨウラクユリの球根を植えたなかの一つしか出てきていない。このユリのスカンクのような強い匂いが野ネズミを寄せつけないと、どこかで読んだけれど、ハツカネズミとシマリスはどうやら大好きみたいで、三つは食べてしまった。チューリップの球根もほとんどやられた。

まぁ気にしない。それ以外はほとんどが芽を出しているし、春がすぐそこまで来ているのは、たしかだから。庭が命を吹き返すこの瞬間に家を離れるのは実に残念。でも去年の同じ日は猛吹雪だったのだから、どうなるかわからない。

今朝はオウゴンヒワを二羽見た。羽の色がくすんだ冬色から、ほぼ黄金色になっていた。

旅に出る前にいくつか、やっておかなければならないことをすませる。まず銀行に行って預金口座からかなりの大金を引き出し、税金を払う。最初に税金を払ったとき（一九三三年、ニューヨークのシビック・レパートリー劇団の研究生のリーダーとして、わずかな給料をもらったときにちがいない）、アメリカ市民として、国の財政維持のために役立っているということに誇りを感じたのを憶えている。あれは自分にとって、二一歳で自分の食い扶持を自分で稼ぐ一人前の大人になったという、大きなできごとだった。そして七〇歳の今、自分の稼ぎで不足なく暮らすことができ、他人を助けるだけの余裕もあることに誇りをもっている。でも今は、この貴重なお金がミサイルに費やされると思うと、アメリカ人であることへの誇りも満足感もなくなってくる。ミサイルの多くは一年後にはもう役立たずになってしまう。ゾッとするような無駄づかい！　古くなった軍需物資は、消費者が必要としている自動車や、その他多くの製品のように経済に還流することはありえない。ただ放置されて朽ち果てるだけだ。

詩もそれとは違う。今晩、また詩を朗読できるのはすばらしいこと。詩を耳で聞くのは、人から読んでほしいと頼まれたときだけだけれど、それは音楽を聞くことに似ている。白と黒で書かれた楽譜から音楽が生き生きと甦るのを聞くようなもの。私が読む若い詩人のほとんどは、言葉が生む音に無関心のように思われる。彼らはいったい、自分の詩を声に出して読むことがあるのだろうか。

すばらしいお天気。旅に出るにはうってつけの日。

四月一一日　月曜日

「荒れる、降る！　荒れる、降る」〔一九世紀イギリスの詩人ジェラルド・マンリー・ホプキンスの詩の一節〕という言葉どおりの天気が続いている。昨日帰ってきたときには重苦しい雲が垂れこめ、家に着くとまもなく冷たい強風が雨を呼びこんできた。夜中じゅう雨風が吹き荒れていたが、今朝は歓喜に満ちたキジの鳴き声が聞こえ、壁の上にその姿が見えた。冬を越して丸々と太り、みごとな羽の色をしている。去年の秋にてっきり撃たれたと思っていたので、またその堂々とした姿が見られてうれしい。

期待していたとおり、シャーロットはまさに春爛漫の世界だった。白いハナミズキが花びらを散らし（まるで白い鳥が飛んでいるよう）、家々のまわりでは深紅や白のアザレアが咲き、草はエメラルドグリーンに輝いている。

たった今、野原のいちばん先の黒っぽい草の向こうに、噴水のようなしぶきが五、六メートルの高さに吹き上がるのが見えた。早くタマスとブランブルを連れて、波しぶきを見せにいきたい。まだ冬のような寒さも残るけれど、荒れて渦巻く海は力強い生命力と活力をあたえてくれる。

朗読会は二回ともうまくいった。最初の会場は天井の低い食堂で音響が悪かったし、二回目の会場のクイーンズ大学のチャペルは満席で音響もすばらしいのに、途中で何度も赤ん坊が泣いたり叫んだりしたけれど。朗読した詩が着地するのを聞くのは大きな歓びだったし、聴衆が最後まで聴き入っているのも感じられた。二つの朗読会のおかげで、今月朗読会が始まることに恐れをなしていた自分の気持ちがグーンともち上がり、自信がついた。最初の朗読会の前は極度に緊張していて、おまけに雨と湿度のせいで元気が出なかった。でも終わったあと、ダイアン・ウィルカーソンの家でゆっくり休むことができた――鳥たちのコーラスを聴きながら。

どんよりした褐色と灰色の世界から、春真っ只中の世界へ――なんという飛躍だろう！　あふれる花々としたたる緑に少々酔っぱらったみたいで、ショウジョウコウカンチョウのように歌い出したくなった。朗読会には二つのごほうびが待っていた。ひとつは木曜日、一時間のサイン会のあとでマリオン・キャノンの家〈ウィッチヒル〉に行くこと。もうひとつはサウスカロライナ州レンバートから車でやってきていたエレン・ヒルデブランドと会うこと。一週間前に大きな手術をしたばかりだというのに、びっくりするほど元気そうだった。彼女とその友だちのエレノアと、話がしたくてうずうずしたけれど、なにしろサイン会の会場ではそうもいかない。次から次へと判読不明のサインをし、はるばるノックスビルから来た人も含め、たくさんの人とあいさつしなければならない。だから一人あたりの時間は、ほんのわずかになってしまう。

やっとサイン会が終わり、クイーンズ大学での朗読会の世話をしてくれたスーザン・ダーラム、ダイアン・ウィルカーソン、そしてマリオンといっしょに〈ウィッチヒル〉へ向かう。それまでいろいろ話を聞き、あれこれ想像をめぐらせていたその家を、ついに自分の目で見られることになって、わくわくしていた。ところが着いたとたん、思いがけずベルギーにワープしたような錯覚にとらわれた。子どものころ列車の窓から大きなお屋敷を見ては、探険したくてたまらなかった、そんな家のひとつに連れてこれらたような気がしたのだ。

まず最初の印象は、幅の広い階段のいちばん上で、巨大な白い玄関の扉を押し開けているマリオンの姿がとても小さく見えたこと。ダイアンとスーザンが荷物を運びこんでくれて、いったん全員が私の寝室にそろった。四柱式のベッド、小さなプールほどもあるうっとりするほど美しい埋めこみ式のバスルーム、大きな木や苔むした庭を望む背の高い窓。それから、くすんだ緑色の高い壁に囲まれた応接室に戻り、時間を超えた静けさに包まれたすばらしい空間で寝る前のお酒《ナイトキャップ》を飲む。マリオンが外の明かりをつけてくれたので、家の裏にある中庭とプールが見えた。夏のあいだじゅう、近所の人たちが子ども連れでやってきてピクニックをしたり、泳いだりするのだという。この家のことはキャプティバ島のマリオンの家に行ったときにさんざん話には聞いていたけれど、まったく未知の新しい体験のような気がする。強烈な歓びをあたえてくれる夢を見ているよう。というのもこれは詩人の家だから。そこには魂がみなぎり、すべての詩がそうであるように、驚きもいっぱい詰まっている。たとえば応接室を出ると壁一面、天井近くまである本棚がえんえんと続いているのだけれど、そこには本棚に沿って動く梯子がついていて、それに乗ったまま棚から棚へと移動できるようになっている。

この家で丸二日間、ほんとうにのんびり過ごした。ベッドで朝食をとり、一日に二時間以上もただ横になって考えごとをしたり、窓の外で飛び交う鳥たちを眺めたり、小説をどうしたらいいか、プレッシャーを感じることなくあれやこれや思いをめぐらせたり。こんな自由な時間をもつなんて、まずめったにないことで、まるで何回分かのクリスマスプレゼントをいっぺんにもらったよう。一日は、午後に一時間ほど雨がかなり弱まって霧雨になったので、クラークソン夫人の庭園である〈ウィング・ヘイブン〉〔翼の安息地〕を訪れることもできた。

もうかなり昔のことだが、クラークソン夫人が夫とともに引っ越してきたとき、ここは木一本、低木の茂みひとつない、でこぼこの赤土が広がる土地だった。それが今では部屋のように仕切られた庭がいくつも並び、個々の庭はツゲとヒイラギの垣根で隔てられている。ひとつひとつの庭は、小さな彫像か噴水、あるいは野生の森を散歩しているときに出会うような池──その日見たのは、まるで〝ブルーベルの森〟にありそうな池だった──のある一角に、視線が導かれるようにデザインされている。ツバキが満開で、美しいアザレアも咲いていた。アザレアは町じゅうで見かけたような、密集して赤く燃え上がるような咲き方ではなく、あまり刈りこんでいないので一本一本の枝、一個一個の花がよく見える。クラークソン夫人は実に穏やかで控えめな人なので、この庭園すべてをほとんど一人でつくりあげたとは信じがたい。数年前から庭園を一般に公開していて、人手も借りている。でもこれを完成させるまでには、いったいどれだけの仕事と熟慮と創意工夫が必要だったことか！　この庭の魅力にすっかり取りつかれてしまった。花の美しさだけではなく、大理石に刻まれた碑文——「次の秘密の部屋に入る前に立ち止まって考えなさい」——にも。

正真正銘の休暇だった。ナップザックに忘れがたい思い出をたくさん詰めこんで帰る。時がたっても心にとどめ、繰り返し探索してまわることになるだろう。そして、ああ、時はたつ。帰宅すれば待っているのは郵便の山。水曜日にはボストン大学で女性を讃える詩を朗読することになっているので、今日明日じゅうに返事を書かなければ。

四月一七日　日曜日

七〇歳の年の最後に、こんなに愛に満ちあふれ、反応の良い聴衆を前にして詩を朗読できるなんて、感激に堪えない。道中はずっと悪天候だったけれど、心は空高く飛ぶヒバリのように軽やか。あまりに寒くて土の匂いはしないし、土砂降りの雨と強風のなかで花を咲かせているスイセンもほとんどない。外の景色はまだ暗く陰鬱そのもの。

水曜日の夜、ボストン大学の劇場の演壇に立ったときに聴衆が総立ちになって拍手してくれ、胸が躍った。最近、朗読会が終わったときにはときどきあるのだが、始まる前には初めて。おそらく、シスター・アン・モーガンとマーガレット・デヴァーの二人が、短いけれどすてきな紹介をしてくれたからだろう。二人とも私の作品について、的を射た新鮮なことを言ってくれた。こういう紹介はめったにないけれど、当然ながら会場の雰囲気に大きな違いが出る。これは女性資料センター設立一〇周年を記念する催しだったので、今までにない詩のラインナップで朗読会ができたことも歓びだった。選んだのはすべて女性を讃える詩。最後のセクションではパラス・アテーナー〔知恵と工芸、戦術の女神〕、カーリー〔殺戮と破壊の女神〕、フューリー〔復讐の女神〕、メドゥーサ〔ギリシャ神話の怪物〕など神話上の女性も登場する。六月末にコロンバスで行われる全米女性会議でも、これと同じ朗読会をすることになっていて、今から楽しみにしている。

朗読会の前には、シスター・アン・モーガンが五人のシスターといっしょに生活している家で、インフォーマルな夕食会があった。和やかな会だったけれど、しゃべり過ぎて朗読会で声が出なくなったらどうしようと、気が気ではなかった。近ごろ、喉の上のほうが乾いて声が出にくいことがある。それでもあらためて、ここ何年も思っていること――今の社会でもっともラディカルで活気のある教師は、修道女だということ――を再認識。女性に関して、カトリックの世界では、とてつもなく大きな変化が起きている。シスター・アンは去年、ボストンマラソンで走った！　シスターたちはそれぞれ、大きな個室をもっていて、夕食後三〇分ほどシスター・クレアの部屋で休ませてもらった。鮮やかな色彩、本のぎっしり詰まった本棚、誰かの手づくりと思われる愉快なぬいぐるみのピエロ、ネルソンで私が使っていたのと同じ、古いドアでつくった巨大な机……外的にも内的にも深く豊かな生活を送っている人の部屋だということが、ひと目見てはっきりわかる。天井が高くひとつひとつの部屋が広々とした、このマンサード屋根の古い家全体の雰囲気は、歓びあふれるものだった。魅力的な家を訪れることはよくあるけれど、こんなに歓喜と感謝の雰囲気に満ちた家というのはめったにない。朗読会のあと、宿泊する隣り町ケンブリッジまで車で送ってくれた二人の大学院生にそのことを話すと、二人はこんなことを言っていた。太古の昔から、修道女は自分の力を十分に発揮するため——つまりは家父長制から逃れる手段として——宗教生活に入ったのにちがいない、と。

お昼ごろ帰宅。その二四時間後にはまた荷物をまとめて、ニューハンプシャー州リトルトンにあるホワイト・マウンテン・スクールまで、三時間車を運転していかなければならなかった。この朗読会を計画したときには、春の景色のなかをドライブできると思っていたのに、実際にはまだじめじめした灰色と褐色の世界で、クローフォード・ノッチあたりの木々の下にはまだ雪が残り、山々はぼんやりした霧に覆われていた。フランコニアで〈ホース・アンド・ハウンズ・イン〉というホテルを経営しているボブとシビル・ケアリー夫妻が、ホテルは休業中にもかかわらず、親切にも宿を提供してくれた。昼前に到着したあと一時間ほど楽しく村を散策、軽いランチを食べ、ホテルに戻って二時間昼寝、急にどっと疲れを感じたので。それに、目の前の広大な駐車場には一台の車もない閉まったホテルにいるのは、なにか監禁状態にあるような気がした。

でも夕方、広々とした食堂のいちばん奥の赤々と火が燃える暖炉をみつけたころには生き返る。スコッチのオンザロックが待っていた。ケアリー夫妻の八歳になる娘とおしゃべりしているあいだに、ボブはキッチンに消え、シビルが『独り居の日記』から始まって、私の作品をずっと読んできたことを話してくれた。暖炉の火が泡立つように燃えるなか、ボブがホタテ貝とムール貝の絶妙なスープを運んできて、それを飲み終わると、大皿に盛った仔鴨の黒コショウ風味、ブロッコリとジャガイモのソテー添えが出てきた。そしてグラスにはボジョレーワイン。なるほど、人気《ひとけ》のないホテルでも贅沢な暮らしができるものだと納得!

夕暮れに車で学校に向かうころにはすっかり元気回復して、詩を朗読する心の準備もできた。今度の会場は劇場ではなく、天井の高い大きな部屋で、部屋の片側の大きな窓には夜はカーテンがかかっているが、昼間は、ここからプレジデンシャル山脈が見渡せる。ぎっしり椅子が並べられているが、まだ始まる三〇分前なので誰もいない。こういうとき、急に気持ちが沈む。もし誰も来なかったらどうしよう? そこで図書室に逃げこんで読む詩をもう一度見直し、どたんばで最初に読む詩を「ぬかるみの季節」に変更。この陰鬱な天気にはそれがふさわしいと思ったから。

蓋を開ければ会場は満席だった。ただ、一部は自分の責任だけれど、いろいろ苦労した。まず、演台がグラグラしているうえに高すぎたので、スタッフが演台をステージから降ろして床に置き、私はステージの縁《へり》に立つことになった。そのせいで途中、何度かふらついてステージから落ちてしまいそうな感覚に襲われた。おまけに例の喉の不調で最初の詩はさんざんの出来。咳が出たのでパニックになり、なかなか軌道に乗れなかった。でもその後はすべてうまくいき、終わってから、多くの人が遠方からはるばる来てくれたことを知って感動した。学生はあまりいないように見えたが、なぜだろう。周到に計画された、堅苦しい催しは拒否してしまうのかも。なんともいえないが。

昨日の昼ごろ家に帰ると、イーディスがポテトサラダをつくって待っていてくれたので、いっしょにお昼を食べる。ありがたい。

今日は日曜日。明日の夜、ミネソタ州セントポールに飛ぶ。今朝は体がだるくて疲労感があり、あちこちの関節が固い。でもこういう朗読会が続くときは、落ちるところまで落ちないと、そのあと新しいエネルギーを得て、上がってこられないこともわかっている。ランチはジャニスと外ですることになっているから、そろそろセーターを着てタマスを海まで散歩しなければ。少なくとも今のところ、雨は降っていない。

四月三〇日　土曜日

わが杯はあふるる――家に帰ってきてほんとうにうれしい。そして野原一面から果樹園に通じる小道には、ラッパズイセンがみごとに咲き誇っていて、目を驚かせてくれた。昨日、一二日間の充実した旅を終えてサンフランシスコから到着し、空港まで迎えにきてくれたイーディスの車で夜の七時ごろ、家の近くのカーブを回ったときのことだった。その後、夜遅くやっとタマスとブランブルといっしょにベッドに横になると、ここメイン州のさまざまな音が奏でるシンフォニーに耳を傾けた――遠

「ラッパズイセンがみごとに咲き誇って……」

くに聞こえる波のとどろき、そりの鈴のようなアマガエルの魅惑的なオブリガート、そして家の近くで鳴くコロオギやほかの虫たちの断続的なハミング。サンフランシスコのビル・ブラウンの家で、静まり返った夜を過ごしたあとでは、春の歓びと再生のオーケストラを聴いているようだった。静寂とはかけ離れた世界。

一二日間の旅では五カ所に泊まった。すばらしい思い出の収穫が山のようにあって、どこから始めていいものやら。サンフランシスコとその北部のマリン郡ではこの冬、雨が多かったせいで山や丘は鮮やかな緑に彩られ、エキゾチックな魅力にあふれていた。まだ若くて火山活動が活発な、険しく変化に富んだ土地という印象で、それにくらべるとメインは古く、おとなしいとはいえないまでも平穏だし、地形は西海岸にくらべてとても穏やか。今回、カリフォルニアの美しさに圧倒され、夢中になってしまったけれど、それでもこっちに帰ってみて思うのは、どんなにカリフォルニアがすばらしくても、やはり私はニューイングランドと結婚しているということ。ほかの土地に住むことなんて想像できない。

セントポールのユニテイ教会で、また朗読会ができたのもよかった。ここはもう何年も前、初めて大勢の聴衆の前で（今では毎回だけれど）朗読会をしたところ。今回も会場は満席で、入れなかった人が一〇〇人ぐらい、別の部屋で有線テレビで見ていた。いつものように始まる前は緊張したけれど、若い牧師のロイ・D・フィリップスがウィットに富んだ紹介をしてくれたので、いいスタートが切れ、気分よく詩の朗読に入ることができた。彼は最初、私のことを「女性のための詩人」だと聞いていて、私の詩を読みはじめ、いくつかの詩を繰り返し読むようになったという。その一部を引用したあとで、彼はこう結んだ。「では、男性のための詩人、メイ・サートンさんをご紹介します」。うれしかった！

セントポールでは朗読会の前に、ベサニーにいるシスター・アリス（以前は詩人のマリス・ステラとして知っていた人）を短時間だけだが訪ねることができた。ベサニーはセント・キャサリン大学の修道女の老人ホーム。つらそうな様子だったけれど、彼女がこれまで生きてきたように死ぬだろうということが、はっきりわかった――どんなに苦痛や、彼女の言う「震え」があろうとも、その中心にある輝く光はけっして失われることはないと。ランチはシスター・メアリー・ヴァージニアといっしょに。彼女はずっと自作の詩を私に送ってきているのだが、近いうちに出版されることを願っている。互いへの理解と陽気な笑いに満ちた時間だった。笑ったわけというのはこうだ。前回彼女と会ったのは、セント・キャサリン大学からアレクサンドリン・メダルを授与されたときで、私はその公式晩餐会のためにわざわざイブニングドレスを新調していった。ところがその直前に規則が変わり、修道女たちはそれまでの慣習に縛られなくてもよい自由があたえられた。晩餐会当日、慣れない裾の長いドレスで落ち着かない私を尻目に、シスター・メアリー・ヴァージニアは白のパンツスーツ、カウボーイシャツにピンクのネクタイというでたちで私を紹介したのだった！

五月一日　日曜日

毎日あまりにいろいろなことが起きると、一週間前のできごとを思い出して書くのは容易ではない。昨日はプレッシャーにつぶされそうだったけれど、なんとか午後には外に出て多年草をいくつか植えた。ひとつは日本のホトトギス。咲いてくれるといいけれど。外はほんとうに気持ちが良かった。ときどき手を休めては、やわらかい灰色の曇り空の下で群れをなして咲くラッパズイセンを眺めたり、カエデの大木の下のお気に入りの場所に横になっているタマスを見たり、作業しながらゴシキヒワのさえずりに耳を澄ましたり。庭はまだ早春の趣で木々は裸のまま、ライラックの葉もまだ尖った新芽の状態だ。

セントポールからサンフランシスコに飛び、カレッジ・オブ・マリンでの朗読会までの一週間、友人の家を転々と渡り歩いた。ただの一語も書くことなく、周辺の自然に酔いしれる、ほんとうの意味での休暇。あらゆるものが満開だった。ビルの家の玄関の前にある巨大なくすんだオレンジ色のバラ、群れになって咲くキンポウゲ、ライラック、そしてバークレーにあるドリス・ビーティの美しい庭に咲いていた春の花々とバラ。ドロシー・ブライアントの家のポーチには、思わず目をみはるような盆栽が幾列も並んでいた。彼女の夫の趣味なのだが、まさに華麗な芸術作品。そしてフランシス・ウィットニーの家では、満開のみごとなピンクのアザレアを見下ろしながらコーヒーを飲んだ。いろいろ振り返ってみると、なかでもいちばん贅沢な時間を過ごしたのは、ドリスの車でナパバレーまで行って、ポープバレー周辺の野生の花《ワイルドフラワー》を見にいったときかもしれない。雨が降っていたので、サンフランシスコ周辺に無数にある丘の上も下も、オークの点在する野原という野原は鮮やかな緑に輝き、遠くからはまるでビロードのように見えた。やがてワインカントリーに入り、見渡すかぎりブドウ園の広がる景色のなかを走る。ブドウはちょうど芽吹いたばかり。ブドウ園を見るのはほんとうに久しぶりで、昔ブーブレ〔フランス、ロワール地方の白ワイン生産で有名な村〕に滞在していたときのことを思い出した。夕飯後、グレース・ダドリーと二人で〈ル・プティ・ボワ〉の鉄の門を閉め、野原のほうにサヨナキドリ〔ナイチンゲール〕の声を聴きにいったものだった。

車で走った一帯の景色は変化に富み、神秘的だった。背の高いセコイアやマツに光を遮られた、狭くて暗い谷があったかと思うと、突然広大な草地に出る。そこには一面に小さな黄色や白の花がびっしりと咲く「黄金の野原」が広がり、ところどころ野生のデルフィニウムやファセリア・ブルーベルの鮮やかなブルーがアクセントになっている。純白のリムナンテスが群生しているところもあり、いろんな種類のルピナスや小さな青いアイリスも咲いている。花に酔うということがあるなら、私はまさにそうだった。オルダス・ハクスリーは「ワイルドフラワーがあるから」カリフォルニアに住みたいと言っていたけれど、そのわけがよくわかった。連日、天気はとても不安定だった。その日も朝出発したときは曇りだったけれど、やがて太陽が出たので、ひんやりした空気を味わおうと車の外に出た。でもあまりに風が冷たくてすぐになかに戻り、ピクニックランチは「空飛ぶ小さなソファ」（私が最初に免許を取ったとき、母は私の車をこう呼んでいた）で食べなければならなかった。

ドリスの家でとてもくつろいだ気持ちになれたのは、彼女が飼っているオールド・イングリッシュ・シープドッグのマギーのおかげもあった。オールド・イングリッシュ・シープドッグは私にとって、子どものころ飼うことが夢だったシープドッグの理想形――ふさふさの毛に覆われた大きな頭、きれいなピンク色の舌、大きな足、たっぷりした体格とあふれんばかりの元気――そのもので、私たちが帰ってくると、いつも窓に顔を近づけて待っている。ドリスは他人に対してこまやかな思いやりがあり、人が何を必要としているかにとても敏感。マギーは気性が激しく自己陶酔型で、ひょっとしたらドリスの分身なのかも。両者を合わせて、ひとつの完全体になるという感じで、いっしょにいるととても楽しい。

自然のなかですばらしい一日を過ごしたあと、月曜日にサンフランシスコに移動、ノイバレーのビル・ブラウンとポール・ウォナーの家に泊まる。涼しくて美しいビクトリア朝風の家で、恵まれた二日間を過ごす。ゆっくり休息し、水曜日の朗読会に備えた。ビルとはもう知り合って四五年になる。初めて会ったのは彼がまだイェール大学の学生で、ノルマンディ号の最後の航海でフランスから帰国したときだった。たまにしか会わないけれど、長いあいだ、手紙のやりとりを通じて互いの生活を知らせてきた、とても親密な友人。ビルの、ポールの、そして私自身の闘いは――彼らが画家で、私は作家という違いはあるけれど――よく似ている。もっとも三人とも、流行という意味では「アウトサイダー」で、たとえば彼らの友だちのリチャード・ディーベンコーンのような名声とは無縁。それで、も作品を創りつづけている。彼らの暮らしぶりはとてもしっくりきて、滞在しているあいだ私もくつろげた。というのも、二人ともよく仕事をするし、私と同じく身のまわりの秩序と静けさを大切にしているから。家のなかにはインド細密画のすばらしいコレクションがたくさん飾ってあり、それにビルが最近凝っているバードストーンもいくつか。バードストーンはアメリカ平原インディアンが花崗岩や黒曜石でつくった小さな彫像で、ブランクーシの彫刻を思わせる抽象的な不思議なかたちをしている。古いものは七〇〇〇年も前のものだとか。この二人といっしょにいると、いつも何か新しいことを学ぶ。そして「外」でおいしい食事をしながら大いに語らう。イーディス・ケネディがよく使うフレーズのひとつ、「幅広い視座」という言葉がずっと頭に浮かんでいた。彼ら二人にはそれがある。二人とも実によく本を読むし、ビルは画家であるだけでなくミュージシャンでもある。そして二人で大きく目を開いて旅をし、行く先々で何かを発見する——バードストーンとか、インド細密画とか。それに、こんなに息長く実り多い関係を築いてきたことは、心からすばらしいと思う。

水曜日の夜、ほんとうに、ほんとうに去りがたかったけれど、車で会場のカレッジ・オブ・マリンへ。それに三週間前にチケットは完売したと聞いていたから、緊張もいつも以上だった。満員の聴衆に応えられるだけのものを、はたして生み出せるだろうかと。いつものように朗読会の始まる三〇分前というのは気持ちが落ち着かず、胃がムカムカして、終わりまでちゃんとできるのだろうかと不安になる。でもいざ満席の会場に出ていって、聴衆が総立ちで拍手してくれると幸せな気分になり、自信も生まれる。詩と詩のあいだに何か言うたびに会場がドッと沸くのは、まったく予想外だったけれど、うれしかった。それにしてもなぜ笑ったのだろう。熱心に聴いているからこその笑い？　いずれにしても好意的な笑いで、私の気分を高揚させてくれた。

朗読会のあとは、ジーン・リーバーマンの車で荷物もいっしょにミルバレーの高台にある彼女の家に向かい、カリフォルニア滞在の最後の二晩を過ごす。暗い家のなかに入り、リビングルームに足を踏み入れると、それまで見てきたものすべてがひとつの光景となって眼下に広がっていた。暗い斜面にちりばめられた光の輝きがしだいに弱まっていったその先に、水をたたえた湾が暗闇のなかで輝いて見える。なんとも幻想的な光景。それから二四時間のあいだにこの風景を、同じ場所に立って何度も違う光のもとで眺めた。激しい雨と雷と稲光のなかで。くっきりした明暗をなす浮き雲に覆われたときも。そして朝五時、日の出とともに水平線の向こうに現れた幅広い黄色の帯のほかは、まだ暗い空の下でも。それはまるでルネサンス絵画の背景に描かれた風景のようだった。夢のなかの、想像上の世界。現実にはありえない世界――でも、ここミルバレーでは、たしかに現実なのだった。

充実した日々の最後をいっしょに過ごすのに、ジーンはうってつけの相手だった。彼女はかつてケンブリッジのシェイディヒル・スクールにいっしょに通った、いちばん古い友人のうちの一人。第二次大戦前から戦争中にかけてヨーロッパで過ごし、その後は夫のサリと子どもたちと、このミルバレーで暮らしてきた。私の住む東部とは何千キロも離れているから、めったに会う機会はない。でもシェイディヒルからケンブリッジ・ハイ・アンド・ラテンスクールへといっしょに進学し、学生時代を過ごした彼女とは、瞬時にうちとけて話ができる。何も説明する必要のない、過去が現在に流れこんできて、抜けているところを埋めてくれる、そんな友人といっしょにいられて心からくつろぎ、気がねなく過ごすことができた。

ジーンは一〇代のころに私たちが書いた詩を書き写した小さな革の表紙のノートを出してきた。ジーンと私、それにレティ・フィールド（一五歳で悲惨な死を遂げた）、ジーン・タトロック（精神分析医になり、オッペンハイマーの愛人となって、四〇代で自殺した）の四人が書いた詩だ。正直言って、情熱に突き動かされた思春期――四人ともあらゆることを強烈に感じとっていた時代――の亡霊のような詩を読むのはつらかった。あまりにも早く人生を奪われてしまったレティ、才能に恵まれながら悲劇的な死を遂げたジーン・タトロック。二人のことを考えると心が痛む。四人全員が、アン・ソープについての詩と彼女に捧げる詩を書き、なかには互いに捧げる詩もある。そこに表現されている感情の多くは、これ以上ないほどロマンティックで、まだ何もわかっていない人生に、まっしぐらに飛びこんでいこうとするかのよう。シェイディヒルの教師だったアン・ソープに全員が深い影響をうけていたことにも衝撃をうける。彼女についての小説を、なんとしても今年じゅうに完成させなければという決意を新たにした。

思えばこの題材の着想は六〇年以上も前、称賛と愛とともに始まっていたのだ。それにふさわしい賛美をもってしめくくりたい。ジーンと話すあいだにも、刻一刻と変化する光のもとで変わっていくこの景色のように、アン・ソープは情熱的な愛がどのように変化していくかを示唆してくれた――初めは遠くから、子どものように視線を集中させて観察していたものが、やがて魔法のような夢ではなく、現実となる。でもそれは、私たちがさらに成長し、みずからの運命に身を投じていくなか、啓発的な現実でありつづける。でもアンという人物と彼女の影響によって、私たちは詩人になっていた。最初に出会ったときから、彼女は私たちにそういう刺激をあたえたのだ。

ジーンと私が語り合ったのは、過去のことだけではない。この冬、彼女の夫のサリが何週間もひどく苦しんだ末に病院で亡くなった。突然、夫を亡くしたことが彼女にとってどんな意味をもつのか、そしてジーンにまた詩を書きはじめてほしいという私の願望についても話した。彼女はとてもすぐれた詩人だけれど、今までとても多忙な編集者の仕事をしていて、あまり時間がなかったのだ。でもつい数年前に退職している。

七〇歳の一年の、なんとすばらしい締めくくり方だろうか。深いところにある子ども時代のルーツに立ち戻り、本質的なことについて自分がほとんど変わっていないこと、一五歳の時点で、私の人生の道筋ははっきりと描かれていたことを再認識できたのだから。

五月二日　月曜日

七〇歳最後の日。今回の旅について、もうひとつだけ書き残したことがある。オークランドの女性のための書店でたまたまみつけた本を、その週のうちに読んだのだけれど、大きな事件と呼べるほどのインパクトがあった。ジェーン・ソマーズ〔この翌年、ドリス・レッシングの偽名であることを本人が告白した〕

の『善き隣人の日記』という小説だ。主人公はジャナというロンドンに暮らすキャリアウーマン。自立した女性ではあるが、人づきあいの嫌いなジャナはあるとき、店で偶然出会った薄汚れた気性の激しい老女とかかわり、いつのまにか関係を深めていく。年老いた魔女のようなモーディ・ファウラーの世話をし、やがて彼女を愛し、死を迎える手助けをすることを通じて、ジャナはしだいに人間らしさに目ざめていくという物語。けっして完璧な芸術作品ではないけれど啓示に満ちていて、モーディ・ファウラーがジャナの頭から離れなかったように、私の頭から離れそうもない。この本に出会わせてくれた偶然に感謝。

この一年を振り返るのに、ゆっくり考えるだけの長い空白の時間がとれればいいのだが、あるのはタマスを雨のなか緑の世界に連れて出る前の数分間とか、そんな細切れの時間だけ！ 目の前のプレッシャーは山のようにある――机の上を片づけるとか、一年草の種蒔きをするとか、多年草の苗を植えるとか、小説の執筆に戻るとか――けれど心は穏やかで、満たされている。今の状態はちょっと、トランプの一人遊びが完成に近づいているときと似ている。いろんなものごとが納まるところに納まりつつある。長いあいだ精一杯とりくんできた仕事が、実を結びつつある。たとえ今年の夏は去年のように人に会うのはやめようと決意しても、「ノー」とは言えないから、やっぱりいつものように千客万来になるのは目に見えている。でも、それでもかまわない。今、私は内面的な平穏の時期へと入りつつあるから。たくさんの人に会う時期が何カ月かあり、朗読会やサイン会の続く時期も何カ月かあるだろう。でも夜明けがかならずやってくるように、独りになり、仕事をする時期もかならず何カ月かはあるにちがいない。これ以上、何を望めるだろう？　ロバート・フロストの詩にもあるとおり。

何もかも「時間」に差し出したっていい――ただし
自分が大事に守ってきたものは別にして。でも

「税関官吏」が寝ているあいだに「安全圏」へと持ち込んだ禁止品を、なぜ申告しなければならない？　もう私は「そこ」にいるのだから、そして手放したくないものは大事に守っているのだから。

訳者あとがき

五八歳のときに書いた『独り居の日記』で、わが国でもたくさんの読者・ファンを獲得したアメリカの作家・詩人・エッセイスト、メイ・サートンの『70歳の日記』をお届けする。多くの小説や詩集を世に送り出したサートンはまた、日記の名手でもあり、本国では一九七三年に出版された『独り居の日記』を皮切りに、一九九五年に八三歳で亡くなる一年前、口述筆記により書かれた『82歳の日記』まで、全部で八冊の日記作品を発表している。そのうち、六〇代で書かれた『海辺の家』と『回復まで』、そして最後の『82歳の日記』の三冊は二〇〇〇年をはさんで次々に邦訳が出版されたが、七〇代から八〇代にかけて書かれた *At Seventy, After the Stroke, Endgame, Encore* の四冊は未訳のままだった。今回、そのうちの一冊である本書が、サートンの翻訳としては一〇年以上の年月をへて出版されることは、訳者にとって大きな歓びである。

サートンの読者はもうご承知とは思うが、新しい読者のために、簡単に著者の経歴を記しておこう。メイ・サートン（本名エレノア・マリー・サートン）は一九一二年、ベルギー生まれの科学史の大家ジョージ・サートンとイギリス人の芸術家メイベル・サートンの一人娘として、ベルギーに生まれた。四歳のとき、第一次世界大戦の戦火を逃れて両親とともにアメリカに亡命し、その後の生涯をニューイングランドの土地で暮らした。ボストンの高校卒業後は、大学に進学せずに女優を志してニューヨークの劇団に所属、二〇代の若さでみずからの劇団を主宰もする。だが劇団は運営難から閉鎖に追い込まれ、作家への道を歩むことを決意する。一〇代から詩を書きはじめたのは、九年生まで通ったユニークな実験的教育の場、シェイディヒル・スクールの影響が大きかった。二五歳で最初の詩集 *Encounter in April*、翌年には最初の小説 *The Single Hound* を発表し、生涯で小説一九点、詩集一七点を含む五〇点あまりの作品を残した。

多作だったとはいえ、作家としての道はけっして平坦ではなかった。いわば文壇の「アウトサイダー」だったサートンは、五〇代半ばまでは執筆だけでは生活できず、いくつかの大学で教えたり、全米各地で詩の朗読会を行ったりして生活費を賄わなければならなかった。両親の死後、四六歳のとき、子ども時代から暮らしたマサチューセッツ州ケンブリッジでの都会生活を離れ、ニューハンプシャー州の片田舎ネルソンの広大な敷地をもつ古い家に移り住む。ここで庭づくりをし、小さなコミュニティの一員として親しい人間関係を築いていくなかで、サートンはアメリカ人としての自覚を強め、同時に孤独と老いというテーマへの思索を深めていった。一九六五年に五三歳で発表した小説『ミセス・スティーヴンズは人魚の歌を聞く』は、同性愛者であることをカミングアウトした作品で、フェミニストや女性学研究者の注目を浴びる一方、本人の意に反して「レズビアン作家」というレッテルを貼られ、大学の職も失うという不遇も招き寄せた。だが、盟友キャロリン・ハイルブランがサートンの「最高傑作のひとつ」と称賛する回想録『夢見つつ深く植えよ』（一九六八年）や最初の日記作品である『独り居の日記』を世に出したころから、読者は着実に増えていった。

ネルソンでの生活は一五年におよんだが、それもやがて転機を迎える。『独り居の日記』を上梓した一九七三年、サートンはさらに人里離れたメイン州の海辺の家に移り住む。内陸のネルソンとくらべて冬の寒さはいっそう厳しく、海からは強い北東風が吹きつける。けれども丘の上に建つこの家の眺望はすばらしく、階上の窓からは広大な野原の向こうに大西洋を望み、海からの日の出を見ることもできた。サートンは亡くなるまでの二〇余年を、この「ワイルド・ノール（荒々しい丘）」で過ごすのだが、ここで書かれた三冊目の日記、それが本書である。

一九八二年五月、七〇歳の誕生日を迎えた日から日記は始まる。七〇代になったサートンは、直前のある朗読会で、「今が人生で最良のとき……年をとることはすばらしいことです」と話したと書く。理由は「今までの生涯で、いちばん自分らしくいられるから」。それまで苦しめられてきた自己不信や迷い、心の葛藤などからかなり自由になったし、過去のことよりこれからのことが楽しみでしかたがない、と。また別の日には、顔のしわは「長い人生を苦労して生きてきた証」であり、「今の自分の顔のほうが好き……いい顔をしている。……今のほうがずっと成熟した、中身も豊かな人間になったからだ。……ある意味ではかえって若くなったかもしれない。今は自分の弱さを素直に認められるし……ずっと無邪気でいられる」とも書いている。

四年前に書かれた『回復まで』が、大きな喪失や病気との闘い、無理解な批評などによる苦痛や絶望に傾きがちだったのに対し、『70歳の日記』はこうした明るいトーンで幕を開ける。実際、この日記が書かれた一九八〇年代、サートンは多くの作品を世に出し、各地での朗読会やサイン会は大盛況で、読者の数も大幅に増えた。〝ビッグ・バースデー〟を祝うために遠路はるばるやってきた友も含め、大勢の友人たちに祝福をうけるシーンは幸福感に満ちている。だがもちろん、その年にもつらい別れはいくつかあり（とりわけ、長くいっしょに暮らした恋人であり、家庭というものをあたえてくれたジュディ・マトラックの死）、丸一年放置してあった小説の執筆を再開しようともがく創作の苦しみもある。サートンにとって唯一、詩のインスピレーションをあたえてくれる〝ミューズ〟も、いっとき現れはするが、また去っていってしまう。

多数の読者を得た見返りとして、毎日のように読者からの手紙や、作家志望者が送ってくる原稿が届き、その返事を書くのに膨大な時間をさかねばならない。手紙ばかりか、初対面の読者から長年の友人まで、泊まりがけの訪問客も次々とやってくる。たとえ心温まる人間的交流でも、長く続くと内省の時間が奪われたという焦燥感に襲われ、独りの生活に戻れたときにやっと自分自身を取り戻せたとつぶやき、真っ先に庭に出て草花の手入れに我を忘れる。そして、そんな自分を「独り居中毒患者」と揶揄するのだ。

サートンはこうした生活者としての日々の営みと、作家としての芸術活動とのせめぎあいを実に率直に語っている。随所に、刻々と変化する周囲の自然や動植物に対するこまやかで愛情あふれる描写がある一方で、貧困や暴力、宗教が引き起こす分断、高齢者介護、社会的不正義など（三〇年以上経った現在でも、解決どころかますます顕在化している問題ばかり）に対する鋭い問題提起もある。七〇歳にしてこれほどみずみずしい感性をもちつづけているサートンに、訳しながら何度驚き、背筋の伸びる思いがしたことか。

雑誌「ミズ」のインタビューで「五〇年も書きつづけてきたことの原動力は何か？」と問われ、サートンはこう答えている。「私にとって書くことは、自分に何が起きているかを理解する手立てであり、困難な問題を考え抜くための手段なのだと思っている。これまで書いた本はすべて、自分が答えをみつけたいと思っている問題から生まれたものばかりだ。混沌《カオス》のなかから秩序を見出すことが、繰り返し必要になるのかもしれない。芸術は秩序——でもそれは、生のカオスのなかから生み出されるものだから」

　とりたてて大事件が起きたり、ドラマティックな展開があったりするわけではない、むしろ似たような小さなできごとの繰り返しや、ささやかなエピソードのほうが主流である日々の記録が、どうして読む者をこれほど惹きつけるのだろうか。理由はひとつだけではない。だがその大きな要因は、サートンの人間くささであり、欠点も失敗もネガティブな感情も、すべて隠すことなく率直に語る姿勢にあるのではないだろうか。読んでいるうちにいつのまにか、サートンの自宅でいっしょに庭を眺めながらお茶を飲んでいる身近な友人のような気さえしてくるのだ。ある評者はこう書いている。「メイ・サートンが書くものすべてにおいて、その水面下で人間の心《ハート》が脈打っているのが聞こえる」

　孤独を愛しながらも人間や自然との濃密な交流から活力を得、みずからの老いや弱さと正面から向き合い、曇りのない目で社会を見つめるサートンの生き方は、三〇年以上の月日をへてもなお新鮮であり、刺激的だ。サートンは、そのきりりと背筋の伸びた姿で私たちを勇気づけ、魅了してやまないのである。

　最後に翻訳についてひとこと。日記特有のむずかしさや調べものの多さもあり、作業は遅々として進まないこともあったが、いざ終わりが近くになると、終わってしまうのが惜しいような、寂しいような気持ちに襲われた。翻訳がこんなに楽しいと思ったことは、振り返ってもあまり多くはない。数多く引用されている詩の解釈やその他の疑問点については、古くからの友人である小口未散さんと満谷マーガレットさんのご教示に、大いに助けていただいた。一八年前、『総決算のとき』でお世話になったみすず書房の栗山雅子さんとは、今回またごいっしょに仕事をする機会を得られて、たいへんうれしく思っている。静かな情熱をもってサートン作品を世に送り出してきた栗山さんならではの、貴重な助言を多々いただいた。ここに記してお礼を申し上げたい。

二〇一六年七月

幾島　幸子

収録写真クレジット

p. 2	Kelly Wise
p. 12	May Sarton
p. 21	Beverly Hallam
p. 28	Rod Kessler
p. 36	Beverly Hallam
p. 58	Betsy Swart
p. 83	Marcia C. Sheer
p. 90	Anne Chapman Tremearne
p. 117	Beverly Hallam
p. 150	May Sarton
p. 162	E. Mabel Sarton
p. 185	Betsy Swart
p. 223	Beverly Hallam
p. 244	Betsy Swart
p. 285	May Sarton
p. 316	May Sarton
p. 371	Beverly Hallam
p. 392	Rod Kessler
p. 404	Rod Kessler

著者略歴

(May Sarton, 1912-1995)

ベルギーに生まれる．4歳のとき父母とともにアメリカに亡命，マサチューセッツ州ケンブリッジで成人する．一時劇団を主宰するが，最初の詩集（1938）の出版以降，著述に専念．小説家・詩人・エッセイストで，日記，自伝的エッセイも多い．著書『独り居の日記』（1991）『ミセス・スティーヴンズは人魚の歌を聞く』（1993）『今かくあれども』（1995）『夢見つつ深く植えよ』（1996）『猫の紳士の物語』（1996）『私は不死鳥を見た』（1998）『総決算のとき』（1998）『海辺の家』（1999）『一日一日が旅だから』（武田尚子編，2001）『回復まで』（2002）『82歳の日記』（2004，いずれもみすず書房）他多数．

訳者略歴

幾島幸子〈いくしま・さちこ〉1951年東京都に生まれる．早稲田大学政経学部卒業．翻訳家．訳書 M・サートン『総決算のとき』（1998，みすず書房）A・ネグリ／M・ハート『マルチチュード』（2005，NHK出版）S・ピンカー『思考する言語』（共訳，2009，NHK出版）A・ブラウン『江戸に学ぶエコ生活術』（2011，CCCメディアハウス）N・クライン『ショック・ドクトリン』（共訳，2011，岩波書店）A・ネグリ／M・ハート『コモンウェルス』（共訳，2012，NHK出版）S・ピンカー『暴力の人類史』（共訳，2015，青土社）他多数．

メイ・サートン
70歳の日記
幾島幸子訳

2016年 7 月 25 日　第 1 刷発行
2017年 4 月 28 日　第 4 刷発行

発行所　株式会社 みすず書房
〒113-0033 東京都文京区本郷 5 丁目 32-21
電話 03-3814-0131(営業) 03-3815-9181(編集)
http://www.msz.co.jp

本文印刷所　精文堂印刷
扉・表紙・カバー印刷所　リヒトプランニング
製本所　松岳社

ISBN 978-4-622-07862-3
[ななじゅっさいのにっき]